SIBYLLE WEISCHENBERG

Ich hasse den Sommer

Buch

Freche Geschichten für die nicht ganz perfekte Frau, denn das Leben ist sowieso schon hart genug!
Ein Mythos geht durchs Land: Das Leben der Frauen heutzutage sei um so vieles einfacher geworden als früher. Nein, antwortet energisch die bekannte Fernsehjournalistin Sibylle Weischenberg. Ganz im Gegenteil. Wer jemals versuchte, im Februar ein Paar passende Winterstiefel in Schuhgröße 40 zu bekommen (»Hilfe, meine linke Wade ist zu dick«), weiß, dass die Welt sich gegen uns Frauen verschworen hat.
Daher hat Sibylle Weischenberg einen kleinen Führer durch die 12 schlimmsten Monate im Jahr einer Frau geschrieben, der uns alle mit der Gewissheit zurücklässt: Wir sind nicht allein im Kampf gegen perfekte Werbewelten, niederträchtige Mitmenschen, fersentretende Mitmieter, sich ausbreitende Hüftzonen und viele andere Katastrophen des Alltags ...

Autorin

Millionen Fernsehzuschauer kennen Sibylle Weischenberg: Die renommierte Society-Expertin steht täglich für die Promi-Magazine nahezu aller TV-Sender vor der Kamera. In ihrem eigenen TV-Format »W.I.P.« (»Weischenbergs Important People«) verrät die Journalistin und Modedesignerin jeden Donnerstagmorgen im SAT.1-Frühstücksfernsehen live Unterhaltsames aus dem schillernden Leben der aktuellen Top-Prominenz. Ihr Berufsweg führte die Kennerin des nationalen und internationalen Jetsets und Hochadels u. a. zu Stationen beim Polit-Magazin »Der Spiegel«, als Korrespondentin der britischen Nachrichtenagentur Reuters, als Persönliche Pressereferentin von Johannes Rau sowie als Ressortleiterin bei den People-Magazinen »Bunte« und »Gala«. Außerdem ist Sibylle Weischenberg seit Jahren beliebt als tägliche Radio-Kolumnistin zahlreicher Sender im In- und Ausland.

Sibylle Weischenberg

Ich hasse den Sommer

Von Bikinikäufen und anderen Katastrophen

blanvalet

Umwelthinweis:
Alle bedruckten Materialien dieses Taschenbuches
sind chlorfrei und umweltschonend.

3. Auflage
Originalausgabe Mai 2007 bei Blanvalet,
einem Unternehmen der Verlagsgruppe
Random House GmbH, München.

Umschlaggestaltung: HildenDesign, München
Umschlagillustration: Stenie Nohr, HildenDesign
MD · Herstellung: Heidrun Nawrot
Satz: DTP Service Apel, Hannover
Druck und Einband: GGP Media GmbH, Pößneck
Printed in Germany
ISBN 978-3-442-36721-4

www.blanvalet.de

Januar

Vom hohlen Nichts nach Weihnachten und Silvester

»Sie sehen aber so richtig schlecht aus. Geht es Ihnen nicht gut?« Es verschlug mir schlicht die Sprache. Ja, wie sollte ich denn wohl aussehen? Ich kam gerade vom Zahnarzt, der mir eine Spritze vor der Behandlung verpasst hatte. Mein Mund formte eine schiefe Grimasse, wenn ich versuchte zu lächeln. Mein Kreislauf stand kurz vor dem Kollaps. Mein Make-up war vom Speichelabsauger der Zahnarzthelferin verschmiert, die Hammer-Schmerztabletten, die ich vorsorglich einnehmen musste, vernebelten meine Wahrnehmungssensoren, und da fragt mich diese Frau, ob es mir nicht gut geht.

Ich stand vor einem Schalter meiner Bank, und die perfekt getunte Angestellte sollte mir eigentlich nur meine Überweisungsformulare abstempeln. Auf keinen Fall wünschte ich von ihr eine Beurteilung meiner ramponierten Fassade, und so zischte ich wegen meiner betäubten Kieferpartie mehr, als dass ich sprach, in ihre Richtung: »Nein, mir geht es nicht gut. Ich komme vom Zahnarzt. Aber ich wünsche nicht, über mich zu sprechen. Es gibt Menschen, die lieben es, von sich zu berichten. Ich gehöre nicht dazu.«

Schreckerfüllt wich sie vor mir zurück. Schuld daran kann auch der Schwall kleiner Tröpfchen gewesen sein, den meine schiefen Lippen versprühte.

Das neue Jahr fing ja gut an. Gleich in der ersten Woche war ich mit tuckernden Zahnschmerzen aufgewacht, die sich leider auch nicht durch Aspirin oder Kräutertinkturen heilen ließen. Ich machte meinen großen Vorrat an Lebkuchen, die ich mir vor Weihnachten in einer schmucken Geschenkebox hatte liefern lassen, für dieses Martyrium verantwortlich.

Dann hatten sich nach der ersten Behandlung mein Zahnarzt und ich auch noch missverstanden. Er wollte, dass ich zu Hause mein Zahnfleisch mit meiner elektrischen Bürste massiere, was ich auch tat. Um anschließend vor Schmerzen beinahe die Wände hochzujagen. Bei unserem Wiedersehen, gleich am nächsten Morgen um 8 Uhr, korrigierte er sich dahingehend, dass er natürlich nur die geringste Drehzahlstufe gemeint hätte.

Ich musste gestehen, dass mein elektrisches Zahnbürsten-Modell nur eine Stufe hat und dass deren Umdrehungszahl dem Schleuderprogramm meiner Waschmaschine entspricht. Ein Sonderangebot, natürlich. Peinlich war dieses Eingeständnis. Außerdem musste ich auch noch damit leben, dass er mich sehr misstrauisch ansah. Offensichtlich beschlich ihn das Gefühl, ich könne eine Maso-Sado-Patientin sein. Toll.

Nach meinen unangenehmen Erlebnissen schlich ich nach Hause. Bepackt mit schnell noch eingekauften Tütensuppen, Fertig-Kartoffelbrei-Vorräten en masse und unzähligen Kamillentee-Beuteln.

Bevor ich mich in den Aufzug quälte, öffnete ich noch meinen Briefkasten. Neben diversen Werbebroschüren steckten gleich drei Kataloge darin, einer fetter im Umfang als der andere.

Selig schloss ich meine Augen. Was für ein Fest. Ich liebe es, die mehr oder weniger dicken Wälzer durchzublättern. Leider finde ich auch immer etwas, was ich schön finde. Leider in Bezug auf meinen Kontostand. Bei dem eingehenden Studium der Angebote knicke ich dann immer die Seiten oben schräg um, damit nichts verlorengeht. Im Moment meiner telefonischen Bestellung.

Schwierig wird es nur bei den Größenangaben. Ich mag überhaupt nicht diese mit einem Schrägstrich getrennte Zusammenfassung zweier Größen. Was heißt denn das im Klartext?

Ich habe doch keine Figur, die man sozusagen in einer Gruppe subsumieren kann. Also Gruppe 36/38 oder 40/42 und so weiter. So was finde ich diskriminierend. Es war doch wohl klar, dass ich mir immer, aus lauter Eitelkeit, die niedrigere Doppelangabe bestellte, um dann jedes Mal mühsam die Teile wieder zurückschicken zu müssen.

Aber egal jetzt, ich machte es mir mit meiner Wolldecke auf meiner Couch gemütlich, schlürfte vorsichtig ein Schlückchen Kamillentee aus meiner großen Tasse. Das Dekor ist schon echt abgeschabt, innen auf dem Tassenboden sind diverse Kratzrillen zu bestaunen, aber ihr Anblick hat schon etwas Tröstliches. Ich glaube, es liegt daran, dass sie schon seit meiner Kindheit in meinem Besitz ist, sie symbolisiert wohl die vielen schönen Tage, die ich, geschützt mit einem Entschuldigungsschreiben meiner Eltern, glücklich schwänzen durfte.

Ein Teil meines Schlückchens landete auf der dritten Seite meines Katalogs. Die Wirkung der Spritze hatte um keinen Deut nachgelassen, und so sabberte ich munter mit meinem schiefen Mund herum.

Mein Magen knurrte laut und vernehmlich. Es war doch klar, dass man zum Zahnarzt nüchtern geht. Aus zwei verständlichen Gründen. Erst einmal hielten einen die akuten Beschwerden davon ab, etwas Essbares zwischen die Zahnreihen zu schieben, und zum Zweiten hatte man so viel Angst vorm Zahnarzt, dass einem die Aufregung auf den Magen schlug. Aber kaum kommt man halb tot aus der Praxis, meldet sich als Erstes ein tief nagendes Hungergefühl. Übertönt von den letzten Worten, die der Experte einem mit auf den Weg gegeben hat: »Und jetzt mindestens eine Stunde lang nichts essen.« Gut, ich blätterte also durch meinen Katalog.

Ja, geht's noch? Wer hatte sich denn diese neckische Variante fotografischer Darstellungskunst ausgedacht? Bei jedem zweiten Model stand etwas Essbares im Hintergrund. Ja, hier, da hatte die Blondine sogar ein Croissant in der Hand. Erst einmal will ich keine Models in meinem Lieblingskatalog essen sehen, außerdem assoziiere ich mit Essenfassen und Klamotten immer Flecke auf denselben, und in meinem Zustand fühlte ich mich als Folteropfer.

Natürlich entschied ich mich nun gegen den »Edlen Tweedblazer im topaktuellen Military-Style mit leicht taillierter Passform mit hochwertigen, charakteristischen Details wie den vier aufgesetzten Pattentaschen und den goldfarbenen Metallknöpfen.«

Pech gehabt, hätte das Model nur eine Teetasse dekorativ in der Hand geschwenkt, wäre ich vielleicht schwach geworden.

Ich blätterte um. Ein Kleid. »Pure Weiblichkeit!«, stöhnte es im Begleittext. Machen den eigentlich Frauen oder

Männer, schoss es mir durch den Kopf. Weiter im Text: »Trendkleid in Wickelform mit tiefem V-Ausschnitt und Hemdkragen. Modische ¾-Ärmel mit ausgestellten, geschlitzten Manschetten. Luxuriöses Wohlgefühl verleiht der softe Seidenjersey, der sich hautnah der Silhouette anschmiegt.«

Hmm. Solche Beschreibungen edler Materialien lassen mich ja immer schwelgerisch dem angegebenen Artikel verfallen. Ich scheine eine lebhafte Fantasie zu besitzen. Denn bei der anschließenden Detailaufstellung: 90% Seide, 10% Wolle, wusste ich förmlich, wie das Teil sich anfühlen würde. Ich schnurrte beinahe wie eine Katze, die ihren Wohlfühl-Platz bezog.

Aus diesen Überlegungen wurde ich allerdings jäh herauskatapultiert, als mein Blick auf den Preis fiel. Donnerwetter, das war ja wohl ausgeschlossen.

Sofort arbeitete ich daran, meine aufkeimende Enttäuschung zu bekämpfen. Also, so toll sah das Kleid ja nun auch wieder nicht aus. Klar, schon schön, aber vorne lagen die Kleiderteile übereinander. Und das bedeutet doch eigentlich im Klartext, dass man, wenn man Pech hatte, immer zu viel Bein zeigte. Zum Beispiel beim Hinsetzen. Und das wäre doch echt lästig, immer erst die Pleureusen zu ordnen, ehe man lässig saß.

Und außerdem, wann würde ich das Teil denn anziehen können? So oft hatte man nicht die Gelegenheit, ein so genanntes Nachmittagskleid zu präsentieren.

Ich jedenfalls zog mich morgens an und kam abends in derselben Klamotte wieder nach Hause.

Puh, gut gemacht, lobte ich mein Unterbewusstsein. Ohne zu zögern, schlug ich eine neue Seite auf.

Die musste ich haben: »Eine schwarze Five-Pocket-Jeans, das wahre Kombigenie. Die schlanke Form mit gerader Beinweite sitzt leicht auf der Hüfte. Supermodisch die neue Detailverarbeitung: Abgesteppte Biesen im Vorder-und-Rückteil. Breite, doppelreihige Kontrast-Steppe-rei, Gürtelschlaufen, komfortabler Stretch-Denim mit softem Wash-Finish.«

Stark.

Ich rief sofort beim Tag-und-Nacht-Bestellservice an und landete bei einer routinierten Servicekraft. Nachdem ich meine Kundennummer preisgegeben hatte, schnarrte sie: »Und was wollen Sie bestellen?«

»Die Five-Pocket-Jeans«, sagte ich eifrig.

»Welche?«

»Na, das Kombigenie.«

Sie belehrte mich nölend, dass sie nicht wisse, welche ihrer 385 angebotenen Jeans nun das »Kombigenie« darstellen sollte, ihr Computer reagiere nur auf die angegebenen Bestellnummern.

Na, klar, ich war ja schon jahrelang ein Katalog-Abhängiger, und mir war das Prozedere nicht fremd.

Ich gab ihr also die benötigte Zahlenkombination, und sie leierte weiter: »Welche Größe?«

Ich gab sie ihr durch und musste mir von ihr sagen lassen: »Ist ausverkauft.«

So ein Pech. »Aber sie kommt doch wieder rein?«, meinte ich hoffnungsfroh. »In Ihr Programm, meine ich.«

»Nein«, beschied sie mir barsch.

»Aber ich habe doch den Katalog erst heute bekommen«, protestierte ich, »da kann doch das Modell nicht schon weg sein.«

»Ist es auch nicht«, entgegnete sie genervt. »Aber in Ihrer Größe ist sie weg.«

»Wieso denn?« Ich ließ nicht locker.

»Die Durchschnittsgröße ist immer sofort ausverkauft«, erklärte sie kühl.

Ja, wieso produzieren die denn nicht einfach mal ein paar mehr?, fuhr es mir durch den Kopf.

Ich überlegte hin und her. Die Hose war einfach ein Exemplar, das mir noch fehlte. Vielleicht sollte ich …

»Haben Sie sie denn noch in einer Nummer kleiner?«

Gelangweilt sagte sie: »Sie meinen die beiden zusammengefassten Größen unter der von Ihnen zuerst angeforderten Doppelgrößen-Angabe?«

Ja, so ungefähr hatte ich mir das in meiner Not vorgestellt.

»Ich fürchte zwar«, wagte ich eine ehrliche Prognose, »die wird mir dann nicht richtig passen. Ich habe die schon mal ausprobiert, und da bekam ich den Reißverschluss nicht wirklich zu.«

Hätte ich doch nur das Gespräch viel früher beendet. Denn ich wollte wirklich nicht hören, was sie jetzt durch den Äther vorwurfsvoll in mein Ohr formulierte: »Dabei haben wir schon unsere Größen den veränderten Körperbildern unserer Kundinnen angepasst.«

Ja, hieß das jetzt, ich bin zu dick?

Wortlos legte ich auf.

Die hatte mir doch jetzt unverschämterweise so richtig einen verpasst. »Den veränderten Körperbildern unserer Kundinnen angepasst.«

Wäre ich ein bisschen stabiler in Bezug auf mein Äußeres gewesen, hätte ich ihr antworten können: »Wurde auch mal Zeit.« Immerhin hatte ich schon lange einen großen Bogen um bestimmte Bekleidungsketten gemacht, in deren Hosenabmessungen ich ums Verrecken nicht hineinkam. Und immer suchte ich die Schuld bei mir.

Ich war zu fett, keine Frage.

Bis mir einmal meine Freundin Bine gestand, dass es ihr ähnlich erging. Und sie war nun völlig unverdächtig, gelegentlichen Gewichtsschwankungen ausgesetzt zu sein, wie ich sie hin und wieder an mir bemerke. Nicht, dass ich mir ernsthaft Sorgen um mein Gewicht gemacht hätte.

Da stand ich drüber.

Aber die Sache mit den Hosengrößen setzte mir zu.

Bine gab mir ein gutes Gefühl, als sie fachmännisch wissend sagte: »Dieses Bekleidungshaus hat seinen Firmensitz in Spanien. Und wie du weißt, sind die Frauen dort ganz anders gebaut als wir. Und seitdem die nun in der ganzen Welt Filialen haben, müssten sie eigentlich nach den Größennormen anderer Länder schneidern. Tun sie aber nicht, denn das wäre ja viel zu teuer und aufwendig für sie. Und so jubeln sie uns ihre XXS-Abmessungen unter, die eigentlich für Ein-Meter-Fünfzig zierliche Mädels gedacht sind. Und was tun wir? Glauben, wir sind zu dick, wenn wir in ein Exemplar unserer üblichen Größe nicht hineinpassen.«

Donnerwetter. Eigentlich agierte Bine sonst immer ein wenig maulfaul. Sie dachte mehr, als dass sie sprach, was ich immer an ihr sehr bewunderte. Doch jetzt hatte sie mir echt geholfen. So war das also. Es lag gar nicht an meinen runden Hüften.

Doch die Tante aus der Telefon-Bestellabteilung hatte mich ins Mark getroffen. Die saß nicht in Spanien, sondern in einem kleinen Ort in Deutschland, und die sprach von Messaktionen, die meinen inländischen Körper betrafen.

Am nächsten Tag sah es an meinem Kiefer zwar nicht besser aus, immerhin konnte ich meine Lippen wieder in der Waagerechten halten. Die Schmerzdragees hielten sogar das Tuckern im Zahnfleisch in Schach, die parallel eingeworfenen Antibiotika-Tabletten ließen mich ein wenig auf Watte gehen.

Ich hatte mich mit Sunny verabredet, der studierten Persönlichkeit in meinem Freundeskreis. Sie war von Haus aus Psychologin und rangierte in meiner Vorstellung ihres Berufsbildes als granatenstarke Therapoteusin. Als ich ihr das sagte, korrigierte sie mich zum x-ten Mal, dass sie Therapeutin genannt wird, was mir zum x-ten Mal bewies, dass sie über null Humoranteile verfügt. Ich fürchte aber, dass ist berufsqualifizierend in ihrem mühsamen Umgang mit uns Gestörten und Beladenen.

Wir saßen in einem Coffee-Shop, gleich neben ihrer Praxis. Zu weitläufigeren Ausflügen reichte ihre Zeit nicht, was sie mir schon am Telefon mitgeteilt hatte.

»Was gibt's?«, fragte sie knapp, während sie ihren Kaffee umrührte. Sie hatte ihn schwarz bestellt, ich natürlich wieder mit Karamellgeschmack und ordentlich viel geschäumter Milch obendrauf. So karg wie ihre schwarze Brühe, wirkt auch Sunny. Hager, eckig und unglaublich cool. Man könnte auch sagen, distanziert oder abweisend. Aber ich kannte sie gut genug, um zu wissen, dass die Tatsache ihres Vormirsitzens schon das größte emotionale Zugeständnis an meine Person war, das ich kriegen konnte.

Mehr Emotionsbezeugungen waren nicht drin.

»Ich bin zu dick«, platzte ich raus.

Sunny zog die Augenbrauen hoch.

»Und deshalb müssen wir uns jetzt treffen?«, fragte sie kurz. »Und das, wo ich so viel zu tun habe?«

Obwohl ich mich ein wenig eingeschüchtert fühlte, kämpfte ich darum, von ihr ernst genommen zu werden.

»Das ist ja nicht alles, aber lass dir doch erst einmal berichten.«

Und so erzählte ich ihr von meinem Gesprächsverlauf mit der Telefonkraft, meinen bereits durchlittenen Einkaufsversuchen in der, in spanischen Besitzverhältnissen befindlichen, Klamotten-Kette und den Auswirkungen auf meine weibliche Psyche.

»Da kaufst du ein?«, fragte sie mich, während ihre strengen Gesichtszüge einen leicht angewiderten Ausdruck annahmen.

»Die haben schon manchmal echt schicke Sachen«, verteidigte ich mich lahm, »und sind eigentlich recht günstig.«

»Die schneidern für Zwerge und verlangen dafür viel zu viel«, antwortete sie.

So einfach ließ ich mich nicht trösten.

»Aber diese Versandkatalog-Tante. Die schneidern noch nach echt innerdeutschen Maßen. Die haben Durchschnittstussis wie mich vermessen, und deren Hosen sitzen oft auch wie Pelle auf meinem Hintern.«

»Das wird ja immer schlimmer«, kommentierte Sunny. »Du bestellst aus Katalogen?«

Schluck. Ich fühlte mich minderwertig. Voll und ganz als kleines Würstchen. Machten das alle Therapoteusen, um anschließend monatelange Sitzungen zum Wiederaufbau gedemütigter Psychen abrechnen zu können?

»Das macht Spaß«, behauptete ich.

»Das macht süchtig«, urteilte Sunny.

Da war was dran. Ich hatte zwar noch nicht festgestellt, dass meine Hände zitterten, wenn ich die Kataloge aus meinem Briefkasten nahm, aber die Tatsache, dass ich in meiner Wohnung immer die abgeschiedenste Ecke suchte, um die Angebote zu betrachten, zeigten, dass ich mich wie ein Drogie mit dem Spritzbesteck vor meinen Mitmenschen verborgen hielt.

Auweia.

»Aber«, setzte ich neu an, »das ist einfach praktisch. Du brauchst nicht in verwarzten Umkleidekabinen etwas anprobieren. Das lange Anstehen fällt weg. Dann ist das Licht darin immer so abtörnend, man sieht so schäbig aus. Kriegt Depressionen. Oder noch schlimmer, eine Verkäuferin reißt den schützenden Vorhang weg und fragt scheinheilig: ›Und, passt es?‹, und die vier gutaussehenden Begleiter anderer Frauen, die genau vor meiner Kabine rumstehen und warten, gucken hin und feixen sich eins, wenn sie sehen, dass mir die ausgesuchte Hose in den Kniekehlen hängt.«

»Wieso da?«, fragte Sunny, echt interessiert.

»Weil sie zu eng ist«, belehrte ich sie. »Weil ich sie nicht über meine Oberschenkel gezogen kriege. Weißt du eigentlich, wie entwürdigend das ist?«

Sunny schüttelte langsam den Kopf. Sie nahm einen mittlerweile sicher kalt gewordenen Schluck Kaffee und sagte nachsichtig: »Du orientierst dich an aufoktroyierten Normenvorstellungen. Das ist die Diktatur des Alltags. Und du lässt dich zum Opfer degradieren.«

Ja, und was konnte ich dagegen tun? Sollte ich jetzt zum Untergrundkämpfer werden, sozusagen zum Guerillero gegen die Zuschneidetechnik der Klamotten-Giganten?

»Du könntest dich verweigern«, schlug Sunny vor.

Wie, und dann auf den Kauf meiner fünfzehnten schwarzen Hose verzichten? Mein Herz wurde schwer.

Ich habe nämlich festgestellt, dass sich meine Einkäufe, egal, ob in der freien, begehbaren Wirtschaft oder per Versandhaus-Katalog immer auf schwarze Hosen konzentrierten. Das scheint ein ähnlicher Hamster-Trieb bei mir zu sein wie der ununterbrochene Einkauf von Brot und Kartoffeln.

Hatte mich meine Mutter hungern lassen? War mir in meiner kindlichen Prägungsphase etwas substanziell Wichtiges vorenthalten worden? Vielleicht sogar absichtlich, aus einer tief verwurzelten Abneigung gegen mich?

War ich ein ungeliebtes Kind gewesen?

Mit offenem Mund starrte ich Sunny an.

Das musste ich ihr lassen. Sie hatte aus meinem kleinen, wie ich fand, noch therapierfähigen Hosengrößen-Problem ein elementares, emotionales Desaster gemacht, an dem ich noch lange würde knabbern müssen.

Ich saß in der Klemme. Lieber verschwieg ich ihr jetzt meinen Kaufzwang in Bezug auf schwarze Hosen, Brot und Kartoffeln.

Das war einfach, denn Sunny hatte auf Autopilot geschaltet. Ihre Augen waren auf einen für uns alle unsichtbaren Punkt im Nirwana gerichtet, als sie zu dozieren begann: »Du könntest doch einfach einmal ausprobieren, dich so zu akzeptieren, wie du bist. Sei dir nicht mehr gram, dass du der von wildfremden Menschen aufgestellten Bewertungsskala deiner selbst nicht entsprichst. Akzeptiere, dass du du selbst bist. Nimm meinetwegen das Hosengrößen-Problemchen zum Anlass, um über dein eigenes Verhältnis zu deinem Körper nachzudenken. Das Diktat der Modeindustrie darf nicht über dein Wohlbefinden entscheiden. Du wirst doch wohl nicht auf die Idee kommen abzunehmen, nur weil die Industrie aus soundso großen Stoffballen die größtmögliche Menge Klamotte rausschneiden lässt. Und du dir immer falsch vorkommst, nur weil die auf den maximalen Umsatz scharf sind. Und«, setzte sie seufzend hinzu, »ihn auch leider erringen.«

»Aber die schwarze Hose ...«, ließ ich mich vernehmen.

Sunnys Augen waren jetzt wieder voll im Hier und Heute. Mit echt ablehnendem Gesichtsausdruck sagte sie zu mir in einer unglaublich gebildet anmutenden Expertensprache: »Scheiß auf die Hose. Leb dein Leben. Und wenn du damit ernsthaft angefangen hast, kannst du dich wieder bei mir melden, damit wir mal wieder ins Kino gehen.«

Sprach's und verschwand.

Man muss dazu wissen, dass Sunny meine kongeniale Partnerin beim Besuch intellektueller Studiofilme ist. In Schmachtfetzen konnte ich sie nicht mehr mitnehmen, da sie bei jedem Liebesschwur eines Leinwandprotagonisten lauthals urteilte: »Schmarrn. Blödsinn.«

Nach ihrem abrupten Abgang war mir der Sinn für einen Shoppingbummel vergangen. Ich schlich nach Hause. Ehrlich gesagt, war ich so durcheinander, dass ich gedankenverloren die doppelte Menge meiner Medikamente einnahm. Auch schon egal. Ich musste mich dringend ablenken.

Aufräumen.

Das wär doch mal was, was ich sonst eher vor mir herschob. Es wäre etwas Neues in meinem eigenen Verhaltensmuster-Katalog. Und ich wollte etwas ändern. An mir. Ich war plötzlich wild entschlossen zu handeln.

Dass vielleicht die zu hohe Dosierung meiner Schmerzpräparate meinen motorischen Aktionsdrang ausgelöst hatte, kam mir nicht in den Sinn. Als Erstes nahm ich mir die Berge von herumliegenden Zeitungen und Zeitschriften vor. Es wurde mir bewusst, dass ich nichts wegschmeißen kann. Vielleicht entwickelte ich mich schon zu einem Messie. Gott, wie schrecklich war das denn? Irgendwann würde man mich finden, in Bergen von Müll …

Stopp. So viel Augenmaß in der Beurteilung meiner negativen Seiten hatte ich doch noch. So schlimm war es wirklich nicht. Aber ich machte mich erst einmal daran, jede bedruckte Seite noch einmal genau anzuschauen und mir Artikel oder Fotos, von denen ich annahm, ich könne sie noch brauchen, herauszureißen. Wozu sie nützlich sein könnten, wusste ich allerdings auch nicht so genau.

Okay, das dauerte doch länger, als ich gedacht hatte. Nun lagen links von mir die Haufen Ausschnitte, die ich noch lesen wollte. Interessante Gedankengänge über Neustrukturierungen im Landkreis Passau zum Beispiel, Schminktipps für Halloween-Partys (nicht, dass ich schon mal eine besucht hätte oder vorhatte, eine zu erleben), Rezepte für exotische Barbecue-Gerichte, wobei ich mich nicht davon verunsichern ließ, dass ich gar keinen Grill besaß.

Rechts von mir stapelten sich ausgerissene Fotos, auf denen Haarschmuck zu sehen war, obwohl ich an meinem Kurzhaarschnitt keine Fisimatenten duldete, Abbildungen mit der x-ten Wiedergabe eines, wie ich finde, sehr schönen Schnappschusses von Grace Kelly, den ich, ehrlicherweise gesagt, schon circa zehn Mal archiviert habe, und natürlich zwölfseitige Berichterstattungen über das spanische Königshaus. Ein wunderbares Spektakel für mich, weil ich den Sohn der ältesten Tochter des Königs echt putzig finde.

Den Rest des Newspaper-Wustes steckte ich in Plastiktüten, fertig zum späteren Entmüllen im Papier-Container.

Gut, das war doch schon mal was.

Ich arbeitete mich langsam, aber sicher, zu meinem Schlafzimmer vor. Seitdem ich in einer TV-Sendung darüber aufgeklärt wurde, dass meine Allergien auslösenden, tierischen Mitbewohner vor allem in gemachten Betten überleben, ließ ich natürlich mein Bettzeug in genau dem Zustand, in dem ich morgens meine Schlafkoje verließ.

Die Gesundheit geht vor.

Etwas anderes wurde allerdings von keinem Experten empfohlen: Ich ließ abends und morgens meine einmal ausgezogenen Klamotten rumliegen. Was heißt rumliegen. Sie stapelten sich zu einem echt großen Haufen auf der Couch, die ich eigentlich in mein Schlafzimmer gestellt hatte, um vom Bett aus denken zu können, ich besäße ein elegantes Boudoir.

Jetzt wirkte der Raum eher wie die Kleiderkammer eines gemeinnützigen Vereins.

Nachdem ich drei Pullover, vier Röcke, zwei bereits vor langer Zeit getragene Pyjamas zum Teil ordentlich gefaltet in den Schrank gelegt oder in meinem Wäschekorb versenkt hatte, wischte ich mir den Schweiß von der Stirn. Ganz schön anstrengend.

Plötzlich durchzuckte mich ein Gedankenblitz. Sogleich ließ ich eine ehemals weiße Bluse wieder fallen, und ich setzte mich auf meine Bettkante.

Ich begriff, was Sunny mir hatte beibringen wollen.

»Akzeptier dich, so wie du bist«, hörte ich ihre mahnenden Worte.

Epochal.

Sie hatte ja Recht. Ich musste mich endlich so nehmen, wie ich war. Mit einem leichten Ansatz zum Messie, den gerundeten Hüften, die halt zu gewissen Zeiten in andere Hosengrößen passten als zuvor, einem Hang zu einseitigem Einkaufen, was Brot, Kartoffeln und schwarze Buxen anging, und einem unbezwingbaren Drang zum großzügigen Verteilen meiner getragenen Klamotten innerhalb meiner eigenen vier Wände.

Ich begann, mich richtig gernzuhaben.

Das neue Jahr würde ein gutes für mich werden. Schluss mit dem ständigen Verbiegen. Schluss mit den vielen Selbstvorwürfen. Schluss mit dem ewigen Zweifeln.

Ich fühlte mich frei.

Munter vor mich hin pfeifend, begann ich, die herumliegenden Hosen aufzuhängen. Ah, da lagen ja unter meiner so lange vermissten blauen Jeans gleich drei schwarze Hosen. Ich konnte doch mal, so als letzten Akt meines kurzfristigen, rigiden Aufräumprogramms, ausprobieren, welche Länge und Form sie hatten, um sie dann nach einem gewissen System aufzuhängen.

Ich schlüpfte in die erste.

Sie blieb in meinen Kniekehlen hängen.

Panisch richtete ich mich auf.

War ich zu dick?

Februar

◆ ◆ ◆ ◆ ◆ ◆ ◆ ◆ ◆ ◆ ◆

Warum kriege ich im Februar keinen neuen Wintermantel?

Hauptbahnhof, Gleis 3. Der Lautsprecher knackte. »Der ICE aus Basel hat voraussichtlich vierzig Minuten Verspätung. Wir bitten um Ihr Verständnis.« Wofür? Ich stopfte meinen Schal, den ich um meinen Kopf geschlungen hatte, tiefer in den Kragen meines Mantels. Warum trug ich keine Mütze?

Weil sie meine Haare immer so platt machen. Weil man darunter leicht schwitzt. Weil sie so hässlich sind. Richtig, deshalb hatte ich keine Mütze dabei. Langsam, aber sicher wurde mein Oberkörper ganz steif. Der Wind auf dem zugigen Bahnsteig ließ mich zu einem Eisklotz erfrieren.

Wieso war ich Blödian auch so früh zum Bahnhof gefahren? Ich kannte doch das Spiel. Noch nie, ich schwöre, noch nie war der Zug, in den ich steigen wollte, wirklich pünktlich gewesen. Selbst wenn es nah dran war am vorgegebenen Termin, hätte ich Wetten abschließen können, dass es mindestens vier bis fünf Minütchen später wurde, bis die immer zu laut quietschenden Dinger vor mir zum Stillstand kamen. Und dann natürlich immer ein paar Meter weiter, als die Wagenstandsanzeige auf ihrer bunten Schautafel vorausgesagt hatte.

In diesem Moment wäre es mir allerdings so egal gewesen, wenn mein Wagon, in dem ich mir natürlich einen

Platz hatte reservieren lassen, zwanzig Meter von mir entfernt stehen geblieben wäre.

Bloß einsteigen können.

Ich hüpfte ein paarmal in die Luft, um wenigstens den Ansatz eines Gefühls für meine eiskalten Füße zu bekommen. Wieso gab es eigentlich keine beheizbaren Bahnsteige? Ich sah mich um. Wartehäuschen hatte man abgeschafft. Im angedeuteten, von Glasscheiben umgebenen Unterstellfleck knubbelten sich Dutzende von Reisenden.

Ich versuchte es mal mit Schlagbewegungen gegen meinen Oberkörper. Keine Reaktion. Bei mir. Ich war wohl schon klinisch tot. Wieso hatte ich mir nicht längst einen dickeren Wintermantel besorgt? Schon im dritten Jahr schleppte ich jetzt meinen schwarz-weiß melierten Wollmantel, wirklich immer noch en vogue, mit breitem Revers und einem Schließgürtel in der Taille. Der Nachteil des schönen Stücks lag in seiner Körperbetontheit. Die verbot es mir, aus Platzgründen, dicke Pullover darunter anzuziehen. Hätte ich es getan, wäre ich ein kleines Litfaßsäulchen geworden, das statt zum Bahnsteig zu laufen, auch hätte gerollt werden können.

Mein Schal war so breit bemessen, dass ich eigentlich geplant hatte, mich bei kälteren Temperaturen darin einzuhüllen. Nur hatte ich ihn halt jetzt zweckentfremdet als Mützenersatz einsetzen müssen.

Ich zitterte. Eigentlich merkwürdig, da mein Oberkörper doch schon erstarrt war. Aber er schüttelte sich jetzt, offenbar vor Entsetzen, dass man ihm diese extremen Minustemperaturen antat.

Ich schob mich mehr, als dass ich ging, zum Kiosk.

»Haabbbeen Siee wwwwas Heiiissßßeesss?«, bibberte

ich die Verkäuferin an. Sie hatte einen megadicken Schal in einen gefütterten Parka gestopft, auf den schonungslos gebleichten Haaren eine dicke Wollmütze, derbe Handschuhe an den Händen. Sicher hatte sie auch Thermo-Boots an den Füßen, während ich zu Hause, bei tropisch eingestellter Heizkörper-Hitze, in meine schicken, dünnen Stiefel mit Bleistiftabsatz geschlüpft war.

Selbstmord.

»Der Glühwein ist leider aus«, bedauerte sie, »Kaffee muss ich erst frisch machen. Aber eine heiße Wurst können Sie haben.«

Ich nickte.

Ich klaubte mein Portemonnaie aus der Handtasche. Zu meinem Entsetzen ließen sich meine Finger in den ultradünnen, mega-angesagten Lederhandschuhen nicht mehr biegen.

»Geb'n Se mal her«, meinte sie verständnisvoll. Vor meinen wachsamen Augen pulte sie exakt den geforderten Betrag heraus, ohne auch nur einen Cent zu mopsen.

»Ddaankke«, stieß ich hervor. Dann nahm ich die heiße Wurst und presste sie ungeniert an meine eisige Wange. Diskret wandte sich die, angesichts dieser Aktion, doch etwas überraschte Verkäuferin ab, ich war ihr dankbar dafür.

Nachdem ich mich ein wenig angetaut hatte, biss ich ein Stück der lebensspendenden Naturalie ab und versuchte, meine starre Kaumuskulatur in Gang zu bringen.

Aber die Befehle aus meinem Gehirn kamen nicht dort an, wo sie dringend gebraucht wurden. So schluckte ich das Stückchen einfach im Ganzen runter und hoffte, dass ein gewisses Völlegefühl Wärmeempfindungen auslösen würde.

»Sie haben Senf an der Backe«, meinte die eingemummelte Kiosk-Dame zu mir, nachdem sie einen kurzen Blick gewagt hatte. Die Serviette, nach der ich wie ein Roboter griff, blieb liegen. Sie bewegte sich keinen Millimeter in meine Richtung.

»Komm' Se mal rein«, sagte die Dame, »das kann man ja nicht mit ansehen.«

Sie öffnete die Seitentür, und ich schob mich in den Kiosk.

Ahhh! Wie herrlich war das denn? Der diskret zu ihren Füßen befindliche kleine Heizkörper verströmte wunderbare Wärme. Aufatmend lehnte ich mich an den Tresen.

Rettung in letzter Not.

»Daanke«, entschlüpfte es meinen langsam auftauenden Lippen.

»Kein Thema«, wehrte sie resolut ab.

Jetzt erst merkte ich, wie wunderbar das Würstchen schmeckte. Während ich Bissen um Bissen vertilgte, kochte die Fee frischen Kaffee. Das Blubbern der Kaffeemaschine klang in meinem Zustand schöner als eine Sinfonie.

Sie hielt mir eine angeschlagene Tasse entgegen. Aus ihr dampfte der köstlich duftende Muntermacher.

»Milch, Zucker?«, fragte sie.

»Alles«, sagte ich strahlend.

Es war himmlisch.

Ungeniert schlürfend nahm ich mehrere Schlucke hintereinander. Ja, jetzt rann das Heißgetränk ungebremst durch meinen Körper. Meine Speiseröhre bedankte sich auch ganz herzlich mit schmerzhaften Zuckungen bei mir dafür, dass ich nicht erst vorsichtig gepustet hatte.

Egal. Ich lebte. Und wie gut.

»Wieso haben Sie das gemacht?«, wollte ich von meiner Lebensretterin wissen.

Sie schaute mich lange an, dann sagte sie: »Ehrlich gesagt, habe ich wegen Ihnen zwanzig Euro verdient.«

»Wieso das?«, fragte ich verblüfft.

»Ich hab vor zwei Stunden mit meiner Aushilfe gewettet, dass erst einmal Ihr Zug mehr als eine halbe Stunde Verspätung hat …«

»Und was noch?« Jetzt wollte ich die ganze Wahrheit wissen.

»… und dass Sie irgendwann in Ihrem Mäntelchen und mit den Schühchen so durchgefroren sind, dass Sie Ihr Geld nicht mehr selbst aus Ihrer Börse rausholen können. Und ich habe Recht behalten.«

Wie schlecht ist doch diese Welt. Da denkt man mal, man hat einen uneigennützig handelnden Menschen getroffen, und muss wieder mit der brutalen Realität klarkommen: Ohne Moos nix los.

Hätte sie mich wohl in ihr warmes Stübchen aufgenommen, wenn sie keine Wette laufen gehabt hätte?

Ich schaute sie mir genauer an und befand: Wohl eher Minus.

Ich klaubte den letzten Rest meiner Würde zusammen und fragte nach dem Preis des Kaffees.

»Lassen Se mal stecken«, meinte sie großzügig. »Das ist in meinem Gewinn mit drin. Ich geb' einen aus.«

Ich bedankte mich ausgesucht höflich und trat wieder hinaus in die bitterböse, eiskalte Welt.

Hier durfte meines Bleibens nicht länger sein.

»Bitte, Vorsicht bei der Einfahrt des Zuges.«

Ich war mal wieder zu stolz, um mir die Ohren zuzuhalten, während das laute Zischen und Quietschen Kopfschmerzalarm bei mir auslöste.

Nur rein.

Geschafft. Ich sah mich um. Dies war weder mein Waggon noch meine gebuchte Klasse. Also machte ich mich auf den langen Marsch durch den schier endlos scheinenden Zug. Nach vielen ungewollten, sehr engen Berührungen mit anderen Körpern, die entweder dasselbe wollten wie ich oder die entgegengesetzte Richtung bevorzugten – oder aber einfach nur dumm rumstanden, erreichte ich meinen reservierten Platz. Darauf, natürlich, ein Mensch.

Ich zog meine Unterlagen hervor, lächelte kurz und meinte: »Das ist meiner.«

Eine reichlich ernährte Frau schaute unter viel Ächzen und Stöhnen in der Tasche ihres Mantels nach, den sie auf der Gepäckablage verstaut hatte, und stimmte mir nach gefühlten zwanzig Minuten zu.

Sie räumte das Feld. Ich ließ mich in den, das muss ich zugeben, prallheiß gewärmten Sessel fallen und fühlte im selben Moment der einsetzenden Entspannung einen stechenden Schmerz in meinen Füßen. Die hatten sich durch den Auftauvorgang im Kiosk, unmittelbar befindlich vor dem Heizkörper am Boden, so ausgedehnt, dass ich dachte, es zerreißt mir die Stiefel.

Frostbeulen, durchzuckte es mich. Abbe Füße, war das Nächste, was ich dachte. Hatte ich nicht gerade in einer Tageszeitung die Abbildung der verunstalteten Füße eines nicht unbekannten Bergsteigers gesehen? Und hatte ich nicht gleich umgeblättert, weil ich den Anblick des grauenvollen Fehlens diverser kleiner Extremitäten nicht ertragen konnte?

Vorsichtig versuchte ich, meine Zehen zu bewegen. Unmöglich. Die spitz auslaufenden Stiefel pressten meine Zehen so fest zusammen, dass sich ein kalter Klumpen geformt hatte.

Ausziehen?

Auf keinen Fall. Ich fürchtete mich vor dem, was ich dann an roten Stellen sehen würde, und vor dem Augenblick, in dem ich meine Folterwerkzeuge wieder anziehen musste.

Also hieß es wieder einmal, Zähne zusammenbeißen. Ich griff nach dem Folder, der in der Tasche des Vordersitzes steckte. Darauf die Ankunftszeiten bei den wenigen Haltestellen des Zuges und vor allem der Zeitpunkt, an dem ich an meinem Ziel ankommen sollte.

Sollte. Denn jetzt verkündete die Lautsprecherstimme unseres Zugbegleiters, dass wir leider die bereits eingetretene Verspätung nicht wieder aufholen würden. Dementsprechend, ich rechnete mal kurz nach, würde ich mindestens anderthalb Stunden später als geplant dort ankommen, wo ich erwartet wurde.

Hoffentlich war dieser Geschäftspartner nicht so erzogen worden wie ich, immer mindestens zwei Stunden früher am Bahnhof zu sein als eigentlich nötig. Mein Vater hatte uns diesen Aspekt seiner eher preußisch harten Erziehung leider weitervermittelt.

Ich könnte meinen Abholer ja warnen, um ihn vor drohenden Wartemarathons in seinem Bahnhof zu bewahren.

Ich zog mein Handy raus und wählte.

Piep, piep, piep.

Kein Empfang. Klasse.

Der Zugbegleiter schlenderte gerade in voller Montur auf mich zu und wollte meinen Fahrausweis kontrollieren.

»Haben Sie ein Telefon im Zug?«, fragte ich ihn.

»Ja, am Ende dieses Wagons«, belehrte er mich. »Aber nur mit einer Telefonkarte zu benutzen.«

Wer hatte denn heute in Zeiten des mobilen Kommunizierens noch eine Telefonkarte bei sich?

Ich resignierte.

»Möchten Sie etwas aus dem Bordrestaurant?«, fragte mich die geschulte Fachkraft.

Ich habe schon lange den Eindruck, dass Zugbegleiter, die früher immer als schreckenerregende Respektspersonen den Zug nach Falschfahrern durchkämmten, mittlerweile wie kastriertes Kneipenpersonal anhuschen.

Sie scheinen darunter selbst am allermeisten zu leiden. Früher hielten sie ihre diskret rasselnden Abknips-Utensilien wie Pistolen im Anschlag, während die Fahrgäste zitternd vor Angst nach ihrem Fahrdokument suchten. Ich bin sicher, jeder kannte die Panikattacke, die von der Furcht gespeist wurde, man habe genau diesen wertvollen Schnipsel verloren, oder noch schlimmer, gar nicht eingepackt. Dabei, und das ist genauso sicher, hatte jeder autoritätsgläubige Reisende vor Einstieg in den Zug mindestens zehn Mal nachgeprüft, ob das Dokument auch gut verstaut im Gepäck war.

Heute haben die Fahrkartenkontrolleure Hightech-Apparate dabei, mit denen sie die Fahrscheine locker ausdrucken – und auch noch das Geld mit Kreditkarten-Maschinchen einziehen können.

Früher hätten sie jedem, der ohne korrekten Fahrausweis in ihrem kostbaren Zug gesessen hätte, lustvoll das Gefühl vermittelt, er sei ein ekliges Subjekt, ein Schwarzfahrer, der gleich, vor den Augen aller Anwesenden, an den hintersten Wagon gekettet würde, um nach der unerbittlichen Geschwindigkeitsvorgabe der Zugmaschine hinterherlaufen zu müssen.

Irgendwie erinnerte das Gehabe dieser Bahnangestellten an Knastaufseher, die ihre Kunden wie Gefangene nach Lust und eigener Laune drangsalieren konnten.

Jetzt sieht die gefühlte Machtlage anders aus. Sie mussten die Kröte schlucken, dass der Kunde König ist.

Damit der Triumph bei den zahlenden Reisenden aber nicht zu groß werden konnte, haben sich die zu normalen Dienstleistern degradierten ehemaligen Halbgötter in Uniform kleine Niedlichkeiten ausgedacht, um ihr Gesicht zu wahren.

So auch die Frage, ob man etwas aus dem Bordrestaurant wünsche. Zum einen verbinden sie mit dieser Standardfrage einen drohenden Blick, der nichts anderes sagt als: »Sie wollen doch nicht etwa, oder?«

Wenn man ein sonniges Gemüt hat, sich unbeeindruckt zeigt und eine Bestellung aufgibt, kommt der Moment der Rache mit dem Augenblick des Servierens. Und da zeigt sich, dass die Bahnverwaltung auf der Seite ihrer Angestellten ist: der Preis von Kaffee und Tee ist nicht ohne. Und die vielen Ruck-und-Schleuderbewegungen, die Züge heute komischerweise immer noch machen, haben die schlichten weißen Becher schon so weit entleert, dass man es sich bei der nächsten Zugfahrt sehr genau überlegt, noch einmal zu ordern.

Ein interessantes Kräftespiel von zwei Giganten: Kunden und Zugpersonal.

Ich fand es viel ehrlicher und auch aufregender, als noch Menschen ein rollendes Warenhaus durch die Zugabteile rumpeln ließen. Den Rollwagen vollbepackt mit all den Dingen, die man in seinem Alltagsleben nie kaufen würde. Süßigkeiten, Schokolade, Kekse in allen Varianten; in einem Heißwasserbehälter schwammen Würstchen, zum Teil aufgeplatzt durch ihre lange Verweildauer im leicht schlierigen, abgestandenen Wasser; Brötchen von pappiger Konsistenz, in Klarsichttütchen eingepackte Kuchenstücke, Limodosen mit hohem Zuckeranteil, nicht mehr ganz kalt, und ebenso lauwarme Mineralwasser-Plastikflaschen, deren Inhalt einem nach dem ersten Schluck einen langanhaltenden Schluckauf verschaffte.

Was für eine schöne, unkomplizierte, ja, heile Versorgungswelt.

Nein, ich wollte nichts ordern. Schließlich hatte ich, zwar als Opfer einer perfiden Wette, bereits meinen Magen gefüllt. Erst jetzt fiel mir auf, dass ich es versäumt hatte, mich mit Lesefutter zu versorgen. Echt blöd, immerhin standen mir ja jetzt stundenlange, sinnentleerte Beförderungswege bevor.

Dong. Dong.

Was haute mir eigentlich dauernd auf den Kopf? Ich schaute nach oben. Das Bahnmagazin hing an einem Haken und schlenkerte bei jeder Schienenbiegung an mein Haupt. Ich nahm es herunter und musste bei näherem Hinsehen bemerken, dass offensichtlich schon unzählige Reisende vor mir aus lauter Langeweile nach diesem Exemplar gegriffen hatten. Angeschmutzte Eselsohren an den Seiten ließen zudem noch vermuten, dass es immer noch viele Mitmenschen gibt, die beim Umblättern die Finger mit ihrem Speichel benetzen.

Arrggh.

Kurz entschlossen zog ich meine Handschuhe an und begann zu lesen. Geschlagene vier Stunden legte ich das Heft nicht mehr aus der Hand. Ich erfuhr viel über zufriedene Beförderungskunden, las Interviews mit schmuck aussehenden Zugführern, wurde in einem Artikel aufgeklärt, dass die vielgelobten Bord-Bistros eine absolut keimfreie Oase der einheimischen Gastronomie sind, wie sensationell komfortabel die Abteile doch sind, kurzum, dass es nichts Besseres und Schöneres gibt, als Bahn zu fahren. Und dass der Reisende Zielperson von fantastisch ausgebildetem, engagiertem Personal ist.

Ich widerstand diesem Versuch einer veritablen Gehirnwäsche. Die Zeiten des Orientexpresses waren dahin. Dessen Salonwagen-Atmosphäre entsprach meinen ganz persönlichen Vorstellungen. Nur so und nicht anders.

Ich versuchte, noch ein wenig zu schlafen, selbstverständlich die Handtasche eng an meinen Leib gepresst. Nicht, dass man misstrauisch gegenüber seinen Mitreisenden wäre.

Am Zielort angekommen, sah ich mich um. Kein Abholer weit und breit. In diesem Moment klingelte mein Handy, das während der gesamten Fahrt verstummt geblieben war.

Ein Blick aufs Display verriet, acht Anrufe in Abwesenheit. Was für eine blöde Standardformulierung. Ich war doch da gewesen. Nur das Netz hatte sich verflüchtigt.

»Leider kann ich nicht warten«, hörte ich bei der dritten Mitteilung meinen Geschäftspartner sagen. »Die Bahnleute hier haben keinen Schimmer, wie viel Verspätung Ihr Zug hat. Deswegen, sorry, aber mein Anschlusstermin lässt sich nicht verschieben.«

Ich sackte in mich zusammen. Wie, und deshalb hatte ich diesen ganzen Tag verschleudert, mich auf Abenteuerfahrt ins Bahnland begeben, um jetzt ohne Grund in einer fremden Stadt zu sein.

Ich sah auf den Fahrplan. Der nächste Zug zurück fuhr in drei Stunden. Wenn er denn fuhr. Und wenn er in diesem Fall nicht doch erst wieder drei Stunden später einrollen würde.

In solchen unlösbar scheinenden Situationen kommt mir immer derselbe Gedanke: Dann gehe ich jetzt shoppen. Zu meiner Entschuldigung muss ich sagen, dass ich dazu normalerweise keine Zeit habe. Und wenn sie mir dann plötzlich durch so einen blöden Umstand beschert wird, steigt mein Laune-Pegel wieder nach oben, und ich mache mich auf in eine fremde Einkaufsstraße.

Jedes Mal denke ich voller Vorfreude, hier gibt es garantiert ganz viele Geschäfte, die in meiner Stadt nicht angesiedelt sind. Neue Kaufimpulse braucht die Frau. Nicht immer die gleichen Wege, bei denen man schon im Moment des Ansteuerns eines Ladens weiß, dass man dort wieder nichts finden wird.

Was ich verdrängt hatte, ist die Tatsache, dass heute alle Innenstädte uniform sind. Dass überall die Filialen derselben Kaufhausketten die strategisch besten Ecken der Innenstädte okkupiert haben. Und dass das Angebot in diesen Filialen identisch ist mit denen in meiner City.

Ich reagiere zusehends gereizter auf diese Erkenntnis.

Reiß dich zusammen, kommandierte ich, jetzt hilft nur noch eines: eine gezielte Kaufvorgabe. Ich sah an mir runter.

Ein neuer Mantel. Du brauchst einen neuen Mantel. Natürlich. Noch einmal wollte ich nicht so frieren. Jetzt bekam mein schreckliches Erlebnis, kurz vor dem Erfrierungstod gestanden zu haben, einen ganz anderen Sinn. Es war die Erlaubnis, ein neues Winterteil zu kaufen. Es ist ja immer so im Leben, in jedem schrecklichen Erlebnis steckt auch die Chance auf etwas Gutes, etwas Neues. Eine Veränderung.

Man kann es auch herumdrehen. Wenn man sich etwas Schönes gönnen will, hängt garantiert immer etwas Negatives dran. Jetzt sollten mir aber keine Lebenserfahrungen im Weg stehen. Ich wollte einen neuen Mantel, und zwar möglichst schnell.

Im vierten Laden, den ich betreten hatte, dämmerte mir langsam, dass meine psychologischen Überlegungen der Lebenswahrheit sehr, sehr nahe kamen.

»Einen Wintermantel, jetzt?«, fragte mich die gleichgültig wirkende Verkäuferin. »Sie sind reichlich spät. Wir haben schon die Frühlingsware dekoriert.«

Diese Bemerkungen waren wortgleich in den drei Geschäften formuliert worden, die ich unverrichteter Dinge wieder hatte verlassen müssen.

»Ja, aber, es ist doch noch Winter«, warf ich ein. »Es ist doch noch schweinekalt. Da muss man doch Mäntel kaufen können.«

»Nicht bei uns«, meinte sie abweisend. »Wir sind schon total ausverkauft.«

»Schön«, lobte ich ihren Verkaufserfolg.

Jetzt allerdings wurde der Wunsch, einen neuen Wintermantel zu kaufen, für mich zur fixen Idee. Ja, ich erweiterte noch meinen Wunschzettel: Neue Stiefel sollten es jetzt auch noch werden.

Ich durchforstete das Sortiment eines jeden Ladens, der nur entfernt den Eindruck machte, er könne irgendwo in den verwinkelten Räumen Mäntel versteckt halten. Schließlich landete ich erschöpft in einer Seitenstraße. Und dort, ich blinzelte zweimal, da ich meinen Augen nicht traute, hing ein schwarzer, wattierter Daunenmantel im Schaufenster.

Bingo. Der sollte es sein. Längst hatte ich mich von meiner modischen Idealvorstellung einer wärmenden Hülle für diesen und vielleicht auch für die nächsten Winter verabschiedet. Für mich ging es angesichts der herrschenden Minustemperaturen nur noch ums nackte Überleben.

Drinnen orderte ich das Ausstellungsstück aus dem Fenster, indem ich meine Kaufabsichten deutlich formulierte.

»Wird Ihnen nicht passen«, urteilte die kaugummikauende Verkäuferin.

»Wieso?«, wollte ich verblüfft wissen.

»Ist Ihnen zu groß.«

Das schmeichelte mir sehr. Sonst muss ich mir immer von kleinen, mageren Verkäuferinnen sagen lassen, dass ich – sie schauen dann immer so abschätzig von meinen Füßen bis zu meiner Kopfspitze – auf keinen Fall in ihre Produkte hineinpasse. Was mich natürlich so wütend macht, dass ich sie dann in der Umkleidekabine erst recht ausprobiere.

Sie haben immer Recht.

Was mich dazu veranlasst, beim Herauskommen mindestens genauso abschätzig guckend zu lügen: »Es passt zwar, aber mir gefällt der Schnitt nicht.«

Jetzt wollte ich es aber auf jeden Fall schaffen, diesen offensichtlich letzten Wintermantel in einer großen Stadt zu erwerben. Und zwar käuflich.

Murrend bequemte sich die unwillige Perle dazu, ins Schaufenster zu steigen. Dass ihr dabei mehrere dekorierte Teile entgegenkamen, erfüllte mich mit klammheimlicher Freude. Jetzt hielt sie mir, unter lautem, ungeniertem Niesen, das gewünschte Stück Ware entgegen. Also auch noch staubig im Klamotten-Stübchen.

Ich schlüpfte in den Mantel.

Jaaa, also, gut, ein bisschen zu üppig war er schon für mich. Aber wenn ich mich ein bisschen aufplusterte? Erst einmal die Druckknöpfe schließen und dann ab vor den Wandspiegel. Ich sah eine etwas vierschrötige Type in einem gesteppten Mantel vor mir; der Gesamteindruck nicht unähnlich dem eines Kleiderschranks.

»Sag ich doch, viel zu groß«, tönte die Verkäuferin hinter mir.

»Ich nehme ihn«, sagte ich schnell. Bloß keine Zeit mit Nachdenken vertun. Dies war ganz offensichtlich das letzte Exemplar von ehemals unzählig vielen Varianten eines wärmenden Kleidungsstücks. Augen zu und durch. Ich ließ mir an der Kasse meinen alten Mantel einpacken und stolzierte mit meiner angezogenen Beute los. Schön warm, das war ja auch die Hauptsache. Und sehr, sehr üppig bemessen. Die Weite würde mir allerdings in Zukunft erlauben, auch mal einen dicken Pulli drunter anzuziehen. Nach wenigen Metern wurde mir klar, dass ich dies nie tun würde, denn ich wollte auf keinen Fall schweißüberströmt meines Weges gehen.

So, jetzt noch das I-Tüpfelchen meines Einkaufs-Hürdenlaufs. Stiefel.

Hier würde ich keine Probleme haben nach dem Motto »Gibt's nicht mehr, Saison vorbei«, denn ich hatte schon bei meinem Streifzug durch die Stadt unzählige langschaftige Treter in den Auslagen erspäht. Komisch, diese Winterware war noch nicht ausgemustert.

In einem offensichtlich zum Selbstbedienungsladen umfunktionierten Shop probierte ich ein Paar an. Ein bisschen zu schlicht für meinen Geschmack, aber erst mal sehen, wie sie so sitzen. Links glitt der Reißverschluss wie von selbst nach oben. Beim rechten Stiefel war in der Mitte meiner Wade Schluss.

Na ja, egal, die Stiefel hatten mir sowieso nicht gefallen. Ich machte mich auf die Suche nach Personal. Ich brauchte jetzt eine Fachkraft, die das Sortiment des Ladens verinnerlicht hatte und mir sagen konnte, wo ich etwas Passendes finden würde.

Hinter einem kleinen Vorhang, der das Geschäft von dem Lager trennte, hörte ich weibliche Stimmen. Ha, da unterhielten sich zwei Frauen. Tollkühn steckte ich meinen Kopf durch den Vorhangspalt in der Mitte und fragte: »Können Sie mir helfen?«

Die eine Verkäuferin, in schickes Trend-Schwarz gehüllt, zuckte noch nicht einmal mit der Wimper, als sie mir beschied: »Ich komme gleich.« Die andere, im nicht minder angesagten Winter-Woll-Beige-Weiß-Mix, schaute wenigstens ein ganz klein bisschen schuldbewusst.

Nachdem ich meinen Kopf wieder zurückgezogen hatte, setzten sie ihr Gespräch ungeniert fort. Zehn Minuten später schwoll mir der Kamm. Ich räusperte mich laut und vernehmlich.

Die Stimmen verstummten. Dann wurde heftigst getuschelt. Schließlich kam der Winter-Woll-Beige-Weiß-Mix aus seinem Versteck. Immerhin mit leicht rosa getöntem Gesicht. Vielleicht deutete ich die Verfärbung auch fälschlicherweise als Eingeständnis eines unmöglichen Verhaltens, wahrscheinlicher war aber, dass sich die junge Frau einfach nur etwas zu viel ihres pinkfarbenen Rouges aufgetragen hatte.

»Was suchen Sie denn?«, benutzte sie immerhin eine Verkaufsformel.

Ich beschrieb ihr meinen Wunschstiefel. Flache Absätze, Schnallen an den Knöcheln und dem Schaft, eine Zier-Steppnaht an den Seiten und möglichst in Schwarz. »Notfalls nehme ich auch ein dunkles Braun«, setzte ich noch hinzu, um zu vermeiden, dass sie mir gleich mal sagen konnte: »Schwarz? Haben wir nicht.«

»Welche Größe?«

Ich verriet sie ihr.

»Haben wir nicht.«

»Wie?« Ich brauchte dringend eine vernünftige Erläuterung ihrer generellen Ablehnung von ihr. »Was haben Sie nicht? Stiefel mit Schnallen? In Schwarz? Oder in Braun? Oder alles nicht?«

»Ihre Größe«, meinte sie knapp und wollte sich schon wieder aufmachen, um hinter dem Vorhang zu verschwinden.

»Moment«, hielt ich sie zurück, indem ich sie am Arm fasste.

»Dann geben Sie mir bitte Stiefel in einer Nummer größer.«

Das fasste sie als Gemeinheit auf. Nicht die Tatsache, dass ich sie zu übergriffig angefasst hatte, sondern dass ich meine Größenangabe erweitert hatte. Ihre Körpersprache verriet mir deutlich, dass sie mich zum Teufel wünschte. Zumindest auf ein Stück Erde außerhalb ihres Verkaufsraumes.

Nach einer Weile kam sie zurück, und ich war felsenfest davon überzeugt, dass sie mir bedauernd mitteilen würde, auch diese Größe sei nicht mehr vorhanden, aber zu meiner Überraschung hielt sie einen großen Karton in den Händen.

»Da haben Sie aber Glück gehabt«, meinte sie spitz, schlug das raschelnde Schutzpapier im Karton zurück und stellte ein Paar Stiefel vor mich hin, die genau meiner Vorstellung entsprachen.

Super. Ich schlüpfte als Erstes in den Linken rein, zog den Reißverschluss nach oben und merkte gleich, dass ich vorne vor den Zehen viel Platz hatte. Aber, so begann ich ein inneres Fachgespräch mit mir selbst, da brauchte ich ja bloß eine Einlage reintun, und schon würde er passen.

»Die nehme ich«, sagte ich und zog mir meine hochhackigen Stiefelchen wieder an.

»Probieren Sie erst noch den Rechten an«, sagte sie.

»Brauch ich nicht. Der passt schon«, behauptete ich.

»Das kann ich nicht verantworten«, beharrte sie. »Sonst kommen Sie hinterher und wollen die Stiefel umtauschen. Und das darf ich nicht.«

Hollerie, da wuchs ja eine Verkaufskraft über sich hinaus. Sie zeigte ein Verantwortungsbewusstsein an einer Stelle, wo ich es nicht haben wollte.

Da sie so wirkte, als würde sie das von mir gewünschte Paar Stiefel nicht rausrücken, gab ich nach, zog meinen rechten Schuh wieder aus und den rechten Stiefel über den Fuß.

»Passt«, frohlockte ich.

»Zumachen«, forderte sie.

Das wurde ja immer besser. Wir waren ja wohl nicht beim Kommiss, sie der Ausbilder und ich der Rekrut. Aber ich tat, wie mir geheißen, zog am Reißverschluss – und erstarrte.

In der Mitte meiner Wade war Finito, Ende.

Entsetzt schaute ich auf meine Wade. Ja, war die denn bei allen Stiefel-Modellen zu dick?

Triumphierend legte sie den linken Stiefel in den Karton zurück, streckte mir ihre geöffnete Hand entgegen und sagte: »Darf ich bitten?«

So ein perfides Weibsstück. Darauf hatte sie es also angelegt. Sie ahnte wohl schon, dass mir der rechte Stiefel nicht passen würde.

»Machen Sie sich nichts draus«, tröstete mich plötzlich eine Kundin, die neben mir auf der Bank saß, um sie herum Berge von offenbar nicht passenden Stiefeln. »Irgendwie passen die alle nicht. Die rechte Wade ist immer stärker als die linke. Weil das rechte Bein das Standbein ist. Da haben wir mehr Wadenumfang.«

»Aha«, antwortete ich geknickt.

Schöne Erkenntnis.

»Ja, und wo kriege ich jetzt neue Stiefel her?«

»Es gibt so eine Marke«, verriet sie mir, »da kann man die Stiefel in unterschiedlichen Wadenweiten bestellen.«

Ich dankte ihr. Wir waren die einzigen Menschen in dem Schuhgeschäft. Meine Verkäuferin hatte sich längst samt meiner Traumstiefel hinter den Vorhang verzogen.

Völlig demoralisiert stand ich draußen auf der Straße. Um mich herum hasteten Menschen, ich wollte nur noch nach Hause. Also zum Bahnhof? Nein, in mir regte sich Widerstand. Ich nahm mir ein Taxi, ließ mich zu einer Autovermietungsfiliale bringen. Dort mietete ich mir das dickste, luxuriöseste Auto, ließ mir als Einziges den Heizungsmechanismus erklären, setzte mich in das Nobelgefährt, zog meine Stiefel aus und machte mich auf den Heimweg.

Ich muss zugeben, die Bahnfahrt samt Verspätung hatte sechs Stunden gedauert, für meine Rückfahrt im Auto brauchte ich das Doppelte. Stau auf jedem Kilometer. Dennoch redete ich mir ununterbrochen ein, dass ich das Richtige getan hatte. Immerhin konnte ich Radio hören, nachdem ich mir an einer Autobahn-Raststätte von einem sehr netten Tankwart die Bedienung des komplizierten Hightech-Apparates hatte erklären lassen, und ich musste mir keine Menschenseele um mich herum mehr antun.

Am nächsten Tag setzte ich meine Stiefelsuche in heimischen Gefilden fort. Auch hier entweder kaum noch Auswahl, oder aber meine Wade ließ ihre Muskeln spielen.

Schließlich erinnerte ich mich meines kleinen Wunderlädchens im Szeneviertel der Stadt. Ein bisschen abseits gelegen vom Hot-Spot-Abschnitt der Prachtstraße, ein wenig unscheinbar in der Dekoration. Ehrlich gesagt, habe ich dort immer das dumme Gefühl, die Schuhe seien hinten vom Laster gefallen, sprich, ein Unter-der-Hand-Angebot von Hehlerware im Überfluss. Aber was ich nicht weiß …

Ich betrat das Lädchen und siehe da, ich fand alles, was ich suchte und noch viel mehr. Erst einmal verwandelte sich mein Wadenproblem durch superschick geschnittene Wildlederstiefel in eine gute Anekdote, die ich mal irgendwann meinen besten Freundinnen erzählen würde. Diese

Exemplare ließen sich wie Butter einfach an beiden Beinen bis zu den Knien hochziehen. Dann entdeckte ich noch Pumps mit Glitzerdekor, ein paar Ankle-Boots mit runder Kappe, die meine Durchschnittsgrößen-Treter optisch zu wundersam winzigen Füßchen verkleinerten. Und ein Paar rote Lackschuhe, die man in dieser Saison unbedingt im Schrank haben musste. Wann ich mich trauen würde, sie in der Öffentlichkeit anzuziehen, war mir völlig unklar.

An der Kasse zog eine freundliche, studentische Hilfskraft Bilanz. Die Summe war beachtlich hoch.

»Kann ich mit Karte bezahlen?«, fragte ich scheinheilig.

»Leider nein«, sagte sie mit einem entzückend bedauernden Lächeln. »Die Anlage ist heute Morgen ausgefallen. Die muss noch repariert werden.«

Nun ist dieser Dialog Teil eines Spiels mit immer neuen Verkaufskräften in diesem Mini-Shop. Jede von ihnen weiß, es hat in diesem Lädchen noch nie einen Kartenautomaten gegeben. Aber immer wieder wird behauptet, dass die Kredit- und EC-Karten-Anlage gerade heute Morgen den Geist aufgegeben hat. Ein Dialog, der mich in meinem Verdacht bestärkt, dass der Inhaber immer ganz fix auf der Flucht sein könnte, und schon morgen das üppig bestückte Schuhlädchen die Türen geschlossen halten muss.

Wie gesagt, mir genügt der schöne Schein.

Und so fragte ich die nette Teilzeitkraft: »Wenn ich also bar so viele Schuhe auf einmal kaufe, bekomme ich dann Prozente?«

Sie verschwand im Mini-Nebenräumchen, ich hörte sie per Telefon mit dem Chef verhandeln. Sie kam wieder, nickte und zog ein nicht unbedeutendes Sümmchen von meiner Rechnung ab.

Als die Transaktion über die Bühne gegangen war, steckte sie mir noch strahlend eine Werbe-Bierflasche in Schmuckverpackung in meine Tüte, ein Gratis-Frauen-Zeitschriftsexemplar – und eine Mütze.

Goldenes Lurex-Garn, rundgehäkelt, mit einem Bommel in der oberen Mitte.

Ich hatte gesiegt.

Ich besaß einen ultrawarmen Steppmantel, der mich, so fand ich, aufgrund seines Volumens zu einer gestandenen Persönlichkeit machte, ein paar Stiefel, die sich problemlos über beide Waden bis in die Mitte meiner Kniekehlen ziehen ließen, und ein trendiges Mützchen, das ich noch an niemand anderem gesehen hatte und das meinem Winter-Look erst das gewisse Extra verleihen würde.

Am nächsten Tag begannen die Temperaturen zu steigen. Es würden, so die Experten, die wärmsten Monate Februar und März aller Zeiten werden.

Sie behielten Recht.

März

◆ ◆ ◆ ◆ ◆ ◆ ◆ ◆ ◆ ◆

Der Feind lauert über mir

Kawumm. Peng. Tack. Tack. Tack.

Ich zog mir mein Kissen über den Kopf. Mit beiden Händen hielt ich mir die Ohren zu.

Tack. Schlurf. Tack.

Da waren sie wieder. Die Schuhe auf Parkett. Die Schuhe mit Absatz. Das Parkett ohne Teppich.

Widerstrebend knipste ich mein Licht an und sah blinzelnd auf das Display meines Weckers. 1:20 Uhr.

Meine Nachbarn über mir waren nach Hause gekommen. Sie hatten mich mal wieder aus dem Tiefschlaf geweckt. Ich lag hellwach im Bett. Mein Herz pochte bis zum Hals. Ich wusste genau, was jetzt kommen würde. Mehrere Trabgänge durch den Hausflur, schließlich musste ja das Gepäck noch nach oben geschafft werden. Dann heftiges Gelatsche in der bedauerlicherweise weiträumigen Wohnung. Dann das Abschminken der weiblichen Ehepaar-Hälfte ... Klirr ... das war der Topf ihrer Nachtcreme, der auf der Keramikverschalung ihres Waschbeckens schepperte, dann ein wenig diskreter Gang zur Toilette samt anschließendem Benutzen des Spülvorgangs, dann Verrücken der im Schlafzimmer befindlichen Stühle – der Hausherr hing wohl seine Hose auf Bügelfalte über eine Lehne –, schließlich ein Platschen, vermutlich der beidseitige schwungvolle Einstieg ins Ehebett – dann Ruhe.

Meine Nerven applaudierten. Allerdings sahen sie sich wie immer außerstande, zur Ruhe zu kommen, denn der Adrenalinspiegel in meinem Blut tanzte Cha-Cha-Cha. Und mein Gehirn quälte sich zeitgleich mit der Frage ab, wie, um Himmels willen, ich in diese Lebenssituation geraten war.

Bei der Beantwortung dieser Frage half mir meine Erinnerung.

Ich war an einem sonnigen Samstagmorgen zur Besichtigung einer annoncierten Traumwohnung gekommen. Ein jovialer Vermieter erspähte eine solvente Mieterin. Ich fand ihn angenehm und sah einem entspannten Wohnen entgegen.

Die Wohnung war frisch renoviert, punktete mit enormen Quadratmeterzahlen, hielt wunderschön geformte Fenster parat, einen aufwendig gepflegten Parkettboden und kostbare Original-Jugendstil-Glaseinlassungen in den Türen, die natürlich mit polierten Goldgriffen zu schließen waren. Ich erinnerte mich noch ganz genau daran, dass ich beim gemeinsamen Gang in den entzückenden Wintergarten beiläufig die Lärmfrage stellte.

»Sie hören hier rein gar nichts«, versprach mir der Vertrauen erweckende Vermieter. »Über Ihnen wohnt ein Pärchen ohne Kinder, das fast immer auf Reisen ist.«

In diesem Augenblick waren wir bei dem kleinen Balkon angekommen, der der Küche vorgebaut war. Die Doppeltüren ließen sich geschmeidig öffnen, und man glaubte sich in der Toskana. Ein charmanter Blick in den efeubewachsenen Hinterhof vernebelte meine Sinne.

»Ich nehm die Wohnung«, hörte ich mich noch sagen. Detailliertere Fragen nach einer möglicherweise drohenden Lärmbelästigung waren in meiner lebhaften Fantasie verloren gegangen, denn ich sah mich schon an meinem Küchentisch sitzen, den Morgenkaffee schlürfen, und, kontemplativen Gedanken nachhängend, aus der Balkontür auf meine grüne Umgebung mitten in der Stadt schauen.

Hätte es doch nur an diesem Tag geregnet.

Und wäre es doch bloß kein Samstag gewesen.

Da ich mich mit meinem Umzug in die neue Wohnung vergrößerte, leistete ich mir noch vor meinem offiziellen Einzug neue Möbel. Ein Riesenteil an Couch. Mehrere wunderschöne Bücherregale und einen weißen Geschirrschrank mit attraktiven Glas-Schiebetürchen. Untenherum waren quadratische Schubladen mit Griffen eingearbeitet, die an einen alten Apothekerschrank erinnerten. Ach, ich konnte mich so richtig austoben beim Einrichten meiner neuen Wohnung.

Anthony, der eigentlich auf Anton getauft war, sich aber aus lifestyle-technischen Gründen umbenannt hatte, mein bester, schwuler Freund, hatte zwar noch kurzfristig Dissonanzen bei mir geweckt, als er nach der Bauart meines neuen Wohnhauses fragte.

»Altbau«, antwortete ich. »Wieso?«

Er rollte mit seinen blauen Augen. »Da wirst du noch Spaß haben«, kündigte er an. »Ich hab mal in einem gewohnt und bin bald irregeworden bei dem Getrampel über mir.«

»Oh, da brauch ich mich nicht zu sorgen«, antwortete ich Dämlack. »Da wohnt ein junges Ehepaar, das immer auf Reisen ist.«

Anthony lachte lauthals. »Genau das hat mir meine Vermieterin damals auch gesagt. War aber dann alles ganz anders.«

Ich rief mir noch einmal das Bild meines Vermieters vor Augen und befand, dass er auf keinen Fall so unmoralisch und vor allem unmenschlich sein konnte, mich reinzulegen.

Einen Tag später wurden meine neuen Möbel geliefert, und ich schloss den Auslieferern um 17 Uhr die Wohnungstür auf. Als sie, mit einem üppigen Trinkgeld für ihre Aufbauten belohnt, wieder abzogen, setzte ich mich überglücklich auf meine neue Couch. Da noch keine Lampen in der Wohnung montiert waren, saß ich zufrieden im Halbdämmer der Straßenlampen vor meiner Riesenfensterfront im Wohnzimmer und ließ die Stimmung auf mich wirken. Ich weiß noch, dass ich gerade voller Freude feststellte, dass die Fenster tatsächlich den Lärm der vorbeifahrenden Autos draußen hielten, als ein »Klack, klack, tack, tack« mich hochschrecken ließ.

Mir gefror das Blut in den Adern.

Das waren einwandfrei Schritte aus der Wohnung über mir. Das war genau das Geräusch, das ich niemals in meinem Leben hören wollte.

Mir brach der Schweiß aus.

Rumpel, pumpel, kawumm.

Das konnte doch nicht sein. Das hörte sich auf jeden Fall nach heftigem Möbelrücken an, wie bei einem Umzug.

Aber die Leute über mir wohnten doch schon länger da.

»Die sind vor einem halben Jahr eingezogen«, hatte doch mein neuer Vermieter zu mir gesagt, wie konnten dann diese ganz spezifischen Geräusche an mein Ohr dringen?

Regungslos lauschend saß ich auf meiner Traumcouch in einer Traumwohnung in einem Traumviertel meiner Stadt.

Den Tränen nahe sah ich vor meinem inneren Auge meine derzeitige Noch-Behausung vor mir. Meine absoluten Lieblings-Vier-Wände, die ich niemals aufgegeben hätte, wenn mich nicht ein befristeter Mietvertrag und die leider eingetretene Situation, dass das Haus einen neuen Besitzer gefunden hatte, der auch meine Quadratmeter für sich allein beanspruchte, dazu gezwungen hätten.

Ich floh aus der Wohnung, die plötzlich ihren Charme und ihren neurenovierten Glanz verloren hatte. Ich fragte mich wie immer in solchen herben Situationen meines Lebens, welchen Fehler ich gemacht hatte. Doch sosehr ich mich auch bemühte, mir fiel keiner ein.

»Doch«, mahnte mein Unterbewusstsein unerbittlich. »Du hattest zwei Dinge nie wieder tun wollen in deinem Leben.«

»Welche?«, fragte ich mich gespannt.

»Du wolltest eigentlich nie wieder in einen Altbau, und vor allem nie wieder in eine Erdgeschosswohnung. Und solche einmal gefassten Vorsätze sollte man nie brechen.«

Stimmt. Das war's gewesen. In meinem Hinterkopf hatten ganz kleine Warnlämpchen aufgeleuchtet, als ich die Wohnung betreten hatte. Ich hatte sie jedoch mit Fleiß wieder ausgeknipst, als ich durch die hohen, repräsentativen Räume geschlendert war, und vor allem, als ich die Balkontür geöffnet hatte.

Warum hatte es an diesem Tag nicht geregnet?

»Und nicht zu vergessen, warum war es an einem Samstag gewesen?«, legte mein Unterbewusstsein nach.

Richtig. Wahrscheinlich war das Yuppie-Pärchen zum gepflegten Einkauf in den Feinkostläden unterwegs gewesen, und der Vermieter hatte mir eine paradiesische Ruhe vorgaukeln können.

Wo war die Lösung?

Ich hatte kein Problem damit, den Vermieter zu bitten, meinen bereits unterschriebenen Mietvertrag zu zerreißen, und mich wieder auf die Suche zu begeben. Aber ich musste aus meinem bisherigen Domizil raus. Der Vermieter hatte Eigenbedarf angemeldet. Da gab es kein Zurück mehr. Und so nahm die Katastrophe ihren Lauf.

Der Umzug hatte nämlich geschlaucht. Bis alles einigermaßen an seinem Platz stand, hatte ich die Kräfte vieler Freunde, bis hin zum Bandscheibenvorfall, überstrapaziert. Ein Raumausstatter hatte sich an mir erheblich bereichert, und diverse Möbeleinrichter lieferten schon ohne Vorkasse von mir überstürzt georderte Möbel, da sie mich mittlerweile schon in ihrer Rubrik »beste Kunden« aufgenommen hatten.

Also begann mein Alltag. Und mit ihm meine intime Kenntnis der Lebensgewohnheiten meiner Über-mir-Mieter.

Sie standen immer zur selben Zeit um 7:30 Uhr auf, exakt zehn Minuten später klirrte diesmal der Tagescreme-Tiegel auf der Waschbecken-Konsole. Anschließend begannen die Rund-Wanderwege auf dem Parkett der Wohnung, klackernde Trittgeräusche und polternde Schiebegeräusche, die mich lange beschäftigten. Hatte das so hochnäsig auftretende Paar etwa eine schlichte Schlafcouch, die auf- und wieder zugeklappt werden musste?

Das konnte doch eigentlich nicht sein, immerhin hatte

mir der Vermieter doch suggeriert, sie seien ein wohl situiertes Paar. Vielleicht hatten sie gar kein Geld, und die großräumige Wohnung war völlig leer, so dass die wenigen Möbel immer wieder durch die Räume geschoben wurden.

Tagsüber trabten sie jedenfalls im wummernden Schweinsgalopp, wie mir schien, einen kilometerlangen Trimmpfad ab, so dass es mir nicht gestattet war, in einem meiner Zimmer vor ihnen Schutz zu suchen.

Bedauerlicherweise blieben sie sehr lange in der Senkrechten, denn ihr immer gleiches Zu-Bett-Geh-Ritual startete immer genau dann, wenn ich in meinem Bett unter ihrem Schlafzimmer in einen erholsamen Schlaf sinken wollte.

Und als ob dies alles noch nicht genug sei, gab es noch die Variante ihres sehr späten Heimkommens von wie auch immer gearteten Aufenthalten in der nächtlichen Stadt, bei der ich aus der für mich wichtigen Tiefschlafphase gerissen wurde. Das I-Tüpfelchen unseres Zusammenlebens wurde aber die Manie der Über-mir-Mieterin, dann ihre Waschmaschine anzustellen, was mir vor allem beim unerbittlich einsetzenden Schleuderprogramm eine lange schlaflose Nacht bescherte.

»Hör mal«, sagte Anthony. »Da kannst du dich aber beschweren, so was regeln die Mietergesetze. Du darfst nach einer genau festgelegten Zeit nicht mehr waschen.«

Nach zwei Wochen entdeckte ich, dass ich einen Briefkasten hatte. Neugierig öffnete ich das Türchen und fand einen Brief meines Vermieters darin. Er entbot mir noch einmal ein herzliches Willkommen in der neuen Wohnung, hoffte, dass mir dort sehr lange, glückliche Zeiten bevorstünden, und fuhr fort, dass er mich in aller gebotenen

Höflichkeit aufforderte, in Zukunft nicht mehr meine Schuhe vor die Tür zu stellen. »Ihre Nachbarn haben sich darüber bei mir beschwert.«

Wie bitte? Ich glaubte, im falschen Film zu sein. Wann hatte ich denn ... Ach ja, am letzten Tag meines Umzugs hatte es geregnet, und ich hatte selbstverständlich die Möbelpacker gebeten, nicht all den Schlamm an ihren Schuhen auf mein Parkett zu befördern. Und so hatten sie bei den langwierigen Aufbauten ihre Treter draußen vor meiner Wohnungstür gelassen.

Ich rief Anthony an und berichtete ihm haarklein von den Schikanen der Poltergeister über mir.

»Moment«, unterbrach er mich. »Du weißt doch gar nicht, wer von den Mietern sich beschwert hat. Das müssen ja nicht die Holterdipolter-Freaks sein.«

»Oh doch«, sagte ich. »Die Mieter darüber sind verreist, und der Typ aus dem Dachgeschoss hat mir einen Blumenstrauß zum Einzug gebracht, weil er sich freute, dass jemand einzieht, der offensichtlich genauso viele Bücher hat wie er selbst. Ich hab ihn spontan auf ein Käffchen eingeladen, und er hat vor der Tür seine Schuhe ausgezogen, weil er mein kostbares Parkett schonen wollte. Der fällt ja wohl raus aus der Denunziantenecke.«

Anthony fand meine Beweiskette offenbar lückenlos, denn er murmelte: »So ein Pack. Das geht ja gar nicht.«

Eine Woche später fand ich es an der Zeit, meinen Quälgeistern entgegenzutreten. Immerhin stand ja noch mein Antrittsbesuch aus, man hat ja Umgangsformen und stellt sich erst mal vor.

Ich klingelte.

Tack. Tack. Tack.

Ja, das waren mir vertraute Geräusche. Die Tür wurde geöffnet, und ich erblickte eine durchgestylte Blondine. Rundgeföhntes Bobchen zu Blazerchen zu Blüschen zu Jeanschen zu hochhackigen Pumpschen. Ein einstudiert wirkendes Lächeln erhellte ihre geschminkten Züge, aber die Gesichtsakrobatik schaffte es nicht, ihre Augen zu erreichen.

Artig nannte ich meinen Namen, beschrieb meinen Stand, nämlich den der Mieterin unter ihr.

»Was ist denn, Schatz?«, ertönte eine männliche Stimme aus den weitläufigen Hallen ihrer Wohnung.

Sie beschrieb laut sprechend den Typus Mensch, der vor ihr stand, mit nach hinten gedrehtem Kopf, die Hand eisern an ihre Tür geklammert.

Ein groß gewachsener Mann kam durch den langen Flur auf mich zu.

Tock. Tack. Tock.

Jetzt konnte ich die unterschiedlichen Straßenschuh-Geräusche wenigstens in Zukunft dem dazugehörenden Geschlecht zuordnen. Mit ausgestrecktem Arm ergriff er meine Hand und zog mich ins Innere – an seiner Frau vorbei, die immer noch wie ein Standbild ihrer selbst die Eingangstür versperren wollte.

Aha. Verteilte Pärchenrollen. The good Guy and the bad Guy.

»Wie nett, dass Sie sich vorstellen. Kommen Sie doch rein. Ein Glas Tee?«, fragte er routiniert.

Ich verneinte dankend. Nach ein bisschen Pille-Palle-Smalltalk, an dem sich seine Gattin nur unwillig beteiligte, kam ich auf den Punkt. Freundlich beschrieb ich ihnen mein Problem. Nämlich ungewollter Zeuge ihres täglichen

Lebens zu sein, streifte in meiner Beschreibung kurz den Umstand, dass ich mittlerweile unter eklatantem Schlafmangel litt, und formulierte auch gleich ein kleines Kompromissangebot, zwischen dem verständlichen Wunsch der beiden, ihren Bewegungsdrang auszuleben und dem meinem, meine Ruhe zu finden. Konnten sie vielleicht mal den täglichen Wechsel zwischen Straßen- und Hausschuhen in Erwägung ziehen?

Das Paar sah sich an.

»Nein«, betonte die Blondine. »Hausschuhe sind spießig.«

Und deine Frisur auch, urteilte ich in Gedanken.

»Es gibt auch sehr schöne Gehsocken«, versuchte ich, ihnen einen anderen Bekleidungsvorschlag schmackhaft zu machen.

»Ausgeschlossen«, kam es von ihr.

Er, so fand ich, sah mich zumindest nachdenklich an.

Ich hatte schon gemerkt, dass er poliertes Schuhwerk, leider mit Ledersohlen, bevorzugte, sicherlich recht unbequem in den eigenen vier Wänden. Vielleicht war er mir ja insgeheim sogar dankbar für einen Vorschlag, der es ihm erlaubt hätte, es sich endlich einmal bequem zu machen.

Überhaupt wirkten sie wie Barbie und Ken in ihrem schmuck eingerichteten Barbiehaus. Viel bunt, viel Markennamen.

Leer waren die Stuben jedenfalls nicht. Also, was wurde eigentlich immerfort hin- und hergerückt?

»Wir«, so befand Barbie, »leben nun mal alle in einem Altbau. Der ist nicht so schallisoliert wie ein Neubau. Damit müssen Sie leben.«

War sie Architektin oder Gebäude-Gutachterin, die sich

während der Ausbildung den Kurs übers menschliche Miteinander geschenkt hatte?

Sie hatte sich von ihrem kubisch geformten Sessel erhoben, was mir das Signal gab, dass unsere nette, freundliche Plauderei vorbei war.

Ken gab mir die Hand und murmelte: »Wir werden versuchen, ein bisschen vorsichtiger zu gehen.«

Aha, das alte Lied. Sie eine verkrampfte, aufstiegsorientierte Schreckschraube, er eigentlich ganz vernünftig, hat aber leider nichts zu melden.

Vier Tage lang bemühte sich »Tock. Tack. Tock«, also Ken, leiser aufzutreten. Ging doch, irgendwie kamen die Geräusche dumpfer bei mir an.

Das »Tack ... tack ... tack« blieb unverändert prägnant.

Kurze Zeit später lud ich Anthony zu einem gemeinsamen Fernsehabend ein. Er liebt die witzig-pointierten Dialoge jeder US-Serie, in der Frauen, Klamotten und chaotische Liebesbeziehungen diskutiert und zelebriert werden.

Manchmal finde ich zwar, dass er an den unpassenden Stellen lacht, aber keiner meiner Freundinnen oder Hetero-Freunde kann mir so treffsicher sagen, welches vorgeführte Kleidungsstück passend für mich wäre. Er ist der geborene Stylist, arbeitet aber am Counter eines Versicherungsgiganten.

Ich hatte Hawaii-Toast und Pumpernickel-Käse-Häppchen vorbereitet und auch den klebrigen Lufthansa-Cocktail besorgt. Anthony schwärmt bis zum Exzess für die Fifties und hat zum Beweis ein Poster von Doris Day und Rock Hudson gerahmt an seiner Wohnzimmerwand hängen. Wir waren gerade bei einer Szene angelangt, in der die

Hauptdarstellerin ein flammend rotes Cocktail-Kleid in allen Schattierungen überstreifte, als lautes Poltern von oben Anthony zusammenschrecken ließ.

»Was ist das denn?«, wollte er wissen.

»Meine Nachbarn«, sagte ich genervt. »Du weißt doch, was hier abgeht.«

»Aber doch nicht so«, protestierte er. »Das ist ja ein unglaublicher Lärm. Wie unverschämt ist das denn?«

»Psst«, machte ich, denn ich hatte durch sein lautes Protestieren den letzten Gag verpasst.

Hatte sie ihn jetzt beeindruckt oder hatte er sie ausgelacht? Die Serienhauptdarstellerin ihren Schwarm? Ich konnte noch nicht einmal an den Bewegungen und Gesichtsausdrücken etwas ablesen, denn Anthony tänzelte aufgeregt vor meinem Bildschirm hin und her.

»Komm, setz dich«, forderte ich ihn auf. »Man darf sich von den Kopeiken da oben doch nicht seine Lieblingsserie kaputtmachen lassen.«

Tock. Tock. Tock. Tock. Tack. Tock.

»Wie hältst du das nur aus?«, wollte Anthony von mir wissen. »Du musst dich bei deinem Vermieter beschweren.«

Und er berichtete mir zehn Minuten lang, wie und wann er sich in seinem Mieterleben schon so richtig schön durchgesetzt hatte, mit allem Pipapo und vor allem unter Gewinn nicht unerheblich großer Summen an Schadensersatz für erlittene Unbill. Triumphierend schaute er mich an.

»Schade«, sagte ich seufzend.

»Wieso denn?«, fragte er gekränkt. »Da bin ich stolz drauf, dass ich mir nicht alles so gefallen lasse. Du solltest dir ein Beispiel an mir nehmen.«

»Das meine ich doch gar nicht«, beteuerte ich. »Schade ist nur, dass die Folge vorbei ist und wir nicht wissen, wie weit sie mit ihrer Baggerei jetzt ist.«

Anthony schaute zu meinem TV-Gerät und schnaubte. »So ein Mist, hätten wir es nur aufgezeichnet.«

In diesem Moment begann die Waschmaschine über uns, laut zu schleudern.

»Du musst mit deinem Vermieter reden«, beschwor mich Anthony.

Erst jetzt erzählte ich ihm, dass ich das schon längst getan hatte. Und dass der gute Mann sofort das Gespräch mit den Prollies gesucht und gefunden hatte.

»Ohne Erfolg?«, mutmaßte Anthony, der meinen resignierten Gesichtsausdruck richtig deutete.

»Hm, genau. Er ist voll auf meiner Seite, musste aber feststellen, dass Ken und Barbie Trampeltiere ohne soziale Kompetenz sind. Wir vermuten jetzt beide, dass sie irgendwie meinen, Protagonisten einer Daily-Doku-Soap zu sein und deshalb immer in ihrem virtuellen TV-Format total gestylt auf Sendung gehen.«

Tack. Tack. Tack. Tock. Tack. Tock.

»Fersentreter.«

»Wie bitte?«, wollte ich wissen.

Anthony hielt triumphierend seinen Zeigefinger in die Höhe. Das tat er seit seinem zwölften Lebensjahr, wie er mir mal gestanden hatte, dem Augenblick, als er glaubte, den Stein der Weisen entdeckt zu haben. Bei ihm war das der Moment gewesen, als er realisierte, dass er Rock Hudson attraktiver fand als Sean Connery.

»Jeder Mensch geht anders«, begann er seine Ausführungen. »Normale Menschen rollen den Fuß ab und erzeugen deshalb nicht viel Lärm. Du hast aber das Pech, dass Ken und Barbie beide Fersentreter sind, eine orthopädische Fehlfunktion der Füße, und deshalb erleidest du ums Hundertfache verschlimmerte Trittgeräusche von oben.«

Wir schenkten uns noch einen Cocktail ein, stießen auf seine epochale Expertise an, und Anthony setzte seine interessanten Ausführungen fort.

»Woher weißt du das alles?«, unterbrach ich ihn noch kurz.

»Weil dies ein Gutachter festgestellt hat. In dem Prozess, den Sammy gegen seine Über-ihm-Mieter laufen hat.«

»Sammy hat die verklagt?«

Ich sah mich schon in eim aufwendigen Rechtsverfahren gegen Ken und Barbie vor Gericht erscheinen, ein Attest meines Arztes in der Hand, der mir nervliche Zerrüttungen aufgrund des asozialen Verhaltens von Ken und Barbie bestätigte.

»Sammy hat genau dasselbe Problem wie du. Und ich kann dir nur sagen, das ist keine Petitesse. Der ist mit den Nerven fertig. Die laufen genau wie deine Prolls Tag und Nacht, zeigen ebenfalls kein Entgegenkommen, und Sammy kann noch nicht mal ausziehen. Der hat die Wohnung schließlich gekauft.«

So gutsituiert war Sammy also. Boutiquenbesitzer musste man sein. Aber da konnte man mal wieder sehen, auch Geld schützt vor Fersentretern nicht.

So getröstet, sah ich Anthony und den Tatsachen ins Gesicht.

»Ich kann aber was machen«, stellte ich fest.

»Was?«, fragte er.

»Ich kann meine Wohnung kündigen. Ich ziehe um.«

Anthony war entsetzt. »Um Himmels willen, du bist doch gerade erst eingezogen. Denk mal an den Mörderumzug zurück. Das willst du dir doch wohl nicht antun?«

»Es wird mir ein Vergnügen sein«, korrigierte ich ihn.

»Nein, nein«, rief Anthony, »mach was anderes. Dreh deine Musik auf Megalautstärke und fahr ins Wochenende. Oder ich lad meine Freunde ein, und wir feiern hier die irrste Party seit Menschengedenken, ich bitte Ralli, seine Disco-Anlage mitzubringen, und wir reißen die Regler so hoch, dass die Boxen vibrieren.«

Eine Sekunde lang schwelgte ich in Gedanken an Krawall-Orgien zur Erbauung des mich quälenden Fersentreter-Gesocks über mir.

Doch dann siegte meine Natur.

»Nein«, sagte ich bedauernd.

»Warum nicht?«, fragte Anthony traurig.

»Weil ich mich nicht auf das Niveau von Barbie und Ken herunterbewege. Ich verlasse das Haus mit dem tiefen, befriedigenden Gefühl, diesen Knallchargen den Stinkefinger zu zeigen. Nach mir die Sintflut.«

Anthony nickte beifällig, und wir verbrachten den Rest der Nacht mit einer neu geöffneten Cocktailflasche und dem Deuten der vielfachen, unterschiedlichen Unterschichten-Geräusch-Kulisse von oben.

Wir hatten viel Spaß.

Drei Monate später saß ich in meiner neuen Wohnung und schaltete den Fernseher ein. Meine Lieblingsserie, und diesmal ohne unterstützende Geräusch-Effekte von oben. Ich legte gerade meine Füße auf den stoffbespannten Hocker, ließ meinen Hinterkopf in das weiche Polster sinken, als mein Telefon klingelte.

Anthony.

»Du glaubst nicht, was mir passiert ist«, begann er hektisch.

»Du, Tony«, sagte ich zögernd. »Das passt jetzt gar nicht. Gerade beginnt unsere Lieblings…«

»Bist du nun mein Freund oder nicht?«, wollte er empört wissen.

»Also, ich empfinde mich als deine Freundin«, korrigierte ich ihn konsterniert, während ich verstohlen seufzend den Ton meines Fernsehers auf leise switchte.

»Was ist denn nun passiert?«, fragte ich, sozusagen jetzt ganz Ohr.

»Nein, nein, wenn ich dich störe, sage ich gar nichts.«

Warum mussten Schwule nur immer so zickig reagieren? Die waren ja manchmal schlimmer als wir Mädels.

»Nein«, versuchte ich ihn zu beschwichtigen. »Ich bin ganz für dich da. Bist du doch auch immer«, setzte ich noch schmeichelnd hinzu.

»Stimmt«, fand er, selbst via Telefon selbstgefällig wirkend.

Ich liebe ihn.

»Also, was geht?«, wollte ich nun wirklich gespannt wissen.

»Ich ziehe doch um«, begann er.

»Du tust was?« Ich war total verblüfft. Das hatte er mir ja gar nicht erzählt, und Anthony gehörte ganz sicher nicht zu den Menschen, die alles mit sich selbst ausmachen. Sogar wenn er für seine Mutter eine Sammeltasse zum Geburtstag kaufen wollte, musste ich mit und vor dem Kauf stundenlang über die Richtigkeit seiner Wahl mit ihm diskutieren. Ganz zu schweigen von den jeweiligen Objekten seiner Fleischeslust. Da haben wir schon mal Psychogramme aufgemalt, mit allen körperlichen und seelischen Komponenten des Aspiranten. Wobei Tony die inneren Werte nur am Rande interessierten.

Ach, er war schon ein Knubbel.

»Du hattest genug mit deinem Umzug zu tun«, sagte Tony. »Da wollte ich dich nicht mit meinen Problemen belasten.«

Was für ein Lieber, dachte ich kurz. Mir wurde ganz warm ums Herz.

»Ja, dann erzähl mal«, forderte ich ihn auf.

»Also, ich habe eine Traumwohnung gefunden. Mit Dachterrasse.«

»Na, toll«, befand ich, »wo liegt denn jetzt das Problem?«

»Bei den Nachmietern meiner jetzigen Wohnung«, stellte Tony empört fest.

»Ich muss einen Nachmieter stellen, sonst komme ich nicht so schnell aus meinem Vertrag raus. Und doppelte Mieten kann ich mir nicht leisten.«

»Au Backe, das ist unangenehm«, wusste ich aus eigener Erfahrung. »Was liegt denn jetzt aktuell an?«

»Ich hatte gerade die letzten Penner hier«, beschrieb Tony die Ursache für seine Aufregung. »Die wollen zwar die Wohnung, möchten aber keine Ablöse bezahlen. Du kennst doch meine Küche. Die ist doch tipptopp, alle Geräte in einwandfreiem Zustand. Aber die kommen mir mit so einer Wischi-Waschi-Art, ach, können Sie gerne drinlassen oder auch rausnehmen, auf jeden Fall zahlen wir keine Ablöse.«

»Spackos«, urteilte ich schnell, hart und präzise.

»Genau«, stimmte mir Tony zu. »Dann wollen sie noch irgendwelche Farbnuancen an den Wänden, die ich natürlich nur weiß streichen lassen werde, denn so habe ich die Wohnung ja auch übernommen.«

»Na, perfekt. Lass sie doch auflaufen«, schlug ich vor.

»Was mich so ärgert, ist ihre verlogene Art. Mal telefonieren sie mit mir, raspeln Süßholz, hintenherum melden sie sich beim Vermieter und erzählen, wie unangenehm ich sei. Die lügen, wenn sie nur anfangen zu reden.«

»Was wollen sie denn mit der Küche?«, wollte ich wissen.

»Keinen Schimmer. Beim Vermieter haben sie getönt, sie wollten so eine ultramoderne einbauen. Und behaupten, sie würden dann meine rausreißen lassen. Da frage ich doch, wer würde sich denn mit dem Rausreißen der alten Küche belasten, wenn er sowieso eine neue kaufen will? Die sind doch nicht ganz sauber.«

»Richtig«, pflichtete ich ihm bei, »weißt du was, reg dich ab. Ich habe noch nie erlebt, dass die Sache mit einer Ablöse in Ordnung geht. Entweder wollen Leute viel zu viel Geld für den letzten abgewohnten Müll von einem, oder im anderen Fall wollen sie einen mit allen Mitteln und Erpressungsversuchen selbst im Preis drücken. Es geschieht auf jeden Fall nie Gerechtigkeit. Also pfeif auf deine Ablöse. Ich hab da eine Idee.«

Vier Tage später trafen wir uns in seiner Wohnung. Ich hatte einen Picknick-Korb dabei, vollgepackt mit kaltem Hähnchenfleisch, selbst gemachten Salaten, Baguette, Butter, Käse, Weintrauben. Sammy hatte ein Sortiment aus zweierlei Sorten Wein, und Daggi einen vollgefüllten Kasten Wasser beigesteuert.

Tony holte aus einem kleinen Koffer seinen schönsten Satz Gläser heraus, wir fanden, das harmonierte aufs Trefflichste mit unseren Papptellern und dem Plastikbesteck.

»Herrlich dekadent«, bewertete Sammy unser Equipment. Die noch in der ansonsten leergeräumten Wohnung befindliche Stereoanlage wurde mit CDs gefüttert, wir stießen zu spanischen Gitarrenklängen an, als es an der Tür klingelte.

»Kommen Sie rein«, sagte Tony. »Wir haben schon auf Sie gewartet.« Zwei Handwerker im blauen Overall schoben sich durch die Tür in die Küche. Mitgebracht hatten sie schweres Gerät, das von uns gleich lautstark bewundert wurde.

»Trinken Sie erst mal ein Glas mit uns«, forderte Sammy die beiden total Überraschten auf.

Verlegen stießen sie mit uns an, um dann, nach dem anderthalbsten Glas, mit Tony über die Güteklasse seiner Musikanlage zu fachsimpeln.

»So, dann lassen Sie es mal krachen«, forderte der sie schließlich auf.

Wir rückten ein Stückchen vom Ort des Geschehens ab und quittierten die ersten Einschnitte der elektrischen Säge mit wildem Geklatsche und Gejohle. Die Küchenzeile, die Tony einst nach viel Tüftelei eines Fachbetriebes exakt in die Abmessungen der Küche hatte einpassen lassen, fiel Stück um Stück in sich zusammen.

Es war ein Happening der besonderen Art.

Schließlich lag die ehemals so schöne Kücheneinrichtung in kleine Teile zerhackt zum Abtransport bereit. Die teuren elektrischen Geräte wie Herd, Spülmaschine, Waschmaschine und amerikanischer Kühlschrank mit einer Einrichtung zur Eiswürfelherstellung hatte Tony den Handwerkern zum Weiterverschenken für diverse Verwandte mitgegeben, als es an der Tür klingelte.

Davor stand Tonys Vermieter, der mit breitem Lächeln verkündete: »Ich hab die Wohnung an jemand anderen vermietet. Dieses Pärchen, über das Sie sich so geärgert haben, fand ich viel zu heimtückisch. Wer weiß, wie die sich noch entpuppt hätten. Hier sind Ihre Nachmieter, ich habe sie gleich mitgebracht. Die wollen Ihnen auch Ihre gewünschte Ablöse in voller Höhe bezahlen. Kommen Sie rein …«

April

Ich bin ein sozialer Außenseiter – ich habe nur eine allerbeste Freundin

Sie wird doch wohl nicht unheilbar krank sein? Mit zitternden Händen öffnete ich meine Autotür. Doro hatte so verzweifelt geklungen am Telefon. »Ich … schluchz … kann nicht … schluchz … mehr. Das Ergebnis … schluchz … ist zu … niederschmetternd.«

»Doro«, hatte ich beschwörend in den Hörer gesagt, »bleib, wo du bist, ich komme. Sofort.«

Jetzt raste ich wie ein Bekloppter durch die Stadt, nutzte jede Gelbphase der Ampeln bis zum Rot-Wechsel aus und schaffte die Distanz zu Doros Wohnung, für die ich sonst eine knappe halbe Stunde benötigte, in stolzen dreizehn Minuten. Mangels einer Parklücke stellte ich mein Gefährt auf dem Bürgersteig vor ihrem Mietshaus ab und klingelte Sturm. Kaum ertönte der Summer, stieß ich schon die Tür auf und hastete die fünf Treppen im Sturmschritt hoch. Da stand Doro als Häufchen Elend in ihrer Wohnungstür, die Nase gerötet, die Augen geschwollen.

»To … oolll … schluchz … dass duhu … da … bist«, ließ sie sich stockend vernehmen, und ich nahm sie erst mal in den Arm.

Die Tür zum Nachbarn wurde geöffnet, und der von uns als Spanner klassifizierte Nebenmieter steckte seinen Kopf heraus.

»Ist was passiert?«, wollte er wissen. Die Neugierde stand ihm so krass ins Gesicht geschrieben, dass ich ihm am liebsten eins voll auf die Nuss gegeben hätte.

»Niente«, beschied ich ihn, während ich Doro in den Schutzraum Wohnung zog.

So, jetzt erst mal mit der Ruhe.

Ich bugsierte Doro auf ihre Couch, stopfte zwei Kissen in ihren Rücken und setzte mich vor sie auf den viereckigen Tisch. Brrr, war die Glasplatte kalt. Verstohlen hangelte ich nach einem weiteren Kissen, das ich mir unter den Allerwertesten stopfte.

Schon besser.

»Also, was ist los?«, wollte ich von ihr wissen.

»Hätte ich doch nur nie ... schluchz ... den Test gemacht«, jammerte sie, und die Tränen kullerten nur so über ihre Wangen.

»Welchen Test?«, insistierte ich. Ich fühlte Panik in mir aufsteigen. HIV? Oder was?

Doro war eine Frau, die sich schnell und heftig verliebte. Ich war mir zwar sicher, dass sie clever genug war, sich zu schützen, aber dabei war ich natürlich noch nie gewesen.

Doro schüttelte nur den Kopf hin und her. Mittlerweile lief ihre Nase wie bei einem dreijährigen Kind, dem man gerade das Überraschungsei geklaut hatte.

Ich fischte ein Paket Taschentücher aus meiner Handtasche und drückte ihr eins davon in die Hand.

»Doro«, sagte ich streng. »Jetzt putz dir die Nase und sag, was los ist.«

Interessanterweise versiegte ihr Tränenschwall in der Sekunde. Reagierten wir alle so rasch auf eine autoritäre Ansage? War die antiautoritäre Erziehung unserer Eltern so schnell obsolet? Wollten wir eigentlich gelenkt und herumkommandiert werden?

Noch während ich mir vornahm, diese interessante soziologische Variante mit meiner Psychologen-Freundin Sunny zu diskutieren, schniefte sich Doro mit lautem Trompeten aus dem Tal der Tränen.

»Ich hab nicht gedacht, dass ich so schlecht bin«, sagte sie jetzt in normalem Tonfall.

Schnief. Schnüffel. Schluck. Doro was back.

»Wieso bist du schlecht, wenn du krank bist?«, protestierte ich in mildem Tonfall.

Aus großen, rotgeäderten Augen schaute sie mich verwundert an. »Wieso bin ich krank?«

Jetzt verstand ich nur noch Bahnhof. Hatte sie den Verstand verloren?

Ich quetschte mich neben sie und ihre Kissenburg auf das Sofa. »Doro, du hast mir vorhin am Telefon gesagt, dass das Ergebnis niederschmetternd ist. Also, bei welchem Arzt warst du?«

Jetzt war erst mal vorsichtiges Rantasten gefragt.

»Niederschmetternd stimmt ja auch.« Doros Augen füllten sich schon wieder mit Tränen.

»Nicht«, rief ich, »nicht weinen. Also, welchen Test hast du denn machen lassen?« Jetzt musste ich in die Vollen gehen, wenn ich den Grund ihres desolaten Zustands herausfinden wollte. »HIV?«

Doro drehte mir mit einem Ruck den Kopf zu.

»Bist du bescheuert?«, wollte sie von mir wissen.

Nun mal langsam, dachte ich mir, beleidigen lass ich mich jetzt nicht. Rücksicht nehmend auf ihren so verzweifelt anmutenden Zustand sagte ich, immer noch so behutsam wie möglich: »Das wird man ja wohl fragen dürfen. Egal jetzt, sag mir einfach, welchen Test du gemacht hast.«

»Sind Sie eine Sex-Göttin?«

»Waaas?«, fragte ich entgeistert.

»Ja«, bestätigte sie. »Dabei geht's um die ultimativen Kenntnisse von Orgasmus-Tricks bei ihm und ihr.« Jetzt wurde Doro ganz eifrig. »... um Mundspiele und Handarbeit und Bondage und ...« Hier fing sie wieder an zu schluchzen. »... und Tantra ... schnief ... Erotik.«

Ich sank gegen die Lehne. Wo war ich denn hier gelandet? Was für ein Missverständnis. War denn jetzt die ganze Welt verrückt geworden?

»Doro, sag mal, hast du einen Knall?«, wollte ich der guten Ordnung halber wissen.

»Wieso?«, fragte sie entrüstet. »Ich bin total fertig, und du machst mich jetzt auch noch an.«

»Nee«, wehrte ich ab. »Ich frage mich, ob du noch ganz dicht bist. Du kannst mich doch nicht anrufen, mir vorgaukeln, du seist unheilbar krank, ich rase hier durch die ganze Stadt, stelle mein Auto ...«

Mein Auto. Auweia. Das würde bestimmt ein fettes Knöllchen geben. In Gedanken schickte ich es schon per Einschreiben Doro zu, die, meiner Meinung nach, für den mir entstandenen pekuniären Schaden aufkommen musste.

»Typisch«, beschwerte sich Doro, »du denkst nur an dich. Mir geht es schlecht. Und außerdem habe ich dir nicht gesagt, dass ich krank bin. Du hast mich ja gar nicht ausreden lassen. Du hast ja gleich aufgelegt, bevor ich überhaupt sagen konnte, worum es geht.«

Ja, danke schön. Das war also die Anerkennung für schnelle Samariterdienste, für schnelles Reagieren meinerseits, wenn ich glaube, einer meiner Freundinnen steht das Wasser bis zum Hals.

Resigniert zog ich meinen Mantel aus. Irgendwie hatte Doro ja sogar Recht. Ich war losgeflitzt wie der geölte Blitz, ohne genau zu wissen, was eigentlich abging.

»Doro«, sagte ich ermattet von der ganzen Aufregung. »Ich koch uns jetzt mal eine Tasse Tee, und dann reden wir über alles.«

Ich hatte eh mein ursprünglich in meinem Terminplan eingetragenes Date verpasst – unentschuldigt, wie mir gerade siedend heiß einfiel –, und somit konnte ich mir Doros Seelenpupserei auch in voller Länge antun.

Mit einer großen Kanne voll mit dem dampfenden Heißgetränk und zwei Henkel-Keramik-Tassen kam ich zurück.

Doro saß immer noch auf ihrem Sofa, vor sich eine kleinformatige Zeitschrift aufgeschlagen. Sie starrte auf eine Seite und murmelte leise vor sich hin.

»Zeig mal her«, forderte ich sie auf, und als sie nicht reagierte, griff ich mir das Teil.

»Drei Punkte. Sie sind noch ein Lust-Frischling im Anfangsstadium. Für Sie heißt es jetzt ›Üben, üben, üben‹, damit Sie die verborgenen Stellen Ihres Körpers kennen lernen. Trainieren Sie mit Ihrem Geliebten dessen erotische Vorstellungen, ehe er es bei einer anderen prickeln lässt!«

Diese vernichtende Diagnose hatte Doro so niedergeschmettert. Wie unverschämt war das denn? Ich hätte ihr mehr Punkte zugetraut, so sexy wie sie immer daherkam. Und ihre lückenlosen Berichte von aufregenden Sexabenteuern ließen vermuten, dass sie die Queen der Beckenbodenbewegung war.

Doro starrte schweigend vor sich hin.

Ich hatte es mir in ihrem abgeschabten Lieblingssessel gemütlich gemacht und begann meine Lektüre. Erst musste ich mich mal kundig machen, um was es bei dieser Befragung ging, dann konnte ich Doro vielleicht wieder aufrichten.

»Mundspiel. Oral ist bei Männern der absolute Renner. Da sich jedoch nicht ganz so viele von uns (58 Prozent) dafür begeistern können, steht der zärtlichste aller Liebesbeweise nur auf Platz zwei …«

Blablabla. Jetzt wollte ich es genau wissen.

»Bieten Sie sich seinem Mund an … indem Sie sich mit weit gespreizten Beinen auf die Bettkante legen und …«

Ich blätterte die Seite um.

»… indem Sie sich ihm a tergo präsentieren.«

Was war das denn? Schon wollte ich Doro fragen, doch die saß immer noch mit herabhängenden Schultern da.

Lieber nicht.

»Bitten Sie ihn, Sie mal mit der gesamten Zungenfläche, mal mit der Zungenspitze und in abwechselndem Rhythmus zu verwöhnen …«

Das war ja interessant.

»Nr. 4. Attraktion. Die Goldenen Regeln für Analsex … Anal ist nichts für Quickies …«

Aha.

»… Lieblingspositionen … Flanquette … schieben Sie ein Bein zwischen seine Schenkel, umschlingen Sie mit dem anderen seine Hüfte, oder legen Sie den Fuß auf seine Schulter … Muschel … Umschließen Sie mit den Füßen seinen Hals! … Drückt der Liebste Ihre Knie gegen Ihre Brüste …«

Ich blickte zu Doro rüber.

Sie machte, das wusste ich, Aerobic und schien mir immer sehr gelenkig. Das war doch ein Klacks für sie.

Mit Schwung ließ ich das Magazin auf den Tisch knallen. Doro schrak zusammen. Sehr gut, jetzt war sie wenigstens wieder voll da.

»Sag mal, wieso bringt dich dieser Anleitungsterror eigentlich so aus der Fassung?« Ihre Antwort interessierte mich brennend.

»Ich hab halt den Fragenkatalog beantwortet«, gestand sie. »Ich wollte wissen, wie ich so drauf bin beim Sex, und die Antwort darauf kennst du ja jetzt.«

»Hör mal, das ist eigentlich als pure Unterhaltung gedacht«, meinte ich, »das darfst du doch nicht so ernst nehmen. Du musst doch selbst am allerbesten wissen, wie du beim Sex so drauf bist. Du bist doch keine genormte Maschine, die auf Knopfdruck anfängt zu jodeln.«

Ich entlockte ihr noch nicht mal ein Lächeln.

»Du bist doch diejenige, die immer predigt, dass man sich im Leben weiterentwickeln muss«, hielt sie mir vor. »Dass man nicht stehen bleiben soll. Und ich hab hier von Stellungen gelesen, von denen ich noch nie gehört habe. Das macht einen doch fertig.«

»Das mit dem Weiterentwickeln habe ich aber genau andersherum gemeint«, verteidigte ich mich. »Viel wichtiger wäre zum Beispiel, dass du dich von solch reaktionären Sex-Vorschriften frei machst. Hier werden ja die Frauen zu Lustdienerinnen degradiert.« Ich redete mich so richtig in Rage. »Was für ein beknacktes Frauenbild ist das denn? Diese Art von Bevormundung haben wir doch wohl schon hinter uns gelassen, oder? Du bist alt genug, um zu wissen, was du im Bett willst und was nicht.«

»Aber Frank meint auch«, warf sie ein.

»Frank, Frank. Was hat der denn mit deinem Lustempfinden zu tun? Der soll sich mal anstrengen, dass du zufrieden bist. Nicht umgekehrt.«

»Aber dann verlier ich ihn«, meinte sie.

»Ja, und?«, fragte ich aufgebracht. »Dann war er vielleicht nicht der Richtige für dich.«

Irgendwie drehte sich unser Gespräch im Kreis. Ich hatte Doro als gestandene Steuerprüferin kennen gelernt, cool im Auftritt, mit leicht strenger Note. Dahinter verbarg sich eine warmherzige Person mit einer ultrastarken Begabung beim Zaubern von mehrgängigen Menüs. Wir hatten schon viele nette Abende mit einem gemeinsamen Bekanntenkreis verlebt, der von ihr mit häufig wechselnden Lovern bestückt wurde.

Und jetzt das. Was für ein Abgrund tat sich mir auf.

Doro griff nach dem Magazin und schlug eine Seite auf.

»Hier, das ist doch echt heiß«, meinte sie und las unaufgefordert vor, was sie antörnend fand: »Rollenspiele. Werden Sie mit Fensterglas-Brille und Rohrstock zur strengen Erzieherin …«

Ich stellte mir Doro mit Stock vor und wollte sie schon unterbrechen, um ihr mitzuteilen, dass sie solche Utensilien gar nicht braucht, da sie in ihrer Kanzlei beim Referieren meiner Steuererklärung schon immer leicht wie eine Domina rübergekommen war.

»… Werden Sie in Push-up-BH und Chaps zum heißen Cowgirl …«

Was waren denn nun wieder Chaps?

»… Verwandeln Sie sich mit Leo-Maske und Leo-Body in eine Wildkatze …«

Komisch, ich hatte gerade erst in einer Modezeitschrift gelesen, dass man bei dem neuen Leo-Trend sehr vorsichtig sein solle mit der Akzentuierung. Auf jeden Fall solle man nur ein Leo-Zubehör tragen, sonst wirke man billig. Aber vielleicht sollte man das ja in Doros Erlebniswelt auch sein.

»Schlängeln Sie sich im Cat-Suit über seinen erregten Körper ... spielen Sie in Spitzencorsage, Strapsen und Slip ouvert seine Edelhure, die vorab auf Bezahlung pocht ... oder in unschuldigem Weiß eine liebevolle Krankenschwester ...«

»Das wird teuer werden«, kommentierte ich Doros Aufzählungen.

»Sei doch nicht so profan«, meinte sie. »Guck mal, hier steht es, entsprechende Accessoires finden Sie in Erotikshops, im Berufsfachbedarf, Kaufhaus oder im Kostümverleih.«

Das hätte ich ja nie gedacht, dass die tutigen Berufsfachgeschäfte und Kaufhäuser nur Tarnung waren für ein Sortiment aus Sodom und Gomorrha.

Und Erotikshops? Ich erinnerte mich nur sehr ungern, dass ich mal einen aufgesucht hatte. Irgendwie versuchte ich, die damit verbundenen Erfahrungen zu verdrängen.

Ich hatte mich nämlich mal überreden lassen, für einen runden Geburtstag einer Freundin einen Luxus-Vibrator zu erstehen. Wir fanden damals zu dritt, dass das der absolute Knaller werden würde. Das Los meiner Freundinnen hatte mich getroffen, und so war ich, mit hochgeschlagenem Mantelkragen und Sonnenbrille auf der Nase, in einen Sex-Shop hineingeschlichen. Bei vorsichtiger Sondierung der Kundengesamtsituation wurden alle meine gängigen Vorurteile gegenüber Schmierlappen, die so ein Etablissement aufsuchen, voll und ganz bestätigt. Was ich allerdings nicht erwartet hatte, war die unverkrampft auftretende Mutti, die als Kassiererin und Geschäftsführerin in Personalunion fungierte, wie sie mir später stolz mitteilte.

Aber der Reihe nach. Ich war erschlagen von dem riesigen Sortiment an Vibratoren, das an den Wänden hing. Wieso hatten die eine so große Auswahl, wenn sich doch wohl kaum eine Frau in den Laden traute?

»Da täuschen Sie sich aber gewaltig«, verkündete die resolute Geschäftsfrau. »Frauen kommen hier immer in Trüppchen rein und schlagen voll zu.«

Aha. Hätte ich nicht gedacht.

»Ich brauche einen Vibrator«, begann ich.

»Brauchen wir den nicht alle«, erwiderte sie, breit schmunzelnd.

Mann, war das peinlich.

»Nein«, stammelte ich mit knallroter Birne. »Ich will den verschenken. Einer Freundin zum runden Geburtstag. So als Gag-Geschenk.«

Ihr Grinsen wurde noch breiter.

»Das sagen sie alle«, zog sie ein kurzes Fazit.

Ich zog meinen Kopf noch tiefer zwischen die Schultern.

»Bei mir ist es aber wahr«, beteuerte ich. Sie nickte nur wissend und zeigte mir drei Exemplare in unterschiedlicher Länge und Ausstattung. Ich nahm den in Gold, ließ mir noch die Auswirkungen der vier Knöpfe erklären, (… und bei dem dritten geht die Lucy ab«, versprach sie) und ich fragte noch, ob sie ihn mir als Geschenk einpacken konnte, ein Argument, mit dem ich die Erotik-Fachfrau von der Richtigkeit meiner Verschenk-Kaufgründe überzeugen wollte, was sie laut lachend verneinte.

Ich zahlte in bar, denn ich hatte kurzfristig voller Schrecken daran gedacht, dass es mir doch unsagbar peinlich wäre, wenn der Kreditkartenschnipsel mit voller Spezifizierung meines Einkaufs in meinen Steuerunterlagen aufgetaucht wäre.

Anschließend packte ich das Utensil in schönstes Glimmer-Papier ein, klebte noch eine Stoffrose darauf und war sicher, dass das Gerät gleich einsatzbereit war, denn ich hatte klugerweise von der Fachfrau die passenden Batterien erstanden und einsetzen lassen. Man kennt ja das Spiel. Man kauft ein elektrisches Gerät, und der Vorführeffekt verpufft, weil niemand an die nötigen Kraftspender gedacht hat.

Wir flogen zu dritt nach Mallorca, denn hier hatte uns Dani auf ihre Kosten zur Riesen-Geburtstagssause eingeladen. An der Durchleuchtungsschranke des Flughafens hievte ich meinen Trolley auf das Band. Wir hatten alle drei nur Handgepäck mit, damit wir am Zielflughafen nicht mit hundert anderen Reisenden auf unsere Köfferchen warten mussten.

Wir wollten unsere Zeit genießen. Von Anfang an.

Plötzlich spürte ich eine gewisse Unruhe um mich herum, während ich durch die Schleuse ging. Warum denn diese Hektik? Ich hatte meinen Gürtel aus den Jeansschnallen gezogen, meine Uhr abgelegt, eigentlich durfte es noch nicht einmal piepsen.

Während ich auf die Frau mit dem Abtastgerät zuschritt, sah ich voller Unbehagen, dass sie sich rückwärts von mir wegbewegte. Plötzlich hörte ich laute, scharfe Kommandos. »Alles hinlegen. Los, Sie da auch.«

Um mich herum hatten sich die Reisenden und das Abfertigungspersonal platt auf den Boden fallen lassen, nur ich stand wie gelähmt mit weit ausgebreiteten Armen da. Drei vermummte Mitglieder einer Spezialeinheit kamen mit auf mich zielenden Waffen immer näher. Ich dachte, ich wäre in die Filmaufnahmen zum nächsten Bond-Streifen geraten.

»Arme hoch«, bellte mich der größere Vermummte in der Mitte an. Ich tat, wie mir geheißen. Ziemlich ruppig tastete er meine Figur ab und schrie: »Sauber«, was ich ihm auch vorher hätte verraten können, denn ich hatte mich natürlich am Morgen einwandfrei geduscht.

»Was haben Sie im Koffer deponiert?«, brüllte er mich an. Hallo, ich war nicht schwerhörig.

»Meine Klamotten«, antwortete ich wahrheitsgemäß. Und vor allem, ich hatte auch meine Lotions, Cremes und Duftwässerchen vorschriftsmäßig in einen Plastikbeutel getan.

»Bei Ihnen brummt's«, schleuderte mir der Chef der vermummten Truppe entgegen.

»Wie, bei mir brummt's?«, fragte ich völlig verständnislos. »Da ist aber nix zum Brummen drin.«

»Wenn Sie nicht sagen können, was das ist, was da brummt, werden wir Ihren Koffer sprengen. Haben Sie den Koffer irgendwo unbeaufsichtigt stehen lassen?«, wollte er wissen.

Meinen Koffer sprengen lassen? Der war ja wohl komplett durchgeknallt. Was sollte ich dann auf der Geburtstagsparty anziehen? Und was würden wir dann ohne Geschenk machen …

Mir wurde heiß. So heiß wie noch nie in meinem Leben.

Ich versuchte, näher an das Ohr des vermummten Chefs zu gelangen, was der mit hektisch rudernden Bewegungen seiner Knarre zu verhindern suchte.

»Bleiben Sie, wo Sie sind«, schrie er. »Kommen Sie mir nicht zu nahe.«

»Ich will Ihnen doch nur sagen, was da brummt in meinem Trolley«, versuchte ich ihn zu beruhigen.

»Dann sagen Sie es laut und deutlich«, forderte er mich auf.

»Das kann ich nicht«, gestand ich. Meine Gesichtsfarbe schimmerte vermutlich schon in einer eher violetten Tönung. So viel Durchblutung hatte ich meinen Wangen noch nie zugemutet. Alle Augenpaare der immer noch am Boden liegenden Reisenden, des Durchleuchtungspersonals, der Stewardessen, ach, was, der gesamten am Flughafen versammelten Menschen starrten mich an.

Endlich mal einen Terroristen von nahem sehen.

Meine Lage war aussichtslos. Mir blieb nichts anderes übrig, als mich zu bekennen.

»Da brummt mein Vibrator drin«, sagte ich schließlich, voll und ganz gedemütigt. Gegen das, was ich durchlitt, waren die klassischen Inhalte gängiger weiblicher Albtraumsequenzen – Frau geht nackt durch die Stadt – ein Klacks. Dies war das Inferno.

»Was brummt?«, brüllte der Beamte. »Lauter!«

»Ein V-i-b-r-a-t-o-r!!!!!!!«, schrie ich, so laut ich konnte.

Ein etwa sechzehnjähriges Bübchen mit nach oben gegelten Haaren, das zu meinen Füßen lag, kicherte in sich hinein.

Ich versetzte ihm einen kurzen, aber gezielten Tritt in die Weichteile.

Offensichtlich war der Vermummte von meinem Gesamteindruck überzeugt. Die Purpurfärbung meines Gesichts, die Tränen in den Augen – er nickte einem subalternen Beamten an seiner Seite zu, was wohl hieß, dass es dem jetzt gestattet war, die Drecksarbeit zu verrichten.

Der ging zu meinem Trolley, zog vorsichtig an dem Reißverschluss, öffnete langsam den Deckel und wühlte todesmutig, wie ich fand, in meinen Dessous.

»Im Glimmer-Geschenk-Papier mit Stoff-Rosette«, verriet ich die genaue Anmutung des verdächtigen Päckchens. Und voilà. Er hielt es schon in die Höhe.

»Aufmachen«, schnauzte sein Vorgesetzter, was der Beamte auch zu meinem Entsetzen tat. Das Schnurren wurde lauter und lauter. Triumphierend hielt der grinsende Beamte den Vibrator wie eine Trophäe in die Luft.

»Rühren«, herrschte der Chef der Vermummten seine Untergebenen an. Die Waffen verschwanden im Holster, die Reisenden durften wieder aufstehen, ich durfte den Vibrator ausstellen, wieder in den Koffer packen, nachdem ich die Batterien entfernt hatte, die nicht mehr vorhandenen Reste meiner Würde zusammenklauben und den Gang zu meinem Gate antreten.

Dort warteten schon meine zwei Freundinnen, die ein paar Reihen vor mir unbehelligt durch die Schleuse gewandert waren, noch einen Espresso am neben dem Abflugs-Gate befindlichen Stand getrunken hatten, sogar noch im Duty-Free-Bereich derbe zugeschlagen hatten – und mich sehr vorwurfsvoll empfingen. »Was hast du denn gemacht? Wo bist du abgeblieben?«

Ich schrak hoch. Doro hatte sich diskret geräuspert, um mich wieder auf sich aufmerksam zu machen.

»Tja, vielleicht solltest du es dann mal eher im Kostümverleih probieren«, schlug ich vor.

»Ach, darum geht es nicht. Ich fühl mich minderwertig. Das ist es«, klagte sie.

»Wieso denn minderwertig?«, fragte ich nach. »Du bist eine gestandene Frau, total erfolgreich in deinem Beruf, du hast viele Freunde, dauernd schleppst du einen anderen Kerl an, sag mal, du benutzt doch Kondome, oder?«

Ich hatte immer noch nicht meinen Schock überwunden, als ich noch glaubte, Doro sei unheilbar erkrankt.

»Na, klar, wenn ich eines zur Hand habe«, schränkte sie ihre Vorsichtsmaßnahmen ehrlich ein. »Aber es geht nicht um meinen Beruf, es geht um mein Sexleben. Da scheine ich nicht zu genügen.«

Ich schaute auf das Cover der Zeitschrift, die Doro mit ihren Leserinnen-Test-Fragen an den Rand eines Nervenzusammenbruchs gebracht hatte.

»Sag mal, ich dachte immer, das wäre eine Zeitschrift für Teenys«, meinte ich.

»Stimmt auch«, bestätigte Doro meine Einschätzung. »Da sind Klamotten drin für 14- bis 18-Jährige, so sieht es jedenfalls aus.«

»Die sind aber echt vorschnell gereift, oder?«, fragte ich.

»Ja, stimmt schon«, meinte Doro. »Aber das hilft mir jetzt auch nicht aus meinem Tief.«

»Doro, ich finde, du solltest mal zwischendurch Polit-Magazine lesen.«

»Wie«, fragte sie interessiert, »haben die auch solche Umfragen?«

»Nein«, stöhnte ich. »Die schreiben über Dinge, die es auf jeden Fall wert wären, von dir konsumiert zu werden.

Womit du dich offensichtlich beschäftigst, ist das Diktat derjenigen, die jedem unsicheren Menschen suggerieren wollen, dass er die Palette einer Pornodarstellerin draufzuhaben hat. Das ist eine Ausgeburt der Leistungsgesellschaft. Mittlerweile hat sie sogar unsere Betten erreicht und diktiert, was sich darin in welcher Position wann zu regen hat.«

»Aber ich möchte halt gern perfekt sein«, gestand Doro.

»Kannst du aber nicht, und solltest du auch nicht. Sonst legst du ja deine Individualität ab, die dich so besonders macht.«

Doro träumte bereits wieder vor sich hin.

»Ich könnte ja ein bisschen schummeln, wenn ich den Test noch mal mache«, meinte sie.

Ich gab auf.

»Das ist eine gute Idee«, lobte ich sie, diesmal wirklich wie eine Dreijährige, die ihr Überraschungsei wieder gefunden hat.

Ich überließ sie ihrem Schicksal, wie sie so dasaß und mit Tipp-Ex ihre alten Kreuzchen auf der Magazinseite annullierte und sich an das erneute Beantworten machte. Sie bemerkte gar nicht, dass ich die Wohnungstür hinter mir schloss und mich auf den langen Treppenweg zum Ausgang aufmachte.

Als ich auf dem Trottoir stand, fiel mir zuerst gar nichts auf, was daran lag, dass mein vorhin dort geparktes Auto nicht mehr auf dem Platz stand, wo ich es verlassen hatte.

»Abgeschleppt«, ertönte eine männliche Stimme. Der hämische Unterton war nicht zu überhören, das konnte eigentlich nur …

Ja, es war der Spanner, Doros Nachbar, der nichts Besseres zu tun hatte, als hinter ihr herzuspionieren und während der Sommermonate vom Nebenbalkon her zu linsen, wie weit sich seine Nachbarin schon entblättert hatte. Die Denunziantenrolle passte perfekt zu ihm.

Ich ließ mir meine Wut nicht anmerken, die Genugtuung wollte ich ihm nicht geben. Lässig postierte ich mich am Straßenrand, winkte nonchalant einem vorbeifahrenden Taxi zu und stieg ein. Aus den Augenwinkeln sah ich, dass er mit offenem Mund hinter mir her starrte.

Guuut.

Am nächsten Morgen rief ich Doro an und erzählte ihr, wie es mir und meinem Auto ergangen war. Ich hoffte natürlich, dass sie großzügig sagen würde: »Du, hör mal, die Abschleppkosten und die für deine Taxifahrt übernehme ich natürlich.« Aber wie so oft im Leben wurde ich enttäuscht.

Allerdings löste Doro das Problem auf eine andere Weise. »Das tut mir ja so leid. Weißt du was, ich lad dich dafür zum Essen ein. So mit allem Pipapo.«

Wusste sie eigentlich, dass meine Abschleppkosten mit ordentlich viel Euro-Pipapo auf der Quittung versehen waren?

Mit der Nennung des Restaurants wurde ich allerdings sehr überrascht, handelte es sich doch um das nobelste und dementsprechend auch teuerste der ganzen teuren Stadt. Nun wagte ich es natürlich nicht mehr, ihr mit der Bezahlung meiner Abschleppkosten zu kommen, und wir verabredeten uns für den nächsten Samstagabend. 20 Uhr.

Für diesen Anlass zog ich meine Allzweckwaffe, meinen schwarzen Hosenanzug, aus dem Schrank. Die zweite Bügelfalte, die sich am rechten Hosenbein aufgrund des nicht ganz sachgemäßen Aufhängens gebildet hatte, ignorierte ich großzügig. Ich würde ja doch die ganze Zeit, mit einer sicher überdimensional großen Serviette auf dem Schoß, sitzend verbringen.

Das Innere des Nobel-Schuppens, an dem ich schon unzählige Male auf meinem Nachhauseweg vorbeigefahren war, enttäuschte mich sehr. Irgendwie der verblichene Chic eines lange hinter uns liegenden Jahrzehnts, in dem man noch mit orangefarbenen und lila Kreisen einen gewissen Kunststil an den Wänden widerspiegeln ließ. Aber ich wusste um meine Rolle, ich war Doros Gast und hatte hier nichts zu meckern.

Eine Rolle, die mir schwerfiel.

Doro jedenfalls war der Knaller. Sie trug ein rotes, enganliegendes Lederkleid, dazu schwarze Satinhandschuhe, die bis weit über die Ellenbogen reichten, schwarze Lack-Pumps und an einer Kette einen silbern glitzernden Pfeil, der zielgenau zwischen ihrem Busen in die Tiefe zeigte.

»Wow«, machte ich nur, und Doro strahlte.

Ein nicht schlecht aussehender Kellner führte uns an den Tisch, nachdem man am Eingang unsere Reservierung überprüft hatte. Er war schwarzhaarig, schlank, zeigte tadellose Manieren und stellte sich als Olivier vor, was, das hatte ich ja bei Anthonys Eigen-Namensgebung gelernt, vermutlich früher einmal ein banales Oliver gewesen war.

Er empfahl uns einen Kir Royal als Aperitif, was ich nicht sehr originell fand, bei Doro aber kleine Entzückenslaute hervorrief.

Ich machte mich, nachdem ich meine zweite Quetsch-Bügelfalte am rechten Hosenbein mit der wie erwartet betttuchgroßen, reinweißen Serviette abgedeckt hatte, an das Studium der ebenfalls passenderweise sperrig-großen Menükarte.

»*Nussbutterschaum mit Périgord-Trüffeln zu sautierten Jakobsmuscheln.*« Aha.

»*Filet vom kanadischen Bison mit Chinakohl und Pecannüssen in Lapsang Souchong Jus.*«

»Sag mal«, wandte ich mich an Doro, die mit einer rot geränderten, offensichtlich neuen Brille an eine farblich durchgestylte Domina erinnerte. Lack und Leder. »Ich wusste gar nicht, dass es heute noch Bisons gibt.«

Doro zuckte nur die Schultern und wandte sich wieder ihrer Karte zu.

Tapfer arbeitete ich mich durch die exotischsten Kombinationen von mir unglaublich unbekannten Ingredienzen.

»*Jardinière de légumes.*«

Gemüse konnte ich ja mal gut essen, da mir dessen Zubereitung zu Hause immer zu mühsam war.

»*Céleri-rave à la crème.*«

»Was ist das?«, fragte ich Doro flüsternd, denn mittlerweile hatten sich die Nebentische mit kostbar aufbereiteten Menschen gefüllt. Frischgeföhnte und -getönte Haarmähnen, sorgsam mit Haarspray festbetoniert. Glitzernde Geschmeide an schlaffen Damenhälsen, Siegelringe an Herrenhänden, ein Geruch von teuren Parfums und Schuhcreme wehte zu mir rüber.

Ich steckte meine Nase mal lieber hinter die Karte, als Doro antwortete: »Das ist Sellerie in Sahne.«

Doll. Ich war voller Bewunderung.

»*Pot-au-feu au gratin.*«

Was war das noch? Ich kramte in der Erinnerung in meinem Schulfranzösisch herum. Gratin … gratiniert … überbacken? Irgendwie so. Aber nicht ganz genau. Ich wollte mir nicht die erneute Blöße geben nachzufragen, also beschloss ich kurzerhand, dieses Gericht nicht zu nehmen.

Olivier beugte sich über unseren Tisch.

»Kann ich bei der Suche helfen?«, fragte er mit charmantem Lächeln.

»Ja.«

»Nein.«

Doro und ich guckten uns an. Sie wollte, ich nicht. Ich finde das immer so anstrengend, wenn Kellner im routinierten Sing-Sang ihr Tagesangebot runterleiern. Zum Schluss weiß man nicht mehr, was er zu Beginn der Litanei gesagt hatte, und meistens wäre es genau das gewesen, was einem am besten geschmeckt hätte.

Aber ich fügte mich schnell, denn Doro war die Frau mit den Penunzen, und sie hatte das Sagen.

Also begann Olivier von *»Steak au poivre«, »Lapin en civet ou civet de lièvre«, »Lapin auté à la lyonnaise«, »Supremes de pintadeau de Bresse en habit vert«,* zu filibustern.

Ich hatte mich sehr schnell aus dem Geschehen ausgeklinkt, und als Doro schließlich fragte: »Nimmst du das auch?«, sagte ich »Ja«, und die Bestellung war gemachte Sache.

Olivier schickte Marius, mit der Betonung auf »üs«, den Sommelier des Hauses zu uns, und Doro parlierte mit ihm in einer Melange aus Deutsch und Französisch, vielleicht war auch ein Hauch Flämisch dabei, über den Gärungsgrad der Weine, ihren dramatischen Appeal. Und ich hoffte nur, dass ich einmal irgendetwas zu essen und zu trinken bekommen würde.

Ich muss dazu sagen, dass ich wirklich kein Gourmet-Restaurant-Esser bin. Mir kann man eine große Freude mit einem voll gehäuften Teller Spaghetti machen, einer schön gewürzten Currywurst, frisch gekochten Kartoffeln mit Butter und einem mit unterschiedlichen Sorten belegten Käseteller. Also, klare Sachen, und davon nicht wenig. Wer dann noch ein gemischtes Eis, die Bällchen nicht zu klein, plus frisch geschlagener Schlagsahne ohne Soßentralala oder gar Nüsschen-Verziererei offeriert, bleibt mein Freund, ein Leben lang.

»*Potage au Concombre*, bon appetit«, sagte Olli, wie ich ihn im Geheimen, der Einfachheit halber, nannte, als er die tiefen Teller vor uns gestellt hatte.

Gar nicht so übel, fand ich.

Doro rollte dagegen verzückt mit den Augen, was Olli mit einem breiten Lächeln quittierte.

Der Wein war vorzüglich. Ich ließ mir immer mal wieder nachschenken, als *Les Artichauts* serviert wurden. Aha. Also Artischocken. Immer so eine blöde Zutzelei. Aber egal.

Nach einer Weile wurde mir bewusst, dass Doro reichlich albern rüberkam. Fand ich. Ich gewann den Eindruck, dass Olli das Ganze anders bewertete. Doro lullerte so lasziv an den einzelnen Blättern rum, dass sich auf Ollis Stirn erste Schweißtropfen bildeten.

Na, das konnte ja heiter werden.

»Sag mal, spielst du hier die Orgasmusszene aus ›Harry und Sally‹ nach?«, fragte ich Doro.

Sie lächelte nur geschmeichelt, was bei mir leichtes Unbehagen auslöste.

»Wie war eigentlich dein zweites Testergebnis?«, wollte ich wissen.

Doro formte ein spitzes Mündchen und gestand: »Super. Danach bin ich eine top-supi-geile Tussi, die jede Männerfantasie erfüllt.«

Da musste sie aber ordentlich gelogen haben, um so ein gravierend abweichendes Ergebnis gegenüber dem für sie doch so niederschmetternden ersten zu erreichen.

Aber, das musste ich zugeben, Olli schien auch dieser Ansicht zu sein. Nämlich, dass sie eine »top-supi-geile Tussi« war.

Sofort, nachdem wir unsere kleine Vorspeise beendet hatten, stand er schon an unserem Tisch.

Mich nahm er gar nicht mehr wahr, er schaute Doro tief in die Augen, als er die entscheidende Frage an sie richtete: »Hat es Ihnen geschmeckt?«

Doro nickte mit so viel Emphase, dass der ganze Tisch bebte.

Also, so gut war die Artischocke nun auch wieder nicht gewesen. Aber mich fragte ja keiner.

Ich schenkte mir selbst etwas nach, weil Olli nur Doros Glas aufgefüllt hatte.

Und schon war er wieder da, ein richtiger kleiner Speedy Gonzales des Restaurantgewerbes, mit zwei Tellern, darauf der Zwischengang *Tarte aux épinards*.

Ich schaufelte den Spinatkuchen in mich rein, als Doro leise fragte: »Scharf, nicht?«

»Finde ich nicht. Eher milde gewürzt«, gab ich meine Expertise ab.

»Dummerchen«, sagte Doro nachsichtig, »Olivier.«

Ach so.

»Ja, finde ich jetzt nicht so …«, begann ich, als Doro die Gabel aus der Hand fiel.

Sofort, so stellte es sich hinterher in meiner gedanklichen Rekapitulation des Abends dar, rutschte Olli unter den Tisch, wo er ein Tickchen zu lange blieb, als ein durchschnittlich geschulter Kellner braucht, um eine heruntergefallene Gabel aufzuheben.

Doro lächelte geheimnisvoll.

Olli brachte das Essutensil in die Küche und erschien flugs wie ein Schwebegeist mit einem neuen.

Irgendwie erinnerte mich Doro in ihrem gewagten Outfit und mit ihrem heutigen Gehabe an jemanden, an ... natürlich!

»Du siehst aus wie Kim Cattrell aus ›Sex and the City‹«, platzte ich heraus.

»Ich dachte immer, ich sähe Sarah Jessica Parker ähnlich«, meinte Doro enttäuscht.

»Nein«, dementierte ich entschieden. »Du hast doch nicht so eine große Gurke im Gesicht.«

»Findest du, dass sie so eine lange Nase hat?«, fragte Doro verunsichert nach.

»Aber ja«, erinnerte ich mich. »Außerdem hat sie so dicke Dauerpickel in der Visage. Da siehst du aber besser aus.«

»Die hat Kim Cattrell aber auch«, fand Doro.

»Weißt du, was ich ganz komisch finde«, begann ich, »seit dieser Serie gibt es überall in der Werbung immer vier Weiber, die zusammensitzen.«

»Stimmt«, sagte Doro. »Sogar für meine Lieblings-Schokolade-Teilchen in der runden Box.«

»Dabei stimmt das mit der Wirklichkeit überhaupt nicht überein«, fand ich. »Oder hast du vier engste Freundinnen, mit denen du dich regelmäßig zum Essen, Ausgehen oder Fernsehen triffst?«

»Nee«, verneinte Doro entschieden. »Ich finde, man hat immer eine beste Freundin. Ich würde nie ewig mit mehreren zusammenhocken, um meine sexuellen Probleme zu erörtern.«

Das wusste ich nun aus Erfahrung. Wer war denn so blöd gewesen anzunehmen, dass Doro eine furchtbare ärztliche Diagnose zu verkraften hätte, um dann geschlagene zwei Stunden bei ihr zu bleiben, um Sex-Testergebnisse einer Girlie-Postille mit ihr zu verarbeiten? Ich. Genau. Und zwar allein. Vier Mädels auf einmal wären mit Sicherheit nicht so dämlich gewesen.

Aber mal ganz ernsthaft darüber nachgedacht, ich hatte immer festgestellt, dass die Gespräche von mehr als zwei Freundinnen eher in einem subtilen Wettkampf endeten. Man belog sich gegenseitig, wie viele Kilos man angeblich wieder abgenommen hatte, was das neue Auto gekostet hatte, das der Gatte angeschafft hatte, man begann sich gegenseitig mit der Höhe des Exotikfaktors des jeweiligen nächsten Urlaubsortes zu übertreffen.

Sogar in der Höhe des Modefaktors der demnächst anzuschaffenden Schulranzen der gleichaltrigen Kinder wurde miteinander gerungen. Und wenn der Alkoholpegel im Laufe des Abends stieg, wurden die Themen nicht schlüpfriger, sondern nur die Stimmen schriller und die Lache dreckiger. Intimer wurden die Geständnisse nicht. Wieso hatte dann die Serie »Sex and the City« so großen Erfolg? Wiedererkennen konnte ich in den Charakteren auf keinen Fall das Gros meiner Freundinnen.

Allerdings jetzt hatte Doro eine Art Metamorphose durchlaufen.

»Was macht eigentlich Frank?«, fragte ich beiläufig.

»Keine Ahnung«, gab sie zu. »Nach unserem letzten Treffen hab ich nichts mehr von ihm gehört.«

»Und was habt ihr da gemacht?«, wollte ich, misstrauisch geworden, von ihr wissen.

»Bondage«, verriet sie mir flüsternd, aber nicht leise genug, als dass der um uns herumstreifende Olli es nicht mitbekommen hätte. Er hielt mitten in der Bewegung inne, was dazu führte, dass sich eines der »Quenelles au gratin«, auf gut Deutsch »Gratinierten Klößchen« von dem Teller verabschiedete, auf dem sich mehrere seiner Kameraden wacker in einer Hechtsoße hielten.

Olli entschuldigte sich, mit roten Bäckchen im Gesicht, bei der strähnchenblondierten Dame an unserem Nebentisch.

»Und was verbirgt sich dahinter?«, flüsterte ich zurück. Jetzt wollte ich es genau wissen.

»Ich hatte komplette Bett-Fessel-Sets gekauft«, erzählte Doro.

»Wie teuer?«

»Achtzig Euro.«

»Ja, bist du denn des Wahnsinns fette Beute«, entfuhr es mir. »Was kriegt man für diese stolze Summe?«

»Das sind Vorrichtungen, die die Bettpfosten ersetzen.«

»Doll«, befand ich. »Hast du die im Baumarkt gekriegt?«, fragte ich nach. Bisher hatte sich Doro immer als eine Frau mit zwei linken Händen entpuppt, wenn's um Regale aufbauen ging oder wenn sie die Wasserwaage halten sollte, während ich meine Bilder an die Wände hängen wollte.

»Nein, im …« Jetzt ging die wichtigste Info in ihrem Flüstern unter.

Ich nahm mir fest vor, sie bei der gemeinsamen Taxi-Heimfahrt noch mal nach der Quelle zu befragen. Aber wie hatte Doro denn die Bettpfosten erst entfernt? Spannend.

»Und dann?«

Doro überlegte kurz. »Er war ein bisschen zickig. Da habe ich ihm wahlweise die Stahl-Handschellen angeboten, die mit Plüsch überzogen sind. Richtig kuschelig sind die …«

»Und kosten?« Ich stellte fest, dass ich wirklich eine merkantile Ader in mir habe.

»Sechzehn Euro. Habe ich über's Internet gekriegt.« Ich fühlte mich ausgegrenzt. Früher musste ich immer für Doro alles bestellen, was sie haben wollte. Sie kam mit der Wunderwelt eines Computers, auch ihres eigenen, einfach nicht klar. Was doch so geheime Sehnsüchte für Fähigkeiten freisetzen.

»Und dann hast du ihn gefesselt? An das Set ohne Bettpfosten oder …?«

Doro schüttelte den Kopf.

»Er hatte Schiss, stell dir das vor.« Ein, wie ich fand, leicht grausames Lächeln umspielte ihre dunkelrot geschminkten Lippen. »Was er nicht wusste, war, dass ich noch kombinierte Hand- und Fuß- und Hals-und-Handgeschirre parat hatte, die eine Flucht unmöglich machen.«

Klirr.

Olli hatte offenbar unsere Unterhaltung wieder verfolgt, denn seine Hände zitterten so sehr, dass er mein Wasserglas, das er auffüllen wollte, gegen mein Weinglas hatte scheppern lassen.

Doro sah ihn sinnend an.

»Bevor unser Hauptgang kommt, mache ich mich noch mal ganz kurz frisch«, sagte sie, während sie sich gefährlich langsam von ihrem Stuhl hochschraubte. Mit schwingenden Hüften verschwand sie in Richtung der Damentoilette.

Ich lehnte mich zurück. Das waren ja tolle Neuigkeiten. Doro war ja doch eine echt starke Frau. Als ich sie das letzte Mal gesehen hatte, war sie ein vor lauter Weinen verquollenes Etwas gewesen, jetzt verströmte sie eine Power, die schon unheimlich war.

Aber ich fand, dass sie frisch genug ausgesehen hatte. Sogar der ultra-rote Lippenstift haftete noch einwandfrei an ihrem Mund. Aber vielleicht musste sie auch einfach nur mal pullern gehen und wollte dies nicht so direkt im vornehmen Ambiente gestehen. Ich trank das letzte Schlückchen aus meinem Weinglas aus und erwartete eigentlich, dass Olli jetzt bei Fuß sprang, um mein Glas wieder aufzufüllen.

Nichts geschah.

Nach etwa zehnminütigem Warten griff ich mir aus lauter Langeweile ein Scheibchen Brot, bestrich es ganz gegen meine Essgewohnheiten mit einem Hauch von der grünweiß-gestreiften Creme, aß es auf, was mir bei langsamem Kauen weitere fünf Minuten Beschäftigung garantierte – und wartete. Am Nebentisch reagierte man nicht so gelassen wie ich. Empörtes Tuscheln drang an mein Ohr.

»Wo bleibt der Kellner?«, fragte die steifgeföhnte Frau zum dritten Mal ihren Gatten, der schließlich genervt, weniger von der Warterei als vom Gequengel seiner Frau, den Oberkellner herbeiwinkte.

»Wo ist eigentlich Ihr Kellner abgeblieben?«, wollte er nun von dem servil buckelnden Menschen wissen.

»Isch schaue sofort nach«, versprach er, ganz Maître, und ward von da an nicht mehr gesehen. Ob er die Küche auf der Suche nach Olli durchkämmte oder einfach mal eine kurze Rauchpause im Hinterhof einlegte, ich habe es nie erfahren.

Ich begann wieder über die Situation nachzugrübeln, warum ich eigentlich immer eine zeitweise allerbeste Freundin, aber nie drei Gleichwichtige auf einen Schlag hatte. Wenn ich es recht betrachtete, war mein Freundeskreis sehr groß. Aber es kristallisierte sich immer wieder heraus, dass mir eine Freundin am nächsten stand. Häufig blieb das eine ganze Weile so, dann trennten sich die Wege wieder für eine Zeit, und eine andere nahm den Platz ein.

Aber seit diesen blöden TV-Serien komme ich mir so unbedeutend vor, wenn sich bei einem so richtig gemütlichen Ratschabend nicht insgesamt vier Weiber um den Tisch versammeln. Natürlich müssten wir dann auch alle in unglaublich angesagte Klamotten gehüllt sein, da haperte es ja schon. Meistens traf ich mich in Schlonz-Wohlfühl-Outfits und traf, sehr entlastend, auch meine Bekannten oder Freundinnen in genau dieser Anmutung an.

Wenn ich mich etwa jeweils mit Sunny, Tatzi oder mal Doro oder, weiß der Himmel, einer anderen zum Essen verabredete, bretzelten wir uns erst recht nicht auf. Irgendwie wollten wir schon mal gar nicht signalisieren, dass wir vielleicht auf der Pirsch sein könnten. Das wäre das Letzte gewesen, was wir gebrauchen konnten, jemand, der uns zusabbelte, während wir wichtige Vier-Augen-Gespräche führen wollten, um unseren Seelenmüll zu entsorgen. Merkwürdig, das war der Schlüssel. Bist du mit deiner besten Freundin unterwegs, redest du lieber über Männer, als dass du sie kennen lernst. Ganz abgesehen davon, dass wir uns, bis auf einige wenige, sehr beneidete Ausnahmen, die ultrateuren Designer-Klamotten nicht leisten können und dass die Nachtklubs in unserer Stadt irgendwie nicht so glamourös rüberkommen wie die in der TV-Serie.

Und wie bezahlen das alles die vier TV-Perlen? Carrie alias die langnasige Sarah Jessica Parker saß ja immer in wirklich schicker Unterwäsche vor ihrem Laptop und formulierte einige Gedankengänge, deren tieferer Sinn oder mitreißender Witz sich mir nicht wirklich erschlossen.

Ich hab's mal probiert und mich so malerisch an meinen Schreibtisch gesetzt, um den längst fälligen Brief an die Heizkosten-Abrechnungsstelle meiner Wohnsiedlung zu schreiben. Okay, die Leibwäsche war jetzt nicht ganz so hip, aber das sah ja keiner. Der Effekt der ganzen Poserei war eine schmerzhafte Nierenbeckenentzündung, weil ich mir den Hintern abgefroren hatte. Carrie passierte so was nie. Mir wurde endgültig klar, dass die ja so lügen im Fernsehen. Wahrscheinlich hatte Carrie alias Sarah einen Heizstrahler im Rücken, den sie einfach nicht mit ins Bild gerückt haben.

Seit ich dann, hin und wieder, Zeit für die sogar fünf verzweifelten Mager-Hippen in der Wisteria Lane aufbrachte, empfand ich meine Situation schon wieder mangelhaft. Soweit mir bekannt war, hatte meine beste Freundin keine Leiche im Keller. Vielleicht scheiterte es schon daran, dass sie keinen Garten hatte, um eine zu verbuddeln. Ich ertappte mich dabei, dass ich bei denen, die tatsächlich ein bisschen gemietetes Grün ihr Eigen nannten, angelegentlich durch die Reihenhausgärten schlenderte, um verräterische Spuren von nächtlicher Umgraberei auf ihrem Rasen zu entdecken. Um dann, so ganz en passant, nach dem Vorhandensein eines Gärtners zu fragen. Tatzi, die wirtschaftlich von uns allen am besten stand, bejahte, einen solchen Angestellten auf ihrer Domestiken-Liste zu haben. Als ich ihn in Augenschein nahm, musste ich feststellen, dass er sehr weit dem Volljährigkeitsdatum entwachsen war, und ich beschloss, wieder verstärkt Tier-Dokumentationen im Fernsehen einzuschalten.

Ich schaute auf meine Uhr. Satte vierzig Minuten waren vergangen.

Das Ehepaar neben mir befand sich in einem erbitterten Clinch. Ich vermutete, dass sich dieser Streit um unqualifiziertes Personal und vor allem die Diskussion darum, wer für die falsche Wahl dieses Restaurants im Vorfeld verantwortlich gemacht werden könnte, heute Nacht nicht in einer leidenschaftlichen Versöhnung im Bett beilegen lassen würde. Dabei, das war mir klar, wäre die Betonage ihres bläulich schimmernden Haares zersprungen, ein Erlebnis, dem die offensichtlich nach Perfektion strebende Dame nicht mehr gewachsen war.

Ich winkte dem Zeremonienmeister, der bei unserer Ankunft gekonnt umständlich nach Doros Namen in seinem Reservierungsbuch gesucht hatte.

»Sie wünschen?«, fragte er mich.

Obwohl ich ihn eigentlich am liebsten gebeten hätte, mal nach Doros Verbleib zu forschen, sagte ich: »Haben Sie vielleicht eine Zeitschrift für mich?«

Er zog die Augenbrauen hoch, blieb aber im festen Rahmen seines geschulten Berufszweiges.

»Ich schaue sofort nach«, versprach er, ohne sein Erstaunen über meine Bitte zu zeigen. Er hatte offensichtlich gute Augen, denn kurz darauf überreichte er mir, mit einer kleinen Verbeugung, ein Polit-Magazin.

Boah, war das schwer. Ich kriege immer die Krätze, wenn ich Zeitschriften oder auch Zeitungen entgegennehme und nach Erhalt unwillkürlich in den Kniekehlen einknicke. Die sind viel zu schwer, aber nicht etwa wegen ihres gehaltvollen Inhalts, sondern wegen der unzählig vielen beigelegten Werbebroschüren – und der pappkartonähnlichen Seiten mit subtil versteckten Werbebotschaften. Da blättert man so vor sich hin, denkt, wie interessant ist das denn, ein ausführlicher Bericht über die Qualität von Teppichböden – und muss irgendwann zur Kenntnis nehmen, dass ganz klein oben »Promotion« steht. Wer des Englischen nicht mächtig ist, muss dementsprechend glauben, ein promovierter Mitarbeiter des Blattes hätte die Seite gestaltet.

Ich fahndete erst einmal bei einer groben Durchsicht nach der Ursache für das tonnenschwer anmutende Gewicht. Ha, als Erstes ein Folder über ein demnächst laufendes Musical, dessen Schaffung mich nicht die Bohne interessiert. Ich blätterte weiter. Hier. Ein vierzehnseitiges kleinformatiges Heftchen, das mich auf vielfältige Technologien aufmerksam machen wollte. Aber wofür? Und für wen? Auf keinen Fall für mich.

Ich schritt zur Tat. Ich bin nämlich ein perfekter Werbung-Rausreißer geworden. Immer wieder entpuppt sich eine auf den ersten Griff fette Ausgabe der von mir gelesenen Magazine als total abgemagertes, wenige Seiten umfassendes Exemplar, wenn ich meine Aktion beendet habe.

Das Innovationsdings ging mir total auf die Nerven. Grund dafür war die eklige Vollgummi-Klebetechnik, die neuerdings verstärkt angewandt wird. Da muss man beherzt dran ziehen und dabei darauf achten, dass man die Klebewurst bis auf den letzten Rest mit rauszieht. Unterlässt man dies, kleben automatisch die beiden Seiten, auf denen ja redaktioneller Text zum Verweilen einlädt, aneinander. Kriegt man nie wieder getrennt.

Aber jetzt kommt's: Wenn man die Klebewurst an den Fingern hat, lässt sie sich kaum noch davon entfernen. Ich habe jetzt eine ganz eigene Technik entwickelt. Ich rolle die Wurst zwischen zwei Fingern zu einer Kugel zusammen und mache mir erst im Anschluss an diesen Vorgang Gedanken darüber, wie ich jetzt diesen Futzel loswerde. Ich habe schon mal versucht, ihn elegant wegzuschnipsen, was leider nicht gelingt, da er beim letzten Kontakt mit meiner Haut oder meinem Fingernagel versucht, auf ewig daran festzupappen. Ich glaube ja, dass dieser Klammereffekt der Klebemasse Sinn und Zweck der Erfindung war. Ich denke, dass sich immer weniger Menschen trauen, die Werbebroschüren so konsequent zu entfernen, wie ich es tue. Sie sind des, zugegebenermaßen logistisch anspruchsvollen, Überlistungsaufwands müde.

In diesem Fall griff ich unter den Rand der exquisiten Tischdecke und klebte das Kautschuk-Röllchen dort fest.

Während ich unterwärts meinen Finger von seiner Fracht befreite, rutschten mir aus meiner Zeitschrift zwei locker beigelegte Broschüren heraus.

Flatsch – klatschten sie auf den Boden. Ich bückte mich, um sie wieder aufzusammeln, ein mehrseitiges, buntes Sortiment von Bodywear und ein in seinem Druckdesign billig anmutendes Werbeangebot für Telefon-Komplett-Angebote.

Ich musste meinen Impuls unterdrücken, mit den Zähnen zu fletschen. Will ich alles nicht haben. Neben meinem leeren Weinglas stapelten sich jetzt schon mehrere von mir durchgerissene Werbeangebote. Wann immer ich das Magazin locker durchblätterte, um festzustellen, ob ich jetzt endlich mit dem Lesen anfangen konnte, schnellten ganze Seitenblöcke immer wieder auf genau den nächsten Werbekleber zurück, den ich noch nicht entfernt hatte.

Aha. Ein Pröbchen. Ein Make-up-Unternehmen wollte mich mit dieser Gratisbeilage zum einmaligen Gebrauch verführen.

Vergebene Liebesmüh.

Mach ich nämlich nie. Erst einmal sind die Proben immer viel zu klein, mit dem Inhalt könnte ich mir vielleicht eine Gesichtshälfte beschmieren. Zum Zweiten bleibt es mir ein ewiges Rätsel, warum man die Probetütchen nicht so konstruiert, dass man sie leichter öffnen kann. Man braucht zu diesem Zweck schon eine Schere, um dann anschließend mit dem Zeigefinger den Minimal-Inhalt rauszukratzen. Bei diesem Vorgang allerdings geraten die Mini-Portiönchen immer unter den Fingernagel, und sie dort wieder zu entfernen, schafft nur eine Nagelbürste, die ich aus hygienischen Erwägungen heraus grundsätzlich nicht mehr besitze. Außerdem, hätte ich noch eine, wäre die anschließend von dem einmaligen Einsatz bräunlich Make-up-verschmiert – brrhhh.

Während ich den Berg von unerwünschten Werbebotschaften auf meinem Tisch ordnete, dachte ich an meine sonntäglichen Einkäufe sämtlicher Tageszeitungen beim Bäckerlädchen gleich um die Ecke. Die netten Verkäuferinnen kennen mich schon und haben es mittlerweile aufgegeben, mich immer wieder voller Respekt und ungläubig zu fragen: »Und das wollen Sie wirklich alles lesen? So viel?« In ihrer Filiale steht ein Papierkorb neben dem Eingang, und dort darf ich mittlerweile erst einmal alle Werbebeilagen entsorgen. Meine Bandscheibe bedankt sich jedes Mal aufs Neue.

Anschließend freue ich mich dann immer wieder auf das sonntägliche Ritual des Kassierens. Denn im Kassenprogramm meiner Bäckerei ist nur der Preis für lediglich eine Sonntagszeitung gespeichert. Und so sind wir gemeinsam auf einen super Trick gekommen. Auf meinem Bon steht jetzt immer der Preis für die eine eingespeicherte Zeitung plus Senf, denn der Obulus für das Tütchen scharfen Inhalts ergibt zusammengerechnet den Originalpreis für die anderen Zeitungen, die ich nach meiner Rückkehr, nach dem Verzehr der frisch gebackenen Sonntagsbrötchen, entspannt auf meiner Couch liegend, lese. Natürlich im Bademäntelchen. Apropos. Wann würde ich das endlich überstreifen können?

Mittlerweile begann ich, mir doch Sorgen um Doro zu machen.

War ihr selbstbewusstes Auftreten heute Abend nur gespielt gewesen? Verbarg sich dahinter der grauenvolle Zustand einer gedemütigten Seele? Hatte sie wirklich ein so überwältigend gutes Ergebnis beim zweiten Durchgang des Sex-Fragebogens der Teenie-Postille erzielt, oder wollte sie mir nur nicht gestehen, dass sie wieder zu den unerfahrenen Loser-Leserinnen gezählt wurde? Sozusagen ein gesichtsloses Etwas, zurückkatapultiert in die Gemeinde der verachteten, nicht gesellschaftsfähigen Anhänger der klassischen Missionarsstellung?

Sollte ich doch auf der Damentoilette nach ihr suchen? Würde ich sie dort, wieder in Tränen aufgelöst, vorfinden?

Nein, nahm ich mir vor.

Das könnte sie erneut herabwürdigen. Wieder würde ich hinter die so kostbar aufgebaute und bemalte Fassade schauen, das hielt die stärkste Freundschaft nicht aus.

Zwar drückte mir die viele Flüssigkeit aus der Wasserkaraffe, die ich mir im Laufe der Warterei hinter die Binde gegossen hatte, energisch auf die Blase, aber ich würde standhaft bleiben. Schließlich ordnete ich die Brotkrumen rund um die Werbepapier-Schnipsel auf der Tischdecke zu immer neuen Figürchen, als plötzlich Doro an unserem Tisch auftauchte. Merkwürdigerweise sah sie jetzt weniger perfekt aus als vorhin. Der Lippenstift war verschmiert. Ihr Rouge verschwunden, dafür glühten ihre Bäckchen wie im Fieberanfall, die Augen glänzten, allerdings wurde nur noch eines davon von falschen Wimpern bekränzt, das andere hatte sich durch den Verlust so verkleinert, dass Doro gesamttechnisch ein wenig schielte.

»Ein Heulkrampf?«, fragte ich mitfühlend.

Doro schüttelte nur, überlegen lächelnd, den Kopf und setzte sich.

»Warum warst du so lange verschwunden?«, wollte ich wissen.

Doro legte den Kopf schief, und so konnte ich hinter ihr den Anmarsch von Olli beobachten. Und als ich ihn sah, dämmerte mir die Wahrheit über Doros derangiertes Aussehen.

Ollis Hemd war nicht korrekt zugeknöpft, vom ordnungsgemäßen Schließen seines Reißverschlusses ganz zu schweigen, seine gegelten Haare sahen aus wie die Stachelanordnung eines Igelrückens, an der rechten Wange klebte der vollkommene Abdruck eines roten Frauenmundes.

Ja, konnte hinkommen. Die Farbnuance entsprach der, die Doro vorhin auf ihren Lippen hatte.

Die Dame am Nebentisch zeigte Anzeichen von Schnappatmung. Die Mimik ihres siegelringbeschwerten Gatten konnte ich nicht ganz eindeutig einordnen. Sah ich Neid, Anerkennung oder Abscheu in seinen Augen glimmen?

»Sag mal, hast du …«, begann ich.

»Hhmm«, machte Doro, während sie nickte.

Donnerwetter. Eigentlich fand ich es extrem unhöflich von ihr, sich einfach so zu verkrümeln, aber irgendwie fand ich die Nummer im wahrsten Sinne des Wortes viel besser als alles, was mir Carrie & Co. im TV-Gewerbe so geboten hatten.

Der noch ausstehende Nachtisch, ein Clafoutis, wurde uns von einer weiblichen Servicekraft kredenzt, die, offensichtlich des Französischen noch nicht ganz mächtig, erklärte: »Ihr Kirschauflauf.« Von Olli keine Spur.

Das Ehepaar am Nebentisch verlangte lautstark den Geschäftsführer zu sprechen, der jedoch, so wurde bedauernd beschieden, an diesem Abend nicht anwesend war.

Ich konnte mich um das Schicksal des Paares nicht mehr kümmern, obwohl es um Unterstützung buhlende Blicke in meine Richtung warf; zu sehr schlug mich die Schilderung von Doros erotischem Pas-de-deux in Bann. Nach drei Kaffee und vier Digestifs schwankten wir kichernd aus dem Ess-Tempel und machten uns auf den Heimweg.

Zwei Wochen später erschien ich zum verabredeten Termin in Doros Steuerkanzlei, stolz darüber, dass ich diesmal meine ganzen Quittungen und Belege bereits sortiert und auf Zettel geklebt hatte. Leider musste ich feststellen, dass sie nicht da war.

»Aber wir sind verabredet«, beharrte ich gegenüber der Sekretärin auf der Richtigkeit meines Erscheinens.

»Sie ist aber nicht da«, meinte die erneut. Sie griff zum Telefonhörer, wählte eine zweistellige Nummer, und der Chef der Kanzlei wieselte um die Ecke.

Er bat mich in sein Büro, wo er unter lautem »Ah« und »Vorbildlich« meine Unterlagen in Augenschein nahm. Das befremdete mich nun doch ein wenig, und ich wies ihn darauf hin, dass ich mit Doros Betreuung sehr zufrieden sei und nicht zu ihm wechseln wollte.

»Das werden Sie aber müssen«, meinte er.

»Wieso?«

»Sie hat sich selbstständig gemacht.« An dieser Stelle hüstelte er leicht. »Sie gehört nicht mehr unserer Kanzlei an.«

Jetzt war ich aber platt.

Mir war klar, dass ich ihn nicht fragen konnte, zu welchem Konkurrenzunternehmen Doro denn nun abgewandert war, und so verabschiedete ich mich, natürlich unter Mitnahme meiner Unterlagen.

Im Auto wählte ich Doros Privatnummern! »Kein Anschluss unter dieser Nummer«, ertönte die Computerstimme, und zwar bei Handy und persönlichem Festnetzanschluss. Ich fuhr zu ihr und klingelte Sturm, ehe ich bemerkte, dass Doros Name vom Klingelschild verschwunden war und ein geschlungenes PS das Schildchen schmückte.

Moment mal, Doro konnte unmöglich so schnell umgezogen sein. Außerdem hätte sie mir das erzählt, da war ich sicher. Plötzlich ertönte der Summer, und ich begann meinen Aufstieg nach oben. Mich erwartete der Spanner-Nachbar.

»Sie ist nicht da«, eröffnete er mir.

Ich sparte mir die Frage, warum er denn gewusst hatte, dass es bei ihr geklingelt hatte, und fragte: »Wo ist sie denn?«

»Beim Friseur«, wusste er zu berichten.

»Ihre Telefonnummern gehen nicht«, verriet ich ihm.

»Sie hat neue Nummern«, bestätigte er, was mir den Eindruck vermittelte, als sei der schreckliche Typ über Nacht ihr engster Vertrauter geworden.

Was ging hier vor? Ich fragte ihn das, und er klärte mich auf.

Doro hatte nicht die Kanzlei gewechselt, sondern den Beruf. Sie war jetzt eine Domina namens Doretta. Und das verschlungene P S auf ihrem Namensschild bedeutete »Private Service«.

Und wahrscheinlich ließ sich ihr Nachbar jetzt immer von ihr vermöbeln, gratis, vermutete ich, damit er sie nicht an den Wohnungsvermieter verpfiff. Es wurde Zeit für einen schnellen Abgang.

Den Schock musste ich erst mal verdauen. Gut und schön, wenn eine meiner Freundinnen ihre wahre Berufung erkannt hatte. Aber eigentlich war ich es schon gewohnt, dass ich in eine solche Entscheidungsfindung eingebunden wurde.

Jetzt wollte ich es wissen. Für den Abend trommelte ich drei, jawohl, exakt drei Frauen aus der Riege mir bekannter weiblicher Wesen bei mir zu Hause zusammen. Dies war ein Novum, und das Schöne an der Geschichte war, dass ich noch nicht mal ansatzweise aufgeregt war. Ich war viel zu sehr mit Doros radikalem Ändern ihrer Lebensumstände beschäftigt, als dass ich mir einen Kopf gemacht hätte, was ich servieren oder gar, wie ich dekorieren sollte.

Vino war reichlich vorhanden, das Einzige, was ich noch besorgt hatte, war die neueste Ausgabe des Teenie-Blattes, dessen Inhalt Doros Leben so nachhaltig tangiert hatte.

Als Erste standen Juli und Elli vor der Tür.

»Gibt's was zu feiern?«, fragten sie gespannt.

»Ja und nein«, antwortete ich geheimnisvoll, während ich sie in mein Wohnzimmer bugsierte.

»Spannend«, befand Juli. Es klingelte.

Sunny stand vor der Tür.

»Was gibt's zu essen?«, fragte sie streng.

»Öhh«, begann ich, als sie sich schon wieder abdrehte, um zu verschwinden.

»Warte«, rief ich, »ich ruf den Pizzaservice an.«

»Sehr originell«, urteilte sie, aber sie bequemte sich doch einzutreten.

Nach erfolgreicher telefonischer Bestellung lümmelten wir uns auf meinem Riesensofa und den dazugehörigen zwei Kuschelsesseln.

»Wie bei ›Sex and the City‹«, fand Juli.

»Was ist das?«, fragte Sunny.

Mir war klar, dass Sunny die Freundin war, die von dem ganzen hysterischen Hype verschont geblieben war. Sie sah sehr selektiv fern. Und dann auch nur auf Sendern, deren Existenz Juli und Elli verborgen blieb.

»Eine Supi-Serie«, klärte Elli Sunny auf. »Leider, leider läuft die nicht mehr.«

»Ja, und worum ging es dabei?«, wollte Sunny wissen.

»Vier Freundinnen reden pausenlos über Sex ...«, begann Elli, die jedoch von Juli unterbrochen wurde.

»... und über Klamotten. Du glaubst nicht, wie toll die immer angezogen waren. Und erst die Schuhe ...«

»Geil«, vergab Elli das höchste Lob ihrer persönlichen Bewertungsskala.

»Und das ist alles?«, fragte Sunny, wenig beeindruckt, nach.

Juli und Elli stutzten.

»Aber das ist doch toll«, fand Juli, die stolz darauf war, aktuell 250 Paar Schuhe zu besitzen.

»Findest du doch auch, oder?«, fragte Elli in meine Richtung.

»Ich ...« Es klingelte.

Der Pizzabote übergab mir mehrere Kartons, und die Aufteilung der verschiedenen Sorten am Esstisch rettete mich vor einer fälligen Antwort.

Doch Sunny hatte ein Gedächtnis wie ein Elefant, und als sie den Mund voller Salami-Pizza hatte, fragte sie mich: »Findest du diesen ganzen Serienkram etwa auch so geil?«

»Na ja«, nuschelte ich. »Man kann sich dem Sog eines solchen Erfolgs nicht ganz entziehen.«

Ich war stolz auf mich. Das war doch eine differenzierte Einschätzung des Medienspektakels rund um eine aufwendig produzierte Unterhaltungsserie. Bei Sunny durfte man sich keine Blößen geben. Ein simples Mädels-Geschwätz hätte mir auf lange Sicht erhebliche Minuspunkte eingebracht.

Rettete mich aber nicht wirklich, denn sie urteilte: »Hätte ich nicht gedacht, dass auch du so schlicht gestrickt bist.«

Elli und Juli waren mit dem Verzehr ihres Essens viel zu beschäftigt, als dass sie die Watschen, die sie gerade eben mit hatten einstecken müssen, überhaupt registriert hätten.

Ich fand es an der Zeit, meine kleine Bombe platzen zu lassen: »Habt ihr eigentlich in letzter Zeit Doro gesehen?«

Alle drei schauten überrascht von ihren Tellern hoch. Nacheinander schüttelten sie verneinend die Köpfe, und ich erklärte genüsslich, was Sache war.

»Doro hat den Beruf gewechselt.«

Alle drei hörten abrupt auf zu kauen.

»Sie hat was?«, fragte Elli mit entsetztem Gesichtsausdruck. »Sie sollte gerade meine Steuererklärung fertig machen. Und was macht sie jetzt stattdessen?«

»Sie ist eine Domina geworden.«

Juli lachte.

»Und ich dachte schon, du meinst es ernst«, meinte sie erleichtert. »Du willst uns nur verarschen, oder?«

Sunny legte ihre Pizza ab und wischte sich das Fett von ihren Fingern an einer mit Engelchen bedruckten Papierserviette ab.

»Nein, sie macht keinen Spaß, stimmt's?«, sagte sie ruhig.

Ich nickte zur Bestätigung meiner Aussage.

Elli und Juli staunten.

»Hast du das etwa gewusst?«, wollten sie von Sunny wissen.

»Doro war schon immer sexbesessen«, sagte sie. »Sie hat es nur nicht gewusst.«

Wir waren baff.

»Also, ich habe das nie bemerkt«, warf ich ein.

»Glaub ich dir gerne«, meinte Sunny. »Aber jetzt lass mal hören, was los ist.«

Wir ließen das Chaos auf dem Esstisch, wie es war, und verzogen uns wieder in meine Sitzlandschaft.

Ich erzählte alles, angefangen von meiner Angst um Doros Gesundheitszustand, über ihren Quickie auf dem Damenklo im Ess-Tempel de luxe (hierfür erntete ich wahre Heiterkeitsstürme), bis hin zu meinem gerade erst erfolgten vergeblichen Klingeln an ihrer Haustür und der Erklärung ihres Nachbarn.

»Des Spanners?«, fragte Sunny nach.

Ich nickte.

Elli bewegte sich unruhig auf ihrem Sitz hin und her.

»Und was ist jetzt mit meiner Steuererklärung?«, fragte sie in die Runde.

»Stell dich doch nicht so an«, herrschte Sunny sie streng an. »Da wirst du Nachricht von ihrer ehemaligen Kanzlei kriegen, dass jemand anderes die jetzt bearbeitet. Du kannst sicher sein, dass die dich als Klientin nicht aus den Klauen lassen.«

Elli nickte beruhigt. »Du hast Recht.«

»Sag mal«, wandte sich Sunny an mich. »Und das Ganze hat wirklich mit so einer bescheuerten Testfragerei in einer Zeitschrift begonnen?«

»Ja«, bestätigte ich und kramte in meiner Handtasche rum, die ich komischerweise immer neben meinem Sofa stehen habe. Ich habe schon oft darüber nachgedacht, ob ich mich vielleicht noch nicht einmal in meinen eigenen vier Wänden heimisch fühle. Irgendwie wirke ich immer so, als sei ich auf Besuch bei mir selbst. Kaum daheim, steht die Tasche sozusagen eng bei der Frau, und ich hole sogar meinen Fettstift daraus hervor, während ich fernsehe oder telefoniere. Nicht, dass ich nicht einen zweiten ebenfalls in Griffnähe deponiert hätte, aber ich sinniere auf Grund meines Handtaschenverhaltens oft und ausführlich lange darüber nach, ob nicht jeder Mensch im Grunde mit und vor allem aus einer kleinen Handtaschenbox sein Leben bestreiten könnte, und dass doch dann alles, was wir drumherum anschaffen und aufbauen, eigentlich völlig überflüssig ist.

Als ich nun aus den Tiefen meiner Tasche die Zeitschrift rausgeklaubt hatte, sagte Elli spontan: »Das ist doch so ein Teenie-Blättchen.«

»Ja«, stimmte ich ihr zu. »Aber jetzt halt dich fest.«

Ich musste nicht lange blättern, und wirklich, die Macher des Blattes enttäuschten mich nicht.

»Hier«, kündigte ich an. »Neuer Spaß im Bett – 33 Sexsünden, die Sie ausprobieren sollten. Ich les mal vor.«

Bevor ich das tat, schenkte ich unsere Gläser noch einmal randvoll, ehe ich begann: »Hot Chocolate. Versüßen Sie sein bestes Stück von Kopf bis Wurzel mit flüssiger Schokolade.«

»Wie denn?«, wollte Elli wissen.

»So«, fuhr ich fort. »Verwenden Sie einen Küchenpinsel, die feinen Borsten erzeugen beim Auftragen der im Wasserbad erwärmten Köstlichkeit ein zusätzliches Kribbeln. Hält der Geliebte stand, warten Sie ab, bis die Schokolade hart wird, um sie nun ganz vorsichtig und genüsslich abzuknabbern ...«

»Iiiihhhh«, machte Juli mit Negativ-Miene. »Wie eklig ist das denn?«

»Da hast du ja voll die Haare im Mund«, assistierte Elli.

»Nein, nein«, widersprach ich eifrig. »Hier steht ja unter Tipp: ›Ihr Süßer sollte rasiert sein, um ein Ziehen der Schamhaare zu vermeiden‹ …«

»Iiiiigittt«, sagte Juli. »Das macht's doch wohl auch nicht besser. Das ist ja widerwärtig.«

»Was steht denn da noch?«, wollte Elli wissen.

Ich arbeitete mich durch 33 Sexsünden der besonderen Art durch. Juli und Elli hatten jeweils ein Kissen im Arm, das sie wie zur Abwehr vor sich gepresst hielten.

Ab und zu schlürften sie an ihrem Wein, um dann wieder das zu kommentieren, was ich vorlas.

»Hier« sagte ich und las vor: »Nehmen Sie Ihr Foto-Handy, mit dem Sie sich unter den Rock blitzen oder ein scharfes Bild Ihres entblößten Dekolletees machen, und schicken Sie es Ihrem Lover.«

»Und was ist, wenn ich mich verwähle?«, unterbrach mich Juli. »Ist mir gerade passiert. Ich habe um Mitternacht meinen Chef angerufen statt meinen Lover. Was glaubst du wohl, wie peinlich das war. Stellt euch mal vor, ich hätte dem aus Versehen ein scharfes Foto von mir geschickt. Nicht auszudenken. Da wär ich vermutlich schon gefeuert.«

»Oder du wärst schon befördert«, meinte Sunny lakonisch.

Ich kam zu Nummer 26.

»Entdecken Sie seine feminine Seite«, referierte ich.

»Wie denn?«, fragte Elli.

»Stecken Sie ihn in einen Rock«, beantwortete ich ihre Frage.

Elli und Juli prusteten los.

»Ja, geht's noch?«, wollte Elli wissen. »Wie blöd ist das denn?«

Ich hatte schon weitergelesen und stieß auf etwas Bekanntes. »Sado ... fesseln Sie ihn ... Das stand ja auch im letzten Heft schon«, verriet ich meinen Zuhörerinnen. »Und das hat Doro ja an Frank auszuprobieren versucht, der wollte aber nicht.«

»Wie?«, fragte Juli elektrisiert. »Frank ist jetzt wieder zu haben? Den find ich echt süß.«

Ich schaute konsterniert auf. So viel mal wieder zu weiblicher Solidarität. Aber was sollte es, sie hatte ja Recht. Frank war nicht mehr mit Doro zusammen und deswegen wieder auf dem Markt. Aber mich trieb etwas ganz anderes um.

»Fesseln Sie ihn, und machen Sie ihn sich untertan! Ideal: ein Kombiset mit Hals-, Hand- und Fußfesseln für 59,99 Euro ...«

Mich interessierte überhaupt nicht, was man diesmal damit anstellen sollte. Der Preis ... hatte nicht dasselbe empfohlene Sex-Set in der letzten Ausgabe 80 Euro gekostet? Ich wollte schon zum Hörer greifen, um Doro mitzuteilen, dass sie zu viel gezahlt hatte und dass sie, wenn sie noch eine Zeitschriftenausgabe gewartet hätte, die Fessel-Arie jetzt als Schnäppchen hätte kaufen können, als ich mich zu meinem Bedauern daran erinnerte, dass sie ja ihre Telefonnummern geändert hatte und wahrscheinlich gerade damit beschäftigt war, ihren schmierigen Nachbarn zu verhauen.

»Sag mal«, meinte Elli, »so einen Kappes kann doch niemand ernst nehmen. Das ist doch Satire, oder?«

Erwartungsvoll schauten wir unsere Psychologen-Fachfrau Sunny an, die plötzlich zu unserer Überraschung rot anlief.

»Ich finde das gar nicht so schlecht«, meinte sie schließlich zu unser aller Überraschung.

»Den Quatsch mit Hopsasa und Tralala?«, fragte Juli überrascht. »Das ist für mich nichts anderes als die Vorschriften für junge Bräute von Neunzehnhundertundpief, mit dem unsere Mütter als Leibeigene der Männer fit gemacht wurden. Ihm immer schön untertan, proper am Herd und geschmeidig im Ehebett. Da hätte ich aber gedacht, dass du ein bisschen progressiver bist, als immerhin auch Paartherapeutin.«

Ich hatte gar nicht gewusst, dass Juli so emanzipiert war. Ich hatte sie, das musste ich mir jetzt ankreiden, nur im Bereich des Schuhfetischismus in führender Position gesehen. Ansonsten …

Sunny schaute überraschenderweise ganz leicht schuldbewusst aus.

»Ich muss euch ein Geständnis machen«, sagte sie. »Ich schreibe den Scheiß. Anonym. Und ich krieg eine Mörderkohle dafür.«

Mai

Ich bin ein »Drinni« und will nicht raus

Meine Herrn, ist das Ding schwer. Das funkenschluckende Gitter für meinen Kamin ist aus edlem Messing und scheint zehn Kilo zu wiegen. Im Kaufhaus meines Vertrauens schien der Verkäufer damit zu jonglieren.

»Ein schönes Teil. Da haben Sie lange was davon«, sülzte er, unerwartet gesprächig, nachdem er meine Frage nach einem Sonderangebot mit einem kargen Kopfschütteln abgeschmettert hatte. Auch gut. Das schweineteure Ding soll mir auf jeden Fall endlich, endlich mein »Drinni«-Dasein verschönern. Romantische Abende vor gittertechnisch abgeschirmtem lodernden Feuer. Meine Vorstellung von edlem Ambiente für kontemplatives, gepflegtes Dasein. Doch bis dahin ist noch ein weiter Weg, denn mein Auto steht gefühlte zig Kilometer weit entfernt.

Ich spüre amüsierte Blicke in meinem Rücken. Ein getuscheltes »Was will die denn jetzt damit?«, lasse ich an mir abprallen. Als vielbeschäftigte Frau bin ich halt bisher nicht dazu gekommen, den unerlässlichen Schutzschild für mein Traumleben in den eigenen vier Wänden zu besorgen. Vielleicht sind ja auch einfach alle nur neidisch. Denken bei meinem Anblick, ich residiere in einem Landhaus mit marmorgetäfelten Klos und würd jetzt hier auf dicke Backen machen, um mich besser zu fühlen.

Die sollten mich eine Stunde später sehen, als ich meinen antizyklischen Musskauf vor die Kaminöffnung stelle und zum Telefonhörer greife. Besetzt. Iris telefoniert merkwürdigerweise immer dann, wenn ich sie sprechen möchte. Auch gut. Dann läuft eben jetzt mein Testlauf an. Kopfüber stecke ich eine halbe Stunde später in meiner Vorratskammer fest. Mit einer Hinterbacke stemme ich dabei die immer wieder zufallende, schwere Tür auf und stelle fest, dass ich etwa zehn Schuh-Imprägniersprays, zwei Dutzend Brillenputztuch-Packungen – ungeöffnet – habe und keine Kaminanzünder. Obwohl ich ganz sicher bin, dass ich die bereits im Januar gekauft habe. Können die sich auflösen? Einfach so?

Plötzlich wird mir schwindlig. Bei dem Versuch, mich festzuhalten, reiße ich drei Vorratspackungen Tempos der Marke »No-Name« runter, lande unsanft auf einem halb leeren Bierkasten (wo sind eigentlich die vielen vollen Flaschen abgeblieben?) und befühle vorsichtig meinen Kopf nach eventuellen Beulen. Boah! Was ist denn das für ein Geruch an meinen Händen? Richtig eklig. Wie Benzin.

Von wegen. Inmitten der, weil offen stehenden, rissig eingetrockneten Schuhputzdosen ertaste ich die Kaminanzünder. Die stinken also schon seit Monaten vor sich hin. Jetzt weiß ich endlich, warum ich den Weg zur Vorratskammer immer gescheut habe. Es war nicht der Versuch, sich vor dem Putzen zu drücken, ich hatte nur Angst vor wabernden Kopfschmerzauslösern.

Jetzt gibt es kein Halten mehr. Dünne Holzscheite werden im Kamin aufgeschichtet. Wie war das noch mal? Dazwischen ein bisschen Zeitung, ganz zuunterst der stinkige Anzünder. Wo sind meine langen Streichhölzer?

Ich hatte doch welche zu Weihnachten. Nicht, dass ich die gebraucht hätte, um die Kerzen am Weihnachtsbaum zu entzünden. Ich hatte gar keinen im letzten Jahr. Aber die Packung ist so süß. Mit galoppierenden Rentieren und einem pausbäckigen Weihnachtsmann.

Auf meiner Kommode in meinem Arbeitszimmer werde ich endlich fündig. Zwischen weißbeflügelten Engelchen, einem kaputten Bilderrahmen mit abgebrochenen Schnörkel-Verzierungen und an einem angelaufenen pseudosilbernen Teewärmer stehen sie gut sichtbar und warten auf mich. Wie rührend. Und das seit einem halben Jahr.

Ich wusste schon, warum ich die damals gekauft habe. Der große Moment naht. In diesem Moment klingelt mein Telefon. Mit der von Stinkeflüssigkeit immer noch verschmierten Hand nehme ich den Hörer ans Ohr.

»Ich bin's. Iris«, sagt die muntere Stimme meiner allerbesten Freundin. »Kommst du zu Pepe? Ich lad dich ein zum Lunch?«

Mir wird schlecht.

Nicht, weil Iris dran ist. Und nicht, weil sie mich, großzügig wie sie ist, zum Essen einlädt. Nein, weil mir die giftigen Dämpfe in die Nase steigen.

»Du«, knösele ich, mühsam die Luft anhaltend, da werde ich schon von ihr unterbrochen.

»Bist du erkältet?«, fragt sie mich besorgt.

»Nein«, antworte ich schnell, »ich will meinen Kamin anzünden und habe ...«

Iris lacht sich schlapp. »Bist du bescheuert? Die Sonne scheint, und du willst den Kamin anmachen? Bist du bekloppt. Hey, wir sitzen gleich draußen.«

Mein Alptraum wird Wirklichkeit. Die Freiluftsaison ist

eingeläutet – und das von meiner besten Freundin. Ich weiß, dass es keinen Sinn hat, Iris zu stoppen. Wenn ich jetzt nicht zusage und mir vor allem erst einmal die Hand wasche, werde ich eines auf keinen Fall mehr erleben: irgendwann vor meinem lodernden Kaminfeuer zu sitzen und über Gott, und die Welt im Besonderen, nachzudenken.

Anderthalb Stunden später, nachdem ich 45 Minuten um die Ecken auf der Suche nach einem Parkplatz herumgekurvt bin, stehe ich vor meinem Lieblingsitaliener. Stellen Sie sich Barhocker vor hohen Marmortischen vor, feine Teakholzrahmen um Fotos von berühmten Sängern, Pianisten und Dirigenten, Antipasti hinter Glas am rundgeformten Tresen – und Sie kennen mein zweites Wohnzimmer, wie man immer so schön sagt.

Ich will gerade hineingehen, da stoppt mich Iris' Stimme. »Hierher«, ruft sie, und ich sehe mich angsterfüllt um. Tatsächlich. Iris sitzt *vor* meinem geliebten »Pepe & Sale« am silbernen Garten-Mobiliar-Ensemble. Und das nicht allein. Neben ihr ganz viele ausgehungerte trendy Frauen und Männer. Nicht ausgehungert nach Pasta, Seezunge und Salat, sondern nach Sonnenstrahlen. Und ausgezogen sind sie auch schon.

Hüftjeans mit den angesagten Glitzi-Bitzi-Gürteln, bauchfreie Tops und ganz Mutige schon ohne Stiefel, mit offenen Highheels.

Ich schaue mir erst einmal Iris genauer an. Sie hat die Ärmel ihrer Bluse ganz nach oben geschoben, die Knopfleiste bis weit nach unten geöffnet und ihre Jeans hochgekrempelt. Mich friert nur vom Hingucken.

Ich habe mich schon so oft mit ihr über ihren todesmutigen Modewahn zu Beginn der Frischluftsaison gestritten, dass ich mir geschworen habe, es nie wieder zu versuchen. Ich ziehe immer den Kürzeren – und behalte genauso oft Recht.

Die Zeit der berühmten ersten Sonnenstrahlen endet für sie immer mit einer Nierenbeckenentzündung, die sie mit Antibiotika und Unmengen von durchlaufendem Mineralwasser kurieren muss. Wenn dann die Freibadsaison beginnt, schleicht sie sich immer wieder – trotz Verbotes ihres Urologen – ins kalte Wasser und bezahlt dafür mit unzählbaren Dauer-Piesel-Gängen, die mich als ihre Begleiterin in den Wahnsinn treiben.

Wie Freibäder heute aussehen, weiß ich nicht. Iris berichtet von ganzen Erlebniswelten, sie fühle sich dort wie eine Urlauberin in der Karibik. Für mich schwer vorstellbar, wenn ganze Familien-Clans aus Teilen der Stadt, in die meine Freundin freiwillig keinen Schritt tun würde, ihre tragbaren Verpflegungsdepots auspacken. Aber Iris ist kein Snob. Sagt sie. Und beschreibt klassenlose Verbrüderungsszenen zwischen sich und Angehörigen aller Kulturkreise – Multikulti vom Feinsten.

Als ich zufälligerweise in der Tageszeitung unter der Rubrik »Die Polizei rät zur Vorsicht« von Spannerattacken in ihrem geliebten Wohlfühlambiente mit eingebauter Gegenstrom- und Wellengang-Anlage las, habe ich den Artikel ausgeschnitten und Iris anonym zugeschickt. Nichts. Keine Reaktion. Und ich traue mich nicht zu fragen. Das Thema Freibad wird seitdem zwischen uns ausgeklammert.

Als Erstes hole ich meinen Schal aus der Handtasche. Ich habe immer einen bei mir. Egal, wie es draußen so ist.

Mal wärmt er mir den Hals, wenn die Belüftungsanlage im Flugzeug penetrant an meinen Nacken bläst, mal kann ich ihn mir um die Schultern klemmen, wenn aggressive Klimaanlagen Schauer über meine Haut jagen. Und im Winter ist er mein Seelentröster aus Stoff.

Ehrlich gesagt, eigentlich habe ich sogar dauerhaft zwei bei mir. Der eine ist aus feinem, weißem Stoff, aber eben schon ein wenig angeschmuddelt. Er riecht aber so schön mullerig. Eine Mischung aus vielen Parfumanstäubungen im Laufe der Zeit und einem dezenten Abschaben an den Innenwänden meiner diversen Handtaschen. Ich würde ihn jetzt nicht mehr bei einem festlichen Anlass um meinen Hals dekorieren, dafür ist er einfach zu dreckig. Aber viermal übereinandergelegt, vorm Spiegel die gräulichen Teile druntergefriemelt, und schon geht's.

Und dann trage ich – fein gefaltet – ein dickeres Exemplar aus Wolle mit mir herum. Eher ecrufarben (da sieht man nicht jeden Dreckfuzel drauf) – und von wohltuend angenehmer Konsistenz. Eine Vielzweckwaffe. Perfekt auch, um sich im Sommer auf Drahtgeflecht- oder Plastikstühle zu setzen. Die perfekte Unterlage für meinen fröstelnden Hintern.

Jetzt wickele ich ihn um meine Nierchen, damit sie nicht sauer werden.

Neben mir knallt eine jugendliche Fünfundvierzig-Irgendwas ihren Stuhl an meinen. Entschuldigung ist für sie ein Fremdwort, das sie nicht kennt.

Alles wie gehabt.

Nur fünf Minuten beim ersten »Wir können endlich wieder draußen sitzen«-Erlebnis, und meine Nerven fangen an zu trisseln. Es ist ja nicht so, dass die Menschen einfach nur die Indoor- mit der Outdoor-Location vertauschen, sie wechseln auch die Lautstärke und ihr Verhalten. Viele von Wirt Marcos Stammgästen kenne ich so gut wie die Mitglieder meiner weitverzweigten Familie. Im Winter freundlich-gebildet anmutende Zeitgenossen, mutieren sie mit Beginn der widerwärtigen Draußen-Saison zu lauten »Ich fühl mich so gut«-Monstern.

Als müssten sie wie bei einem Druckausgleichsversuch bei ein wenig wärmeren Temperaturen gleich den leicht südländisch angehauchten Typen Mensch geben. Sozusagen den »Prosecco-Bubbler«. Sie haben zwar inhaltlich nichts Neues anzubieten, aber die Verpackung wird geändert. Hin zu locker, luftig, leicht, also, wie ich finde, übergriffig, großkotzig – und laut.

Immer wieder interessant für mich ist die neue Blickweise, die sich mir aufzwängt. Viele Frauen sehen im Winter einfach besser aus. Sie tragen die schicksten Blazer. Tollsten Pullover. Schönsten Röcke und Hosen. Von den passenden Stiefeln ganz zu schweigen. Perfekt anmutende Figuren.

Jetzt aber sehen sie zum Teil aus wie Wulst-Zwergerl.

Über den Hüfthosen, von keiner längeren Bluse mehr kaschiert, tauchen Bauchfalten auf, deren Existenz ich nie zur Kenntnis nehmen wollte. Rechts und links über den niegelnagelneuen Hüftjeans suchen und finden Wölbungen den Weg ans Tageslicht. Wie furchtbar. Hier geht es nicht um meinen stark ausgeprägten Drang nach Perfektion, hier geht es vielmehr um meinen schwesterlichen Wunsch, den Frauen Tipps geben zu wollen, vielleicht andere Varianten munterer Sommerkleidung zu wählen. Eine Art Helfersyndrom.

Ich ahne aber, dass ich diese psychologische Macke nicht ausleben sollte. Es wäre vergebliche Liebesmühe. Denn das Diktat der angesagten Sommermode geht als Gespenst um. Also versuche ich krampfhaft, an Iris' Taillen-Ausbuchtungen taktvoll vorbeizuschielen. Ich ahne schon, was kommt.

»Ist es nicht schön, draußen zu sitzen?«, fragt sie strahlend. Noch so etwas Merkwürdiges. Ich bleibe konsequent mürrisch, wenn mir danach ist und richte mich nicht nach Außentemperaturen. Iris kann den Stimmungssteuerknüppel schneller umlegen als Politiker ihre Meinungen. Und das will was heißen.

Ich schlage den Kragen meines »Übergangsmantels« hoch und warte resigniert auf das nächste unvermeidliche Thema.

»Weißt du schon …?«, beginnt Iris.

»Nein«, antworte ich definitiv und abwehrend.

»Aber …«

»Ich weiß«, antworte ich.

Es handelt sich nämlich um das eine Thema, das jedes Jahr in genau diesem Moment von Iris besprochen werden will.

Der Urlaub.

Ich weiß immer noch nicht, warum die Menschen um mich herum immer genau erzählen müssen, wohin – und vor allen Dingen warum sie wegfahren wollen. Für mich stellt sich dieses Problem nicht. Oder anders, ich stelle mich diesem Problem nicht. Für mich gibt es nichts Schöneres, als spontan und aus dem Moment heraus zu entscheiden, ob ich für ein paar Tage wegfahren will. Das muss nicht weit sein. Je näher mein Ziel liegt, umso entspannter fühle ich mich.

Ganz wichtiger Aspekt, ich kann zurückfahren, wenn mir etwas nicht passt.

Ganz anders Iris. Sie holt auch jetzt tief Luft und reißt mir mit ihrer Nachricht den Boden unter den Füßen weg: »Ich habe zehn Tage Lanzarote gebucht. Im Super-Luxus-Club. Zu supergünstigen Preisen. Und nicht nur für mich. Auch für dich.«

Das sitzt. Wie komme ich aus der Nummer wieder raus, ohne meine wirklich allerliebste Freundin zu verlieren?

»Ich kann nicht«, starte ich einen ersten Versuch.

Iris sieht mich lauernd an. Wie gesagt, sie ist eine meiner wirklich guten Freundinnen und kommt dem arg strapazierten Begriff der »allerbesten« ziemlich nah. Dementsprechend kennt sie mich recht gut.

»Warum?«, will sie wissen.

»Weil ich so viel zu tun habe«, gebe ich zu bedenken.

Ihre Augen werden noch einen Tick schmaler, und ich überlege gerade, ob ich ihr schon mal gesagt habe, dass sie mich an eine Katze erinnert. Ich habe übrigens eine Katzenallergie.

»Wann?«, will sie scheinheilig wissen.

Ich gebe auf und versuche es mit der Wahrheit: »Immer.«

»Ich weiß schon, vor allem im Sommer«, sagt sie, und ich nicke freundlich.

Ja, was soll's denn? Ich weiß, dass sie weiß, dass ich weiß, dass sie längst begriffen hat, dass wir uns nie auf einen gemeinsamen Platz zum Urlauben einigen können.

Ich mag es ruhig und vor allem nicht zu heiß. Sie mag es laut und fettig. Also, Strand vom Vollsten und speckig eingecremte Mitmenschen gleicher Muttersprache ganz eng neben ihr.

»War auch nur ein Scherz«, gibt sie zu. »Das mit dem für dich gebucht. Das würde ich mir nie antun.«

Schönen Dank auch, wir sind mittendrin in der typischen Diskussion, die mich beim ersten Draußensitzen erwischt.

Unsere Sitznachbarn sind auch schon munter mittendrin. Als hätten sie zugehört, fallen die Namen von Zielorten des Grauens. Meines persönlichen Grauens. Seychellen, Barbados, Florida …

Ich habe den Eindruck, mein Lieblingsitaliener liegt in einem Viertel der Besserverdienenden. Dabei ist es mir schon lange klar, dass die Urlaubssucht eine Form der Abhängigkeit jenseits aller Klassenschranken ist. Fahren tun sie nahezu alle, und die Motive – Sonne, Strand, Meer – sind identisch, egal wie viel oder wie wenig Sterne die dazugebuchten Hotels haben.

Langsam wird mir viel zu kalt. Iris ist davon überhaupt nicht betroffen. Sie hat sich förmlich in einen Rausch gesprochen. Einen Urlaubsrausch sozusagen. Jetzt sind gerade die vorbereitenden Details zu erörtern.

Welchen Selbstbräuner soll sie denn jetzt schon nehmen? Sozusagen als allererste vorbereitende Maßnahme zum bevorstehenden Glück? Creme, Schaum, Milch oder Gel?

Ich bin darin ein ganz klein wenig ein Meister, denn einen zarten Hauch von der hellsten Nuance eines bisschen Braun ist die einzige Farbe, die ich im Laufe des ganzen, langen, jetzt schon dräuenden Sommers an meinen Körper lasse. An Teile davon. Eigentlich nur an die Unterschenkel meiner Beine. Okay. Wenn ich ganz übermütig werde, vielleicht noch an die Arme. Dann ist aber auch Schluss. Und so komme ich jetzt groß aus der Höhle, indem ich von Sprays zu sprechen beginne.

»Wie?«, fragt Iris ungläubig. »Überall?«

Nein, erkläre ich ihr fachmännisch. Nur auf die Beine. Das sieht dann gleichmäßig aus, so, als trage man hauchzarte Strümpfe.

»Und wie lange hält das?«, will sie wissen.

»Bis zur nächsten Dusche«, antworte ich wahrheitsgemäß.

»Das ist doch Quatsch«, schmettert sie meinen Vorschlag ab. »Ich brauche etwas, das hält.«

Und so komme ich in den zweifelhaften Genuss eines Vortrags über das »Rundum-Sorglos-Bräunungs-Paket« einer normal strukturierten Mitteleuropäerin.

Erst Peeling des Körpers, damit abgestorbene Hautpartikel entfernt werden. Vor allem die verhornten Stellen an Ellenbogen und Fersen. Iihh! Wie eklig hört sich das denn an? Unauffällig fühle ich unter meinen Pullover und versuche, über die Ellenbogen zu streichen. Stimmt. Da knubbelt was.

»Und deshalb muss man auch vorsichtig sein, wenn man die Milch oder den Schaum aufträgt«, erreicht Iris' Stimme wieder meinen Gehörgang. »Ich mische das Zeug mit Bodylotion, damit es nicht zäh streifig wird, weißt du?«, will sie wissen. Eigentlich nur eine Testfrage, weil sie prüfen will, ob ich ihr auch zuhöre.

Dabei leide ich sowieso schon die ganze Zeit vor mich hin. Nicht wegen meiner offensichtlich total verhornten Ellenbogen, sondern weil sich meine Ahnungen wieder einmal bestätigen. Im Winter, ja auch im Herbst und im ganz, ganz frischen Frühling kann ich mit all meinen

Freunden, und allen voran meiner Freundin Iris, über alles reden. Die neuesten Trends in der Raumfahrtforschung, die interessantesten Artikel in der »Apotheken-Rundschau«, das extrem hässliche Outfit der TV-Wetter-Tante, vom dramatischen Abschubber-Effekt auf den Stühlen des Bayreuther Premieren-Abends. Aber sobald der erste frühstsommerlich auftauchende Sonnenstrahl meinen Vertrauten aufs Gehirn scheint, ist es vorbei mit intelligenten Erörterungen von Niveau.

»Iris«, werfe ich streng ein. »Denk an die neusten Hautkrebsstudien. Es ist sowieso angesagt, den Körper immer, auch am Strand, bedeckt zu halten. Also sind Streifen im Selbstbräuner-Look auch egal, häng dir was um, und gut ist's.«

Iris verschluckt sich am dritten Prosecco auf Eis. Auch so eine Randerscheinung. Während sie im Winter vor lauter Kalorienzählen auf das zweieinhalbte Glas Rotwein schon verzichtet, wird sie bei frühsommerlichen Gefühlen nahezu zum Schluckspecht. Ein Phänomen, das ich dringend noch mit ihr besprechen muss.

»Weißt du«, fängt sie an, »ich lass mir meinen Sommer nicht vermiesen. Ich nehm den ›Flash Bronzer Airbrush‹, der sprüht aus jeder Position. Ich geh nicht käsig in die Saison. Gesundheit hin. Gesundheit her.«

Während wir uns so nett unterhalten, hat sich eine Jungmutter den zweiten Tisch neben uns erkämpft. Ich ahne schon, was kommt. Der achtmonatige Spross im Kinderwagen wird erst einmal aus der Jacke gepellt, die Schühchen ausgezogen. Das Verdeck wird runtergedrückt und laut palavernd der erste Tag mit Sonne gepriesen. Der zweijährige Bruder hat die neuesten, trendigen Adidas-

Sportschühchen gekauft bekommen, die von den Kellnern erst einmal bewundert werden müssen.

Leider ist der ältere Bruder extrem eifersüchtig auf den Nachkömmling, und so geht das Gekreische gleich los.

Endlich erkenne ich in Iris meine kampfbereite Gefährtin aus den schönen, schönen Wintertagen wieder, als wir noch gegen jeden, der unseren Frieden störte, zu Felde zogen. Doch es ist schon zu spät.

Die Freiluftsaison versucht, aus uns allen lärmresistente italienische Mamas zu machen, die sich von sich selbst überlassenen Mini-Kindern die Röcke vollschmieren lassen (»Ist er nicht süß? Er mag Sie.«)

Iris schleudert böse, strenge Blicke in Richtung von extrem entspannter Szene-Mutti und deren nach Aufmerksamkeit brüllenden Kindern – vergebens. Bevor wir entnervt zahlen, versucht sie, noch ein anderes Thema zu platzieren.

»Hast du Lust auf eine Fahrradtour?«

Fassungslos sehe ich sie an. Wo ist eigentlich mein Fahrrad? Ganz ruhig. Wann bin ich denn zuletzt gefahren? Jetzt fällt es mir siedend heiß wieder ein. Vor x Monaten. Und wo habe ich es abgestellt? Am Fahrradständer gegenüber von der Oper. Wahrscheinlich ist das Schloss schon längst, auf polizeiliche Anordnung hin, geknackt und das Fahrrad selbst entsorgt worden. Ich glaube, das erzähle ich Iris lieber nicht und lüge ein munteres :»Könnten wir bald mal wieder machen.«

Ich mag keine Fahrradtouren. Die fallen unter meinen »No go«-Katalog. Viel zu viele Menschen haben – vor allem sonntags – genau dieselbe Idee wie meine Freunde. Man trifft sich wahnsinnig polterig und unglaublich aufgekratzt, um lange Touren zu machen, die sich immer an einem ganz besonders fitten Mitradler orientieren. Ich eiere dann verschwitzt hinterher, kämpfe am nächsten Tag mit Muskelkater und finde nur in den seltensten Fällen einen Mitgeschwächten, der mich mit seinem Jammern entlastet.

Während ich mich in Gedanken wieder darauf einstelle, endlich nach Hause gehen zu können, um mein Kamingitter mit einem ersten Feuer dahinter auf die Probe zu stellen, versichert Iris neben mir ein »Klar, wir kommen« ins Handy, und ich ahne, dass meine Pläne gerade aufgehoben wurden.

»Wir müssen zu Tatzi«, verkündet Iris und hebt die Hand am Straßenrand, um ein Taxi anzuhalten. »Ihr geht es schlecht. Bernd hat eine Geliebte.«

Ich stolpere fast bei dieser Neuigkeit. Tatzi und Bernd haben Probleme?

Tatzi, die eigentlich Susanne heißt, ist eine unserer ältesten Freundinnen. Mit Bernd ist sie seit einer halben Ewigkeit verheiratet, glücklich, wie es schien. Sie wohnen in einem wunderschönen Anwesen mit einem riesengroßen Garten am besten Rand der Stadt. Ihre Kinder Anna und Leon sind zehn und zwölf Jahre alt. Alles paletti. Alles bestens.

Doch Iris' grimmiger Gesichtsausdruck zeigt, dass es brennt. Während sie dem Fahrer die Adresse sagt, rollt sie geistesabwesend ihre Hosenbeine runter. Endlich.

Die kiesbestreute Auffahrt zu Tatzis Traumhaus sieht aus wie immer. Gerade geschnittene Hecken und Beete, grüner Rasen, im rückwärtig gelegenen Garten schmeichelt sich immer das leise Plätschern des toskanisch anmutenden Brunnens ins Ohr. Dabei fällt mir gerade auf, dass ich den Frühsommer als Gast in den exklusiven Häusern meiner Bekannten und Freunde immer sehr zu schätzen weiß. Sogar das obligatorische Grillen hat mich hier nie gestört.

Ich müsste jetzt zugeben, dass es mir ja auch keine Arbeit macht. Eisgekühlte Getränke, schattige Plätzchen. Nach Sonnenuntergang lichtspendende Fackeln rund um die großzügig geschnittene Terrasse. Eigentlich doch ganz schön. Jetzt erwartet uns allerdings nur eine verheulte Tatzi, die uns ihr Leid klagt. Bernd hat also tatsächlich eine Geliebte. Ganz neu. Ganz frisch. Nicht die Geliebte. Sondern die Gewissheit.

»Und wieso? Warum?«, wollen wir wissen.

»Frühlingsgefühle«, bringt Tatzi schniefend hervor.

Juni

◆ ◆ ◆ ◆ ◆ ◆ ◆ ◆ ◆ ◆

Der Sommer-Horror beginnt oder Das Diktat der Frauenzeitschriften schlägt zu und schüchtert mich ein

Intellektuell fühle ich mich ganz auf der Höhe. In den einschlägigen Tageszeitungen inhaliere ich förmlich die politischen Leitartikel, lasse natürlich auch nicht die Seite drei aus. Features, Kommentare zum weltumspannenden Themenkreis – ich bin dabei. Ja, und ich weiß, dass das Wort Globalisierung zum Satzbaukasten einer Kanzlerin gehört wie der Lipgloss ins Handtäschchen von Paris Hilton. Aber zu Beginn meiner ganz persönlichen Klimakatastrophe, des Sommers, verändern sich meine Sehgewohnheiten. Ich fange an zu schielen. Meine Augen bleiben ohne mein Dazutun, ich schwöre, an Frauenmagazinen hängen.

Überschriften wie »Miss Holiday in sieben Tagen« oder »Get smart – this summer« bahnen sich ihren Weg in mein Unterbewusstsein. Immer wieder schwöre ich mir: »Diesmal bleibst du hart.« Aber mein Drang nach Informationen siegt immer. Jedes Jahr belüge ich mich wieder selbst. Es schadet ja nichts, befindet mein zweites Ich, mal reinzuschauen. Man will ja mitreden können. Nicht immer der Außenseiter sein, der noch nichts gehört hat von den neuesten Errungenschaften der Kosmetikindustrie. Und wie gut werde ich mich erst fühlen, wenn ich das nächste Mal in einer Wissenschaftssendung einen Beitrag über verunreinigte oder gar krebserregende Kosmetikartikel durchlese und dabei fachmännisch nicken kann.

Und so greife ich bei meinem nächsten Einkauf am Zeitungskiosk verstohlen nach einschlägiger Lektüre für das weibliche Geschlecht. Natürlich schiebe ich die Magazine verschämt in großformatige Wochenblätter mit ehrwürdigen Titeln, Gehirnfutter für kluge Köpfe. Zu Hause wird es dann schon schwieriger. Mir ist heute noch schlecht, wenn ich daran denke, wie mein promovierter Lebensabschnittsgefährte mir einmal meinen schweren Wust von scheinbar ideologisch einwandfreiem Lesematerial zuvorkommend unter meinem Arm hervorklaubte, damit ich armes Frauchen nicht so schwer schleppen muss.

Seitdem prüfe ich immer mit einem Probeklingeln an meiner eigenen Wohnungstür, ob auch ja niemand da ist, ehe ich mit meiner fetten Beute auf meiner Couch verschwinde. Das Aufschlagen einer Frauenzeitschrift im Frühsommer erinnert mich immer an das Prickeln des absolut Verbotenen. Meine Eltern haben bei mir schon früh darauf geachtet, dass ich ja keine Revolverblätter in die Finger bekomme. Was sie nicht ahnten, war, dass ich schon früh herausgefunden hatte, dass sie diese für mich auf dem moralischen Index befindlichen Magazine auf dem Wohnzimmerschrank versteckten.

Hätten sie geahnt, mit welch halsbrecherischen Verrenkungen ich die Dinger auf dem Stuhl mit den wackligen Beinen da runtergefischt habe, sie hätten sie mir freiwillig ausgehändigt. Das Allerschlimmste war sowieso, sie nach dem fiebrig-aufgeregten Durchlesen wieder in ungefähr identischer Anmutung auf dem Schrank zu platzieren.

Aber zurück zur Gegenwart. Ich tauche ein in Gefühlswelten, von denen ich für den Rest des Jahres verschont bleibe. Was weiß denn ich schon von Bauchstraffern, der täglichen Massage mit einem Wirkstoffgel. 33 Euro. Oder der maßgeschneiderten Fußcreme »Podexine«, ein Muss für die anstehende Flip-Flop-Zeit. Ha! Flip-Flops trag ich schon seit Jahren nicht mehr, seitdem ich mir fiese offene Stellen zwischen meine armen Zehen gelaufen habe. Und wenn ich, egal wo, Frauen mit den Dingern umherplatschen sehe, bin ich immer wieder tief traurig über deren ungraziösen Gang. Man watschelt eher, als dass man schwebt. Und dann diese quatschigen Geräusche, die ein schweißnasser Sommerfuß auf den undefinierbaren Platschis schmatzend hören lässt. Aber eigentlich schade um meine neugewonnene Info in Bezug auf das eben erwähnte Produkt. Denn, wie lese ich da, das arbeitet vor allem gegen raue Stellen, vor allem an den Fersen. Prima. Denn das ist das Nächste, was ich so schrecklich finde in der anstehenden Flip-Flop-Zeit. Der Anblick von sich kontinuierlich auftürmenden Bergen von Hornhaut an nackten Sommerfüßen. Und dann kostet das Zeug »nur« zehn Euro. Sozusagen ein Schnäppchen.

In Gedanken gehe ich meinen Terminkalender durch. Nächster Fußpflegetermin? Ja, da steht er ja. Ich hänge regelmäßig meine Treter in belebende Fußbäder, gönne mir die Pediküre nach den neuesten Erkenntnissen der Fachschnitzer und werde nur ungehalten, wenn die Sommerzeit naht. Dann fragt mich nämlich die zierliche Fuß-Künstlerin immer: »Mit Nägel lackieren?« Zum einen schnellt dann die Summe auf der Rechnung schlagartig in die Höhe, und zum anderen müsste die Hobel- und-Scheren-Virtuosin wissen, dass bei mir der Hang zum Entblößen meiner Extremitäten nicht sehr ausgebildet ist.

Aber jetzt bin ich bei meiner Lektüre völlig perplex. Um einen sommervorzeigbaren Frauen-Typ abzugeben, müsste ich ein Busenspray kaufen. 48 Euro. Mannomann. Einmassieren muss man das Zeug, um einen sexy Push-up-Effekt zu erreichen. Warum denn das? Und einen Halsglätter. Auch geeignet zur Dekolleteepflege. 47 Euro.

Langsam wird mir extrem mulmig. Immer wenn ich mich dem rauschhaften Konsum von Frauenzeitschriften hingebe, erzeugt stetes Lesen und Gucken einen schmerzhaften Zustand von Übersättigung. So, als hätte ich zu viel Sahne in mich hineingeschaufelt.

Ich fühle mich bevormundet und, ich gebe es ja zu, auch hoffnungslos unterlegen. Was nützen mir jetzt alle gesammelten Einsichten über die Sitzverteilung im Kieler Landtag? Oder die überwältigende Erkenntnis, dass der britische Thronfolger Prinz Charles sich jeden Morgen sieben unterschiedlich lang gekochte Eier servieren lässt, um daraus per Klopfen und Abschlagen das ultimativ Passende herauszusuchen.

Gar nichts. Man schummelt mir das Gefühl unter, ich sei ja wohl doch irgendwie ungepflegt. Und dann die Aufforderung, ich solle in sieben Tagen den »Miss-Holiday-Contest« gewinnen. Warum denn? Wozu? Will ich gar nicht. Der Count-down, so nehme ich atemlos zur Kenntnis, beginnt mit der Haarentfernung. Damit mir kein Stoppelalarm am Strand droht. Ja, wissen die bestimmt extrem top-gepflegten Fachfrauen des Magazins denn nicht, dass ich bestimmt nicht die Einzige bin, die froh ist, fast immer Hosen tragen zu können. Da kann man sich das turnusmäßige Rasieren der Beine zwischendrin immer mal wieder sparen. Wissen die Damen denn nicht, wie wenig Zeit fürs Epilieren übrig bleibt?

Meine Freundinnen und ich verschieben dafür schon mal locker den vereinbarten Wellness-Schwimm-Termin, weil wir uns etwas bewollt an den Beinen fühlen. Wir haben schließlich auch unseren Stolz und wissen, was sich gehört.

Claudi hat sozusagen als Task-Force mich sogar einmal in Sachen »Trag doch einen Sommerrock« in ein »Enthaarungswachsstudio« mitgeschleppt. Das war schon heavy stuff, als die ein wenig streng guckende Besitzerin mit einem Mini-Mini-Slip um die Ecke kam und mir verkündete, sie werde auch gleich noch ein »Bikini-Waxing« vornehmen. Ich habe mich nicht getraut zu widersprechen, geschweige denn, dass ich gestanden hätte, eigentlich fast nie schwimmen zu gehen und wenn nur in meinem altgedienten, wie ich finde, extrem eleganten Badeanzug mit Röckchen aus meinem Italien-Urlaub von vor 15 Jahren.

Den Schmerz über die Spezialbehandlung habe ich bis heute gespeichert.

Mir kann man nichts erzählen. Jetzt lese ich von der unerlässlichen Bikinifigur. Tröstend erteilt man mir schriftlich die Absolution, falls ich das nächstgelegene Fitnessstudio nicht zu meinem zweiten Wohnzimmer gemacht habe. Nee, habe ich nicht. Das ist ja für mich mein Lieblingsitaliener »Pepe & Sale«, das wissen Sie ja schon. Man hat für mich noch eine Lösung parat: tagsüber dreimal hintereinander 30 Sit-ups. Ich weiß gar nicht, was das ist. Aber immerhin der erste kostenfreie Rat. Denkste. Das dicke Ende kommt nach: über Nacht »Anti-Cellulite-Pads« aufkleben, z. B. »Perfectslim Cellulite-Patch«, ca. 14 Euro.

Bei »Circa«-Preisen bin ich ja schon bei der Unterhosen-Werbung in der Tageszeitung sehr, sehr skeptisch. Aber was heißt überhaupt Pads aufkleben. Wie viel sind denn in der Packung? Und wie groß sind die? Denken die Damen der Zeitschrift eher an kleinste Stückchen auf der Haut, oder haben die eine Ahnung, womit meine Freundin Tatzi kämpft?

Seit Jahren hüllt sie ihre »Problemzone« an beiden Oberschenkeln in Pareos, großformatige Tücher, die in der Taille verknotet werden. Sieht super aus, gibt es im passenden Design zum Badeanzug und kosten meistens dreimal so viel wie der. Aber ohne fühlt sich Tatzi allen perfekten Sommerfiguren hoffnungslos unterlegen. Früher, also vor etwa zwei Jahren, legte sie das hauchzarte Gebilde immer ab, bevor sie zu den Fluten des Meeres hastete oder in das azurblau anmutende Wasser des Hotelpools stieg. Mittlerweile, gestand sie mir, geht sie gleich komplett umwickelt ins Wasser.

Wir haben ihr schon gesteckt, dass sie als Wickelmonster viel mehr Aufmerksamkeit erregt. Dass sie lieber mit hocherhobenem Haupt auf ihren knöchellangen Ersatzrock verzichten soll, aber als wir die Qual in ihrem Gesicht sahen, sind wir lieber umgeschwenkt und haben ihr zu ihrem Geburtstag im Juni ein ähnlich designtes Stück geschenkt wie das, das Cherie Blair, Frau des britischen Top-Tony, um ihre extrem breite Unterfront schlingt. So viel Glück und Freude habe ich noch nie in den Augen eines Menschen gesehen wie in dem Augenblick, als Tatzi unser Präsent auspackte.

Ich habe ihr dann auch gleich noch die aktuellen Fotos der streitbaren Anwältin und Premiergattin dazugelegt, die Cherie am Bug eines Bootes zeigten, das gute Stück um die prallen Backen flatternd im Wind, die Arme ausgestreckt wie weiland Kate Winslet an Bord der Titanic.

Also, wie groß müssten denn die Cellulite bekämpfenden Teile sein, damit Tatzi sich ohne Kopfzerbrechen im Einteiler zeigen könnte. Ich habe sie eben gefragt, und sie meint, sie bräuchte eine Menge wie eine korrekt aufgerollte Frischhaltefolie. Sie hat sich übrigens schon mal einen großen Teil dieser Haushaltshilfe um die Oberschenkel gewickelt, als sie in den City-Boutiquen auf der Suche nach einer knallengen Jeans war. Der Erfolg war geteilt. Eine Verkäuferin hat ihr sofort ein Glas Wasser angeboten, weil sie Tatzis verschwitztes, hochrotes Gesicht als Krankheits-Schwäche-Symptom missdeutete.

»Mir lief der Schweiß in Strömen die Beine runter«, rekapitulierte Tatzi ihr Einkaufserlebnis. »Die eine Jeans, die ich überhaupt bis nach oben ziehen konnte, ging nicht wieder runter. Die klebte an meiner nassen Folie fest. Der solariumgebräunte Geschäftsführer hat mir dann, peinlich, peinlich, auch noch Geld für die Reinigung der Hose abgeknöpft.«

Ha, jetzt habe ich was gefunden bei meiner Lektüre, das schlägt dem Fass den Boden aus. Aber sofort. Ich soll, um mich im Sommer draußen zu behaupten, eine Wohlfühlkur beginnen. Und zwar jetzt, im Juni. Ich möchte doch bitteschön, in den kommenden Nächten ein Pflaster von »Natural Body Clean« unter die Fußsohlen kleben. Entsäuert den Körper und macht fit für lange Strandpartys. Zehn Pads, ca. 50 Euro.

Ich brauche eine Pause von dem Konsum-Terror-Angriff und blättere ein paar Seiten um. Ah, Promi-Beispiele für gesundes, perfektes Sommer-Aussehen. Da hüpft sie wieder, die weibliche A, B, C- und vor allem D-Prominenz. Makellos erscheinende Beautys mit Sinn für Stretching, Dehnen und Körner-Snacks. Eine junge Schauspielerin-Mama schleudert mir gleich mal die erste Lüge entgegen. Schon in der Überschrift des Artikels behauptet sie: »Ich brauche keine Diät. Meine kleine Tochter hält mich auf Trab.« Für wie blöd hält sie mich eigentlich? Ich kenne vier junge Mamas, die Töchter im selben Alter haben. Und die rennen in ihren Reihenhäusern vertikale Marathons – und das Tag für Tag. Von deren Spontanverlusten an Leibesumfang ist mir nichts bekannt.

Und wie selten dämlich ist das denn? »Ich trinke vier Liter Wasser am Tag, das macht schlank.« Wie hält sie es denn mit dem Pieseln zwischendurch? Das ist wieder die einzige Antwort, die mich jetzt brennend interessieren würde. Die gibt sie aber nicht. Jede Mutter weiß, dass es beim täglichen Windel-, Breichen- und Fencheltee-Einkauf keine Möglichkeit gibt, mit Kinderwagen ein passendes Örtchen aufzusuchen. Also, wie soll diese Wasser-Trink-Orgie denn ganz praktisch zu bewältigen sein?

Oh, auch sehr schön, die Schauspielerin mit dem vollen Mund hat noch so einen Klops parat: »Ich kann essen, was ich will, ich nehme nie zu.« Das kann sie ihrem Friseur erzählen, aber doch nicht uns gestandenen Frauen.

»Außerdem hält mich mein Hund fit. Ich brauche keine Kalorientabelle.«

Nee, die braucht sie wirklich nicht. Da erzählt sie doch tatsächlich mal die Wahrheit. Sie hat die Werte in ihrem Kopf längst festgetackert, sozusagen verinnerlicht. Die muss nicht mehr nachgucken. Und hier ist er ja, der süße kleine Racker. Ein Jack-Russell-Terrier, wie könnte es auch anders sein. Und auf dem nächsten Foto sieht man die beiden gar zierlich und doch irgendwie schwungvoll an einem menschenleeren Strand umhertollen. Herzallerliebst. Ich bin allerdings mal wieder von ganz anderen Dingen überzeugt. Zum einen kümmert sich mit Sicherheit ein Hundesitter ums Hundi, wenn Frauchen mal wieder für einen Quotenhit vor den Kameras steht.

Und dann überlege ich mir zum x-ten Mal, wo eigentlich die vielen, vielen Modehunde der Stars hin verschwunden sind, die noch vor wenigen Jahren an ihrer Seite für solche »Ich habe eine straffe Bikini-Figur«-Fotostrecken herhalten mussten. Werden die eigentlich brutal entsorgt? Oder weggeschenkt? Oder etwa an Laternenpfosten an Autobahn-Raststätten festgebunden? Ist Ihnen das auch schon aufgefallen, dass alle Bobtails, Dalmatiner und Yorkshire-Terrier plötzlich passé sind und dafür jedes Starlet, das auf sich hält, entweder Mops oder Jack Russell trägt?

Oder diese hässlichen Zwergerl, die Chihuahuas, die so praktisch ins Handtäschchen passen und T-Shirts tragen mit der Aufschrift: »Doch, doch, ich bin ein Hund.«

Ich unterbreche mal kurz meine Vorsommer-du-musst-jetzt-gute-Laune-haben-Lektüre und verlasse mein Sofa. Irgendwo habe ich doch die vielen schönen ausgerissenen Fotos aus der englischen, spanischen und italienischen Klatschpresse. Deren Titelseiten schon Orgien an realistischen Abbildungen der Berühmten, angeblich so Schönen und häufig auch wirklich eklig Reichen versprechen. Auf denen wird nichts geschönt, nichts retuschiert, im Gegenteil. Kreise in der Signalfarbe Rot lenken den Blick des interessierten Betrachters auf die kleinen Mängel an bekannten Körpern hin, die uns Normalos sehr vertraut sind.

Diese Respektlosigkeit hat etwas Tröstliches. Niemand ist wirklich perfekt.

Ja, da finde ich sie doch schon, zwischen all meinen, noch unsortierten, Steuerunterlagen. Das ist das Schöne, ich kenne mich in meinem ganz persönlichen Chaos immer noch am besten aus.

Ächzend versinke ich im Schneidersitz. Zum x-ten Mal ärgere ich mich darüber, dass mein Top, das ich unter meinem flauschig-weichen Wohlfühl-Pulli anhabe, wieder mal viel zu kurz ist. Sofort frieren meine Nierchen. Gut, dass hinter meinem Krabbel-Karton im Schrank der lang gesuchte gestreifte Schal liegt. Der ist im kommenden Winter garantiert schon völlig »out«, also wickle ich meine Hüften darin ein.

Und hier sind meine Trösterbilder. Immer, wenn es mir ganz schlecht geht und Tatzi mir fieserweise den dezenten Hinweis gibt, dass der rückwärtige Schlitz in meinem überhüftlangen Blazer extrem weit aufklappt, ziehe ich mich später in mein Arbeitszimmer zurück, das meine Freundinnen für ein wahnsinnig zugemülltes Boudoir halten. Als sie das das erste Mal zu mir sagten, dachte ich, sie meinten einen orientalisch angehauchten Harems-Puff und war dementsprechend sauer. Doch es stellte sich heraus, dass sie noch nie in ihrem Leben ein so feminin dekoriertes Arbeitszimmer gesehen hatten und dass ihre Bemerkung als ein verstecktes Kompliment gemeint war. Ich gebe zu, ich liebe es halt sehr persönlich. Und so stehen neben meinem Laptop kleine herzallerliebste Putten, an der Wand neben meinem natürlich antiken – mit feinen gedrechselten Beinchen stabil gehaltenen – Schreibtisch hängt ein Paar silberne Engelsflügelchen von meinem letzten vorweihnachtlichen Geschenke-Einkauf. Neben den Flügelchen lacht die Queen mit ihrem wirklich schicken Hut samt kecker Feder aus einer Geburtstags-Collage hervor, und obendrüber küsst Clark Gable als Rhett Butler Scarlett-Vivien Leigh. Ein Postkartenkauf in London.

Meine Freundin Gundi hat mir schon viele Vorträge über zu sehr ablenkenden Brimbes in Arbeitsstübchen gehalten und über ergonomisch korrektes Sitzen auf sitztechnisch korrekten Bürostühlen. Auch hat sie die Tatsache nicht unerwähnt gelassen, dass die Tischplatte natürlich maßgeschneidert passend zum Stuhl hergestellt werden muss, damit meine Ellbogen im waagerechten Verlauf zu meinen auf die Tasten hauenden Fingern sind.

Ich war tief beeindruckt. Doch der von mir ins Auge gefasste Kauf endete mit der Ansicht des perfekt-korrekten Bürosessels – ihn gab es fatalerweise nur in Schwarz oder abstoßend tristem Dunkelblau. Mein schüchterner Hinweis, ich sei ein absoluter Landhaus-Möbel-Fan und lebte ausschließlich in weißem Dekor, wurde hingenommen und mit der Lösung beantwortet: »Wir können Ihnen diesen Stuhl auch mit einem cremefarbenen Bezug anfertigen lassen.« Ich weiß noch wie heute, dass ich bei der Nennung des Preises für ein solches Unikat weiche Knie bekam.

Und das muss ich Gundi lassen, als ich sie anrief und ihr mit schlanker Hand die Preise runterrasselte für den Stuhl mit kippbarer Sitzfläche, anschraubbarem Nackenteil, luftpumpengefederter Verstellmechanik und dem kleinen Klecks Weiß, den ich mir als Bezug wünschen würde, holte sie bei der von mir vorgetragenen ungefähren Circa-Preis-Nennung tief Luft und knurrte in den Telefonhörer: »Ich hab bei Tchibo im Internet Sitzkissen für Rückengeschädigte wie dich gesehen, zwei Stück für ca. 14 Euro. Bestell sie dir«, und legte auf.

Eines davon habe ich mir in meinen knarzenden Rattan-Sessel, den ich vor vielen Jahren als Studentin bei einer Wohnungsräumung ergattert habe, gelegt. Zwar stören mich die breiten Lehnen beim ergonomisch korrekten Schreiben auf der Tastatur meines Laptops, aber das weiß ja niemand.

Aber jetzt zu meinen Lieblingsfotos. Sie sind mein Schatz. Und ich fürchte, würde ich über ihn sprechen, hätte ich dieselbe unheimliche Stimme wie Gollum, der verdammte Gnom aus »Der Herr der Ringe«.

Sharon Stone am Strand von Malibu. Sie war nicht so schlau wie Tatzi und hat ihr Hüfttuch nur als Mini-Schärpe um den Hintern gewickelt. Darunter – jawohl, Dellen. Und zwar nicht zu knapp. Und hier, eines meiner Favourites, die knapp über 20-jährige Kirsten Dunst im Bikini am Strand von Los Angeles. Herrlich. Von hinten sehen ihre Oberschenkel aus wie Tatzis, ich schwör's. Und Uma Thurman auf Capri, von vorne eine echte Granate, von hinten boah. Und Tori Spelling, im Jeans-Miniröckchen am Strand. Man fragt sich, ob die Knubbellandschaft unter ihrem Po vom missglückten Fettabsaugen stammt oder ob sie einfach nur eine von uns ist.

Und jetzt kommt's. Paris Hilton am Strand von Saint-Tropez. Die hätte sich ihre überdimensionale Sonnenbrille wohl mal besser unter die Hinterbacken gepappt. Auch hier, unverkennbar ein Fall für die »Anti-Cellulite-Pads«. Aber auch bei ihr wäre die Packung für 14 Euro ganz, ganz schnell aufgebraucht.

Juli

◆ ◆ ◆ ◆ ◆ ◆ ◆ ◆ ◆ ◆

Wo ist eigentlich mein Badeanzug? oder Die ultimative Schreckparade: Die beknackten Must-Haves

Ich bin die Königin des Zwiebel-Looks. Meine Freunde wissen schon, dass ich bei jeder Gartenparty, bei jedem Geburtstagsfest im Freien mit Mäntelchen auftauche, darunter noch ein Strickjäckchen, darunter ein Blüschen und darunter … und das alles im wie auch immer warm-heißen Sommer. Hinter vorgehaltener Hand halten sie mich für verrückt, aber vordergründig geradeaus mimen sie immer Verständnis: »Du bist ja so viel unterwegs. Und dann immer in Klimaanlagen. Ist doch klar …«

Ja, ist es auch. Wenn man sich ununterbrochen in klimatisierten Räumen, ganz zu schweigen von zugig-eisigen Flugzeugen, Flughafengebäuden, Autos, Hotels aufhält, lernt man Innereien und äußere Weich-und-Hartteile luftdicht zu verpacken. Deshalb ja auch die segensreiche Mehrschichten-Verpackung. Ich bringe es auch glatt, bei einer feuchtfröhlichen Abendsause bei Freunden mit meinen fellbeschichteten Ugg-Boots anzutraben. Sie sind himmlisch weich, fußfreundlich und wenn, spätestens ab 21 Uhr, das Gartengras unter meinen Sohlen kalt-feucht wird und die Kühle meine Beine hochzukrabbeln droht, bin ich gerüstet für eine gaanz lange Nacht. Draußen.

Meine Freunde wissen auch, dass ich den Sommer hasse

und zwar in nahezu allen Varianten. Mücken, Kleingekrabbel in jeder Form, Hitzeattacken in Bussen, der Anblick von kurzbehosten Männern in Fußgängerzonen inklusive Socken in Sandalen, von Oberarmen unsicherer Konsistenz bei Kundinnen in Supermärkten oder bei Ladys bei Cocktailempfängen, doch davon später mehr.

Meine Freunde tolerieren mich. Und respektieren mich als unbestechlichen Beobachter von Alltäglichem. Und da zum Alltäglichen auch der Kauf von Sommertextilien gehört, bin ich ein gern gebuchter Begleiter bei den Shopping-Touren meiner sommerseligen nahen und eher ferneren Bekannten.

Wenn also Biggi einen Badeanzug kaufen geht, bin ich dabei. Eine Frage brauche ich gar nicht mehr zu stellen. Die »Wofür brauchst du denn einen Neuen?«-Frage ist überflüssig wie ein Kropf. Wir alle brauchen eigentlich für nix alles. Und das immer wieder neu.

Ich brauche nur in meinen Schuhschrank, also eigentlich meine doppelten Schuhschränke, von unten bis oben gefüllt, schauen und kann mir jede Erklärung selbst geben.

Ich fügte mich. Ins Unvermeidliche. Zum einen ist es sowieso eine Höllentour, mit Biggi etwas Nettes, egal was, auszusuchen, und zum anderen weiß ich, dass Biggi eine Perfektionistin ist. Die immer alles richtig machen will, tadellos gestylt sein will, unter ihrem Anspruch selbst am meisten leidet und uns zum Ausgleich immer tüchtig mitleiden lässt. Für alle Fälle.

Also. Wir steuern eine kleine, feine Dessous-Boutique an und fragen nach etwas, das trendig sei, einen Tick elegant, nicht zu überkandidelt und nur in Maßen sexy. Ich kenne Biggis Mann.

Ich hatte gehofft, dass dies die blasierte Verkäuferin als fest umrissenen Auftrag ansehen würde. Ich hatte aber nicht damit gerechnet, dass sie diese Vorgaben als Verkaufsargument für schier alles ansehen würde, was sie in ihrem Lädchen aufbewahrte. Sie fand jedenfalls alles trendy, einen Tick elegant, nicht zu überkandidelt und nur in Maßen sexy.

Ich dagegen fand alles zu grell, zu vordergründig und viel zu sexy.

Als sie zum dritten Mal darauf beharrte, dass zu den Einteilern in dieser Saison Flatterkleider samt überlangen Bändern gehörten, und dann auch noch den dämlichen Ausspruch riskierte, sie seien das Thema des Sommers, befahl ich Biggi den Rückzug. Sie schwankte noch eine Weile zwischen dem gelöcherten Badeanzug mit hohem Beinausschnitt samt dazugehörigem Fransenteil und dem neonfarbenen Bikini, natürlich plus Walle-Walle-Outfit in Saphir-Grün, als ich schon wieder auf der Straße war. Ich hörte noch, dass sie die Verkäuferin bat, das eine Ensemble für zwei Stündchen zurückzuhängen – auf ihren Namen –, was die aber, hochnäsig wie sie war, mit den Worten beschied: »Ich kann aber nicht dafür garantieren, dass es dann noch da ist.«

Hoffentlich nicht, dachte ich nur und knöpfte mir Biggi draußen noch mal vor.

»Hör mal, das war alles ziemlich schrottig. Wenn ich mir etwas kaufen will, weiß ich, was ich will. Ich gehe rein in den Laden, gucke mich um, checke die Lage, und wenn nichts meinen Vorstellungen entspricht, bin ich wieder draußen.«

»Das«, meinte sie spitz, »klingt wie eine Überfalltaktik aus dem Repertoire eines George W. Bush.«

Wow, Biggi ist wirklich ziemlich intelligent.

Also neue Taktik.

»Lass uns noch einmal eingrenzen«, schlug ich vor, »was du ausgeben willst.«

Biggi machte eine vage Angabe, und wir durchforsteten zwei Kaufhäuser auf der Suche nach dem ultimativen Bade-Outfit für einen sommerlichen Kurztrip an die See.

Ich bin ein Werbebroschüren-Junkie. Was immer in meinem Briefkasten landet oder noch besser, in der Tageszeitung als Beilage liegt, wird von mir abends, wenn ich die Füße hochgelegt habe, aufmerksam durchgelesen. Ich bin tatsächlich schon einmal in ein mir bisher völlig unbekanntes Kaufhaus gegangen, weil mir dessen Broschüre vorgaukelte, dass ich endlich, endlich das von mir seit Jahren gewünschte Twinset käuflich erwerben könnte. Will heißen, einen Rollkragenpulli mit »halblangem« Arm und eine Jacke mit spitzem Ausschnitt. Fragen Sie mich nicht, warum ich das schon immer haben wollte. Es ist halt so. Als ich endlich eine Verkäuferin zu fassen bekam, schickte die mich in den zweiten Stock zur Damenabteilung. Dort schüttelte nur das ja angeblich so geschulte Personal gelangweilt mit dem Kopf – eine Aktion, die ich mittlerweile als berufsqualifizierend für Verkaufspersonal ansehe und deutete nach unten: »Im Keller«.

Aha. Dort wühlte ich eine Zeit lang unschlüssig in Bergen mit Hinweistafeln auf einen weniger teuren Preis, aber nicht auf mein Twinset, bis ich eine Verkäuferin entdeckte, die nicht schnell genug ihren Kopf hinter einem Vorhang verschwinden ließ. Eigentlich wollte sie sich unsichtbar machen, aber ich war schneller.

Als ich meinen Wunsch erneut vortrug, versuchte sie es

erst mit dem Kopfschütteln, dann wollte sie mich in den zweiten Stock schicken. Als ich ihr sagte, da sei ich schon gewesen, überwand sie sich und sprach den ersten, in ihren Augen vollständigen Satz: »Ham wir nicht.«

Sprechen kommt mir ja grundsätzlich sehr entgegen. Das ist ein Terrain, da kenne ich mich aus, und so versuchte ich es auch einmal.

»Ich habe dieses Twinset in einer Anzeige von Ihrem Haus gesehen«, gab ich ihr freundlich, aber bestimmt zu bedenken.

»Glaube ich nicht«, hielt sie dagegen.

Triumphierend holte ich meine mitgebrachte Broschüre aus meiner Tasche. Man ist ja nicht blöd, und im engen mitmenschlichen Kontakt mit uninspirierten Verkäufern gleich welchen Geschlechts nicht unerfahren.

Ich konnte den Kampf, den die Fachfrau nach meinem zugegebenermaßen echt fiesen Schachzug mit der mitgebrachten Broschüre in sich ausfocht, fast körperlich mitverfolgen. Sie wand sich, kratzte sich am Hinterkopf und setzte schließlich nach unendlich langen Minuten, so schien es mir, ihre Füße in Bewegung. Sie hatte verloren.

Nach drei Umrundungen diverser Verkaufstische landeten wir im hinteren Teil der Kelleretage, und sie zeigte auf einen Haufen zusammengelegter Twinsets. Zeigte, wohlgemerkt. Mehr war nicht drin. Ich klaubte also ein Exemplar in der unaussprechlichen Farbe Taupe aus dem Haufen und faltete das Gebilde auseinander. Schock. Die Ärmelchen waren nicht halblang, wie mir der Broschürentext vorgegaukelt hatte, sondern kurz. Kurz wie Millionen und Abermillionen Pullis bei Twinsets auf der ganzen Welt.

»Aber, ich dachte«, begann ich stotternd, »hier steht halblang …«

Den Triumph in ihrem Blick werde ich nie vergessen. Sie machte sich noch nicht mal die Mühe, mir irgendetwas zu sagen über Werbung, die nicht immer ganz den tatsächlichen Zustand einer Ware beschreibt. Sie schaute mich nur abschätzig an, drehte sich um und marschierte in Richtung ihrer Kollegin, die seit einiger Zeit den unerhörten Vorgang beobachtet hatte, dass sich eine Kundin, also ich, tatsächlich durchgesetzt und ein »Verkaufsgespräch« erzwungen hatte.

Ich erlebte das Wunder einer Metamorphose noch aus den Augenwinkeln mit. »Meine« mundfaule Bedienung sprach doch jetzt tatsächlich so schnell wie ein ratterndes Maschinengewehr in meiner Lieblingskrimiserie auf ihre Kollegin ein. Und beide schauten mir dabei so lange und intensiv hinterher, dass ich seitdem nie wieder den Vorstoß gewagt habe, etwas zu verlangen, was mir eine Broschüre verspricht.

Übrigens finde ich Rollkragenpullis mit halblangem Arm schon seit längerem völlig uninteressant.

Geändert hat sich seit diesem einschneidenden Erlebnis auch meine Taktik beim Besuch eines Kaufhauses. Ich meide Sprechkontakte jedweder Art. Das höchste der Gefühle ist ein munteres »Hallo« zur Dame oder dem Herren, die gleich dem Haupteingang gegenüber am Informationsschalter sitzen. Da, so habe ich für mich beschlossen, ist Sprechen erlaubt.

Mit der erworbenen Auskunft mache ich mich roboterhaft auf den kürzesten Weg dahin, wo ich das Gewünschte also quisi-quasi amtlicherseits abgesichert, erhalten kann.

So grasten Biggi und ich insgesamt zweieinhalb Lingerie-Stockwerke zweier Kaufhäuser ab, denn es regiert mittlerweile – in Ansätzen – auch dort das amerikanische Superkonzept »Shop in Shop.« Will heißen, im besten aller Fälle, die besten Firmen bieten unter einem Dach die tollsten Klamotten, Schuhe, Accessoires an, die man sich nur denken kann und überall in putzig dekorierten kleinen »Verkaufseinheiten« das bestgeschulte Personal, von dem man nur träumen kann.

Ha. Im ersten Stock bahnten Biggi und ich uns eine schmale Gasse durch einen dichten Dschungel voller Büstenhalter, Mieder, Slips und Sloggi-Long-Long-Miederhosen. Es war wie ein psychedelischer Farbenrausch aus blendendem Weiß, verruchtem Schwarz, augenschmerzendem Pink, sanft schimmerndem Grün, Toreros erregendem Blutrot, appetitmachendem Orange, verziert mit Litzen, Borten, Spitzen, Federn und blinkenden Strasssteinchen.

Und mittendrin wir.

»Siehst du was?«, japste Biggi hinter mir. Das ist mein Schicksal. Ich muss bei solchen gefährlichen Exkursionen immer die Vorhut geben, weil ich einfach die Größte im Kreise meiner eher kleinwüchsigen Freundinnen bin.

»Ich glaube, da hinten«, gab ich eher knurrend zurück, denn ich hatte wieder mit meinem ganz persönlichen Phänomen zu kämpfen. Der Schweiß auf meiner Stirn tropfte in meine Augen, was mein Sehvermögen erheblich einschränkte. Ich weiß nicht, woran es liegt, aber bei jeder naturgemäß ein wenig ausufernden Shopping-Tour spielt mein Kreislauf verrückt. Ich habe schon Fachgespräche mit meiner Freundin Sunny, einer studierten Psychologin, darüber geführt, nachdem alle nicht-studierten Personen meines näheren Umfeldes etwas nüchtern gemeint hatten, alle Kaufhäuser und Boutiquen seien chronisch überheizt, damit man schnell zu viel einkaufe, um wieder draußen zu sein.

Doch Fachfrau Sunny schaute mich nur lange prüfend an und fragte: »Kriegst du das eher im Sommer oder im Winter?«

»Im Winter«, entgegnete ich, »bin ich eigentlich erst mal froh, dass es so schön mollig warm ist, wenn ich reinkomme. Im Sommer habe ich das viel öfter.«

Sunny kennt mich schon etwas länger und wohl auch besser als alle anderen und gab mir folgende Expertise mit auf den Weg: »Das sind Panikattacken, die dich quälen. Deine Sommerphobie ist der Auslöser. Du hast Angst, du könntest dich zu einem Badeanzugkauf hinreißen lassen. Das ist alles.«

Toll, seitdem haben die Attacken zwar nicht abgenommen, aber ich fühle mich verstanden.

Plötzlich entdeckte ich eine knackige Zwanzig-und-etwas-Brünette, die in einem knappen Bikini vor ihrem Begleiter auf und ab marschierte. »Da vorne ist die Bademoden-Abteilung«, rief ich nach hinten, und Biggi schnaubte – irgendwie erleichtert.

Endlich. Bunt. Schillernd. Exotisch. Das Paradies.

Das drohende Überangebot ließ mich alle guten Vorsätze vergessen, und ich stellte doch die überflüssige Frage: »Was stellst du dir denn vor?«

Biggi sah mich ganz erstaunt an: »Ich will so einen Leoparden-Badeanzug, wie Lady Di ihn getragen hat.«

Abrupt blieb ich stehen. Was für eine Blasphemie. Biggi

konnte doch unmöglich das schicke Stück meinen, das Diana kurz vor ihrem schrecklichen Tod im Pariser Tunnel an der Cote d'Azur getragen hat?

»Doch«, sagte sie ganz cool. »Du weißt doch, die letzten Fotos, was sie da auf dem Sprungbrett am Boot von diesem Dodi angehabt hat.«

Ich glaubte es nicht. Bei dem Anblick der schönen Prinzessin in ihrem Leo-Badeanzug denke ich alles Mögliche, das Vergängliche im Leben, den Wunsch, alles ungeschehen machen zu können – und Biggi sieht darin nur ihren Traum von einem Badeanzug.

Viel zu erschöpft verschob ich meinen philosophischen Gesprächsbedarf in die nähere Zukunft und durchforstete die Ständerreihen – auf der Suche nach Dianas letztem Badeanzug.

»Gibt es hier auch Verkäuferinnen?«, fragte Biggi, und ich gab meine Vorsätze auf und hastete los.

Zu entschuldigen nur durch meinen Wunsch: »Ich will hier raus!«

Die erste Frau, die ich zu fassen bekam, entpuppte sich als Kundin, die ihre Jacke samt Tasche in der Umkleidekabine deponiert hatte und deshalb so personaltechnisch rüberkam.

Die Nächste war der Knaller.

»Ich hol Ihnen die Kollegin«, beschied sie mich kurz und verschwand.

Biggi hatte derweil ein ganz anderes Problem entdeckt. »Ich weiß gar nicht, welche Größe ich brauche. Geht das hier nach Konfektionsgrößen oder BH-Größe?«

Und dann geschah das Wunder. Es tauchte plötzlich eine, wie soll ich sagen, gestandene Frau auf, enormer Busen im klassischen Kostüm, rotgetöntem Bob und farblich perfekt harmonierendem Lippenstift.

»Was kann ich für Sie tun?«, fragte sie, irgendwie richtig nett.

Den Rest des Nachmittags verschwanden Biggi und diese Erscheinung in einer der Umkleidekabinen. Biggi winkte hin und wieder, und ich gab widerwillig meinen Sessel auf, nicht ohne vorher meinen Schal darauf zu legen, um klarzumachen: »Meiner.«

Biggi präsentierte sich und wechselnde Modelle in allen Schattierungen, bisher allerdings keiner mit dem berühmten Leoparden-Konterfei auf dem Bauch. Und hier beginnt mein ganz persönlicher Alptraum. Wie sag ich's meiner Freundin? Dass beim Bügelbikini mit dem angepriesenen attraktiven Look wegen der raffinierten Details einige von Biggis Hautfalten einen sehr eigenwilligen Verlauf nehmen? Und dass bei dem von der inzwischen enthusiasmierten Verkäuferin angepriesenen Badeanzug mit dem tollen Design die Kontrasteinsätze in streckender Optik für die schöne Silhouette und das Unterbrustgummi bei einem Teil der ansehnlichen Büste Biggis einen eher niederbügelnden Effekt hervorrufen.

Ich will es kurz machen: Biggi hat sich einen Tankini gekauft. Ein etwas weiteres Top in leichter A-Form mit einer höher geschnittenen Hose mit Vordermieder zum Verdecken des Bauches. Das Oberteil im Nacken zu binden und unterhalb der Brust regulierbar. Die Farbe? Schwarz mit feinen weißen Streifen.

Dass die rothaarige Verkäuferin hinter meinem Rücken ihr noch einen Optimizer-Badeanzug, der optisch ein paar Kilos wegmogelt und ein raffiniertes Innenleben mit unsichtbarer Formkraft zum Kaschieren kleiner Problemzonen hat, und einen Push-up-Bikini mit aufgedruckten Blüten, effektvoll mit glitzernden Pailletten und wattierten Cups mit herausnehmbaren Kissen für ein schönes Dekolletee, untergejubelt hatte, bemerkte ich erst an der Kasse.

Da hatte ich schon drei Gratis-Espressi intus, die meinen Kreislauf Purzelbaum veranstalten ließen. Deshalb bekam ich auch gar nicht mehr mit, dass die Verkaufsrakete Biggi einen Bestellzettel in die Hand drückte für einen leopardengemusterten Badeanzug, der angeblich noch – seit Dianas Tod – in einer Filiale in Frankfurt schlummert.

Nach diesen Erfolgserlebnissen war Biggi wie enthemmt. Sie schleifte mich noch in die Optikerabteilung, um die ultimative Sonnenbrille zu kaufen. Die überdimensionalen Modelle gab es ab 250 Euro aufwärts, mit glitzibitzi Designer-Logo inklusive. Ich hatte wenig entgegenzuhalten, denn ich selbst habe vor Jahren ein ähnliches Stück käuflich erworben und stoisch ertragen, dass das Logo genau vor meinem rechten Auge jeglichen ungestörten, geraden Blick auf meine Umwelt behinderte.

Und dann – genau vor dem rettenden Ausgang – stoppte Biggi am Strandschmuck-Shop. Ich habe noch nie so viel Blödsinn auf einem Haufen gesehen. Fußkettchen mit Glitzersteinchen. Mehrlagige Platten-Armbänder in absolut angesagter Keramikoptik für Euro 29,90. Gedrechselte und geflochtene Gürtel, vorzugsweise zum Bikini zu tragen. Pünktchenverzierte Anhänger in Zahnform, Bauchnabelstecker. Kreolen mit tief hängenden Amulettfigürchen. Breite Goldarmreifen, Mini-Perlen-Armbänder in dreißigfacher Ausführung, die alle, wirklich alle, auf einmal zu tragen sind.

Nur noch ganz kurz: Biggi hat alles gekauft. Ihr Hinweis »Der Sommer ist lang« war das Schlimmste, was ich an diesem Tag zu verarbeiten hatte. Sie hat mir dann, großzügig wie sie ist, zwei von ihren 30 Mini-Perlen-Armbändern geschenkt.

Als ich abends, völlig fertig, endlich die Tür meiner Wohnung hinter mir zumachen konnte, quälte mich plötzlich der Gedanke, wo eigentlich mein Badeanzug aus meinem Sommerurlaub von vor 15 Jahren abgeblieben ist. Ich stieg ganz tief in meinen Kleiderschrank hinein. Ich öffnete auch die Schubladen, in denen meine mehr oder weniger aufreizende Leibwäsche aufbewahrt wird. Meine langen Thermo-Unterhosen hatte ich, ratz-fatz, in der Hand. Ganz edle Stücke, die ich über einen Versandhauskatalog bestellt habe. Perfekt, um im Winter bei minus zehn Grad in aufrechter, gerader Haltung auf den mal wieder verspäteten ICE zwischen Hamburg und Berlin auf dem Bahnsteig zu warten.

Verflixt. Ich wusste gar nicht, warum ich mich gerade jetzt auf die Suche nach meinem Badeanzug machte. Ich hatte weder vor, an die See zu fahren, noch den Pool meines nächsten Hotels zu benutzen. Es blieb mir gar nichts anderes übrig, als in den Keller zu gehen und da nachzugucken. Wie üblich blieb ich an den Kartons mit meiner wunderhübschen Weihnachtsdekoration hängen. Engelchen, Weihnachts-Männlein mit fein aufgeklebtem Rauschebärtchen, Duft-Kerzlein und das goldene Rentier mit dem Füßlein.

Und da, genau darunter lag er, mein Badeanzug. Aus einem Laden in Forte dei Marmi, dem wunderschönen Badeort in Italien, wo man sich auf gemieteten Strandliegen unter Sonnenschirmen im Schatten zurückziehen kann, und sollte man einmal im Meer schwimmen gewesen sein, sich anschließend in den weiß angemalten Strandhäuschen gepflegt umziehen kann.

Ich schnüffelte ganz kurz an dem, wie ich wirklich finde, sehr edlen Stück, so wie in Hollywood-Filmen die Hauptdarstellerin immer so ein Näschen voll Duft aufnimmt – und dann beginnt die Rückblende voller wunderschöner Erinnerungen.

Mir schlug nur eine undefinierbare Melange aus Chlor, angegammeltem Stoff und Moderschwaden entgegen. Verflixt. Jetzt fiel mir siedend heiß ein, dass ich damals vergessen hatte, das edle Teil nach meinem Urlaub in milder Feinwaschlauge zu säubern. Egal, sollte ich irgendwann einmal mich selbst vergessen und in Salz- oder Chlorwasser plantschen, würden Schadstoffe das strapazierfähige Lycra-Gemisch wieder in Form bringen.

Erschöpft schleppte ich mich hoch in die Abgeschiedenheit meiner Dachgeschoss-Wohnung, die im Halbdunkel auf mich wartete. Das ist eine meiner vornehmsten Schutzmaßnahmen, wenn die ersten Sonnenstrahlen den Rest der Welt euphorisch stimmen. Gleich morgens lass ich, clever wie ich bin, die Rollladen herunter und ziehe meine dichten weißen Vorhänge vor. Wäre doch gelacht, wenn ich das hitzebringende Licht nicht überlisten könnte. Der Effekt ist den ganzen Sommer immer derselbe. Erst atme ich tief durch, wenn ich die Wohnung betrete. Wie kühl ist das denn, melden meine von draußen erhitzten Hautsensoren. Etwa sieben bis zehn Minuten später kommt mir die Luft in meinen vier Wänden ziemlich stickig vor, und ich möchte die Fenster aufreißen.

Stark bleiben, befehle ich mir immer und ärgere mich

darüber, dass ich nicht längst einen Yogakurs belegt habe. Beherrschung wäre nämlich jetzt angesagt. Das bisschen, das ich von Natur aus habe, klaube ich dann zusammen, und ich versuche, so flach wie möglich zu atmen. Noch ein wenig. Halte durch. Wenn ich so langsam in den echt störenden Bereich einer ausgeprägten Schnappatmung gerate, mache ich immer wieder denselben Fehler. Ich öffne meine Terrassentür.

Hitze schlägt mir entgegen. Es wird also wieder so eine Nacht. Die einen sagen, wie herrlich lau ist dieser Abend, die anderen wissen sofort, dass sie wieder nicht schlafen können. Zu diesen Realisten zähle ich mich.

Mutig gehe ich nach draußen. Auf mich wartet dieses Mal nämlich ein Wunder der Natur. In meinen immergrünen Plastikbäumen, mit denen ich meinen Balkon herrlich üppig dekoriert habe, nistet ein Vogelpärchen. Ich verstehe ja selbst nicht, wie sich lebendige Tiere so täuschen können, aber sie haben die Attrappen voll akzeptiert. Mein Verhältnis zu meinen Nachbarn ist übrigens schon seit längerem gestört. Voller Misstrauen schielen sie auf die herrliche Pracht, die keiner toppen kann. Ich habe nämlich perfiderweise auch Fake-Blütenstränge an den Geländern befestigt, und so könnte man vermuten, dass ich mich im Wettbewerb um den perfektesten Balkon angemeldet hätte.

Ein bisschen peinlich ist es schon, wenn meine falschen Rosenranken im Winter auch unter Bergen von Schnee ihre dezente Rosé-Tönung behalten, aber die Menschen wollen getäuscht werden. So ganz sicher sind sie sich immer noch nicht, ob es nicht vielleicht doch eine ganz seltene, immerblühende Spezies der edelsten aller Blumen gibt.

Zu meiner Entschuldigung muss ich sagen, dass ich an

furchtbar vielen Allergien leide und niemals etwas mit echtem Grünzeug zu tun haben möchte. Außerdem verfüge ich wirklich nicht über einen grünen Daumen, bei mir verdorren selbst Ewigblüter, die man beim Discounter so günstig an der Kasse kriegt.

Auch Tiere kommen mir nicht ins Haus, seitdem mein Allergologe die abgeschnittenen Härchen meines Lieblingsdackels aus der Nachbarschaft in meine Haut geritzt hat. Rote Quaddeln zwangen mich zur Trennung von Knickel, der Hündin aus dem zweiten Stock, die sich als mein Alter Ego empfunden hatte. Wir hassen den Sommer, lieben gemütliche, lange Abende vor einem flackernden Kamin oder extrem aufgeheizten Öfen, scheuen größere Ansammlungen kreischender Kinder und genossen gemeinsam, auf dem Sofa eingerollt, TV-Tiersendungen aus dem Münsteraner oder Leipziger Zoo.

In Ermangelung meiner treuen Gefährtin schaue ich jetzt wie gebannt auf den Fortschritt der drei Vogelbabys in meinem Balkon-Plastik-Ambiente. Faszinierend, wie die Schnäbelchen langsam Farbe bekommen und sich abwechselnd Mama- oder Papa-Vogel mit breitem Hintern auf die Brut setzen, wenn ich ganz gegen meine Gewohnheit einen Fuß auf den Balkon setze.

Richtig gerührt war ich durch diesen Anblick, so dass ich bei Sunny anfing zu schwärmen. Psychologen sind ja bei ihren Patienten immer wahnsinnig verständnisvoll. Das hört aber ziemlich schnell auf, wenn sie mit einem »nur« befreundet sind.

»Bild dir nix ein«, meinte sie nur kühl. »Die meinen nicht dich, sondern sie lieben die Tatsache, dass du – übrigens im Gegensatz zu allen anderen Menschen – nie auf den Balkon gehst. Vielleicht um mal drauf zu sitzen. Meinetwegen auch im Schatten. Oder auch mal, um zu grillen, so wie es ja auch sehr beliebt ist.«

Ich hab ihr dann gar nicht erst erzählt, dass ich eine ganz innige Beziehung eingegangen bin. Nicht zu meinem Balkon, sondern zu meiner Brut. Als überzeugter Drinni bin ich ihr durch die Scheibe ganz nah gewesen. Jeden Abend, wenn ich nach Hause kam, nahm ich die letzten Schritte vor der Wohnungstür mit ganz viel Schwung, ließ Handtasche und Einkaufstüten auf den Boden im Flur gleiten, um mich sachte der Balkontür zu nähern. Irgendwie bildete ich mir ein, dass die Vogel-Sippe mich schon erwartete. Wahrscheinlich schätzte sie mich eben ganz besonders wegen meiner rücksichtsvollen Art, ihnen das Draußen-Terrain großzügig zu überlassen. Die kleinen Knubbelchen wurden dicker und größer, wie ich aus respektvoller Distanz gut beobachten konnte.

Sebi, Julis Freund, war mir schon immer sehr sympathisch. Mit ihm kann man über alles reden, was einem so in den Sinn kommt. Bei einem Brunch in ihrer echt geschmackvollen Wohnung lenkte ich das Gespräch auf Gefieder. Die Gelegenheit war günstig, denn es gab Geflügelsalat. Und ich wurde nicht enttäuscht. Zumindest schien Sebi sich nicht zu wundern, als ich ihn fragte, ob er denn mal als kleiner Junge einen Wellensittich oder so gehabt hätte. Hatte er zwar nicht, aber er kannte jemand, der mal einen besessen hatte. Sein bester Freund in der dritten Klasse.

»Und wie alt werden die so im Schnitt?«, fragte ich angelegentlich.

»Alt«, antwortete Sebi.

»Und wie alt?« wollte ich wissen.

»Sehr alt«, meinte Sebi.

»Und wie lange bleiben die jung?«, löcherte ich ihn. »Also, wie lang brauchen die, um groß zu werden. Die Vögel so?«

Sebi schüttelte bedauernd den Kopf. »Das weiß ich leider nicht. Der war schon erwachsen, als er ihn geschenkt bekam. Der Vogel.«

Deswegen mag ich Sebi so gern. Der fragt nicht etwa blöd nach, warum man solche Sachen von ihm wissen will. Er antwortet nach bestem Wissen und Gewissen – und gut ist's.

Ich fühlte mich nach diesem außerordentlich interessanten Fachgespräch richtig getröstet. Hauptsache, alles dauerte seine Zeit. Meine Untermieter sollten sich nur wohl fühlen bei mir, und ich schaffte mir zu diesem Zwecke einen Sonnenschirm an – für meine Gäste.

Leise singend und auf keinen Fall Augenkontakt mit meinen kleinen Gästen suchend, betrat ich den Balkon. Ein Elternteil tschilpte empört in meine Richtung und breitete die Flügelchen aus – wenn alle Drohgebärden der Menschheit so graziös wären, könnte man ja darüber reden, dachte ich mir. Vorsichtig befestigte ich den Schirm am Geländer, spannte ihn auf, jawoll, das Nest samt Inhalt im Plastikbaum lag im Schatten. In demütiger Körperhaltung verharrend, trat ich den Rückzug an. Und schau, der Elternteil, der Wachdienst hatte, zog die Flügel wieder ein – und mir wurde ganz warm ums Herz.

Etwa eine Woche später kam ich von einer zweitägigen geschäftlichen Reise zurück, und mein erster Gang führte mich zu meiner schirmbeschützten Tier-Idylle.

Mir blieb das Herz stehen. Sie waren weg. Das Nest war leer. Das konnte doch nicht sein. So dick und rund konnten die Vogelkinder gar nicht gewesen sein, dass sie schon auf und davon fliegen konnten. Ich hatte jedenfalls keine Flugübungen beobachtet. Traurig öffnete ich die Tür, guckte vorsichtig nach rechts und links. Saßen sie da?

Für Sekunden plagten mich Visionen. Der Film »Die Vögel« von Hitchcock hatte ganze unterbewusste Arbeit geleistet. Meine süßen, kleinen Viecher konnten doch nicht plötzlich zu Killer-Hackern mutiert sein.

Nix. Keine Eltern, keine Kinder. Das Nest war leer.

Ich habe seitdem weder den Sonnenschirm zugespannt, noch das Nest entfernt. Ich träume davon, dass in der nächsten Brutsaison wieder mein Balkon den Zuschlag erhält. Vielleicht sollte ich meine Idee in die Tat umsetzen und im Winter ein Futterhäuschen in mein ewig grünes Plastikparadies stellen.

Ob sie mich dann erkennen?

Obwohl ich das Gefühl hatte, ich bräuchte seelischen Beistand, habe ich in dieser Zeit nicht bei Sunny angerufen. Meine Freundin kann ganz schön raffgierig sein, wenn sie unverbindliches Geratsche als Therapiegespräch missdeutet.

August

Ich hasse den Sommer

Welcher Teufel hatte mich nur geritten? Wieso hatte ich Conny versprochen, sie nach Monte Carlo zu begleiten? Sie hatte eine Einladung zu einer, zugegebenermaßen, exquisiten Party mit vielen furchtbar wichtigen Menschen bekommen. Auch nette darunter. Aber was nur hatte mich bewogen, mich von ihr überreden zu lassen, an diesen Abend noch drei Tage dranzuhängen? Das roch ja förmlich nach Urlaub. In meinen Augen ein ausgedehnter Sommerurlaub.

Schon drei Wochen vorher umrundete ich mein Telefon, immer auf der inneren Suche nach einem triftigen Grund, um abzusagen. Eine Sommergrippe? Zu früh. Die hätte ja bis zum Stichtag wieder auskuriert sein können. Ein Beinbruch? Nein. Meine Oma hatte mir immer gesagt, man solle niemals Krankheiten oder gar Knochenbrüche als Ausrede benutzen, sonst strafe einen der liebe Gott. Mit womöglich gar noch etwas viel Schlimmerem als dem, was man da so gelogen hätte.

Also schickte ich mich widerwillig ins Unvermeidliche und bereitete mich akribisch auf meinen selbstverschuldeten Trip in ein Sommerparadies vor.

Gut, dass ich meinen Badeanzug schon gefunden hatte. Nicht, dass ich ihn benutzen wollte, aber man konnte ja nie wissen. Ich schaute mal angelegentlich in meinen Vorrat an Sommerklamotten. Ah, die weiße Leinenhose. Ziemlich angeknittert, aber das würde ja lässig rüberkommen.

Ich konnte mich noch gut daran erinnern, dass ich die mal in der Abteilung für Umstandsmode gekauft hatte. Nicht, dass ich zu dem Zeitpunkt schwanger gewesen wäre, aber mir waren die vielen eng geschnittenen Normalexemplare extrem auf den Keks gegangen. Bei näherem Hinschauen auf meine rückwärtige Front hatte ich nämlich festgestellt, dass man die Unnerbuxe deutlich darunter sehen konnte. Als ich dann einen meiner Tanga-Slips, die gelegentlich zu meinem festen Repertoire gehören, probeweise darunterzog, war ich nicht so ganz vom natürlichen Abdruck meines Hinterns unter dem durchsichtigen Stoff überzeugt.

Gut, also, das Exemplar, für das ich mich entschieden hatte, bestach natürlich durch ein stark ausgeprägtes Vorderteil, in das ja werdende Muttis ihren Bauch zwängen sollten. War mir aber egal, weil ich sowieso noch ein angesagtes Flatterhemd kaufen wollte, wie es jetzt so viele Trendsetterinnen anhatten. Damit konnte ich das bollerige Vorderteil geschickt kaschieren. Mein sexy-hexy Spaghettiträger-Kleid kam mir bei meinem Probeanziehen viel enger vor, als ich es in Erinnerung hatte. Damals saß es nicht wie eine Presswurstpelle auf meiner Figur. Da war ich mir ganz sicher. Aber da konnte ich ja gut einen dünnen Pullover über meine Taille knoten, so oder so ähnlich hatte sich meine Freundin Nessi vor kurzem auf einer Geburtstagsparty gezeigt. O.K., sie hatte zum gegürteten Pulli eine Hüfthose getragen, aber Taille bleibt Taille, egal, was man drunter hat.

Und dann fiel mir auch noch mein schicker Tellerrock auf, den ich mal für ein Wahnsinnsgeld gekauft hatte, aber noch nie getragen hatte. Auf dem schwarz-weißen Dessin waren vereinzelte glitzernde Teilchen aufgenäht, die versprachen, bei einer Bewegung im Licht schön zu funkeln. Sorgfältig schnitt ich das Schildchen mit dem noch D-Mark-Preis ab und überlegte, was ich denn dazu tragen könnte. So mittenmang den trendy Jetsettern in Monaco. Natürlich. Eine weiße Bluse. Kommt immer gut. Nun war aber die Frage, wann ich diese Kombination überstreifen würde? Tagsüber oder abends? Bei Tag bestand die Gefahr, dass sich bei der monegassischen Brüllhitze verräterische Schweißflecken unter den Armen zeigen könnten. Wie peinlich ist das denn?

Ich bin sowieso schon lange auf der Suche nach dem ultimativen Sommer-Deo. Denn sosehr ich auch Menschen verabscheue, die mit deutlich nassem Schimmer in den Achselhöhlen ihre Mitmenschen penetrieren, sosehr fürchte ich mich selbst vor so einem Fauxpas. Deshalb, und nur deshalb trage ich ja im Sommer immer so gerne dünne schwarze Pullöverchen. Außerdem habe ich mir längst im Internet ein Anti-Schweiß-Präparat bestellt, das man abends auf die gereinigte Fläche unter den Armen aufträgt.

Dies hat zwar dazu geführt, dass ich vor lauter Jucken und Krabbeln unter den Armen nicht einschlafen kann – und ich mich mantra-artig immer ermahne, ja nicht mit etwaigem Kratzen anzufangen, aber ich schwöre, ich fühle mich seitdem viel sicherer. Gut. Also würde ich einfach ein paar weiße T-Shirts einpacken, die ich als Nässeschutz unter der weißen Bluse anziehen würde.

Und abends? Was sollte ich da anziehen? Auf jeden Fall musste meine türkisfarbene Lederjacke mit. Man kennt das ja. Wenn es tagsüber besonders heiß ist, fröstelt einen am Abend. Sehr schön auch, dass mir das Oberteil eines Jogginganzuges in die Hände fiel. Nicht, dass ich joggen würde, aber die Farbe des Kapuzenteiles hatte es mir damals angetan.

Und was käme für den festlichen Abend in Betracht? Die bestickte Hose und der streng geschnittene Blazer vielleicht? Oder doch das wunderschöne Georgette-Kleid, dessen Besitz mich sehr stolz machte, das aber auch noch nie draußen vor meiner Tür zur Geltung gekommen war.

Ich legte den kleinen Haufen Klamotten schon mal beiseite und schickte mich an, das wirklich Wichtige in Angriff zu nehmen. Meine Sonnenschutzmittel. Wohlgemerkt, ich will nie braun werden, ich will es verhindern. Mit Lichtschutzfaktoren, für die mir jeder Hautarzt dankbar die Hand schütteln würde. Oder auch nicht, denn ich tu ja alles, um niemals ein Patient bei ihm zu werden.

Ich kaufe Sonnenschutzmittel schon lange nicht mehr in der Kosmetikabteilung, sondern in der Apotheke. Sonnenmilch mit Lichtschutzstärke 35 ist mir zu pille-palle. Ich will was, mit dem man auf die höchsten Berge kraxeln könnte und mit tadelloser Epidermis wieder runterkommt. Natürlich hole ich mir auch einen Lippenschutz, der eigentlich für die Skisaison im Hochgebirge erfunden wurde. Aber man weiß ja, dass die lästigen Herpespickel auch im Sommer nicht schlafen, und so trage ich die Substanz auch am Pool auf. Mit dem Ergebnis, dass ich bei zarter Halttönung am Ende meines Monaco-Trips eine auffällige weiße Linie rund um den Mund zur Schau tragen musste.

Aber das wusste ich ja zu dem Zeitpunkt noch nicht.

Mein Reisegepäck schwoll beträchtlich an. Immerhin mussten Elektrostecker mit Anti-Mücken-Giftplättchen verstaut werden, damit ich in meinem Hotelzimmer auch mal nachts die Fenster aufmachen konnte. Für unterwegs griff ich mir eine Spar-Vorteilsflasche einer gleichwirkenden Lotion, die zwar etwas sperrig daherkam, aber gespart ist gespart. Gegen bei der Berserker-Hitze anschwellende Füße und Beine gönnte ich mir eine Spraydose mit kühlendem Inhalt, gegen den immer irgendwie drohenden Sonnenbrand gleich zwei Präparate.

Bei meinem Friseur deckte ich mich mit der gesamten Palette von Haarpräparaten ein, die vor allem bei chlorgeschädigtem Haar sofortige Abhilfe versprechen. Ich genierte mich mal wieder zuzugeben, dass ich wohl kaum als Wasserratte meine Haare belasten würde. Aber man möchte ja dazugehören, wenn alle anderen Damen von ihren wochenlangen Aufenthalten in den Ländern dieser Erde schwärmen. Und rein äußerlich, so aus der Ferne, komme ich ganz sportlich daher.

Die längste Zeit meiner intensiven Vorbereitung auf den nun unausweichlich bevorstehenden Sommertrip verbrachte ich aber – bewaffnet mit einer irre langen Einkaufsliste – in der Apotheke. Da ich beruflich viel unterwegs bin, habe ich mich im Laufe der Jahre zu einer wandelnden Erste-Hilfe-Box entwickelt. Ich habe vom Blasenpflaster über Durchfall-Sofortpille bis zu Halspastillen, Allergietabletten bis zum Antibiotikum alles im Angebot, was zu kriegen ist. Ich bilde mir ein, wenn es zum Äußersten kommt, sogar probate Mittel gegen die Vogelgrippe im Fluggepäck dabeizuhaben.

Und so häufte ich noch Kopfschmerz-Killer, wächserne Ohrstöpsel, juckreizhemmende Stifte und Nasenspray für den unaussprechlichen Fall eines Schnupfens auf die Ladentheke, was die umgängliche Apothekerin zu den interessierten Fragen veranlasste: »Fahren Sie in die Tropen? Wie viele Wochen bleiben Sie denn?«

Ich log.

Conny rief mich am Vorabend unseres Abflugs nach Nizza an und wollte wissen, was ich denn alles so eingepackt hätte. Ich schenkte mir das Aufzählen der geschlossenen Allwetterschuhe, des Geständnisses, dass ich auch noch die schwarze Lederjacke eingepackt hatte und dass den größten Platz meine Nackenrolle und Papier-Waschlappen sowie das antibakterielle Desinfektionsspray einnahmen.

Ich versuchte mich, ungeübt, wie ich Sommerhasser nun mal bin, in der lockeren Sprache eines geübten Urlaubers.

»Ein paar T-Shirts, ein Rock, eine Leinenhose – du weißt schon, das Übliche«, versuchte ich es im lässigen Jargon, den meine Freundinnen immer so draufhaben.

»Und was ziehst du dann an dem Abend an?«, wollte sie wissen.

Mutiger geworden, beschrieb ich beide Outfits und wurde – bildlich gesehen – per Telefon großmütig abgenickt.

Am nächsten Morgen fühlte ich mich hochgestimmt. Endlich war ich Eine Von Vielen. Was heißt vielen?

Ich war Eine Von Allen.

Es stellte sich heraus, dass Conny genau wie ich, für insgesamt vier Tage drei Gepäckstücke hatte. Anderthalb Koffer und eine Tasche. In der hatte Conny ihre Schminksachen, in der meinen hatte ich meine Medikamente gehortet. Die wichtigsten Sachen immer am Mann, pardon, an der Frau.

Um mich herum entdeckte ich all die Figuren, die ich mir auf gar keinen Fall aus der Nähe ansehen möchte. Aufgekratzte Mädels im Jeans-Mini, mit hochhackigen Klack-Klack-Sandaletten, glitzernden Tops, bunten Kreolen an den Ohrläppchen und dem festgetackerten »Geil, ich düs' mal los«-Ausdruck im Gesicht. Sandalenbewehrte Mittdreißiger, die ein bewindeltes Baby – schreiend – auf dem Arm und den Buggy vor sich herschiebend am Eincheckschalter verweilten. Die dazugehörige Mutter in Weitschlunz-Hose und Rucksack auf dem Rücken, vom Klo kommend mit einem hopsenden, wonnige Geräusche ausstoßenden Zweieinhalbjährigen an der Hand.

Männer mit dunkelroten Poloshirts, braunen Allzweckhosen, in der Taille mit gemusterten Gürteln festgezurrt. In den Sandalen schimmerten grau-weiße Tennissocken mit rot-blauen Streifen am Knöchelrand. Über den Schultern hingen prall gefüllte Taschen an langen Riemen. Lautstark ihre Anweisungen an stark blondierte Frauen mit dunklem Haaransatz: »Hierher, Mutti. Hier geht's nach Malle.«

Aha. Wir standen am falschen Gate.

Conny, eine wirklich smarte Erscheinung in knöchellangen, perfekt sitzenden Röhren-Jeans mit weißer(!) Bluse und flachen Ballerinas mit Samtschleife an den künstlich vorgebräunten Füßen, zog mich weiter.

Nizza. Da stand es ja.

Ich schaute mich um. Hier standen unzählige schicke Mittdreißigerinnen, Louis-Vuitton-Täschchen am Arm, blondgetönte Föhnfrisur, kinnlang, Hosen im Schnitt wie die von Conny – und weiße Blusen. Einige Männer, irgendwie managergestylt, aber nach dem Motto »Freizeit, die ich meine« – lässig, cool, angesagt.

Ein Typ à la Jude Law wirkte wie der Hahn im Hühnerhof. Schmalgeschnittene Bügelfaltenhose, blütenweißes Hemd, dunkelblauer Pullover, dessen Kaschmirkonsistenz in jeder Masche Wirkung zeigte, maßgeschneidert anmutende Schuhe vom Modelltyp »Luzern« aus der Werkstatt des Konfektionärs Heinrich Dinkelacker. Farbnuance: Nuss. Wow. An sein Ohr hielt er ein ultraleichtes Handy, die Peilung seiner Augen tastete jede Frau im Radius von vier Metern in Sekundenschnelle ab.

Jede fühlte sich geschmeichelt.

Leider wurde ich abgelenkt, denn ich hätte zu gerne gewusst, wie das Balzverhalten von Großstädtern mit Flugziel Cote d'Azur weitergeht.

Es nahten zwei Reichtum signalisierende Ehepaare jenseits der 50. Die kaufkräftig anmutenden Best-Ager nutzten ihren Anmarsch für einen Auftritt der ganz großen Machart. Die sich übertrieben entspannt gebenden Ladys hätten mit ihrem Outfit auch bei einem kleinen Cocktail am Tegernsee reüssiert.

Knielange, enge Röcke mit einem kleinen Tickchen Plisseefältchen als Gehschlitz, dazu weiße Blusen(!), einmal jadegrüne Perlen und einmal rosenquarzgetönter Anhänger am anderen Hals. Beide übrigens auffällig gestrafft – die Hälse. Die Lippen der Damen einmal im Schimmer-Lip-Gloss-Naturel-Look mit dunkler gefärbtem Mund-Umrander. Die Freundin hatte signalrot aufgelegt. Das sündhaft teure Gepäck war unschwer an diversen Logos zu verifizieren, darunter Dior, Prada und Louis Vuitton.

Wieder einmal überkam mich das Gefühl, dass ich zu wenig Zeit für mein Äußeres opfere. Diese beiden Damen hatten mit Sicherheit lange, lange überlegt, wie sie ihren Casual Look so gekonnt in Szene setzen. Dann fiel mir ein, dass ich auch viel Zeit investiert hatte, allerdings hatte ich sie im Keller mit dem Suchen nach meinem 15 Jahre alten Badeanzug verplempert. Ein Lebensumstand, der den beiden Damen mit Sicherheit fremd war.

Die dazugehörigen Männer waren eine angejahrte Ausgabe des Beaus mit dem Telefon. In Einheitskluft der Betuchten. Kaum waren die beiden Ehepaare in meine Hör-Reichweite vorgedrungen, wurde ich zutiefst erschüttert Zeuge von dem zwischenmenschlich nicht ganz einwandfreien Umgangston der Upperclass.

Die wie eine verblühte Grace Kelly wirkende, auf Society-Maße abtrainierte oder abgesaugte Blonde mit Rosenquarzkette um den Hals fauchte ihren einen Kopf kleineren Lebenspartner an, dass es nur so rappelte im Karton. Irgendetwas brauchte sie noch ganz kurz aus dem Dutyfree-Shop. Doch obwohl sie genau dies laut und deutlich forderte, schaltete ihr Mann auf Autopilot. Offensichtlich erfahren mit dem Kommandogebaren seiner Holden, hatte er sich innerlich in fremde Galaxien gebeamt.

Genervt, weil er ihren großen Auftritt damit ruiniert hatte, riss sie ihm die Geldbörse aus der Hand und machte sich samt entrüstet schnatternder Freundin auf den Weg. Erleichtert begannen die beiden Männer eine erstaunlich leise geführte Unterhaltung. Die kurzfristige Schwerhörigkeit schien spontan geheilt.

Ich fand es wieder mal erschreckend, wie abgefeimt Frauen zischen können. Wenn sie ihren Männern präzise

Vorgaben machen, was sie wünschen – und zwar jetzt gleich. Und wie wenig Gedanken sie sich darüber machen, ob andere Menschen von ihrem Unterdrückungsgebaren etwas mitbekommen. Gerade eilte die so bösartig zischende Gattin zurück, da erhellte sich ihr Gesicht, denn sie hatte am Gate Golfpartner entdeckt. Was für eine falsche Schlange.

Bussi hier und Bussi da.

Jauchzen auf beiden Seiten.

»Fliegt ihr auch mit der 14:15 Uhr?«

»Ja, ihr auch?«

»Wie schön.«

»Dann sehen wir uns ja gleich.«

Wie verlogen ist die Welt.

Ich machte mich ein paar Zentimeter kleiner, denn die giftige Gesellschafts-Löwin hatte mich mit ihrem missgünstigen Blick gestreift. Sie sah zwar jeden so an, aber ich haderte sowieso die ganze Zeit, warum um alles in der Welt ausgerechnet ich jetzt genau an diesem Ort war, um mit supergestylten Sommerfreaks in einen Flieger nach Nizza zu steigen. Ich zog meinen Trench über meine Schultern. Die würden schon alle ganz schön gucken, wenn ich mich als Einzige im Flieger wohlig in meine äußere Stoffhülle einmummeln würde.

Es kam, wie es kommen musste. Der schicke Jude-Law-Verschnitt ließ drei enthusiasmiert lächelnde Damen beim Einsteigen vor, mich rempelte Lady Krawallo, die Best-Agerin mit dem aufgeklappten Messer im Herzen, gleich mal aus der Reihe. Bevor ich mich dagegen wehren konnte, zog Conny an meinem Ärmel.

»Lass uns als Letzte einsteigen«, flüsterte sie mir zu.

Wie? Und dafür den Fight mit der Schnepfe aufgeben?

Ein Blick in Connys Augen ließ mich kampflos zurückweichen. Conny hat panische Flugangst.

Mein aufmunternd gemeintes Lächeln prallte an ihr ab. Conny war blind für alles, was sich um sie herum ereignete.

Also wartete ich, bis die Bodenstewardess uns als unwiderruflich letzte Fluggäste heranwinkte.

Aha. Kein einfaches Einsteigen durch den Zubringer gleich ins Flugzeug. Nein. Wir kraxelten eine steile Treppe runter aufs Rollfeld, wo der Bus schon, überfüllt mit den anderen Fluggästen, in der Prallhitze stand.

Meine Laune stieg an. Dicht an dicht pressten sich die superschicken Ladys samt Anhang aneinander, von Klimaanlage keine Spur. Auf der Oberlippe des verblühten Grace-Kelly-Verschnittes hatten sich Schweißperlen angesammelt. Und das nicht zu knapp. Das hatte sie nun von ihrem Vordrängeln.

Zum ersten Mal war ich richtig froh, dass Conny mit ihren Dämonen zu kämpfen hatte.

Ich leistete mir ein gefälliges »Darf ich mal?« in Richtung der überspannten Gutverdiener-Gattin und schob Conny, mich und unser Handgepäck vor ihre vor Wut bebende Erscheinung. Wenn Blicke töten könnten, wäre mein Rücken durchbohrt worden.

Ich genoss meinen Triumph.

Schließlich würden Conny und ich jetzt als Erste aus dem Bus aussteigen – und als Erste das unvermeidliche Wettrennen auf der Treppe in den Flieger lässig gewinnen können.

So ein Sommer-Trip schenkt also doch ein paar unsagbar schöne Momente.

Conny und ich saßen in der Notausgang-Reihe.

»Da kannst du schön deine Füße ausstrecken«, flüsterte ich Conny zu. Die einzige Reaktion, die mir zeigte, dass sie mich verstanden hatte, war ein gequältes Lächeln. Conny hatte sich sofort angeschnallt, presste ihren Rücken gegen die aufrecht gestellte Lehne und umklammerte mit beiden Händen ihre Sitzlehnen. Das konnte ja heiter werden. Nichts mit gemütlichem Einmummeln in meinen Trenchcoat und entspanntem Lesen meiner mitgebrachten Zeitschriften.

Ich schlug das erste Magazin auf und blätterte es angelegentlich durch, auf der Suche nach einem schönen Artikel, den ich Conny vorlesen könnte. Ablenken war jetzt angesagt.

Die Stewardess leierte gerade die Sicherheitsstandards durch. Conny hing als Einzige an ihren Lippen. Während unsere Maschine auf die Startbahn gezogen wurde, fiel mein Blick auf Seite 25 meines Magazins. Auch Conny war vom Luftzug meines Blätterns aufmerksam geworden – und ihr Blick fiel auf ein doppelformatiges Foto eines Flugzeugabsturzes.

Das Geräusch ihrer Schnappatmung traf mich mitten in mein mitfühlendes Herz.

»Hörst du das?«, fragte sie mich.

Ich lauschte angestrengt, konnte aber außer dröhnendem Motorengeräusch nichts ausmachen.

»Da klappert was, rechts hinten«, behauptete sie angstvoll.

»Das ist das Gebiss von der blonden Schnepfe«, antwortete ich und wollte mich schier ausschütten über meinen gelungenen Scherz.

Als Connys spitz gefeilte Fingernägel sich in meinen Arm krallten, schossen mir die Tränen in die Augen. So gut war das Witzchen nun auch wieder nicht gewesen.

Den Klammergriff löste Conny den ganzen Flug über nicht. Ich tröstete mich als echter Kumpel damit, dass man die blauen Flecken ja nicht sehen würde, da ich nicht vorhatte, mich über alle Maßen zu entblößen. Sie brauchte ihre Hände auch leider nicht anderweitig, denn sie wollte keinen Keks, geschweige denn einen Schluck Wasser.

»Sonst muss ich aufs Klo«, stammelte sie.

Klar, kam nicht in Frage für sie, zu dem Zweck hätte sie sich ja abschnallen müssen.

Zehn Minuten später bemerkte ich eine dramatische Veränderung in der Gesichtsfarbe meiner Freundin. Sie hatte sich von grau-weiß in eine fahl-weiße Färbung verändert.

»Soll ich dir die Lüftung einstellen?«, fragte ich erschrocken.

Conny nickte.

Ich hätte besser nicht an der Düse gedreht. Denn Conny registrierte kurz darauf feuchte Streifen, die sich rund um das Gebläse an der Kabinendecke über ihr bildeten.

»Wir stürzen ab«, befand sie mit tonloser Stimme.

In meiner Not klingelte ich nach dem Kabinenpersonal. Das kam aber nicht, denn plötzlich sackte die Maschine gefühlte zehn Meter in der Luft ab. Conny war einer Ohnmacht nahe.

»Turbulenzen«, versicherte ich ihr. »Das ist ganz normal, wenn man durch Schönwetterfronten fliegt.«

Zwei Reihen hinter uns orderte eine herrische Stimme ein »Pony«. Mann, die Stimme kannte ich. Die herrische

Tante wollte ihren kleinwüchsigen Gatten dazu bewegen, ihr das dritte Pikkolöchen Sekt zu besorgen. Also auch noch Vieltrinkerin.

Der GAU nahte, als die Stimme des Kapitäns per Lautsprecher seine Kabinen-Crew aufforderte, sich selbst anzuschnallen. Luftlöcher.

Conny murmelte vor sich hin. Ich hatte den Eindruck, sie schloss gerade mit ihrem Leben ab.

Plötzlich lehnte sich eine ältere Dame, Typ geländegängiger britischer Landadel, über den Gang hinweg zu Conny hin.

»Flugangst, nicht wahr?«, stellte sie eine nicht wirklich überraschende Kurz-Diagnose.

Conny nickte.

»Habe ich auch«, gestand die mitfühlende Passagierin.

Ein Wunder geschah. Die beiden unterhielten sich. Was heißt unterhalten, sie übertrumpften sich gegenseitig mit schlimmsten Auswüchsen solcher Angstattacken, dass Conny den Griff um meinen Oberarm ein wenig löste und bis zum Moment der Landung ununterbrochen in den Beschreibungen ihrer Ängste schwelgte.

Ich, die ich fatalistisch in jedes Flugzeug steige und den größten Teil des Fluges schlafend verbringe, saß schweißüberströmt neben ihr. Die vielen Absturzszenarien, die die beiden lustvoll durchgehechelt hatten, waren zu viel für mich gewesen.

Noch am Gepäckband zitterten meine weichen Knie, während Conny und ihre neue Bekannte Telefonnummern austauschten. Hoffentlich war die Kennerin schlimmster Erlebniswelten innerhalb von fliegenden Kisten nicht auf unseren Rückflug gebucht. Dann würde ich mich freiwillig in die Reihe der bösartig zischenden Gesellschaftstante setzen.

Auf dem Weg zum Mietwagen-Counter war Conny wieder ganz obenauf. So, als sei nichts gewesen zwischen Abflug und Landung, erkämpfte sie für uns und unsere Gepäckberge Sitzplätze im klimatisierten Zubringerbus.

Am Counter erfüllten sich dann meine sommerspezifischen Urängste. Der dicke Mann vor uns, in Shorts über den darunter hervorschauenden behaarten Beinen, samt Wohlstandsbauch über dem Hosenrand und einem speckigen Strohhut, bekam den letzten passablen Wagen vor uns.

Da nützte auch keine schriftliche Buchungsbestätigung, die Conny aus ihrer Brieftasche zog. Rien ne va plus.

Uns brachte man zu einem deutschen Kleinwagen, der seinen Erstzulassungstag schon lange hinter sich hatte. Navigationsgerät?

Das Gesicht der Mietwagen-Angestellten verzog sich leicht amüsiert. Nein, aber dafür, natürlich, mit Klimaanlage. Sie verzog sich, und ich holte erst mal meinen am Flughafen gehorteten Vorrat an Erfrischungstüchern raus. Den schlimmsten Dreck im Innenraum beseitigten wir mit Papiertaschentüchern, die Feinarbeit gelang mir mit den feuchtgetränkten Alleskönnern.

Als wir endlich wenigstens einen schlierenvollen Blick durch die Windschutzscheibe hatten, wagte ich den Start ins Ungewisse. Conny nutzte ihre Position als Beifahrerin mit gelegentlichen Blicken in die Landkarte und dem Ausrufen unzähliger Ahs und Ohs. Wie schön musste die Umgebung sein, ich als Fahrerin fluchte über die Schnibbelkünste französischer Autofahrer und die viel zu eng abgemessene Breite der Fahrbahnen.

Endlich. Ortsschild Monte Carlo. Die Einbahnstraßen führten uns drei Mal in die falsche Richtung. Obwohl wir unser Hotel schon geortet hatten, landeten wir immer wieder im Hafen. Dann eine kurze Verkehrsübertretung meinerseits – und wir standen vor der Eingangstür.

Na ja, für mich keine Überraschung. Wieder einmal hatte ich mich getäuscht. Meine Wunschvorstellung von einem gediegenen Sommerhotel besteht aus einem landhausmäßigen Gebilde inklusive vieler ausladender Balkone, die natürlich von Blütengebilden nur so strotzen. Meinetwegen durften sie wie bei mir zu Hause aus Plastik sein, aber wieder einmal schaute ich an einem kastenförmigen Steinklotz hoch – mit unbepflanzten Kleinst-Ausbuchtungen. Austritte, nennt man solche Mini-Balkone.

Die Rezeption befand sich im ersten Stock. Wenigstens hatten die Zimmerbestellungen funktioniert. Der Raum selbst: funktional, modern, eben kalt.

Conny und mir blieben noch knapp drei Stunden bis zum Cocktail vor dem großen Event. Also Minimalzeit, um sich adäquat aufzurüschen. Mein Kontrollblick vor dem Duschen ließ mich erschaudern. Wie sollte denn das gehen? Kein ausreichendes Licht, um sich mit Make-up und Lidstrich ein bisschen aufzurüschen vor der großen Superparty am Abend. Keine Watte-Pads im Angebot, von Q-Tips ganz zu schweigen. Die Handtücher strikt abgezählt. Ja, stiegen denn hier nur Kerle ab?

Mit meinen Farbutensilien begab ich mich auf den Minibalkon. Beim Öffnen der Schiebetür prasselte das Rattern eines Presslufthammers an mein Ohr. Alles wie immer, Monte Carlo baut.

Vorsichtig versuchte ich, dunkle Farbe auf mein Augenlid zu malen. Schlecht. Bei der hohen Außentemperatur geriet die gewünschte Schattierung zu Klump.

Als ich nach zehn Minuten das Klingeln meines Handys registrierte, war der Ärger schon vorprogrammiert.

»Wieso hörst du nichts?«, brüllte Conny in den Hörer.

Sie hatte die ganze Zeit an der Tür gehämmert, drei Lagen Klamotten über dem Arm, mit der anderen Hand immer wieder meine Nummer probierend. Denn jetzt kam die Kür.

Conny wollte wissen, was sie anziehen sollte. Ich fand, dass das changierende Korsagen-Kleid zu trutschig war für den Anlass, das Wickelkleid war nicht festlich genug, der lange Rock zu simpel. Unentwegt zog Conny etwas Neues aus dem Klamottenberg, den sie auf meinem Bett abgelegt hatte. Das hautenge Etwas, das sie jetzt über den Kopf zog, war schon ein heißes Teil – aber viel zu kurz.

»Dann zeig du, was du anziehen willst«, schlug sie vor, und ich schlüpfte in mein Ensemble.

»Das ist doch nicht dein Ernst«, höhnte sie, als sie mich sah.

Dazu muss ich sagen, so ist es immer bei mir. Egal, wo ich hingehe, in letzter Sekunde bin ich mir selbst nicht mehr sicher, ob ich mir das richtige Outfit mitgebracht habe.

Klamotten anziehen ist eine reine Stimmungssache. Zu Hause ziehe ich mich häufig dreimal um, um dann doch das Erste überzustreifen. Auf Reisen habe ich nie das Richtige dabei. Man kann halt nicht vorausschauend erahnen, dass man, wie ich in diesem Fall, die Knack-Geräuschwelten eines Fliegers erläutern muss, um anschließend relaxed das richtige Outfit dabeizuhaben.

Conny hob meinen Blazer über meinem Bauch hoch.

»Bist du schwanger?«, wollte sie von mir wissen.

»Natürlich nicht«, antwortete ich und erläuterte ihr die Hintergründe für den Kauf meiner Leinenhose in einer Umstandsmoden-Abteilung.

»Das geht gar nicht«, befand sie streng und zog aus ihrem Klamottenwust eine weiße Hose ganz anderen Zuschnitts hervor. Die angesagte Röhrenform.

»Zieh an!«

Ich zog mich geniert ins Badezimmer zurück und zerrte die Hose über meine Oberschenkel. Das heißt, ich versuchte es. Conny ist genauso groß wie ich, nur unsere Grundmaße sind anders verteilt.

So würde ich es mal sagen. Wieder durchzuckte mich ein Neidgefühl größeren Ausmaßes, denn ich persönlich führe schon seit langem Connys schmale Hüften auf ihr frühkindliches Reiten zurück. Gab's bei uns nicht. Statt solcher kostspieligen Hobbys hatte mir mein Vater halt zu meinem 13. Geburtstag eine Goethe-Gesamtausgabe in Leder geschenkt.

Das war vielleicht gut für's Hirn, aber eben nicht für den Hintern.

Seitlich, und dabei den Bauch einziehend, trat ich vor Connys Augen.

»Mmh, schon besser«, urteilte sie wider Erwarten. »Du musst aber deine Wonder-Po-Strumpfhose drunter tragen.«

Wie konnte sie nur ahnen, dass ich dieses Utensil tatsächlich dabeihatte? Eigentlich für den Winter als Masterpiece unter meinen enganliegenden Sachen angeschafft, hatte ich sie auch diesmal aus reiner Gewohnheit in meinem Gepäck verstaut.

Man konnte ja nie wissen. Und nun war die Situation da.

»Da komm ich doch um vor Schwitzen«, japste ich.

»Egal«, meinte Conny. »Dafür siehst du aber gut aus.«

»Und oben?,« fragte ich.

Conny wühlte schon in meinem Koffer.

»Das ist doch schön«, sagte sie und hielt dabei ein goldenes Oberteil hoch, mit Goldgeplümmel bestickt und einem Neckholderverschluss.

»Da sieht man meine BH-Träger«, gab ich zu bedenken.

»Den ziehst du aus«, mahnte sie.

Zurück im Bad, befolgte ich ihre Anweisungen. Was dann geschah, habe ich bis heute noch nicht abschließend verarbeitet. Ich beobachtete nämlich, wie meine Oberweite innerhalb von Sekunden – völlig unerwarteterweise – um einige Zentimeter absackte. Dieses Phänomen biologischer Schwerkraft hatte ich noch nie so genau aus der Nähe betrachtet.

Ich steckte meinen Kopf aus der Badezimmertür und berichtete Conny von meinen Beobachtungen.

Nett fand ich, dass Conny meinen Anblick nicht weiter kommentierte, sondern freundlicherweise meinte: »Das Ding steht dir nicht.«

Sie holte mir aus ihrem Stapel Kleider ein Flatter-Oberteil im Empirestil.

»Das«, so meinte sie, »ziehst du unter deinem Blazer an.«

»Und du?«

»Ich ziehe deine bestickte Hose und dazu dein Oberteil an«, war ihre Antwort.

Na toll, bei ihr stand die Oberweite also wie ’ne eins,

und ich hatte nun einen langen Abend vor mir, um darüber nachzudenken.

Der gestaltete sich so alptraumartig, wie ich es erwartet hatte. Ich stand nämlich mit meiner strammen Wonder-Po-Strumpfhose unter Connys weißer Hose auf einer Traumterrasse in der Hitze eines sommerlichen Spätnachmittags in Monte Carlo. Zwar zeigte die Pfunde-Weg-Mogel-Utensilie schlankmachende Wirkung, doch wie es sich über dem Bund der innovativen Erfindung anfühlte, hätte ich noch nicht einmal mit Conny besprechen wollen. Die nach oben geschobene Masse raubte mir schlicht die Kraft zum entspannten Durchatmen. Das zusammenpressende Material ließ mich über Blutstau-Auswirkungen auf meinen Kreislauf sinnieren.

Conny bereiteten ihre vielen Smalltalks offensichtlich Freude. Ein Küsschen hier, ein Küsschen da, und das alles in meiner bestickten Hose und dem luftigen Gold-Oberteil.

Endlich wurden wir zu Tisch gebeten – und das nicht etwa draußen auf der Terrasse des Nobel-Restaurants, sondern in den Speisesaal. Als ich dort eintrat, umfing mich eisige Kälte. Die Klimaanlage funktionierte erstklassig. Ich atmete vorsichtig durch. An meinem Tisch saßen interessante Menschen neben mir. Nur die beiden Plätze gegenüber blieben leer.

Conny hatte man an den Rand des Saales platziert. Verständigung unmöglich. Als ich gerade herausgefunden hatte, dass mein Tischnachbar auch deutsch sprach, traten die Nachzügler an unseren Tisch.

Es war die blonde, zischende Schnepfe mit ihrem einen Kopf kleineren Mann. Schockschwerenot. Sie, gehüllt in ein Label der italienischen Couture, die Ohrläppchen lang und länger durch schwere glitzernde Gestecke, der Hals notdürftig versteckt durch ein geldwertes Kollier – Horror pur.

Die beiden stellten sich vor, ich murmelte ein angestrengtes »Hallo« und wandte mich wieder an meine Nachbarn. Die quatschte ich den ganzen, langen Abend voll, mittlerweile in dem Hochgefühl, dass ich als Einzige im ganzen Saal richtig angezogen war.

Es war schweinekalt.

Ich im Blazer über Connys Flattergebilde, die Wonder-Po unter ihrer weißen Hose – ja, konnte es denn Schöneres geben? Meine Sitzhaltung hatte ich unterdessen den Gegebenheiten der Schnittführung von Connys Hose so weit angepasst, dass ich sogar noch etwas zu mir nehmen konnte.

Conny hingegen fror. So sehr, dass sie alle halbe Stunde zu mir kam und ein wenig Wärme tanken wollte. Sie saß nämlich genau vor einem Exemplar der kältespeienden Anlage, bei mir fand sie es dagegen moderater.

Im Wissen um ihre akademische Ausbildung versuchte sie, wie sie mir später erzählte, den südfranzösischen Kellner zum Regulieren der Eiseskälte zu überreden. »*Est-ce que possible, de reguler le clima. En wärmer?*« Sie meinte, er wäre so freundlich gewesen, es zu versuchen, aber es scheiterte wohl bereits schon am Oberkellner.

Ich lieh ihr erst den einen meiner beiden Schals, die ich natürlich dabeihatte, dann den wollenen. Dass sie aber auch noch die sündhaft teure Pashmina-Variante des verwelkten Grace-Kelly-Möchtegern-Klons annahm, habe ich ihr sehr übel genommen. Conny hingegen meinte, es sei doch so lieb gewesen, dass die Schnepfe sich ihres Problems angenommen hatte. Ich hatte dagegen die Expertenmeinung von Sunny, meiner Psychologen-Freundin, im Unterbewusstsein gespeichert, dass es immer schlecht fürs eigene Ego sei, sich durch näheres Kennenlernen bestimmter Personen die eigenen festgefahrenen Feindbilder kaputtzumachen.

Conny und ich haben dann am wärmsten Platz des Restaurants, dem luxuriösen Klo, Erinnerungsfotos von uns gemacht, bevor wir uns auf den Heimweg ins Hotel aufmachten.

Am nächsten Morgen weckte mich eine niesende Conny.

»Ich hab mich erkältet«, nuschelte sie in den Telefonhörer.

Ich bezweifelte zwar, dass dies so schnell geht, aber jetzt, so spürte ich, schlug meine große Stunde.

Ich übersah meine mitgebrachten Medikamente. Zwar waren beim näheren Hinschauen einige Präparate längst abgelaufen, aber mich stören solche Petitessen nicht. Ein Rest Wirkstoff wird schon noch da sein – und helfen. Meine Angst vor einer sommerlichen Influenza ließ mich erst einmal selbst eine Zinktablette auflösen. Das stärkt in jedem Fall die Abwehrkräfte – und zwar meine.

Dann tigerte ich, bewaffnet mit Aspirin, Zink in doppelter Dosis, einer ein wenig zerkrümelten Vitamintablette und Halspastillen zu Connys Zimmer. Sie sah schon wirklich verquollen aus.

»Mir geht's so schlecht«, jammerte sie. »Ich konnte heut Nacht auch überhaupt nicht schlafen.«

Was blieb mir anderes übrig, als mich anzuziehen und die nächstgelegene Apotheke zu suchen. Denn mein mitgebrachter Einschlaf-Sirup war kindergeeignet, und um Conny jetzt Drei-Tage-Ferien-tauglich zu machen, brauchte ich härtere Mittel.

Die heiße Saunaluft, die mir beim Verlassen des Hotels entgegenschlug, war mal wieder all das, was ich am Sommer hasse. In Sekundenschnelle fühlte ich mich benebelt und träge. Um mich herum munter gestimmte Touristen grotesk kurzbehost und sandalenbewehrt und einige Einheimische, die, und das fand ich nun wieder grandios, stadtfein angezogen waren. Ich rettete mich in eine Apotheke. Ein El Dorado. Was man hier alles ohne Rezept bekommen konnte, ein Traum. In einer Melange aus Englisch, Deutsch und Französisch – und vor allem aus Händen und Füßen – beschrieb ich den Zustand meiner Freundin.

Ich bekam alles, und noch viel mehr. Härtere Hämmer gegen wummernde Kopfschmerzen, Nachtschlaf-Dragees für die nächsten sieben Tage – und kleine aufklebbare Pads gegen Mückenstiche. Die hatte ich vor meiner Abreise vergeblich zu kaufen versucht. »Mittlerweile in Deutschland verboten«, hatte mich mein Apotheker aufgeklärt. Hier kaufte ich gleich zehn Packungen als Vorrat, man konnte ja nie wissen, ob die hiesigen Mücken gegen meine Steckdosen-Ungeziefer-Stecker vielleicht schon immun waren.

Ich habe einen ganzen Tag Connys Schniefen, Schimpfen und Quengeln ertragen. Sie mit allem vollgestopft und ihr zum Schluss entnervt ein Quantum aus meinem Antibiotika-Vorrat verpasst.

Das half.

Zwei Stunden später schien sie nahezu fit.

Und das wurde mir zum Verhängnis.

Am Mittag des folgenden Tages verkündete eine fast genesene Conny: »Wir gehen an den Pool.«

Ich empfand sie als extrem undankbar. Hatte ich sie dafür geheilt? Dass sie meine Sommer-Phobie so einfach abtun und mir zumuten würde, Summer-Junkies ganz von nahem anzugucken?

Conny kann sehr penetrant werden, wenn man sich verweigert. Also holte ich meinen schwarzen Badeanzug aus dem Koffer und breitete ihn aus.

Das ging aber nicht. Er klebte zusammen. Langsam zog ich den Stoff auseinander.

In der Mitte des Vorderteils klebte ein großer, alter Kaugummi.

Wie das passiert war, entzog sich völlig meiner Erinnerung. Wie unangenehm. Wie peinlich. Ich versuchte im Bad unter laufendem heißen Wasser die Klebemasse abzureiben. Berge von dabei abgeribbeltem Klopapier um mich herum, und auch der Einsatz des einzigen großen Badetuches half nicht weiter. Der Kaugummi ging nicht ab.

Betreten meldete ich mich an der Rezeption.

Jetzt bloß nicht unsicher wirken, redete ich mir ein und schilderte dem Concierge mein Missgeschick. Natürlich tat ich so, als sei mir das gerade vor einer Viertelstunde passiert, dass der Klebevorgang bereits schlappe 15 Jahre zurücklag, erwähnte ich nicht.

Die Hausdame kam und sah sich das Desaster an. Sie kündigte mir gleich an, dass nur eine Spezialreinigung ein Ergebnis bringen könnte, aber mit der Betonung auf »könnte«. Und dass diese sehr teuer sei.

Irgendwie war mir mein Badeanzug, den ich vor so langer Zeit das letzte Mal getragen hatte, ans Herz gewachsen. Ich vergab also den Auftrag und fühlte mich plötzlich sehr entlastet.

Ich würde nicht schwimmen gehen können.

Conny war da ganz anderer Ansicht, denn was ich nicht wusste, sie hatte drei Badeanzüge und zwei Bikinis mit. Es war schrecklich. Als ich hinter Conny das Poolgelände betrat, zeigten sich erste Abwehr-Symptome bei mir. Ich war, ganz gegen meine ästhetischen Überzeugungen, in ein Paar von Connys Flip-Flops geschlüpft. Was blieb mir anderes übrig? Vorschrift am Pool. Nur Gummilatschen waren erlaubt.

Ich konnte mich nur leicht gebückt bewegen, denn Connys geliehener schwarzer Einteiler, das einzige Exemplar, das ich überhaupt nur annähernd akzeptieren konnte, war zu kurz.

Warum und wieso, war mir ziemlich egal. Es kniff. Im Schritt. Rund um die Malaise hatte ich ein großes Badetuch gewickelt, das ich vor lauter Angst, an den Pool gehen zu müssen, hysterisch keifend an der Rezeption geordert hatte. Mit meiner Selbstsicherheit war's vorbei. Conny hatte mich in einen Sommerrausch gezogen, der mir wie ein emotionaler Wirbelwind vorkam. Ein Tornado all dessen, was ich verabscheue.

Conny schlenderte entspannt vor mir her, in ihrem Triangel-Bikini, mit Ziergürtel an der Hose. Ich fand ja, dass Triangel immer etwas sehr Kleines umschreibt und dass Conny nun auch keine Elfe in brennender südfranzösischer Sonne abgab. Aber in meinem Zustand wollte ich sie nicht warnen.

Mein Ziel stand fest: bloß eine Liege im hinteren Bereich, mit viel Abstand zu den anderen Menschen.

Als ich meinen Zufluchtsort gefunden hatte, bat ich die Pool-Hilfskraft gleich einmal, den Sonnenschirm aufzuspannen. Was heißt einen, drei wurden es schließlich. Ich hatte immer noch einen Fitzel Sonnenstrahlen ausgemacht, vor dem ich mich unbedingt schützen wollte. Dann startete ich meinen Creme-Marathon. Zwar hatte ich schon im Hotelzimmer meine ultimative Schutzschicht aufgetragen, aber man konnte ja nie wissen. Vielleicht hatte mein Angstschweiß bereits alle hilfreichen Substanzen weggespült.

Conny bestellte zwei Kaltgetränke mit viel Eis. Ich lernte sehr schnell, dass die extrem teuer sind und sich zum Ausgleich dafür innerhalb von etwa sieben Minuten in eine warme, klebrige Brühe verwandeln.

Ich schaute mich mal um. Aha. Zwei Kinder plantschten im Wasser. Um sie herum diverse Schwimmutensilien. Gebogene Schaumgummi-Stücke. Eine Luftmatratze. Drei große Bälle. Zwei Plastikschwimmreifen. Der Pool war voll.

Am Poolrand auf einem Liegestuhl der dazugehörige Vater. Nicht unattraktiv. Graugesträhnt. Schwarze Badehose. Lässig gab er seinen Kindern Anweisungen, wie sie kraulen lernen konnten.

Laut. Er und die Kinder.

Ich verschanzte mich hinter meinem dicken Wälzer und versuchte verstohlen, mir Connys Badeanzug dezent zurechtzurücken.

Sie stupste mich an.

»Guck mal«, raunte sie.

Ein braungebrannter Mann, sportlich, durchtrainiert, schwarze Haare, lässige Shorts, hatte die Poolbühne betreten. Im Schlepptau zwei unter Normalmaße gehungerte Mädels, geschätztes Alter zwischen 23 und 27.

»Das ist ein Schwimmlehrer«, berichtete Conny. Das bewundere ich so an ihr. Die für sie wirklich wichtigen Dinge kriegt sie immer sofort heraus.

Der Typ übernahm jetzt die Trainingseinheiten der beiden Kinder. Kopfsprung. Kraulen. Wirklich herzallerliebst. Mein Buch hatte ich schon lange zur Seite gelegt. Ich kann offensichtlich nur bei absoluter Ruhe lesen.

Und die überschaubaren Quadratmeter rund um den Pool hatten sich gefüllt. Perfekt trainierte Körper in perfekt sitzendem Stretchmaterial samt angesagten Bauchkettchen, Knöchelschmuck, in Rastazöpfchen gedrechselten Haarmassen, streifenfrei gebräunt bis hin zu den vollendet geformten Hinterbacken, die trendybunten Armbändchen, die Biggi bei ihrer Kaufrauschaktion erstanden hatte, hier an jedem abgemergelten Frauenarm.

Ich war fassungslos. Wo kamen die nur alle her? Ich kannte solche Anblicke nur aus der Presse. Hier lungerte aber eine Meute von Look-alikes aus Hollywood herum.

Auch Conny gab sich nicht mehr so entspannt wie am Anfang. So viel Perfektion schien auch ihr aufs sonnige Gemüt zu schlagen. Ich legte mal wieder eine Runde Eincremen ein. Hauptsache beschäftigt, damit die Grazien sich nicht noch einbildeten, man würde sie beobachten.

Ich bekam Hunger.

Dieses Phänomen kenne ich schon. Immer dann, wenn es so richtig furchtbar heiß wird, muss ich essen. Ich stehe damit in meinem Bekannten- und Freundeskreis ziemlich allein da.

»Ich versteh dich nicht«, sagt Tatzi jeden Sommer zu

mir. »Bei heißen Temperaturen schnürt sich mir der Magen zu. Ich will immer nur trinken, aber um Himmels willen nichts essen.«

Bei mir ist es aber anders. Bei eklig heißem Wetter träume ich schon kurz nach dem Frühstück von *Penne Arrabiata* und dickgeschnittenen Scheiben Weißbrot. Und spätestens um 16.30 Uhr überlege ich, was abends auf den Tisch kommt. Vielleicht schreit mein Körper nach ununterbrochener Kalorienzufuhr, weil mich meine Sommerphobie so viel Kraft kostet.

Mental.

»Komm, wir gehen ins Wasser.« Conny rüttelte mich am Arm aus meiner Menüfolge. Dabei hatte ich in Gedanken gerade einen schönen Salat mit Sauce Vinaigrette geordert und war jetzt beim Fisch mit Gemüse angekommen.

»Jetzt? Bist du irre?«, fragte ich entsetzt.

Ein kurzer Augencheck. Es waren Menschen da. Mindestens 20. Wie sollte ich da ungesehen zur Pooltreppe kommen. Und alleine der noch nicht mitgerechnete Rund-um-den-Pool-Lauf. Ausgeschlossen.

»Du kommst jetzt mit«, zischte Conny, ihre Augen fest auf das Objekt ihrer Begierde gerichtet.

Der knackige Muskelmann alias Schwimmlehrer.

»Hör mal, lass mich raus aus dieser Nummer«, wehrte ich mich.

»Bist du nun meine Freundin oder nicht?«, fragte sie brüskiert.

Die Abteilung »Schluchz« kenne ich schon zur Genüge. Die soll sie bei anderen machen, aber nicht bei mir.

»Geh schon mal voraus«, versuchte ich einen Kompromiss, »ich komme nach.«

»Wehe, wenn nicht«, drohte sie, ehe sie ihre Triangelfigur in Bewegung setzte.

Aus den Augenwinkeln folgte ich ihrem Hüftschwung. Was sie nicht ahnte, war, dass der braungebrannte Muskelmann ihr nicht mal einen Blick gönnte. Viel zu beschäftigt diskutierte er mit dem graugesträhnten Vater seiner Schwimmkinder.

Conny hatte sich für die Slow-Motion-Variante des Wassereinstiegs entschieden. Die breite Pooltreppe. Nicht ungefährlich. Wenn sie jetzt ausrutscht, kann sie sich den Schwimm-Fuzzi abschminken. Von so einem Imageverlust erholt sich keine Frau. Conny hatte es raus, das musste ich ihr neidvoll lassen. Sie stolzierte Stufe für Stufe runter, bis das Wasser ihre Hüften erreichte. Doll. Jetzt konnte niemand mehr die Quantität, geschweige denn die Qualität ihres Hintern beurteilen.

Lässig hob sie ihre Arme und fuhr sich dabei durchs Haupthaar. Um sich das vorstellen zu können, muss man wissen, dass Conny ihre schulterlangen Haare vor drei Monaten hat abschneiden lassen. Jetzt trägt sie die Bob-Variante, die laut ihrer Friseurin Kati angesagt ist.

Conny hat sich nach der Schnippelaktion immer noch nicht an die neuen Abmessungen gewöhnt und greift für gewöhnlich ins Nichts, wenn sie ihre vermeintlich lange Mähne durchschütteln möchte.

Auch jetzt. Wie peinlich. Bei missglückten Showeinlagen meiner Freundinnen leide ich immer körperlich mit. Verstohlen schaute ich in die Runde. Die perfekte Elfe links neben der Poolbar schaute relativ gelangweilt in Connys Richtung. Der dickbäuchige Mann mit verbrutzelter Außenhaut scannte Connys Figur gerade fachmännisch ein.

Spanner.

Seine Frau folgte seinem Blick – und widmete sich sofort wieder ihrer Lektüre. Ja, wie unverschämt war das denn.

So schlecht sah Conny nun auch wieder nicht aus. Die Frau hätte sich schon ein bisschen sorgen können, dass ihr verfetteter Kerl meine Freundin attraktiv finden könnte. Ich bin eine sehr solidarische Freundin und verabscheue solche Ignoranz.

Das junge Pärchen am Beckenrand bekam von Connys Auftritt überhaupt nichts mit, die hatten sich knutschtechnisch aneinandergesaugt. Der Schwimmlehrer-Beau machte ein paar Kraulbewegungen im Trockenzustand – die Augen fest auf seine Schützlinge gerichtet.

Wusch. Conny war ins Wasser geglitten.

Ich schloss meine Augen. Die Außentemperaturen erreichten ihren Siedepunkt. Saharaqualität. Eigentlich sehnte sich mein Körper nach dem kühlen Nass, in dem Conny prustend ihre Bahnen zog. Aber ich konnte warten. Wie ich Conny kannte, würden wir diesen Tag bis zur Neige auskosten. Und so richtete ich mich gedanklich darauf ein, dass ich am Abend, wenn sich alle auf ihre Zimmer zurückziehen würden, um sich fürs Dinner aufzupeppen, den Pool für mich alleine haben würde. Schwitz.

Ich glitt in einen Dämmerzustand.

Vor meinem inneren Auge entfaltete sich eine wunderbare Welt. Ich in meiner Heimatstadt. Zuhause. Ich setzte mich in Gedanken in mein Auto und fuhr durch meine Stadt. Was sah ich?

Parkplätze.

Leere Parkplätze.

Mitten in der Innenstadt. Gnadenvolle Ferienzeit.

In der Fußgängerzone, die ich sonst nur im Slalom-Stechschritt durchhaste, um von den Menschenmassen nicht totgedrückt zu werden, angenehme Raumabmessungen. Kein Geschiebe. Kein Gedränge. Kaum Menschen.

Herrlich.

Bei meinem Lieblingsitaliener – mehrere Tische frei. In der angesagten Boutique, in der die Verkäuferinnen sonst vor lauter abwehrender Arroganz zu Monstern mutieren – eine freundliche Begrüßung und ein verwegenes »Was kann ich für Sie tun?«. Selbst in meiner virtuellen Welt bekam ich Schnappatmung vor lauter Überraschung.

Tellerklappern riss mich aus meinen Gedanken. Das Hotelpersonal deckte die Tische für das Mittagessen.

Sofort meldete sich mein Magen. Er knurrte. Laut und vernehmlich. Ich riskierte, ein Auge zu öffnen, um Connys Aufenthalt in der Wasserwelt zu checken.

Sie hing am Beckenrand und winkte in meine Richtung. Auweia. Hektisch machte sie Zeichen, zu ihr zu kommen. Der Adrenalinstoß in meinen matten Gliedern raubte mir fast das Bewusstsein. Ich hatte gehofft, dass sie mein vages Versprechen, ihr in den Pool zu folgen, längst vergessen hatte. Aber ihr Winken wurde immer hektischer, und ich wusste, wenn ich jetzt nicht ernst machte, würde sie laut »Juhu« schreien.

Mit verkrampften Muskeln schob ich mich von meiner Liege. Aber wie jetzt aufstehen? Der Zwickel von Connys geliehenem Badeanzug hatte sich während meiner Ruhephase tief ins Fleisch eingeschnitten. Ich konnte doch jetzt nicht aufstehen und mir das hochangeschnittene Badeanzug-Unterteil aus der Kimme klauben.

Mit einer Hand fischte ich in Connys Badetasche rum.

Endlich hatte ich einen Zipfel ihres buntgemusterten Pareos erwischt. Noch im Sitzen wickelte ich ihn mir um die Taille und erhob mich ächzend.

Kennen Sie auch das Gefühl, dass jeder, wirklich jeder auf Sie starrt, wenn Sie am Pool in Richtung Wasser gehen. Ich habe schon oft darüber nachgedacht und glaube mittlerweile, dass es die Langeweile ist, die einen im Sommer in der Nähe von Gewässern zu Voyeuren macht. Eigentlich, so habe ich es mir hobbymäßig tiefenpsychologisch erklärt, geht es gar nicht darum, die anderen Menschen wirklich beobachten zu wollen. Es ist nur das Fehlen von alternativen Beschäftigungen, das jeden dazu bringt, sich detailliert mit der körperlichen Beschaffenheit anderer Menschen auseinanderzusetzen.

Lesen kann man nicht lange, weil einem entweder der Schweiß oder die Sonnenmilch die Augenlinsen trüben. Reden geht auch nur sehr begrenzt, weil der Lärm mitgebrachter Kinder den Gehörgang verstopft. Schlafen entfällt aus eben genanntem Grund. Und da das Hirn trotz allem beschäftigt sein will, beginnt man in seiner Verzweiflung, die Individuen, die es zur selben Zeit an denselben Ort verschlagen hat, zu bewerten. Ich habe festgestellt, dass aus dieser Zwangssituation heraus andere Figuren zu richtigen Hasskappen-Personen werden können.

Man beschäftigt sich während der Dauer eines sauer verdienten Urlaubs mit Leuten, die man sonst in seinem Alltagstrott überhaupt nicht wahrnehmen würde. Und sie bleiben einem ja auch erhalten, beim Frühstück, am Pool, beim Lunch, an der Bar, beim Abendessen auf der lauschigen Terrasse mit Blick aufs Meer und beim Animationstanz im Hotel-Nachtklub.

Man beginnt, harmlose Menschen zu hassen, nur weil sie den besten Platz auf der Terrasse blockieren, weil sie schrill lachen oder, und das ist dann die verschärft quälende Variante, weil sie einfach – zumindest äußerlich – mehr Spaß haben als man selbst.

Jetzt glaubte ich auf meinem Weg zum Pool tausend Blicke wie Nadelstiche in meinem Körper zu fühlen. Ich setzte eine besonders coole Miene auf und gab mich lässig. Will heißen, dass ich aus einem Flip-Flop erst einmal rausrutschte und strauchelte. Cool bleiben, ermahnte ich mich. Ich beugte mich zu Conny herunter.

»Was ist?«, wollte ich wissen.

Conny reckte mir ihre Hände entgegen.

Sie hatte Aufweichrillen an den Fingern. Wie süß war das denn? Sie sah aus wie ein aufgelöster Pumuckl – so wie kleine Kinder, die mit ihrer zarten Haut zu lange in der Badewanne geplantscht hatten.

»Ja, komm raus«, mahnte ich. »Du löst dich sonst auf.«

»Kann ich nicht«, zischte sie. »Ich hab mein Bikiniunterteil verloren.«

Oops! Ich senkte meinen Blick weiter nach unten, und tatsächlich, Conny stand unten ohne auf dem Boden des Pools.

»Wie konnte das denn passieren?«, wollte ich wissen.

»Ist doch jetzt egal«, antwortete mir Conny, angestrengt flüsternd. »Hilf mir raus.«

»Wie denn?«, fragte ich blöderweise.

»Gib mir meinen Pareo«, verlangte sie.

Was sollte ich? Mich entblößen? Hier und jetzt und gleich. Das kam ja wohl überhaupt nicht in Frage. Panik überflutete mich.

Connys Blick ließ keinen Fluchtweg offen.

Ja, er bedeutete: jetzt, hier und gleich.

Unbeholfen, ich bin halt nicht sehr sportlich, ließ ich mich auf den Rand des Pools nieder. Nein, nicht gleiten, mein Popo machte einen entsetzlich naturalistischen Platsch-Knall-Laut, ehe er saß. Todesmutig ließ ich meine erhitzten Beine ins unglaublich eiskalt anmutende Wasser. Boah, was für ein Temperatursprung. Die Luft blieb mir weg, und eine Gänsehaut von Sondershausen überzog die noch trockenen oberen Partien meines geschundenen Körpers. Plötzlich schwamm einer meiner entsetzlichen Flip-Flops an mir vorbei. Schiet, ich hatte vergessen, meine Latschen auszuziehen. Unter Wasser zerrte Conny an meinem Hüften-Schutz-Läppchen.

»Ist ja gut«, wehrte ich ab und versuchte, ihr beim Lösen des festgezurrten Knotens zu helfen.

Platsch. Meine Sonnenbrille war ins Wasser gefallen. Verflucht, was hatte ich denn noch an, was nicht schwimmtauglich war. Mittlerweile erinnerte ich mich schreckensbleich daran, dass wir nicht allein am und im Pool waren.

Schockschwerenot. Die beiden Kinder schauten mich an. Wie lange denn schon?

Die Brille war weg.

Conny zuckte mit den Schultern, als ich sie darauf aufmerksam machte. Sie war voll und ganz damit beschäftigt, das im Wasser schwere Tuch um ihren nackten Hintern zu wickeln.

»Ist mir doch egal«, beschied sie mich.

Vorsichtig machte ich einige Schritte vom Beckenrand weg – und versank. Mit mir ging gleich einmal meine tipptopp-geföhnte Frisur unter, die ich eigentlich während meines gesamten Kurzurlaubs in ein und demselben Zustand konservieren wollte.

Ich tauchte auf und kniff die Augen zusammen. Das brannte wie Hölle. Ich hatte noch die Reste meines Augen-Make-ups drangelassen. Man konnte ja nie wissen, wen man so in einem Hotel traf. Ich rieb und rieb und sah um mich herum im Wasser kleine Pfützen schwarz- und grünen Lidschattens schimmern.

Wie peinlich.

Während ich hektisch blinzelte, um den Schleier aus meinen Augen zu verbannen, tauchte vor ihnen im verschwommenen Licht ein Kinderkopf auf. Strahlend hielt mir der Knirps meine Sonnenbrille hin. In lupenreinem Italienisch schilderte er mir offensichtlich seine Tauchexpedition zur Rettung meines ein wenig aus der Mode gekommenen XXL-Sonnenbrillen-Modells.

Wie nett. Allerdings wünschte ich mir verzweifelt, der Kleine würde ein wenig leiser berichten, denn mittlerweile war mein Alptraum wahr geworden. Alle Badegäste starrten mich an.

Und Conny. Denn, nachdem ich meinen Dank an den sonnigen Mini gestammelt hatte und meine Augen ein wenig mehr sehen konnten, erspähte ich aus meiner Perspektive Einblicke in Connys geheimste Körpernischen, als sie versuchte, fluchtartig den Pool zu verlassen. Das nasse Hüfttuch hatte sich fatalerweise ein Stück zu hoch an Connys Pobacken geschmiegt, was sie nicht ahnen konnte, da das Läppchen vorn akkurat bis hin zu den Oberschenkeln alles verhüllte.

Mit offenem Mund, unfähig warnend zu rufen, starrte ich hinter ihr her. Nicht nur ich.

Jetzt griff Conny nach hinten – und erstarrte.

Ich tauchte ab. Stieß mir bei dem Versuch, eine Art Kopfsprung aus dem Stand im Wasser zu machen, meine Stirn ganz gewaltig am Beckenboden und schubberte beim Wiederauftauchen meine Oberschenkel auf.

Was für ein Tag.

Während ich noch benommen meinen Kopf befühlte, schaukelte plötzlich erneut etwas vor meinen Augen.

Connys Bikini-Höschen. Der Steppke leistete wirklich ganze Arbeit. Ging's nicht vielleicht ein Tickchen diskreter?

Nein.

Wieder überzog er mich, in brüllendem Ton, mit einer exakten Schilderung eines ganz normalen Tauchvorgangs.

Jetzt guckte auch sein Papa. Der attraktive Typ mit den grauen Strähnen im Haar – und er amüsierte sich königlich.

»Super. Bravo. Bene.« Ich fand meinen italienischen Dank grandios. Mit der verflixten Hose in der Hand versuchte ich, ein paar Bahnen zu schwimmen, damit sich der Kleine nicht an seinem eigenen Gekicher verschluckte.

Nun muss man wissen, dass ich kein besonders guter Schwimmer bin. Woher auch? Ich tue es ja kaum. Schwimmen, meine ich. Ich halte meinen Kopf immer angestrengt über Wasser. Die Folge ist immer eine quälende Nackenstarre nach zwei Bahnen. Und dann mag ich auch nicht so tief absinken, es könnte ja Chlorwasser durch den luftholenden Mund in meinen Magen gelangen.

Schließlich fiel mir auf, dass meine Haare ja sowieso klatschnass waren und meine Frisur sich schon längst verabschiedet hatte. Also konnte ich ein paar Züge Rückenschwimmen andeuten.

Rums. Ich hatte die Abmessung der Beckenlänge falsch kalkuliert und war mit meinem Haupt an die Wand geknallt. Super. Stirn kaputt vom Tauchen, Gehirnerschütterung beim Rückenschwimmen und aufgeschubberte Oberschenkel von der Unterwasser-Expedition zur Rettung meiner Sonnenbrille und kein Pareo, um meinen kneifenden Badeanzug beim Pool-Abgang zu verbergen.

Ich linste in Richtung Sonnenliegen-Trutzburg. Wo war eigentlich Conny?

Weg.

Ich schwamm in Richtung Pool-Aussteige-Treppe. Mit einer Hand am Geländer, versuchte ich mit der anderen, das knapp bemessene Material über meinen Allerwertesten zu ziehen. Plötzlich fiel ein Schatten über mich. Ich schaute nach oben, voll auf den breiten Hintern des Spanners.

Konnte der denn nicht aufpassen?

Der wollte mich wohl plattmachen. Mir blieb nichts anderes übrig, als den Griff loszulassen und wieder einzutauchen ins kalte Nass.

Toll. Der Typ hatte wie alle dicken Männer seinen Rundum-sorglos-Körper prustend ins Wasser fallen lassen. Ein großer Schwall davon landete in meinem Gesicht. Ich hatte die Faxen dicke, wuchtete mich aus meiner Zwangssituation heraus und wollte nix wie weg – hin zu meinen Liegen und den darauf ausgebreiteten Handtüchern.

»Hallo«, piepste ein Stimmchen aus dem Pool. Ich ging stur weiter. Mich durfte jetzt ganz einfach niemand meinen. »Hallo.« Eine männliche Stimme unterstützte das Rufen.

Ich drehte mich um. Das kleine, entzückende, putzige, knubbelig süße italienische Mädchen, die kleine Schwester des eifrigen Tauchbuben, hielt mir aus dem Wasser meinen verloren gegangenen Flip-Flop entgegen. Und mit ihr nach mir gerufen hatte ihr Traumtyp von einem graugesträhnten Vater.

Ich wäre am liebsten im steinernen Boden versunken. Doch entgegen diesem meinem Herzenswunsch, ging ich Stück für Stück zurück, beugte mich zu dem Mädchen im Wasser, mein Badeanzug-Zwickel bohrte sich noch tiefer in meine Weichteile, die stramm sitzenden Hosenränder schnallten wenig elastisch in extremster Materialüberbeanspruchung in meine Po-Ritze, ehe ich rückwärtsgehend, meinen Dank stammelnd, zu meiner Liege wankte.

Verflucht.

Wo war Conny? Ich musste hier weg. Aber wie? In dem nassen Badeanzug würde ich gar nirgendwohin gehen. Aber an diesem vermaledeiten Pool gab es keine Umkleidekabine. Man könne sich ja im Zimmer umziehen, hatte uns das geschulte Personal erklärt. Aber wie sollte ich da hinkommen? Die Halle und auch die Aufzüge waren mit voll funktionstüchtiger Klimaanlage ausgestattet. Da würde ich mir ja eine Lungenentzündung holen, wenn ich mit nassem Badeanzug da durch müsste.

Ich hatte mir das vorher so schön ausgedacht. Conny und ich sollten uns gegenseitig Schützenhilfe geben, will heißen, blickdichten Schutz beim Umkleiden. Nun musste ich wohl oder übel alleine meine Verrenkungen schaffen, mit denen man sich unter einem großen Badelaken umziehen kann.

Ich schlug also das Frotteeteil um meinen Körper und

klemmte die oberen Enden unter mein Kinn. Dann begann ich, die Träger abzustreifen und das Stretchmaterial bis zur Taille runterzurollen. Ich hätte mich nun eigentlich freuen können, dass mein Doppelkinn doch noch nicht so stark ausgebildet ist, dass es das Badelaken so ohne weiteres festgehalten hätte. Kaum war ich nämlich mit den verdeckten Händen in der Nähe meiner Hüften, rutschte mir der obere Teil des Handtuchs in gefährlicher Art und Weise runter. Ich stand oben ohne.

Hastig raffte ich den oben plötzlich sehr schmal gewordenen Stoff zusammen und popelte dann bei extrem schmerzhafter Verkrampfung meiner Nackenmuskeln an dem unteren Teil des Badeanzugs herum.

Ich zerrte und zurrte. Mein Anblick muss göttlich gewesen sein. Eine zuckende Frau in Nöten.

Als ich dann versuchte, einen Slip über die noch nassen Hüften zu ziehen, wurde mir klar, dass ich für meinen BH Stunden brauchen würde. Ich klaubte die Reste meiner längst verloren gegangenen Würde zusammen, ließ mit großer Geste das Badetuch fallen und präsentierte meine Oberweite dem sanften Wind der Croisette. Jetzt war auch schon alles egal.

Das Unangenehme war, dass mein BH auch schon bessere Zeiten gesehen hatte und ich mir verzweifelt wünschte, ich hätte das neue, spitzenverzierte Teil an den Pool mitgenommen. Egal, wenig verführerisch schnallte ich mir den angejahrten Brummer um, ließ mein langes Strandkleid darübergleiten, drehte mich um und stieß fast mit dem stellvertretenden Direktor der Luxusherberge zusammen. Der stand nämlich unmittelbar hinter mir. Ganz offensichtlich peinlich berührt, teilte er mir mit, dass es verboten sei, sich am Pool seines schnieken Hotels oben ohne zu zeigen.

»Wir sind ein Familienhotel, wissen Sie?«, suchte er um Verständnis nach. Und fügte noch hinzu, wenn das noch mal passiere, dann, so leid es ihm auch tue …

Ich war fertig mit den Nerven. Ich bin nun wirklich in Sachen Exhibitionismus die unverdächtigste Person auf dem weiten Erdenboden, eine, die niemals unvollständig gekleidet in der Öffentlichkeit auftaucht.

Es war nicht mein Tag. Wie war ich hier nur hingekommen? Welcher Teufel hatte mich geritten. Teufel? Ach ja, wo war Conny?

Ich nahm meine Tasche und stolzierte, äußerlich, so hoffe ich, total relaxt, zum Restaurant. Alle Tische belegt. Und alle schon beim Tässchen Kaffee. Plötzlich entdeckte ich ein Glas, das mir schwankend entgegengehalten wurde. Dahinter – meine liebe Freundin Conny. Reichlich angeschickert. Sie war schon so weit, dass sie sich an nichts mehr erinnerte. Weder an ihre aufgeweichten Finger noch an ihre verloren gegangene Bikini-Hose noch an ihren nackten Ausstieg aus dem Wasser.

Ich sparte mir meine Erlebnisse, orderte eine Flasche Wein und gab mir die Dröhnung.

Den Rest des Nachmittags haben Conny und ich auf unseren Liegen unter schattigen Schirmen, mehr und weniger intensiv schnarchend, schlafend verbracht.

Als ich am Abend, ein wenig schwammig auf den Beinen, in mein Hotelzimmer kam, lag auf meinem Bett – in Seidenpapier verpackt – mein schwarzer Badeanzug. Frisch aus der chemischen Reinigung. Mit handgeschriebener Rechnung. Wahrscheinlich hatte sich die elektronische

Kasse geweigert, einen solch horrend hohen Reinigungspreis auszuspucken.

Den verbleibenden Teil des Abends und mehr als die Hälfte der Nacht verbrachten Conny und ich, solidarisch nebeneinander auf meinem Hotelbett sitzend, bei georderten deutschen Frankfurter Würstchen, einer Unmenge Senf, mehreren Flaschen Bier, die wir in einem extra angeforderten Champagner-Kübel voller Eis stilvoll kühlten.

Die Sommer-Sonne-Urlaubs-Quälerei holte mich erst am nächsten Morgen wieder ein. Ich hatte versucht, Frühstück aufs Zimmer zu bestellen. Scheiterte aber schon bei dem unverfänglichen Wunsch nach Dosenmilch, bei uns ja wohl auch Kaffeesahne genannt.

»Eh?«, fragte mich der mehrsprachige Concierge, an den mich die Room-Service-Mamsell schlankerhand verbunden hatte.

Ich vertrag nun mal nicht den scharf gebrannten Höllen-Kaffee südländischen Ursprungs – in Verbindung mit Kuhmilch. Tja, aber ham' wer nicht, gibt's auch auf Französisch. Was hätte ich nicht alles dafür gegeben, in genau diesem Moment auf meinem Mini-Balkon voller Plastikbäume daheim zu sitzen, meinen Pott voll aromatisiertem Vanille-Kaffee vor mir, den ich mit einem ordentlichen Schuss von der Marke mit dem putzigen Tatzentier veredeln würde.

Ich zog mich an. Eigentlich ein Unding für mich. Ohne Kaffee und viel unbeobachtete Zeit komme ich morgens nicht auf Touren. Jetzt quälte mich schon die Aussicht auf das Wiedersehen mit der Pool-Meute. Mürrisch landete ich auf der Terrasse. Aha. Da saßen sie ja schon. Fröhlich winkten mir die bezaubernden Rangen des sensationell gutaussehenden graugesträhnten Vaters zu. Wieso sind Kinder eigentlich morgens immer schon so wahnsinnig aufgedreht?

Ich drehte voll nach links ab und setzte mich an einen freien Tisch. Das Unangenehme war, dass ich schon nach wenigen Minuten den Sonnenschirm nachrücken musste. Die unverschämt brennende Sonne erhitzte meinen Rücken. Hatte ich mich eigentlich auch da eingecremt?

Dass ich morgens schlecht gelaunt bin, weiß ich. Was ich nicht ahnen konnte, war die Tatsache, dass die Morgencrew des Hotels mich noch toppen würde. Ganz schnell machte man mir unwirsch klar, dass der Begriff des Büffets sich sogar in Luxusschuppen etabliert hat.

Ich hasse Büffets. Egal, wie üppig. Immer drehen sich die Ränder des Käses leicht nach oben, egal, wie kurz oder wie lange er da schon vor sich hin lebt. Fisch – geht gar nicht. Da spüre ich schon die Eiweißvergiftung in mir hochsteigen, selbst wenn ich keinen Bissen davon koste. Eierspeisen? Ich habe festgestellt, dass Rührei immer knubbelig hart wird, wenn es auf einen Abnehmer wartet. Egal, in welcher Konsistenz es den Koch verlassen hat. Gekochte Eier? Sind komischerweise immer hart, egal welche Minutenangaben vor jedem Körbchen den inneren Zustand dokumentieren sollen. Wurst und Schinken sind mir suspekt. Im Sommer. Ich bin kein Kostverächter. Vor allem Kinderwurst, die harmlose Mortadella, liebe ich. Und zu Hause vergeht eigentlich kein Tag, an dem ich nicht mindestens ein Stück Fleischwurst verdrücke.

Aber im Sommer? Im Süden? Zwar sind die Lebensmittel im gekühlten Speiseraum aufgebahrt – Eiswürfel unter den Platten suggerieren eine lückenlose Kühlkette. Aber die Türen zur Terrasse stehen sperrangelweit offen – wer weiß, welche biologischen Prozesse da in Gang kommen.

Also wende ich mich den Brot- und Brötchensorten zu. Ein heimlicher Drucktest mit meinem Daumen verrät eine schlaffe Konsistenz bei den Brötchen. Toaster? Ja, aber. Kein Aufsatz für kugelige Gebäcksorten, die nach meinem Geschmack krachen sollten. Zwischen den Fingern und meinen Zähnen. Das Schwarzbrot hat seinen Ausdehnungsgrad schon voll ausgenutzt, die Ränder sind gewellt.

Ich nahm mir schließlich eingepacktes Knäckebrot. Da kann man nichts verkehrt machen. Die Marmelade wurde hier tatsächlich nicht in den schrecklichen Plastik-Portionsdöschen angeboten, sondern befand sich in geöffneten Gläsern. Zum Abfüllen lagen langstielige Löffel parat und winzig kleine Portionsgläschen. Wenn ich da was reinfülle, habe ich gerade mal Masse für einen Bissen.

Also schnappte ich mir einen Teller und füllte um. An meinem Tisch angekommen, genoss ich erst einmal den Blick auf das weit unter mir flimmernde Meer. Wie schön ist das denn! Die Augen in die unendlich glitzernde Weite gerichtet, griff ich nach meinem Marmeladenknäckebrot und ließ es gleich wieder fallen. Ein Spatz saß auf meinem Teller.

Die beiden viel zu aufmerksam wirkenden italienischen Kinder mit dem graugesträhnten Papa hatten ihre helle Freude. Laut palavernd deuteten sie mit ihren Zeigefingern auf mich und brachten ihren Papa dazu, schmunzelnd meinen Kampf mit wilden Tieren zu beobachten.

Ich habe das Frühstück dann so beendet: mehrere Tassen viel zu bitteren Kaffees mit erhitzter Kuhmilch veredelt – dabei ziehen sich mir bei dieser Kombination immer meine Magenwände zusammen, vor allem, wenn sich andersfarbige Flecken auf dem Inhalt meiner Tasse zeigen.

Dann verschanzte ich mich hinter einer Zeitung, deren Sprache sich mir erst nach mehreren Deutungsversuchen erschloss.

Conny zeigte sich erst am frühen Nachmittag – mit einem Supervorschlag, um die kostbare Feriensommerzeit rumzukriegen. Shopping in Monte Carlo. Meine schüchternen Versuche, ihr dies auszureden, schlugen fehl. Auch mein Hinweis auf die monströs hohen Preise für alle Produkte im Luxus-Städtle stieß auf taube Ohren. Conny wollte sich hemmungslos amüsieren. Zu tief saß die Pool-Schmach in ihr, und alle fraulichen Instinkte suggerierten ihr: Kauf dich glücklich!

Mir wäre ja der Besuch in irgendeiner guten Frühstücksbar, die ganztägig krachende Brötchen verkauft, lieber gewesen, aber ich zählte sowieso nur noch die Stunden bis zu unserer Abreise und war willenlos für jeden Betäubungsvorschlag bis dahin offen.

Wir stiegen also in unseren gemieteten Wagen, den der Wagenmeister unseres Hotels verschämt ganz weit hinten neben den Mülltonnen geparkt hatte – extrem entfernt von den super-noblen Edelschlitten, mit denen unsere Mitgäste angereist sein mussten.

In Monte Carlo kennt sich Conny aus beruflichen Gründen ganz gut aus, und so lotste sie mich zur größten Tiefgarage unter einer Shopping-Mall. Als wir ausstiegen, trieb uns die heiße unterirdische Luft den Schweiß auf die Stirn. Wir hasteten die Gänge entlang, immer verfolgt von den in alle Richtungen schwenkbaren Überwachungskameras. Jetzt bloß kein verdächtiges Gesicht machen, sonst halten uns noch die Sicherheitskräfte auf, war mein einziger Gedanke, um den heißen Temperaturen zu entkommen.

Endlich. Luft. Conny und ich japsten um die Wette, als wir das Tageslicht erblickten.

»Was jetzt?«, fragte ich benommen. Mein üblicher Seelenzustand im Sommer.

»Pffff«, hörte ich von Conny, die mir später versicherte, sie hätte einen vollständigen Satz zu mir gesagt.

Ich nickte, als ob ich irgendetwas verstanden hätte.

Wir nahmen Kurs auf das nächste Schuhgeschäft. Dreißig Minuten lang probierte Conny jedes Paar an, das sie fand. Für meinen Geschmack waren einige viel zu glitzibitzi und die anderen zu konservativ. Hier gab es kein Mittelmaß. Also, ich meine, modische Schuhe, die man tragen und bezahlen kann.

Aber Conny war im Rausch. Sie kaufte schließlich drei Paar Strass-High-Heels und ein Paar, wie soll ich sagen, hochgetunte Badelatschen in Leder.

»Ist angesagt«, meinte sie.

Wir sind anschließend stundenlang bergauf und bergab marschiert. Meine Füße waren blasenübersät – und ich hatte meine Super-Blasen-Pflaster im Hotel gelassen.

Während sich an Connys Armen die Tüten mit den Aufdrucken der teuersten Designer mehrten, steuerte ich zielstrebig mal wieder nur einen Laden an: die Apotheke meines Vertrauens, wo ich mir zu meinen zehn von zu Hause mitgebrachten Gelpflastern nun drei weitere Sets kaufte und einige davon glücklich gleich aufklebte. Ich bin, das stelle ich immer wieder fest, von Haus aus ein eher bescheidener Mensch.

Conny ist sehr sozial eingestellt. Beladen mit ihren vielen Wundertüten, suchte sie plötzlich ein Anflug von emotionaler Kompetenz heim. »Du musst dir auch was kaufen«, meinte sie, »etwas Schönes. Damit du dich erinnern kannst an die schöne Zeit mit mir hier.«

Wie nett. Im Gegensatz zu ihr hatte sich jede Sekunde meines Sommer-Aufenthalts in mein Unterbewusstsein eingegraben. Mich würden meine schönsten Ferienerlebnisse noch lange heimsuchen. Ich fürchtete auch, dass Connys Fürsorglichkeit mir gegenüber eher ihrem schlechten Gewissen entsprang.

Nicht mir gegenüber. Sondern ihrem Konto.

Sie hatte die Kreditkarte glühen lassen und war immer noch nicht zufrieden. Eigentlich wollte sie nur, dass ich mich jetzt auch in einen Kaufrausch begeben sollte. So nach dem Motto: Du wolltest es doch genauso wie ich.

Mir reicht es allerdings schon, wenn ich in Begleitung eines kaufwütigen Menschen durch die Geschäfte ziehe. So eine Art stellvertretendes Geldausgeben finde ich toll.

Ich mag eh nichts anprobieren, so heiß, schwitzig und luftflimmernd, wie es im schrecklichen Sommer nun einmal ist. Ganz zu schweigen davon, dass ich mich in den noblen Boutiquen, die Conny heimsucht, gar nicht trauen würde, nach meiner Kleidergröße zu fragen. An der Cote d'Azur ist sowieso alles »petite, petite«.

Aber ich wollte auch kein Spielverderber sein. Also gab ich mir Mühe. Aber ich brauchte wirklich kein spitzenbesetztes Top, keinen Flatterrock in Chenille, kein Strass-Käppi und keinen golddurchwirkten Seidenschal, kein silbernes Neckholder-Kleid mit hauchdünnen Federn und Lurex-Bommeln am Saum.

Plötzlich entdeckte ich ein Deckengeschäft. Wie herrlich. Schwere, weiße Sessel- und Couch-Überwürfe mit geschmackvollem, eingewebtem Muster. Ich sah das Teil schon bei mir zu Hause. Lässig über meine Couch geschmissen, mit frischem Hell meinen schon angegrauten Stoff verdeckend.

Ich linste nach dem Preis. Na ja, mit ein bisschen gutem Willen konnte ich das als höherpreisiges Schnäppchen vor meinem inneren Ich vertreten.

»Du willst doch wohl nicht«, unterbrach Conny meine rechnerischen Verrenkungen.

»Aber warum nicht?«, hielt ich dagegen. »Das ist wunderschön. So was wollte ich schon immer haben. Genau so. Das passt zu meiner Einrichtung. Und, Conny, du musst zugeben, so etwas außergewöhnlich Schönes kriegt man eben doch nur hier.«

Conny hob eine Ecke meiner Traumdecke kurz hoch, blickte fachmännisch auf ein mir verborgen gebliebenes Etikett und verstörte mich mit ihrem gnadenlosen Recheergebnis: »Made in Taiwan. Bist du irre?«

War das etwa fair? Ich hatte jeden einzelnen Einkauf von ihr an diesem Nachmittag solidarisch bejubelt. Mich echt gefreut über jedes noch so abgedrehte Fähnchen, das sie sowieso nie tragen wird. Ich hätte ihr ja auch bei der durchsichtigen, türkisfarbenen Bluse prophezeien können, dass sie sich gleich nach der Ankunft zu Hause an die Birne schlagen würde, wie sie sich mal wieder so hatte verkaufen können.

Aber nein, ich hab mich ehrlich gefreut, als sie ihre, ich sag mal, fraulichen Hüften in die eine Nummer zu kleine Shorts gequetscht hatte und ja, ich hatte ihr fachmännisch nickend zugestimmt, dass ihre Änderungsschneiderin bestimmt die seitlichen Nähte auftrennen könnte, damit sie passt. Hatte ich mir etwa etwas anmerken lassen, als sie mir die Nähte von innen zeigte, die einfach keinen Millimeter Stoff mehr hergeben würden?

Nein, ich hatte gelogen. Aus freundschaftlichen Gründen hatte ich mein Hirn auf Urlaub geschickt und ihr ein gutes, wirklich ein gutes, Gefühl gegeben.

Und was machte sie? Zerstörte mit einer winzig kleinen Bemerkung meine Aufwallung eines ganz normalen Kaufverhaltens im Urlaub, zum ersten Mal wollte ich das Gefühl zulassen, ich sei nichts anderes als ein ganz durchschnittlicher Sommer-Touri.

Ich glaube nicht, dass Conny bewusst war, was sie mir angetan hatte. Sie zog mich aus dem Laden und deutete auf den nächsten Shop.

»Da gibt's Taschen«, sagte sie mir in einem Ton, mit dem man Kinder ganz heiß darauf macht, dass der Weihnachtsmann gleich klingelt.

Normalerweise bin ich ein wirklich aufmerksamer Handtaschen-Gucker. Zu mehr reicht es meist nicht, denn wann immer ich auf die Preisschilder gucke, fällt mir siedend heiß ein, dass ich schon ein paar im Schrank habe.

Dieses Mal versagte Connys Zauberformel »Taschen gucken«. Ich war viel zu unglücklich, denn ich wusste, dass ich in Zukunft, wann immer ich an meiner Couch vorbeikam, eine gewisse Decke auf ihr liegen sehen würde.

Und dass ich nie ein ähnlich perfektes Teil finden würde, sosehr ich mich auch bemühen würde.

Langsam dämmerte es Conny, dass sie irgendeinen kapitalen Fehler im Umgang mit meiner sensiblen Seele gemacht hatte.

So wie sie konstruiert ist, wollte sie gar nicht so genau wissen, welcher es war, sie wollte nur, dass ich für sie wieder in diesen furchtbar heißen Tag passte.

Strahlend sah sie mich an.

»Ich lad dich heute zum Essen ein«, verkündete sie.

Super, man muss zu diesem generösen Vorschlag wissen, dass wir sowieso eine Art Kostenteilung vereinbart hatten und dass sie es wusste, merkte ich an ihrem Restauranttipp: »Auf der Terrasse in unserem Hotel.«

Klar, hätte sie mich in eines der Nobellokale am Ort gebeten, wäre dem abrechnenden Oberkellner wahrscheinlich die überstrapazierte Kreditkarte meiner Freundin um die Ohren geknallt.

Na, super. Ich winkte einem vorbeifahrenden Taxi und nahm den Fahrpreis auf meine Kappe. War jetzt auch schon egal.

Im Hotel angekommen, trennten sich Connys und meine Wege.

»Wir machen uns ein bisschen frisch«, schlug sie vor. »Und treffen uns dann an der Bar. Die Tischreservierung übernehme ich.«

Ich schlich zu meinem Zimmer. Mir geht es immer so. Wenn ich schon mal an einem heißen Sommertag grausamerweise in so etwas wie ein Urlaubshotel gerate, bekomme ich Depressionen beim Wechsel vom grellen Hell der Nachmittagssonne und der vornehm kühlenden Dunkelheit des klimatisierten Hotelzimmers.

Unsichtbare Geister haben dann die Vorhänge zugezogen, die komischerweise immer schweren Tagesdecken machen die Betten optisch zu dunklen Kästen und den Impuls, erst mal die Fenster aufzureißen, um Licht reinzulassen, unterdrückt man wegen des Wissens um die Außen-Sauna-Temperaturen sofort.

Ich fühle mich dann immer wie ein unartiges Kind, das Stubenarrest hat, und möchte trotz meiner Sommer-Phobie ganz schnell wieder nach draußen.

Dementsprechend hielt ich mich nicht lange mit Schönmachen auf. Nichts anderes steckt hinter dem Begriff »Frisch machen«. Conny ist so eine Frau, die erst mal ausgiebig duscht, sich dann stundenlang mit einem teuren After-Sun-Präparat eincremt, um dann den Inhalt ihrer gerade mitgebrachten Einkaufstüten zu untersuchen. Sie legt alles auf ihr Bett und zieht dann ein Teil nach dem anderen an.

Wenn diese aufwendige und zeitraubende Modenschau vor dem fast immer zu kleinen Spiegel beendet ist, macht sie es sich im Bad bequem und mixt die neuen Farben der Sommer-Augen-Kosmetik-Skala aufs Virtuoseste. Sie bringt es auch fertig, diverse Lippenstift-Nuancen nacheinander auszuprobieren, was im Klartext bedeutet, dass sie sich zwischendurch den Mund zeitraubend wieder abschminken muss.

Für mich bedeuten solche Verabredungen mit ihr immer eine große Pein. Ich habe nämlich am Abend einfach nur Kohldampf und will irgendetwas essen. Möglichst noch, bevor alle so aufgerüschten, extrem duftenden Damen und deren dazugehörige Herren aus ihren Suiten und Zimmern anrauschen.

So sah meine Vorbereitung für den finalen Abend meines dreitägigen Sommerurlaubs derart aus, dass ich erst einmal ein Handtuch auf den Boden der Duschkabine legte, denn mich quält eine unglaubliche Angst vor Fußpilz.

Nie würde ich ohne Fußschutz, welcher Art auch immer,

in eine fremde Duschgelegenheit gehen, auch nicht in eine blitze-blanke Badewanne. Dann machte ich hoppla-hopp, dass ich da wieder rauskam, trocknete mich ab und rieb, husch-husch, meine Après-Lotion über sämtliche erreichbaren Körperpartien. Der Rücken ging dementsprechend mittig eher leer aus.

Ich hasse stundenlange Verrenkungen, denn es ist egal, wie oder womit man sich eincremt, das Ergebnis stresst. Mal sind die Mittel so unergiebig, dass die Haut spannt. Mal sind sie so fettig, dass man im Anschluss keine Klamotten anziehen kann, ohne sie zu ruinieren. In diesem Fall hatte ich eine klebrige Variante erwischt und musste erst mal wieder mit einem frischen Frotteetuch alles entfernen.

Meine Haut juckte.

Dann griff ich zu meiner mitgebrachten weißen Bluse, deren Kragen zerknittert war. Sie bügeln zu lassen, hatte ich mir untersagt, als ich den Preis dafür im Hotel-Zimmer-Folder registriert hatte.

Dann lieber nicht ganz so perfekt. Ich konnte ja meine dicke Kette umlegen, die würde auf jeden Fall den Blick ablenken. Dazu meine Jeans, die schon ein bisschen muffig roch, weil ich sie einen ganzen Tag lang, bei Knallhitze, mitgeschleppt hatte. Man konnte ja nie wissen, ob es nicht doch ganz plötzlich kühler werden würde. Die in der Tragetasche befindlichen medizinischen Anti-Sonne-Schutz-Mittel waren ausgelaufen und verhalfen jetzt meiner Buxe zu einem dezenten Arztpraxen-Duft.

So, jetzt noch ein echt schickes Halstuch durch die Gürtelschlaufen – und, ich war fertig.

Natürlich hatte ich vorher vorschriftsmäßig ein paar

Spritzer Parfum auf meinem Bauch verteilt. Ich weiß ja, dass angesprühtes Parfum auf der Haut bei Hitzebestrahlung nie mehr zu tilgende Flecken verursacht. Eine Herausforderung für jeden Hautarzt.

Dann benutzte ich meinen Lipgloss, zerstäubte etwas Puder im Gesicht – und machte mich auf meinen Weg. Als mir auf dem Weg zur Bar die Hausdame des Hotels begegnete und ich ihr perfekt aufgetragenes Make-up registrierte – fliederfarbener Lidschatten, ultra-schwarze Mascara, raffiniert changierendes Rouge, farblich perfekt abgestimmter Lip-Liner zu brombeerfarbenem Lippenstift –, drehte ich noch einmal um und holte in meinem Zimmer meinen Werkzeugkasten für besondere Gelegenheiten aus dem Koffer.

Es war ja nicht so, dass ich nicht reichlich ausgestattet angereist gewesen wäre.

Also, das volle Programm. Make-up, zwei Sorten Puder, Rouge, Lidschatten hell und dunkel, Lippenumrander, Lippenstift – und jetzt erst kam der Gloss. Wie immer war der Make-up-Spiegel für ganz zierliche Damen viel zu weit unten angebracht worden, außerdem hatte der Kipp-Mechanismus seinen Geist aufgegeben, und so hockte ich mehr vor dem Ding, als dass ich locker gestanden hätte.

Ich startete erneut.

Von Conny noch nichts zu sehen, obwohl ich das Gefühl hatte, wir hätten uns vor gut zwei Stunden getrennt. Ein Blick auf die Uhr zeigte mir jedoch, dass erst 40 Minuten vergangen waren. Nach Connys Zeitrechnung stand sie jetzt wahrscheinlich erst in der Dusche.

Auf der Terrasse waren fast alle Clubsessel schon belegt. Zum Teil von Menschen, die noch in lässiger Freizeitkleidung einen ersten Aperitif schlürften, um sich erst später »frisch zu machen« – und sich dann, vermutlich kurz vor Mitternacht, dem Diner zuzuwenden. Profis also.

Ich setzte mich an einen Zweier-Tisch in der Nähe des Geländers, freien Blick auf das Meer. Ich kann mich leider nie entscheiden, was ich trinken soll. Der Blick in die Bar-Karte machte mich ganz wuschig. Zig Cocktails, und ich weiß schon, wenn ich mir etwas bestellt habe, kommt an den Nebentisch garantiert ein Drink, den ich viel lieber gehabt hätte.

Ein schlichtes »Ein Bier, bitte«, war alles, wozu ich mich durchringen konnte, und ich bemerkte im selben Moment, dass die Dame am Nebentischchen an einem aufsehenerregenden Cocktail nippelte, der mir hätte gefallen können.

Nach zwei Bier, einem Berg von schwarzen Oliven, die ich eigentlich verabscheue, und einer Menge krachender Chips konnte ich das Meer nur noch verschwommen ausmachen.

Von Conny keine Spur.

Anrufen hatte jetzt auch keinen Sinn. Bis ich die Telefonnummer des Hotels von der Getränkekarte hätte verifizieren können, dann mit richtiger Vorwahl von meinem deutschen Handy über die Rezeption bei Conny gelandet wäre, die jedoch wahrscheinlich gerade mit dem Lidstrich an ihrem rechten Auge beschäftigt war und nicht ans Telefon gehen würde, konnte ich …

»Du bist schon da?«, tönte Connys Stimme plötzlich hinter mir.

Sie war da.

Was als Erstes auffiel, war, dass das vorhin gekaufte Leoprint-Korsagen-Kleid an ihr gar nicht so übel aussah.

Bei genauerem Hinsehen, ich kniff deswegen vor lauter biergetränkter Anstrengung meine Augen etwas zusammen, überstrahlte jedoch die dunkelrote Färbung ihrer Schultern den gewagten Print-Druck um Längen.

Conny hatte einen Sonnenbrand. Und zwar einen gewaltigen.

»Ja«, antwortete ich wahrheitsgemäß, und ich hoffte inständig, dass sie mich nicht fragen würde, wie sie aussieht.

»Und, wie sehe ich aus?«, fragte sie.

Ich überlegte ein, zwei Sekunden und wollte dann eigentlich nur kurz lügen und »Toll« sagen, doch die zwei Bier auf nüchternen Magen zwangen mich zu etwas mehr Ausführlichkeit.

»Du schauscht schupär ausch«, nuschelte ich.

Conny nickte zufrieden, winkte dem Oberkellner, der schon vor einer Dreiviertelstunde höflich bei mir angefragt hatte, ob wir nicht unseren bestellten Tisch haben wollten, und zeigte ihm durch Gesten, dass er uns geleiten sollte. Sie drehte sich um, und ich erschrak. Wow, es waren nicht nur die Schultern krebsrot, auch der Rücken, den das sexy Leo-Kleid großzügig frei ließ, war beachtlich coloriert.

Ich schloss mich den beiden an und ließ mir den Stuhl zurechtrücken.

»Champagner, bitte«, orderte Conny. »Zwei Gläser.«

Boah. Ich wäre lieber beim Bier geblieben, aber es war ja nun mal unser letzter Abend, und außerdem sah Conny rückwärts wie ein Pavian-Popo aus, ich wollte einfach nicht diskutieren. Sei's drum.

Conny prostete mir zu, nahm ein Schlückchen und machte: »Ah. Lecker.«

Mir rollten sich die Fußnägel auf. Man darf wirklich bei

Tisch eine Menge sagen, aber niemals »Lecker«, das verrät den inwendigen Proll. Ich suchte noch in den Vokabelkästchen meines Kopfes nach einer unverfänglichen Einleitung für einen Diskurs in gesellschaftsfähiger Konversation, als ein markiges »Genau« mein inneres Suchprogramm stoppte.

Unsere Tischnachbarin schwenkte ihr Glas wild in der Luft und jubelte »Prösterchen« in meine Richtung.

Conny drehte sich um, damit sie den passenden Körper zu der lauten Stimme sehen konnte und stellte die verhängnisvolle Frage: »Sie sind Deutsche?«

Ich zog den Kopf ein bisschen tiefer zwischen meine Schulterblätter und wusste doch, dass ich mich nicht verstecken konnte. Genau diese Szene wiederholt sich immer wieder in meinen schlimmsten Alpträumen, wenn ich an den Sommer denke. Fraternisierende Urlauber im Ausland. Irgendwie unterhalten sie sich immer eine Spur zu laut, erleichtert darüber, dass sie in ungewohnter Umgebung nicht ganz alleine sind. So viel zu multikulturellem Verständnis und dem Kennenlernen anderer Völker. Selbst wenn sie gerade dabei sind, mutig die paar Brocken ihrer fast vergessenen Schul-Fremdsprache im Urlaub anzubringen, geben sie es sofort auf, wenn sich in ihrer Umgebung ein Mensch aus ihrem Heimatland zu erkennen gibt.

Ich hatte mich eigentlich schon darauf gefreut, Conny, die über ein paar ganz passable Französisch-Kenntnisse verfügt, heute Abend beim Bestellen unseres Menüs zu bewundern.

Weltläufig, wie sie ist, erwartete ich gespannt ein paar Highlights wie eine fachmännische Variante der Vokabel für ganz durchgebratenes Fleisch und vor allem die korrekte Beschreibung für die von mir üblicherweise gewünschten Eiswürfel, da mir jeder Wein zu warm erscheint.

Jetzt ahnte ich, dass dieser Abend anders verlaufen würde.

»Sind Sie auch aus Deutschland?«, wiederholte Conny und die Dame nickte begeistert.

»Ja«, antwortete sie, so selig strahlend, als habe Conny, ihr gerade gesagt, sie seien über sieben Ecken miteinander verwandt.

»Ist das nicht nett?«, gab Conny zurück, und ich erschauderte.

Solche Dialoge wiederholen sich während der Sommersaison millionenfach rund um den Globus. Warum nur? Was war daran nett, dass sich zwei Deutsche in einem Ferienhotel an der Cote d'Azur trafen? Oder auch zwei, drei mehr.

Ich ahnte auch genau, was jetzt kommen würde. Und es geschah.

»Wollen wir uns nicht zusammensetzen, wo wir uns doch jetzt so nett getroffen haben?«, schlug die Dame vor, während sie immer noch mit breitem Lächeln ihr Glas hochhielt.

Bitte nicht, bat ich innerlich. Ich war so schön angeschickert, freute mich so dolle darauf, dass mein Sommerdasein in launiger Urlaubsumgebung am nächsten Tag beendet sein würde, und hatte darauf gesetzt, dass ich mit Conny einfach nur noch ein bisschen spachteln konnte. Wir kennen uns schon so lange, da muss man dankenswerterweise nicht pausenlos small-talken.

»Aber gerne«, antwortete Conny, und mein persönliches Desaster begann.

Natürlich mussten wir uns alle erheben, denn unsere jeweiligen Tische waren zu klein für vier Personen. Die Dame vom Nebentisch war selbstverständlich in Begleitung ihres Gatten, und nachdem wir uns alle förmlich miteinander bekannt gemacht hatten, der Herr war ein Doktor Soundso, schoben die Kellner die beiden Tische zusammen, und unter lautem Stühlerücken fand ich mich mit zwei wildfremden Urlaubern aus dem Rheinland für den Rest des Abends zusammengeschweißt. Ich muss dazu sagen, dass ich das Rheinland sehr liebe. Aber eben nicht in Monte Carlo. Da finde ich es eher sehr nett, wenn an den Nebentischen einer lauschigen Hotelterrasse für mich ausländische Gäste sitzen, deren intimste Gespräche ich schon aus Sprachunkenntnis nicht verfolgen kann.

Jetzt sah die ganze Sache schon etwas anders aus. Conny und Claudia, so hieß die kontaktstarke Dame, bestätigten sich mindestens geschlagene 20 Minuten lang, wann ein Schaumwein lecker ist, und wann nicht. Ich musste mir einen Vortrag des Doktor-Gatten über in- und ausländische Qualitätsweine im Allgemeinen und vor allem im Besonderen anhören. Das einzig Gute daran war, dass der Systemprogrammierer in leitender Position, so weit waren wir auch schon gewesen, nicht erwartete, dass ich etwas zur qualifizierten Unterhaltung beitrug. Ihm reichte ein gelegentliches Nicken meinerseits, was seine Bedeutung zu unterstreichen schien.

Der Oberkellner stand schon ein paar Minuten neben uns, sichtlich angespannt, da er wohl in Gedanken ausrechnete, wann wir die Tafel wieder verlassen würden. Eingerechnet unser verspätetes Eintreffen, die noch laufende »Lecker«-Diskussion, die zu erwartende Bestellungs-

Arie aller vier Beteiligten, das Bestellen von anschließendem Kaffee, Digestif ... Mir schien, er wurde nicht für Überstunden bezahlt und wünschte uns dementsprechend schon jetzt zum Teufel.

Eigentlich hatte ich mich – vor drei Stunden, als ich noch beim Frischmachen war – auf ein viergängiges Menü vom Allerfeinsten gefreut, jetzt wollte ich den Abend so schnell wie möglich hinter mich bringen und bestellte fix ein paar Spaghetti mit Tomatensauce.

Oh, da hatte ich mich aber verrechnet.

»Aber, ich bitte Sie«, protestierte Claudia, »so ein Abend kommt nicht wieder. Das müssen wir feiern.«

Warum denn?

Und vor allem, was hat Feiern mit Essen zu tun?

Doch es kam, wie es kommen musste. Der studierte Gatte erging sich in ausführlichen Diskussionen über die diversen Menü-Vorschläge des Hotels, die er in recht ungewöhnlichem Englisch mit dem Oberkellner diskutieren wollte.

Der konnte ihm aber nicht so recht folgen. Er hatte nämlich dieselbe Nummer drauf wie sein Gast. Auch er tat so, als könne er Englisch, verstand aber genauso wenig wie ich, was der rheinländische Doktor meinte.

Claudia hatte derweil beim Sommelier schon mal wieder »ein Fläschchen Schampus« geordert, und ich süppelte still vor mich hin.

Egal, was immer da noch kommen würde heute Abend, ich befand mich in dem segensreichen Zwischenstadium zwischen körperlicher Anwesenheit und geistigem Dünnemachen.

»Und du? Was nimmst du?«, riss mich Connys Stimme aus meinem Schwebezustand.

Oh, Gott. War es schon so weit?

»Egal. Was du nimmst«, gab ich zur Antwort.

Ich hätte mich vielleicht doch besser akkurat von Connys Bestellung abgrenzen sollen. Denn als Erstes wurde ein Vorspeisen-Salat serviert, harte Blätter und Stengel unterschiedlicher Salate, mit untergemischten Zwiebeln und einem Knoblauch-Dressing.

Zwiebeln vertrag ich nicht – und Knoblauch noch weniger.

Heimlich drehte ich zierliche Brotkügelchen, die ich zwischen der Salat-Variation versteckte und dann mit der Gabel wieder rausfischte, um überhaupt irgendetwas zwischen die Zähne zu bekommen. Die Chips von vorhin waren nämlich schon restlos verdaut – ich hatte Hunger.

Bei der Bestellung des Zwischengangs hatte sich wohl der ununterbrochen redende Doc durchgesetzt und auf Schnecken bestanden. Wieder wollte ich nicht zum optischen Kau-Ausfall werden und formte also erneut Kügelchen, die ich in die Knoblauchsauce tunkte und aß.

In meinem Innern rumorte es. Jetzt nur nicht schlappmachen. »Und da riss dieser Kerl die Wagentür auf und klaute meine Tasche.«

»Wer?«, fragte ich.

Drei Menschen starrten mich an. Ich musste irgendwann aufgehört haben zuzuhören. So entrüstet wurde ich schon lange nicht mehr angesehen.

Claudia war leider nicht nachtragend. Sie erzählte – mir zuliebe – die lange, lange Geschichte einfach noch einmal.

Von ihrer Ankunft in Nizza, den netten Sitznachbarn im Flieger (»aus Hamburg, janz kultivierte Leute«), dem plötzlichen Verschwinden eines der vielen Gepäckstücke

(»man nimmt doch schon mal ein bisschen mehr mit, wenn man Urlaub macht«), der Hilfe von dem netten, jungen Mann von der Fluggesellschaft am Flughafen, (»Schatz, wie hieß der noch mal?«), der Odyssee hin zum Schalter der Mietwagen-Agentur, dem verbalen Kampf um das beste Modell (»dem haben wir's aber jejeben«), der Beschreibung des dreckigen Klöchens am Airport, dem schlecht ausgeschilderten Weg zur richtigen Autobahn, der Fahrt durch die Straßen von Nizza dorthin: »Und da riss dieser Kerl die Wagentür auf und klaute meine Tasche.«

Ich holte tief Luft. Nicht dass ich während der ganzen langen Geschichte irgendetwas gesagt hätte, aber ich hatte mir, solidarisch mit der ununterbrochen sprechenden Frau, unwillkürlich selbst das Atmen untersagt.

»Ja, und dann?«, fragte Conny, deren sonnenverbrannte Schultern im schimmernden Licht der Terrassenlampen einen aparten violetten Ton angenommen hatten.

Claudia guckte Conny verständnislos an und sagte dann: »Da hab isch dem Kerl voll eins auf die Nuss gegeben. Datt is doch wohl klar.«

Ich guckte mir Claudia noch einmal genauer an. Ihre Schultern waren ganz schön breit (»Isch mach Pilates wie dat Babs Becker«), ihre Nagel-Studio-getunten, frenchmanikürten Hände suggerierten Schmackes, und ihre Mimik und Körpersprache verrieten unbewusst, dass sie auch andere, verschlungene Lebensumstände kannte als die, in einer Luxus-Umgebung Dönekes von sich zu geben.

Hollerie, die Dame hatte Wumm.

Ihr Mann nickte zufrieden.

»Dem ham wir de Täsch abgenommen und zum Teufel

jeschickt«, zog er eine fein ziselierte Bilanz und lehnte sich dann zufrieden zurück.

»Vino, por favore«, rief er elegant in Richtung Oberkellner.

Ich litt. Sein missglücktes Englisch hatte ich noch eher verkraften können als seinen Irrtum in Sachen Französisch oder Italienisch, das eigentlich eher ein wenig Spanisch war.

Warum hatte Conny vorhin nicht geschaltet? Ich hätte in dem Moment, als mir Claudia noch unbekannt war und sie sich in unser Gespräch eingemischt hatte, lieber so getan, als sei ich Niederländerin. Das wäre doch nett gewesen, und wir hätten unseren letzten Abend sogar noch ein wenig genießen können.

»Und so fahren wir immer rübber nach Holland und kaufen da ein«, erzählte Claudia gerade, verbunden mit einem neckischen »Prösterchen«. Während ich pflichtschuldigst mein Glas zum x-ten Mal hochschwenkte, ergab ich mich in mein Schicksal. Vermutlich hätte das Ehepaar sogar noch behauptet, Holländisch sprechen zu können, und wir hätten, übelst radebrechend, den Abend hinter uns gebracht.

»Das ist nur ein Zwischengang«, klärte mich Conny plötzlich auf. Ich schaute auf meinen Teller. Er war weiß, sehr groß, und in der Mitte befand sich ein winziges Portiönchen Spaghetti mit Tomatensauce. Das, in hundertfacher Menge, wäre mein Lieblingsessen an diesem Abend gewesen.

Wehmütig stach ich mit meiner Gabel in die Pasta, die auseinanderfiel und sich als fünfeinhalb Spaghetti entpuppte.

Ich seufzte.

Diesmal zerpflückte ich ein Stück Brot in große Teile, tunkte damit die Sauce auf, um doch noch ein wenig zum Beißen zwischen die Kiemen zu bekommen, und schaute mich angelegentlich ein bisschen um.

Die meisten Gäste kannte ich noch vom Pool.

Warum konnten die nicht längst abgereist sein? Immerhin hatten sie alle meine entwürdigenden Szenen mitbekommen und erlebten uns zwei komische Tanten zu guter Letzt noch mit einem krass laut lachenden Ehepaar, das sich wie unsere ältesten Freunde gerierte.

In diesem Moment betrat der Schwimmlehrer die Szene. Coole Jeans, blütenweißes Hemd, braungebrannte Füße, strumpflos in braunen Slippern.

Hektisch rammte Claudia Conny den Ellenbogen in die Seite.

»Lecker«, befand sie und deutete auf Connys Traummann.

Mit dieser Wertung war kurzfristig das harmonische Miteinander von Claudia und Conny gestört. Aber das spürte nur ich, der Doc widmete sich gerade dem Fischgang.

Doch Conny schien schließlich einfach nur froh zu sein, dass sie jemanden gefunden hatte, dem der athletische Beau genauso gut gefiel wie ihr, und die beiden tauschten sich, angeregt fachmännisch, über seine körperlichen Vorteile aus.

Ich versank vor Scham fast im Boden. Zu Hause ist Conny eine Fast-Intellektuelle. Auf keinen Fall kenne ich sie als den Typ Frau, der muskelgestählten Männern hinterherpfeift und in Gedanken auf den Po klopft. Im übertragenen Sinn tat sie das aber im Moment – gemeinsam mit ihrer Neu-Bekannten. Die pustete sich, im Zustand höchster Erregung, ihre grell blondierten Pony-Fransen aus der Stirn – erste Schweißtropfen wurden darunter sichtbar.

Immer noch war der Doktor-Gatte mit dem Filetieren seines Fisches beschäftigt – starr blickten mich die toten Augen der verblichenen Kreatur an.

Nix wie raus aus dem morbiden Blickwinkel.

»Können wir vielleicht wechseln?«, fragte ich Conny mit gesenkter Stimme und hoffte, sie würde mir ihren Platz überlassen, aber Claudia kam ihrer Antwort zuvor: »Datt machen wir. Ober, Rotwein, please.«

Ich wollte nicht die Getränkewahl verändern, ich wollte weg.

»Juchu, Pierre. Piiieeerrrrreeee!!!!« Claudia fuchtelte und wedelte mit einer ihrer manikürten Hände, dass ihre zahlreichen Armbänder nur so klingelten.

Alle schauten. Nur Pierre nicht.

»Kennen Sie ihn?«, fragte Conny Claudia zutiefst beeindruckt.

»Sischer«, beteuerte Claudia. »Den hab isch mir gemietet. Schwimmen für Fortgeschrittene, verstehen Sie?«

Der Sommelier trat an unseren Tisch und stoppte damit Connys weitere Fragen.

Fachmännisch entkorkte er die Flasche. Jetzt schlug Docs große Stunde.

Unruhig rutschte er auf seinem Stuhl hin und her. Mit großer Geste nahm er das ihm gereichte Glas, roch an seinem Inhalt, ließ den Schluck Wein kreisen, nippte einen Schluck und fing an, darauf zu kauen.

Der hatte auf jeden Fall eine Wein-Sendung im Fernsehen gesehen, da war ich mir absolut sicher. Fasziniert verfolgte ich mit den Augen seine mahlenden Kieferknochen, während Connys und Claudias Blicke an den muskulösen Bergen an Pierres Oberarmen festgesaugt blieben.

Endlich schluckte der Möchtegern-Kenner sein Probeschlückchen runter und befand: »Watt für ’nen Abjang.«

Ich hatte sowieso im Laufe des Abends schon aufmerksam registriert, dass die Sprache unserer Tischgenossen immer unverfälschter wurde. Das war Rheinland pur.

Während wir uns dem Hauptgang, einem zwar kleinen, aber dicken Fleischstück widmeten, begann ich mich verstohlen unter dem Tisch an meiner linken Wade zu kratzen. Komisch. Wahrscheinlich hatte meine spröde Après-Lotion eine Hautirritation ausgelöst.

Beim Dessert stellte ich diese unangenehme Folge meines Einreibens auch an beiden Knöcheln, der Unterseite meines linken Armes, meinen Knien und schließlich auch an meiner Stirn fest.

Moment mal, da hatte ich mich ja gar nicht mit der Lotion eingecremt. Ich erstarrte. Mückenstiche.

Wie hatte ich das nur vergessen können? Wenn man sich abends nach draußen setzt, wird man gestochen. Da ich das ja nie tue, hatte ich vorhin einfach vergessen, mich mit meiner Anti-Mücken-Tinktur zu schützen. Ich hatte sogar am Abend der Gala, ja sogar am Pool sowie bei unserem unsäglichen Shopping-Ausflug alle Varianten von Insektenvertilger in meiner Tasche mitgeschleppt.

Und ausgerechnet heute Abend hatte ich vergessen, mich chemisch so weit aufzurüsten, dass die Biester schon im Anflug starben.

Ich verdrückte mich kurz auf die Toilette und untersuchte sämtliche roten Stellen. Es waren sechzehn. Und ein Stich prangte gut sichtbar auf meiner Stirn.

Ich hastete zum Tisch zurück.

»Sorry«, sagte ich kurz, »aber ich muss mich jetzt leider verabschieden.«

»Ja, wieso denn?«, fragte Claudia, die gerade mit Conny Brüderschaft trank. »Bützje«, forderte sie und knallte Conny einen Kuss auf die Wange.

»Se könne noch nit jon, erst wird Brüderschaft getronke«, beschied sie mich, was ich auch widerstrebend tat, nur um wegzukommen. Die Stiche juckten wie Hölle, einer war schon mit einem riesengroßen, roten Kreis umrandet. Vermutlich hatte mich da eine exotische Schnakenform erwischt.

»Jetzt isch«, forderte der Doc, der nach dem Armeverschränken versuchte, mir einen dicken Schmatzer auf den Mund zu drücken. Das klappte aber Gott sei Dank nicht, da er sich stehend nicht mehr auf den Beinen halten konnte.

Ich strebte Richtung Hoteleingangstür und stieß mit dem graugesträhnten Vater vom Pool zusammen.

»Sind Sie dem Inferno an Ihrem Tisch endlich entkommen?«, fragte er mich in astreinem Deutsch.

»Ja, aber ich habe einen Stich«, antwortete ich völlig überrascht.

Der war ja richtig nett.

Er zog eine Augenbraue hoch – wie sexy war das denn? – und fragte: »Ist es schlimm?«

Was ich natürlich verneinte. Ich kam mir so dämlich vor, dass ich ihn, leider, einfach stehen ließ und in mein Zimmer flüchtete. Sofort packte ich die kleinen Pads aus der hiesigen Apotheke aus und klebte sie auf die juckenden Stellen. Den Rest der Nacht lag ich ausgestreckt auf meinem Bett und litt.

An meinen Mückenstichen und der Tatsache, dass ich Ignorant den graugesträhnten Vater nur für den Lärm seiner Kinder verantwortlich gemacht hatte, ohne zu bemerken, dass er wirklich sehr, sehr reizend war.

Am nächsten Morgen packte ich meine Sachen, ließ Conny vom Hotelpersonal wecken und erwartete sie an der Rezeption. Meine Hälfte der Rechnung hatte ich schon gezahlt, das Mietauto stand vor der Tür, als eine völlig übernächtigte Conny auf mich zutrabte.

»Hast du schon bezahlt?«, fragte sie mich, die Augen hinter einer großen Sonnenbrille versteckt.

»Ja«, antwortete ich, »mach hinne.«

Conny brauchte zwanzig Minuten, bis sie ihre EC-Karte gefunden hatte, und weitere fünfzehn, bis ihr ihre Geheimnummer wieder eingefallen war.

Ich fuhr.

An der letzten Tankstelle kurz vor dem Flughafen hatten ungefähr fünfundzwanzig weitere Urlauber die Idee, ihr Mietauto genau hier aufzutanken.

Conny war keine Hilfe. Ich musste allein meine Nerven wegen der Warterei in den Griff kriegen, schwitzend an der Kasse anstehen und schließlich den Wagen bei der Agentur abgeben.

Ich bugsierte Conny schließlich in ein Flughafen-Café und stellte mich mit unserem Gepäck am Schalter an.

Vor mir die Gutverdiener-Gattin vom Hinflug.

Was musste ich alles noch ertragen? Braungebrannt, gestylt bis zum letzten Haar, das Louis-Vuitton-Täschchen wieder im Anschlag, lächelte sie mir huldvoll zu.

Ich mit angeklatschten Haaren von meinem Pool-Reinfall, einer dicken Mückenstichbeule an der Stirn, über der man deutlich den durchsichtigen Pad kleben sah, da er sich an einem Rand leicht hochhob, dicke dunkle Ränder unter den Augen, Überbleibsel der letzten schlaflosen, kurzen Nacht – und einem deutlich sichtbaren weißen Rand um den Mund, wo ich meinen Sonnenschutz-Fettstift zu breit aufgetragen hatte.

Toll. Ich kam mir so richtig schön unbedeutend vor.

Im Flieger verschlief Conny ihre Flugangst. Sie war platt. Mit Claudia & Co. hatte sie sich noch zu mehreren Karaoke-Auftritten im Hotel-Nachtclub überreden lassen. Ihren Alkoholkonsum konnte sie nicht mehr lückenlos rekapitulieren.

Ich schon. An der astronomischen Höhe meines Teils der Hotelrechnung hatte ich, geschockt einer Ohnmacht nahe, festgestellt, dass Conny so großzügig gewesen war, die gesamte Summe des feuchtfröhlichen Abschiedsabends zu viert zu übernehmen. Also auf unsere gemeinsame Gesamtrechnung setzen zu lassen.

Und ich hatte natürlich wieder mal die Schuld dafür bei mir gesucht und gefunden.

Wie?

Ganz einfach.

Wenn ich vor unserer Terrassen-Sause nicht so blöd gewesen wäre, mich nicht mit meinem Anti-Mücken-Spray einzunebeln, wäre ich ja da gewesen und hätte auf jeden Fall dafür gesorgt, dass die Rechnung gesplittet worden wäre.

Für solche Fälle habe ich nämlich in allen möglichen Sprachen die richtige Formulierung auswendig gelernt.

Ich selbst saß während des gesamten Flugs eingezwängt zwischen der im Tiefschlaf schnorchelnden Conny und einem leicht übergewichtigen Mann, der in üblicher Kerl-Attitüde gleich mal mit seinem Ellenbogen die Lehne zwischen uns okkupiert hatte. Bedauerlicherweise bestand seine Reiselektüre aus einem überdimensionalen deutschen Wochenblatt, dessen Ausmaße einen breiten Teil meines Gesichtsfeldes abdeckten.

Meine Ärmchen dicht an mich gepresst, überließ ich mich meinen Tagträumereien. Gleich würde ich wieder heimischen Boden betreten. Ganz sicher würde mich eine kühle Witterung erwarten. Der Sommer war vorbei. Ich war so überzeugt, dass es sicher regnen würde, dass ich mir sogar ein kleines, erwartungsfrohes Lächeln nicht verkneifen konnte.

Kurz vor der Landung lagerte Connys scheintoter Kopf schwer auf meiner linken Schulter und die Hand des nun ebenfalls eingenickten Macho-Knispels auf meinem rechten Oberschenkel.

Egal, ich war daheim.

Stoisch ertrug ich das Aussteige-Chaos. Hektisches Greifen neben meinem Kopf nach schweren Gepäckstücken aus den Ablagefächern, brutales Drücken von Rollkoffern in meine Kniekehlen, einen laut schreienden Kindermund unmittelbar an meinem rechten Ohr.

Immer noch lächelte ich still vor mich hin. Ich war mir so sicher, dass ich gleich würde tief durchatmen können, dass ich ganz gegen meine Gewohnheit sogar der Stewardess am Ausgang freundlich zunickte.

Wusch! Heiße Luft schlug mir an der Gangway entgegen. Was war das denn? Das war ja eins zu eins die Sahara-Mischung der Cote d'Azur. Waren wir denn gar nicht geflogen? War dies ein grausamer Täuschungsversuch des renommierten Luftfahrtanbieters, dessen Sonderangebot wir gebucht hatten?

»Super«, ließ sich Conny zum ersten Mal seit zwei Stunden stimmlich vernehmen. »Hier ist ja auch noch Hochsommer.«

Im Gegensatz zu ihr, die während der Taxifahrt ununterbrochen redete, über den netten gestrigen Abend, ihren gelungenen Karaoke-Auftritt mit »I Will always Love You« und vor allem ihrem Duett mit Pierre, dem supersüßen Schwimmlehrer, den Claudia tatsächlich noch, kurz vor vier Uhr früh, an ihre Seite geschleppt hatte.

Ich sah aus dem Fenster. Gleißendes Sonnenlicht, verbrannte Felder links und rechts der Autobahn, in der Stadt Fußgänger im Mucki-Shirt und in kurzen Hosen, von Menschen überfüllte Straßencafés, Arschgeweihe in unterschiedlichen Größen über Shorts-Bündchen bei zig Mädels mit stark variierenden Kleidergrößen, brüllende, rot angelaufene Kleinkinder und die Aussage unseres Fahrers: »Über 35 Grad. Hatten wir die ganze Zeit. Soll übrigens noch bis in den Oktober rein so bleiben.«

Conny strahlte.

Ich überlegte ernsthaft, ob ich ihre unanständig gute Laune zerstören sollte.

Dass ich das konnte, wusste ich.

Immerhin hatte ich ihr nicht erzählt, dass mich gestern Nacht mein Mückenstiche-Kratzzwang frühmorgens an mein Hotelfenster getrieben hatte und ich Connys Schwarm

Pierre gesehen hatte. Er wurde von seinem Freund, dem Sommelier des Hauses, abgeholt.

Und zwar sehr liebevoll. Beide fielen sich um den Hals und begrüßten sich mit einem filmreifen Kuss.

Der Schwimmlehrer war schwul.

September

Wo kommen die ganzen superdünnen Models her? oder Warum laufen im Fernsehen nur Wiederholungen?

»Wie war's denn?« Erwartungsfroh blickte mich Tatzi an. Sie hatte mich gleich nach meiner Rückkehr aus dem Kurzurlaub angerufen. »Komm doch vorbei. Ich will alles wissen«, war ihre telefonische Ansage, und ich hatte zugesagt.

Zu heiß war es in meiner Wohnung. Als ich völlig demoralisiert meine Wohnungstür aufgeschlossen hatte, schlug mir abgestandene Luft entgegen. Ich hatte vergessen, vor meiner Abreise die Rollladen runterzulassen, und die auf die Fenster strahlende, unbarmherzige Sonne hatte meine Räume in eine Sauna verwandelt. Also floh ich in Tatzis kühles Refugium, ihre schattige Terrasse, umgeben von makellosen Rasenflächen, Blumenbeeten und Vertrauen erweckenden, hohen Bäumen.

Sie servierte gekühlte Getränke und wollte alles, wirklich alles, über meinen Sommertrip wissen.

»Tja«, begann ich zögernd.

»Das Hotel? War gut?«, fragte sie ungeduldig.

Nun ist es ja so. Wenn Leute aus dem Urlaub kommen, wollen ihre Bekannten und Freunde ja eigentlich alles hören, nur nichts Positives. Immerhin sind sie ja die armen

Daheimgebliebenen und dementsprechend, verständlicherweise, voll neidisch.

Bei Tatzi war das anders. Sie konnte sich an der Seite von Bernd so viele Urlaube leisten, wie sie nur wollte. Bei ihr war das Interesse nur deshalb so groß, weil sie meine Abwehr gegenüber Sonne, Sommer, Tralala kannte.

»Tja«, hob ich an. »Eigentlich gar nicht so schlecht«, sagte ich dann zu meiner eigenen Überraschung. Vor meinem geistigen Auge erhob sich das Hotel majestätisch hoch über der Küste Monte Carlos als ein eigentlich sehr hübsches architektonisches Schmuckstück. Gut gemacht, mit der runden Auffahrt und dem ja doch eigentlich sehr freundlichen Doorman, der erst richtig mürrisch wurde, als er merkte, dass wir ihm kein Trinkgeld gaben. Dabei war das nur Unsicherheit bei uns. Wer weiß denn schon, wie viel man wem zu geben hat. Und ehe man sich so richtig lächerlich macht, tut man lieber so, als sähe man die offene Hand des Personals nicht.

»Ja, und dein Zimmer?«, wollte Tatzi wissen.

»Eigentlich ganz schön«, hörte ich mich sagen. Hoppla, wie kam ich denn jetzt darauf? Ich hatte mich doch immer in dem Halbdämmer, das mich abends erwartete, so depressiv gefühlt. In meiner Erinnerung sah das Ganze jetzt etwas anders aus. Der Raum war relativ groß gewesen, mit breiten Fensterfronten und einer darumlaufenden Außenterrasse. Zwar nicht besonders breit, aber ich erinnerte mich plötzlich wieder daran, dass ich sogar einmal nach dem Frühstück dort auf einer sehr komfortablen Liege eingedöst war.

Die Tapeten reflektierten bei Sonneneinstrahlung einen satten, behäbigen Goldton, und das Bett hatte vernünftige

Matratzen. Die Sessel der kleinen Sitzgruppe waren auch gar nicht so unbequem gewesen, auch wenn mir der hygienische Zustand der Stoffbespannung einiges Unbehagen verursachte.

Tatzi starrte mich mit offenem Mund an.

Ich konnte sie gut verstehen. Ich war ja selbst ganz überrascht. Ich war so genervt und unglücklich in meinem fremdverordneten Kurzurlaub in meiner Hasskappenzeit Sommer gewesen, dass ich eigentlich nur darauf gewartet hatte, nach meiner Rückkehr so richtig vom Leder zu ziehen. Und jetzt ertappte ich mich dabei, dass in meiner Erinnerung alles ganz anders wurde. Eigentlich war es ja doch ganz schön gewesen. Das Essen, die Getränke, die Luft, das Ambiente.

Wie alle anderen Menschen begann ich zu schwärmen. Wie köstlich der Wein gewesen war, wie luxuriös die Ausstattung der Luxusherberge, wie schick einige Monegassen daherkamen, Tatzi unterbrach mich.

»Das gibt's ja wohl gar nicht. Was haben sie denn mit dir gemacht?«

Ich überlegte blitzschnell, wie weit ich in meiner schonungslosen Offenheit gehen konnte. Sollte ich mich so weit gehen lassen, ihr zu erzählen, dass ich doch tatsächlich zu guter Letzt am Flughafen in Nizza in eine Boutique gegangen war und mir einen neuen Badeanzug gekauft hatte.

Einen Leoprint-Badeanzug.

Jawohl. Er war schweineteuer gewesen, aber jetzt als Sonderangebot deklariert gewesen.

30 Prozent runter. Da konnte ich ja schon mal nicht anders. Erstens hatte mir diese Preisreduzierung suggeriert, dass ich auf der sicheren Seite meines Lebens war und der

Sommer endlich in den letzten Zügen lag. Wenn schon am Flughafen in Nizza die Bademode billiger wurde, lag diese schöne Überlegung ja wohl auf der Hand. Und dann hatte sich in meinem Hirn der Anblick einer der beiden superdürren-locker-flockigen Tussen eingebrannt, die eben einen Leoprint-Bikini zur Schau getragen hatte.

Okay, die Größe des Badeanzugs entsprach nicht der von mir benötigten. Aber bei einem Schnäppchen konnte man auf so eine Petitesse keine Rücksicht nehmen. Ich hatte mir das edle Teil vor einem Spiegel vorgehalten und entschieden, dass es passen würde. Immerhin sind Badeanzüge ja aus Stretch-Material gearbeitet, und ich war da ganz guter Dinge.

Zu Hause sah die Sache ein wenig anders aus. Als ich mich vor meinen eigenen Spiegel traute, dämmerte mir die Erkenntnis, dass ich einen Fehlkauf getätigt hatte. Bereits im Flieger streifte mich der Hauch einer Ahnung, als ich noch einmal an den Preis gedacht hatte und mir bewusst geworden war, dass die Verkäuferin vermutlich einen fiktiven Ursprungspreis aufs Schildchen fabriziert hatte, um dann mit angeblichen 30 Prozent Nachlass noch weit über dem Einkaufspreis zu landen.

Wahrscheinlich scheffelte sie extrem viel Geld, da ja wohl jede Frau, die anschließend zum Gate geht, keine Zeit mit Anprobieren vergeuden kann. Also war die prekäre Größenfrage damit auch schon mal vom Tisch. Dann kamen noch Sprachbarrieren hinzu – also, kurzum, sie hatte eine Goldgrube und saß darin wie eine Spinne in ihrem Netz.

Aber, so hatte ich mich getröstet, das Teil würde mir bestimmt passen und mir auch ganz sicher gut stehen. Ich war überzeugt, dass die paar Tage, vor allem das einmalige Eintauchen in den Pool, sicher die Abmessungen meines Körpers ein bisschen reduziert hätten und dass auch ich ein wenig Farbe angenommen hätte.

Leider nicht.

Mein Anblick in den schützenden Wänden meines Zuhauses offenbarte eine andere Wahrheit. Zunächst einmal fiel mir nach zögerndem Umdrehen zu meiner rückwärtigen Front auf, dass die entsetzlich vielen Mückenstiche mir das Aussehen einer Maserkranken verliehen. Dann musste ich zur Kenntnis nehmen, dass meine medizinischen Sonnenschutzmittel ganze Arbeit geleistet hatten.

Ich war kalkweiß.

Und dann gab es da noch die optische Wahrheit, dass zu knappe Badeanzüge niemandem stehen. Mir schon gar nicht. Der hohe Beinausschnitt führte zu leichten Wellen an meinen Hüften. Die Träger schnitten blutstauend in meine Schultern. Und das eingearbeitete Büstenteil stand wie zwei Eistütchen oberhalb meines weit darunter befindlichen Busens. Vorsichtige Versuche, diesen mittels Hochzerraktionen in die beiden Körbchen zu befördern, schlugen fehl.

Meine Anatomie siegte.

Also blendete ich das Histörchen meiner Badeanzug-Kaufaktion aus meiner Reisebeschreibung aus und rettete mich in blumenreiche Beschreibungen der anmutigen Landschaft Monte Carlos. Und während ich dieses tat, kehrte meine wahre Natur zurück.

Ich erzählte Tatzi aus meiner Sicht von der brüllend heißen smoggeschwängerten Luft des Mini-Staates, berichtete von der schrecklich heißen Tiefgarage unter dem Einkaufszentrum, aus dem sich Conny und ich in Todesangst rennend befreit hatten – und fühlte mich wieder in meinem Element.

Gestenreich beschrieb ich die Szenerie des letzten Abendessens auf der marmorgefliesten Terrasse des Hotels. Mein innerer Film präsentierte mir wahnsinnig dünne Model-Verschnitte, die in perfekten Outfits einen sensationellen Anblick boten.

Tiefdekolletierte Kleidchen, megakurz, perfekt stramme Schenkel, garantiert cellulitefreie Zone.

Während ich erzählte, merkte ich, dass doch noch viele Fragen offen geblieben waren.

Was machten die wohl in ihrem normalen Leben? Wo kommen solche Dürr-Hippen bloß alle her? In jeder Sommer-Saison tauchen sie auf, tragen den gerade angesagten Modestil, der ihnen fatalerweise auch noch steht. Scheinen von keiner tieferen Sinnfrage gepeinigt, können sogar Kettchen um die Fußknöchel und Zehenringe tragen, ohne komplett bescheuert zu wirken. Kennen offensichtlich alle einen geheimnisvollen Time-Code, um punktgenau Männer kennen zu lernen, die sie auf schmucke Yachten einladen, von denen sie am frühen Abend wieder runterstiefeln, natürlich dann im superlässig wirkenden weißen, überlangen Männerhemd mit dem topmodischen Ledergürtel um die Hüften. Ein Anblick, den ich exakt so in den Frauenzeitschriften staunend zur Kenntnis genommen hatte. Getröstet hatte mich damals nur das Wissen, dass solche Fotos ja furchtbar gestellt wirken, dass die Models von einem Tross von Stylisten und Visagisten für genau diesen Moment hergerichtet werden und dass so ein magischer Moment im wirklichen Leben einer Frau nie Realität wird.

Und nun das. Die beiden Mädels hatten mich schon am Pool irritiert, als sie ihre Superbodys im knappen Bikini zur Schau stellten. Natürlich perfekt vorgebräunt – streifenfrei. Um den Hals die mehrlagigen, trendigen Ketten, die Haare zu einem perfekten Beach-Knoten zusammengefriemelt, in Form gebracht durch Unmengen von Gel, wie es der Frisiertipp einer Gazette vorgeschrieben hatte. Und klar, als sie mit auch noch astreinem Körper ins Wasser sprangen (alle hatten erwartungsvoll zugeschaut), war die Pracht nach mehrmaligem Tauchen um keinen Millimeter verrückt. Schwimmen konnten sie auch noch relativ passabel, und von einem Zwang, sich nach dem Baden umzuziehen, waren sie weit entfernt.

Unter meiner Sonnenschirm-Burg hatte ich mich missmutig angesichts solcher Perfektion sogar unschwesterlich damit getröstet, dass die nächste Blasenerkältung, ach was, Nierenbeckeninfektion nicht lange auf sich warten lassen würde. Allerdings muss ich zugeben, dass die Supi-Tanten so wenig Stoff an sich trugen, dass dieses Etwas in null Komma nix in der Sonne wieder trocknete.

Und einen Sonnenbrand hatten sie auch nicht bekommen. Vorbeugend hatten alle nämlich eine wahre Eincrem-Orgie veranstaltet, aber wie mein geschultes Auge festgestellt hatte, galt diese nicht dem Schutz ihrer Haut, sondern dem Anmachen aller anwesenden Männer am Schauplatz. Die beiden Grazien ölten sich gegenseitig so gekonnt ein, dass ich meinte, sie hatten diese Fertigkeit in ihrem erfolgreichen Leben als Pornostars gelernt.

»Und dann«, so berichtete ich der gespannt lauschenden Tatzi, »saßen die beiden natürlich als dekorativer Mittelpunkt des abendlichen Geschehens an einem Tisch mit zwei Sugar-Daddys, die ihre Wampen in zu enge Hemden gepresst hatten.« Tatzi schaltete sich ein: »Garantiert standen bei denen die Knopfleisten fast bis zum Bauchnabel offen und legten ansehnliche Brüste und schütteres Brusthaar frei, stimmt's?«

Ich nickte und begab mich wieder auf meine innere Zeitreise.

Mit viel Gekicher und Gegurre hatten die beiden Sommersternchen die Aufmerksamkeit auf sich gezogen. Ein bisschen kommen mir solche Frauen immer wie die exotischen Tierchen vor, die nur einen Sommer lang existieren. Ich meine, wie wollen denn solche filigranen Geschöpfe im Winter zur Geltung kommen? So abgehungert zart, müssten sie doch eigentlich in meiner geliebten Stiefelsaison Winter wie ein zu kurz geratener gestiefelter Kater abschmieren.

Eigentlich war es eben doch wieder ganz furchtbar gewesen.

Auch Tatzi sah zufrieden aus. Ich war wieder die Alte.

So in meinem Weltbild gefestigt, traf mich der jetzt anstehende heimische Endlos-Sommer-Alltag am nächsten Tag nicht ganz unvorbereitet. Bei meinem Friseur musste ich mir Erzählungen aller Haarkünstler über abendliche Ausflüge zum nächstgelegenen Baggersee anhören. Die Kundinnen standen in nichts nach und plauderten über abendliche Sitz-Marathons in den Gärten angesagter Restaurants, stimmungsvolle Cocktailpartys am Rande ihrer Swimmingpools, während ich mich lieber mit ihnen über die mangelhafte Qualität aller Fernsehprogramme ausgetauscht hätte.

Haben Sie auch schon zum zehnten Mal alle »Columbo«-Folgen gesehen? Sommer für Sommer quälen uns die Programmverantwortlichen mit ihren Wiederholungs-Marathons. Ich kann bei meinen einschlägigen Lieblings-Krimiserien schon nahezu alle Dialoge mitsprechen. Wieso werden alle vernünftigen Leute, die sich wenigstens dem kollektiven Sommerurlaubs-Wahnsinn verweigern, so schwer bestraft? Warum zeigen die TV-Macher allen Daheimgebliebenen symbolisch den Stinkefinger, indem sie ihnen frische Programmware verweigern. So, als warteten sie lieber auf die Rückkehr der unzähligen Sonnen-Junkies, ehe Serien fortlaufen oder ansprechende Filme über die Mattscheibe flimmern.

Es sollte genau umgekehrt sein. Die Menschen, die es sich nicht leisten können oder wollen, fortzujetten, müssten belohnt werden mit besonders unterhaltsamer Fernseh-Kost.

Ich rettete mich über diese Entzugsphase mit dem Anschauen aller von mir aufgezeichneten Sendungen, die ich in den vergangenen Wochen aus Zeitmangel nicht zum Zeitpunkt ihrer Ausstrahlung sehen konnte. Ha! Ich hatte mich mit dieser cleveren Aktion von der Diktatur der Programmplaner befreit.

Und so saß ich vor der Glotze, während die, geschätzt alle anderen, in den Straßencafés, Restaurant-Gärten und -Hinterhöfen, an den Seen und in den Parks rumlungerten.

Oder auf ihren Balkonen.

Deren Leben blieb mir natürlich bei aller Draußen-Abstinenz nicht verborgen. Vor allem das Openair-Dasein meiner unmittelbaren Unter- und Neben-mir-Mieter. Dass die Ehe des Paares drunter so im Eimer war, hatte ich ja nicht geahnt. Mir erschienen sie immer als ein recht stimmiges Team, korrekt grüßend und vor allem morgens immer gemeinsam aus dem Haus gehend. Da darf man wohl doch vermuten, dass ehetechnisch alles rund läuft. Offensichtlich, so wurde mir jetzt jeden Abend klar, war das gemeinsame Hausverlassen das einzige Bindeglied zwischen ihnen. Ihre Dialoge auf dem Balkon drehten sich um Geld (was sie zu wenig haben), um Sex (den sie ihrer Meinung nach zu viel hatten), um Kinder (von denen sie seiner Meinung nach zu viel haben) und merkwürdigerweise um Haare (von denen sie, seiner Meinung nach, zu viel unter den Armen und er, ihrer Meinung nach, zu wenig auf dem Kopf hat).

Ich litt unter den abendlichen Endlosdiskussionen, die fatalerweise nur zu Beginn in gedämpfter Lautstärke geführt wurden und im Laufe der heißen Nächte in infernalischem Gekeife gipfelten. Je länger dieser so schreckliche September-Heißsommer dauerte und damit das ungewollte Anhören der redundanten Szenen einer Ehe, umso härter wurde der Gebrauchstest für meinen Fernseher. Ich jagte die Dezibel meines Tonreglers in ungeahnte Sphären, was mich echt fertigmachte, da ich mich immer so erschrecke, wenn meine Lieblings-TV-Ermittlerin in einem dunklen Gemäuer von dem fiesen Mörder überrascht wird und sie in erregter Schnappatmung laut ein- oder ausatmet. Mein Herz raste bei jeder solchen Einstellung.

Meine Nachbarn brüllten ungehemmt weiter.

Wenn sie so gegen ein Uhr ihr aufregendes Miteinander innerhalb der Wohnung fortsetzten, übernahm der Mieter von rechts neben mir die Hoheit über die nächtliche Lärmkulisse. Sein Handy-Klingelton bewies seinen intellektuellen Background.

Rrrriiiiinnnnggggeeedddiiiinnnnggeeeedddiiinnngg-ggg!

Ein »Crazy-Frog«-Adept.

In meternaher Nähe. Ich fürchtete mich mittlerweile vor jeder grottoid heißen Nacht. Der »Crazy-Frog«-Fan schien eine Freundin in Übersee zu haben. Man konnte die Uhr nach seinem »Ringedingeding« stellen. Er ließ extralange klingen, vermutlich um sich den Anschein von »busy« zu geben. Auf jeden Fall redete er anschließend viel und laut – über sich, seine Gefühle und die Wetterlage in Deutschland.

Ich konnte diesem Klingelton-Geschmacksmassaker mit anschließender Endlos-Nachrichten-Übermittlungsarie leider nicht entkommen, da ich aus purem Überlebenswillen die Fenster meines Schlafzimmers auflassen musste. Und so lag ich schlaflos in meinem Bett und verwünschte Nacht für Nacht die Wahl meines Domizils und die grausame Zufälligkeit bei der Zuteilung von Nachbarn.

Wenigstens konnte ich mich nachts ohne Textilien innerhalb meiner so wüst beschallten Wohnung bewegen. Für draußen griff mal wieder mein bewährter Zwiebel-Bedeckungs-Look. Grund waren die 16 Mückenstiche, die ich aus Monte Carlo mitgebracht hatte. Sie waren von großflächig geröteten Partien zu dick knubbeligen Höckern mutiert. Und das alles auf meiner kalkigen Hautoberfläche, die mit den mittlerweile dunkelroten Pocken einen Eindruck des allerletzten Stadiums einer schlimmen Hautkrankheit vermittelte.

Deshalb war ich jetzt dazu gezwungen, mit langer Hose, langärmeligem Oberteil und einem völlig unkleidsam hinfrisierten Schräg-Pony mein tägliches Pensum beruflicher

Tätigkeit zu absolvieren, um allen scheelen Blicken auszuweichen. Die viel zu warme Kluft unterschied sich zwar in nichts von meinen üblichen Sommer-Outfits, aber es war ja nun etwas anderes, ob man sich freiwillig verhüllt oder sich dazu gezwungen fühlt.

Nach drei Wochen Enthaltsamkeit in Sachen Conny wollte ich doch mal wieder wissen, wie ihr denn so der Start in Sachen Berufsleben geglückt war. Dreimal lief nur die Mailbox auf ihrem Handy, zu Hause begrüßte mich ihr Anrufbeantworter. Beim dritten Versuch sprach ich artig darauf und bat um Rückruf. Stunden später meldete sie sich.

Doch, eigentlich ginge es ihr sehr gut, meinte sie angelegentlich, vor allem seien alle Bekannten neidisch auf ihre fantastische Bräune.

»Wie?«, ließ ich mich hinreißen zu fragen. »Und was ist mit deinem Sonnenbrand?«

»Hattest du ihn also doch bemerkt?«, fragte sie mich spitz. »Und warum hast du mir nichts gesagt?«

Ja, wann hätte ich das an unserem rheinischen Abend wohl unterbringen können?

»Ich wollte dich nicht vor Claudia und Co. blamieren«, fiel mir ein.

»Claudia ist es doch aufgefallen, dass gerade diese Stellen jetzt eine ganz besonders schöne Färbung haben.«

»Wie?« Jetzt war ich etwas irritiert.

»Ja. Claudia und Günni sind hier. Schon seit einer Woche«, erklärte sie.

Schluck.

»Hast du ihnen deine Adresse gegeben?«, fragte ich entsetzt.

»Nein.«

»Wie haben sie dich denn dann gefunden?«, wollte ich wissen.

»Günni ist doch Systemprogrammierer. Der hat tausend Kontakte und hat echt was drauf. Der hat sogar meine Geheimnummer rausgekriegt.«

Na, sauber.

»Hast du Lust, auf einen Drink vorbeizukommen?«, fragte mich Conny.

»Wird wohl nichts werden. Ich hab furchtbar viel zu tun«, antwortete ich, vielleicht ein klein bisschen zu hastig.

»Schade«, meinte Conny. »Du warst ihnen so sympathisch. Sie haben dich wohl gleich ins Herz geschlossen. Vor allem Günni fand, dass man sich mit dir wahnsinnig gut unterhalten kann. Finde ich ja auch.«

Ich habe Conny diese letzte Bemerkung lange übel genommen. Ich wusste nämlich noch ganz genau, dass ich zu Günni, Claudias Mann, nicht einen Satz gesagt hatte, sondern nur seine unzähligen Sottisen abgenickt hatte. Und wenn Conny mich wie dieser rheinländische Günni nur als Abnicker wahrnimmt, gab es ein Problem. Entweder stimmte etwas mit meiner Eigenwahrnehmung nicht, oder die ihre meiner Person war gestört.

Spätfolgen eines gemeinsamen Sommerurlaubs. Ich wüsste gerne einmal, wie viele Freundschaften nach solchen Unternehmungen auseinanderbrechen. Ich weiß schon, warum ich mich normalerweise solchen Zerreißproben entziehe.

Offensichtlich hat jeder Mensch eine geheime Seite, die erst bei heißen Sommertemperaturen zum Vorschein kommt. So, als trage man normalerweise einen Schutzpanzer aus Eis um sich herum. Im Sommer-Miteinander schmilzt die schützende Hülle, und der wahre Charakter kommt zum Vorschein. Und dann gibt's Gemetzel. Im Winter scheinen die vielen Klamotten, die man anhat, Raum für dankenswerte Camouflage zu bieten. Mir kommt das halt sehr entgegen. Ich schätze Entblößungen nicht sosehr. Weder im realen noch im übertragenen Sinne.

Nun ist es nicht so, dass mir Connys Meinung egal ist. Aber ein klärendes Gespräch im Beisein ihrer aufdringlichen Urlaubsbekannten, nein danke. Ich machte mich eine Woche später auf in die Stadtmitte und steuerte meine Lieblingsbuchhandlung an. Bisher war ich dort nur als Großeinkäuferin in Sachen Krimis bekannt, jetzt suchte ich zum ersten Mal eine andere Abteilung.

»Ratgeber?«, überprüfte die kundige Fachverkäuferin erstaunt meine Anfrage. Sie war nämlich meine Gefährtin im Geiste in Sachen perfide Abgründe in mörderischen Kriminellen-Herzen und überraschenden Geistesblitzen bei selbstquälerischen Ermittler-Duos. Sie las zu Hause immer alle Neuerscheinungen – und empfahl mir dann die besten Exemplare unter den Grusel-Schockern.

Ich nickte. Ja. Heute wollte ich tatsächlich meinen Horizont erweitern und mir von psychologisch geschulten Autoren meine mich ehrlich beschäftigende Beziehungsfrage klären lassen.

Den dazu passenden Titel sah ich schon vor meinem geistigen Auge: »Wie sieht dich deine Freundin?« Als Untertitel wollte ich ein »Vom Beziehungs-Auf-und-Ab langjähriger Verbindungen im außerfamiliären Bereich« gerne akzeptieren.

Ich konnte mit meinem aktuellen Problem nicht allein sein. Ich erklomm also die breitgeschwungene Treppe zum ersten Stock, in den ich noch nie vorgedrungen war. Wo musste ich denn nun hin? Die erste Dame im geringelten Sweater outete sich als Kundin, die zweite in Jeans und Blüschen wollte ebenfalls etwas kaufen. Wieso liefen die dann ohne Handtasche rum? Die Lösung dieses Rätsels lag hinter dem ersten Regal: Eine Leseecke mit feudal gepolsterter Sitzbank. Hier stapelten sich nicht nur Kinderwagen samt unterschiedlich gestimmter Kleinkinder, dort saßen auch, Hinterbacke an Hinterbacke, Männer und Frauen und lasen in Neuerscheinungen. Einige schienen entrückt im Stoff versunken, andere blätterten abwesend und griffen schon nach einem weiteren Exemplar im Stapel der ausgewählten Bücher neben sich, ein Pärchen schien sich die Dialoge eines Romans mit verteilten Rollen gegenseitig vorzulesen. Was für eine Idylle.

Hinter ihnen, zwischen ihnen, ja, auch unter ihren Beinen, lagen zuhauf Jacken, Taschen und prall gefüllte Einkaufstüten. Das diese nicht nur Textilien enthielten, ließ sich am leichten Fisch- und Käsegeruch erahnen, der über der zusammengewürfelten Leserschar lag. Sozusagen ein Hauch von Lebensmittelnormalität über einer mental beglückt wirkenden Gruppe Lesefutter konsumierender Menschen.

Die Szenerie wirkte durchgeistigt, und automatisch nahm ich mir vor, bei meinem nächsten Versuch, eine Verkäuferin zu finden, mich ihr nur flüsternd als Kundin zu offenbaren.

Vor einiger Zeit hatte ich einem fantastischen Experiment beigewohnt. Bei einem Gang über eine der Einkaufsprachtstraßen meiner Stadt hatte mich eine Gruppe von Schaulustigen vor dem Fenster einer Buchhandlung (noch im Familienbesitz) neugierig gemacht. Im Schaufenster sah ich eine grauhaarige Frau auf einem Holzstuhl sitzen – und lesen. Eine Skulptur im absolut realistischen Stil.

Doll. So ein Kunstwerk würde ich glatt in die Eingangshalle meiner stattlichen Villa stellen, wenn ich denn eine hätte.

Da krabbelte sich die Figur an der Nase. Und ein Raunen ging durch die Menge. »Die ist ja echt«, stellte ein Teenie mit Nasenpiercing und mattschwarz gefärbten Haaren enttäuscht neben mir fest.

Stand ja auch da.

Ein eigentlich nicht zu übersehendes Pappschild im rechten Teil der Schaufensterauslage lockte: »Werden Sie Leser für eine halbe Stunde. Suchen Sie sich ein Exemplar Ihrer Wahl aus, lesen Sie dreißig Minuten im Schaufenster, und Sie bekommen das Buch geschenkt.«

Eine Superidee. Sozusagen Kunst im Alltag und ein Anreiz zu lesen. Und vor allem ein Gratis-Stuhl, um ein bisschen zu schmökern. In dem Traditionsladen existiert nämlich keine zum Verweilen einladende Lese-Wohlfühl-Verweil-Bequem-Sitz-Couch. Hier habe ich schon manches Mal auf den Ablagen der Regale gehockt, um mich zu informieren. Was ich überaus charmant fand, mein Hintern dagegen nicht.

Allerdings hatte ich dabei aber auch registriert, dass die entzückende Buchhandlung keine Klimaanlage besaß und dass nach all mir bekannten physikalischen Gesetzen das Sitzen hinter der Glasscheibe bei sommerlichen Temperaturen vermutlich zur schweißtreibenden Anstrengung werden würde.

Seitdem hoffe ich persönlich auf eine Wiederholung der

Aktion im Winter – dann bin ich dabei. Ich liebe solche kreativen Kapriolen, und es schmeichelt ja auch, wenn einen zufällig vorbeigehende Menschen bei dem Schönsten, was ich kenne, fotografieren: dem Lesen.

Jetzt wollte ich diesem meinem Laster frönen. Aber ein bisschen wollte ich dieses Mal eben auch geheilt werden. Von dem Gefühl, meine Freundin Conny all die Jahre völlig falsch gesehen zu haben – und vor allem, von ihr falsch wahrgenommen worden zu sein.

»Entschuldigen Sie?«, hauchte ich in Richtung einer Dame, die mit einem Namensschildchen auf der Brust verziert war.

Sie drehte sich ab und ging weiter.

»T'schuldigung«, entfuhr es meinem Mund, in nicht mehr ganz so diskreter Lautstärke wie zuvor.

Erschrocken fuhr die Dame herum.

Alle Köpfe aus der Leserschar, die nebeneinander die Couch besetzt hielt, waren in meine Richtung gedreht.

Ich lief rot an. So einen Fauxpas kenne ich noch aus meinen Studiumzeiten, als ich komischerweise in den sprechfreien Zonen der Uni-Bibliothek immer ganz zufällig Freunde wiedertraf, die ich schon lange nicht mehr gesehen hatte, und denen ich natürlich samt dazugehöriger Lautbildung frohlockend um die Hälse fiel.

Ich habe dementsprechend viele Standardwerke nicht lesen können, da mich nach einigen Semestern das gesamte Personal kannte und auf eine Art schwarze Liste gesetzt hatte.

»Sorry«, flüsterte ich. »Können Sie mir helfen?«

»Ich will es gerne versuchen«, antwortete die Dame in ganz normalem Ton.

»Sie brauchen nicht zu flüstern. Wir sind hier doch nicht in einer Uni-Bibliothek.«

Ich weihte sie in meine persönliche Problematik ein, und sie runzelte die Stirn. »Das ist natürlich sehr speziell«, befand sie. »Aber wir schauen mal, was wir haben.«

Sie wandte sich einem Computer-Tischchen der Sonderklasse zu. Es war ein bisschen spacy gestaltet, und ich kam mir ein wenig wie in einem Raumfahrt-Versuchslabor vor. Virtuos bediente sie die Tasten des überdimensionalen Computers, stützte ihren Kopf auf eine Hand auf und las einige Titel vor. Die klangen alle nicht schlecht, aber ich wollte ja weder meine funktionierende Beziehungskiste mit meinem Lebensabschnittsgefährten noch die vielschichtigen Deutungsversuche von offensichtlich abhängig machenden Gefühlen von Vermieterinnen im beginnenden 18. Jahrhundert zu ihren Untermietern studieren.

Die nette Buchhändlerin schüttelte den Kopf. Hartnäckig gab sie immer neue Suchbegriffe ein, wir streiften sogar das weite Feld von Katzenliebhabern im Besonderen und das von viel verkaufter Lektüre in Bezug auf das Sehverhalten exotischer Primaten untereinander.

Sehen. Ich verstand schon. Sie zergliederte meinen Wunschtitel »Wie sieht dich deine Freundin?« in Einzelteile und hoffte, so einen Treffer zu erzielen. Sie schüttelte den Kopf. »Kommen Sie, ich zeige Ihnen mal unsere Bücher zu dem Komplex, der Sie beschäftigt. Vielleicht finden wir etwas Ähnliches.«

Erst einmal fand ich die Fachfrau wunderbar engagiert, und zum Zweiten war ich selbst, nachdem ich ihre vergeblichen Anstrengungen beobachtet hatte, zu einem Kompromiss bereit. Ich trabte hinter ihr her und blieb schließlich mit offenem Mund vor einer Riesenwand stehen.

»Das ist alles Beziehungsliteratur in Sachen Freundschaft?«, fragte ich entgeistert.

»Ein Teil davon«, korrigierte sie mich. Die nächste halbe Stunde standen wir wie die siamesischen Zwillinge mit exakt gleich schief gestelltem Kopf vor den Büchermassen, um nacheinander die Titel zu lesen. Manchmal stupsten wir uns gegenseitig an, zogen ein Exemplar heraus, lasen die Inhaltsangabe, schauten uns an und schüttelten den Kopf.

Kein Treffer.

Nach 45 Minuten schieden wir wie uralte Freundinnen. Ich hatte zwar nicht mein Buch bekommen, aber unser Gespräch während der Suche war für mich so aufschlussreich, dass ich eigentlich bekommen hatte, was ich wollte. Die Buchhändlerin, Frau Kröme, wie ich ihrem Namensschildchen entnahm, hatte auf fast alle meine Fragen eine profunde Antwort. Auch sie war schon durch viele Beziehungstäler mit ihren Freundinnen gegangen und hatte mir schon klarmachen können, dass eine beste Freundin einen häufig nur so wahrnehmen kann, wie sie sich selbst sieht.

»Deshalb«, so schloss sie gedankenverloren ihre Ausführungen, »halten auch manche Gute-Freundinnen-Beziehungen nur so lange, bis es eine der beiden wagt, sich weiterzuentwickeln. Ein solches Unterfangen wird naturgemäß von der ehemals engsten Freundin als Bedrohung angesehen. Sie selbst verharrt in ihren Lebensumständen. Da sie aber nicht dumm ist, ahnt sie, dass es auch für sie selbst überfällig ist, nach neuen Wegen zu suchen und ihren Horizont zu erweitern. Da ihr das aber nicht zeitgleich gelingt, verletzt sie in ihrer eigenen wissenden Hilflosigkeit lieber die alte Freundin mit einer spitzen Bemerkung, um sich den Anschein zu geben, sie seit genauso stark und autark.«

Boah.

»Und, sehen Sie«, fügte Frau Kröme hinzu, »Ihre Freundin Conny hat natürlich längst begriffen, dass sie sich mit den Zufallsbekannten aus dem Hotel in Monte Carlo keinen Gefallen getan hat. Jetzt wurde sie ja wohl von denen, holterdipolter, einfach überfallen, sie drängen sich als Gäste auf, aber sie kommt aus der Nummer nicht mehr raus. Und da sie sich über sich selbst ärgert, verpasst sie – zur eigenen seelischen Entlastung – lieber Ihnen eine.«

Was sollte ich sagen? Wir schieden als Seelenverwandte. Was für eine Frau. Wie sie alle Informationen über mein Privatleben, die ich ihr im Laufe der Buchsuche vertrauensvoll gegeben hatte, gleich in richtiger Art und Weise analysiert hatte, war für mich eine Offenbarung. Wir schüttelten uns noch lange die Hände, und ich lud sie im Überschwang meiner bewundernden Dankbarkeit zu einer Tasse Kaffee ein.

»Meine Pause ist schon vorbei«, begründete sie ihre Ablehnung. »Aber vielleicht beim nächsten Mal, wenn Sie wiederkommen.«

Als ich auf der Treppe nach unten war, begannen neue Dissonanzen mein absolutes Hochgefühl abzulösen.

Wie hatte sie denn das gemeint? Wirkte ich etwa wie ein Psycherl, das permanent nicht mit sich selbst zurechtkam? Ich dachte eigentlich immer, dass ich ganz selbstbewusst rüberkam. Kurzfristig zermarterte ich mein Hirn, ob ich in einer anderen Buchhandlung nach einem Ratgeber mit dem Titel »Sind gute Buchhändler auch gleichzeitig Top-Psychologen?« suchen sollte, doch dann siegte meine Freude über die unerwartete Begegnung mit einer fantastisch netten und klugen Frau.

Ja, gab ich mir selbst die Antwort: »Gute Buchhändler sind immer gute Psychologen!«

Auf dem Weg nach draußen stoppte ich wie gewohnt in meiner Lieblingsabteilung und kaufte auf Anhieb ohne Ansehen der Deckblätter voller Urvertrauen die vier dicken Krimis, die meine »Kennerin des Grauens« bereits stillschweigend an der Kasse für mich hinterlegt hatte.

Ich war in absoluter Hochstimmung.

Bücherschwer beladen, führte mich mein Weg durch eine der schönsten Einkaufspassagen der City. Irgendetwas war anders. Hatten zwei der Boutiquen dichtgemacht? Ich trat näher an die Schaufenster heran und sah – grau, braun und schwarz. Das waren keine Malerabdeckungen – das war Tristesse pur.

Die neuen Herbstkollektionen waren da.

Sosehr ich auch den Sommer hasse und mich nach den kühleren Jahreszeiten sehne, so wenig komme ich mit dem schnellen Deko-Wechsel in den Schaufenstern klar. Wenn ich mich inmitten gefühlten 29 Grad Celsius gerade damit abmühe, meine Einkaufstüten zu schleppen und dabei gleichzeitig auf Sling-Pumps eine gute Figur zu machen, trifft mich der frühe Anblick von grau-dunkelgrün melierten Tweed-Jacken, Dufflecoats in lila und vor allem Pelzmänteln mit Schling-Gürteln wie der Tiefschlag einen Boxer kurz vor dem rettenden Gong.

Nun haderte ich doch gerade noch mit meinem Badeanzug-Fehlkauf in Nizza, aber immerhin, ich hatte einen Sommerartikel erworben. Das bedeutet für mich einen epochalen Akt der Anpassung an das, was Psychologen Normalität nennen.

Und nun sollte ich, sowieso schon allen zeitlichen Abläufen hinterherhinkend, schon wieder umgepolt werden, um bei den schwitzig-wabernden Temperaturen die Lust zu empfinden, ein kratziges Tweed-Röckchen anzuprobieren.

Uuuaahhh.

Wie stellen sich denn die Modeeinkäufer das vor? Haben die eine Ahnung, wie sich der eklig kratzige Kontakt von Stoff mit meinen knubbeligen Mückenstich-Höckern auf meine Psyche auswirkt?

Dass ich das Teil nicht kaufen würde, wäre ja noch das kleinste Problem. Ich aber wäre traumatisiert für den Rest der kommenden Saison, würde Tausende von Frauen mit den angesagten Klamotten rumlaufen sehen und wäre schlicht nicht in der Lage, der Herde zu folgen.

Wo mir doch schon der Sommer so viele Probleme bereitet, würde mich der Frühdekorierzwang der raffgierigen Modeindustrie, verbunden mit meinem Zu-früh-Anprobier-Versuch, erneut zum sich dem Mainstream verweigernden Außenseiter werden lassen.

Kopfschüttelnd betrat ich die Rolltreppe, die mich zu meinem Supermarkt hinabbringt, den ich am häufigsten frequentiere und dessen Sortiment ich nachts runterbeten könnte, wenn mich jemand zu diesem Zwecke wecken würde. Eigentlich sollte man spätestens alle drei Monate die Filiale, besser sogar noch die Lebensmittel-Kette, wechseln, sonst kann man die ehemals so heiß begehrten

Produkte irgendwann nicht mehr sehen. Ich habe zum Beispiel jahrelang die No-Name-Buletten aus ebendieser Filiale gekauft und gegessen. Die Kleinstteile, die undefinierbaren Ursprungs waren, habe ich genauso lange ungerührt weggekaut.

Bei einer gemeinsamen Party mit Tatzi, Sebi, Juli, Franzi, Conny und vielen anderen hatten wir natürlich vereinbart, dass jeder etwas zu essen mitbringen sollte, und ich ließ mich nicht lumpen und brachte gleich drei Packungen meiner geliebten No-Name-Buletten mit. Tatzi hatte natürlich wieder ihren wundervollen Nudelsalat gemacht, Sebi immerhin drei Flaschen Ketchup gekauft, Juli backt immer so gerne und brachte einen American Cheese Cake mit, Franzis Wiener Würstchen schmeckten ganz köstlich, und Conny ließ großzügig vom Getränkehändler Bier und Wein, Chips und Salzstangen anliefern. Ach, und wir prügelten uns fast um den saftigen Leberkäse, die würzigen Käsesorten, den schönen Sahnequark, der Obstsalat war auch nicht zu verachten …

Nur meine No-Name-Buletten lagen zum Schluss der Party noch genauso da, wie ich sie arrangiert hatte. Kein Einziger hatte auch nur daran gerührt. Erst schimpfte ich meine Freunde innerlich Snobs. Ja, was denn? Hätten sie von meiner milden Gabe gekostet, wenn ich mit einem Messer einen Premium-Markennamen eingeritzt hätte?

Es konnte doch niemand ahnen, wie schlicht die Dinger waren, vor allem, wie simpel sie schmeckten. Sie hätten es doch wenigstens mal ausprobieren können.

Als wir uns verabschiedeten, hatte fast jeder ein mitgebrachtes Teil seines Services leer in der Hand. Zufrieden wurde noch einmal rekapituliert, wie köstlich doch der längst vertilgte Inhalt gewesen sei. Als ich mich durch die Gartenpforte verdrücken wollte, rief Tatzi laut und deutlich, so dass es jeder hören konnte: »Liebes, nimm doch bitte deine Buletten wieder mit. Es wäre doch schade, wenn sie hier vergammeln.«

Niemand fühlte sich angesprochen. Alle plauderten unverändert weiter, während sie alle mich ansahen. Es war so peinlich. So, als hätte man in der Schule grausam geloost, als sei man von dem strengen Lehrer an die Tafel gerufen worden und hätte keinen Prozentsatz rausgekriegt.

Ich weiß noch, wie ich betont locker zurückrief: »Du, dann tu sie doch weg.«

Aber Tatzi kann grausam sein. Sie ließ nicht locker: »Du weißt doch, ich kann keine Lebensmittel wegwerfen. Nimm sie bitte mit.«

Ich habe die Billig-Teile dann stoisch in Alu-Folie eingeschlagen, die Tatzi mir, vergnügt lächelnd, hingehalten hatte, und war mit den Klopsen abgerauscht.

Dieses Mal ging ich an den Packungen vorbei. Ich habe mich jetzt an eine ganz bestimmte No-Name-Sorte Fleischwurst gewöhnt. Da geht es mir gar nicht um den günstigen Preis, sie schmeckt mir einfach am besten. Allerdings habe ich mir geschworen, niemals mehr jemand anderen an meinem persönlichen bodenständigen Geschmack teilhaben zu lassen.

Bei anstehenden Partys mit Mitbring-Zwang ordere ich seit diesem entwürdigenden Erlebnis regelmäßig von einem Feinkostladen köstliche exotische Salate oder manchmal auch ein kompliziert anzufertigendes Mousse au Chocolat, fülle es seitdem zu Hause in meine Schüsseln um, verschließe das Ganze mit Klarsichtfolie und komme immer schwer gestresst zu meinen Freunden. So nach dem Motto: »Ich bin gerade noch fertig geworden.«

Eng wurde es nur einmal, als einer von Connys engeren Feinschmecker-Freunden unbedingt mein Rezept für das so gelungene Vitello Tonnato von mir haben wollte.

Ich versuchte mich zunächst in ein geheimnisvolles »Das ist ein Spezialrezept meiner Mutter« zu retten, aber ich ahnte nicht, dass Conny schon in diesem Moment Verdacht zu schöpfen begann.

»Deine Mutter war doch gallenkrank«, hatte sie mir zugeflüstert, was ich nach der ersten Schocksekunde mit einem »Aber für uns hat sie halt immer normal gekocht« parieren konnte.

Seitdem stehe ich bei meinen Freundinnen unter Beobachtung. Sie trauen mir kochtechnisch nicht mehr über den Weg, können mir aber meinen Betrug nicht beweisen.

Für heute Abend ließ ich mir ein wenig von dem wunderbaren Schinken abschneiden, prüfte fachmännisch die Melonen auf ihren Reifegrad, kaufte noch ein paar Spülmaschinen-Tabs und bog in die Zielgerade zu den wie immer überfüllten Kassen.

Und blieb überwältigt stehen. Vor mir breitete sich eine Weihnachtswunderwelt aus. Es gab schon Domino-Steine, meine geliebten Lebkuchen, die unverzichtbaren Marzipankugeln, Spekulatius in jeder Gewürzart und, ja, Nikoläuse meiner persönlichen Lieblings-Schokoladen-Marke.

Ich schwelgte. Schnell hastete ich noch einmal zum Eingang zurück und tauschte meinen Einkaufskorb gegen einen Wagen. Zurück bei den weihnachtlichen Köstlichkeiten, packte ich alles, was ich monatelang entbehrt hatte, in mein Einkaufsgefährt.

Das ist nämlich etwas ganz anderes als die zu früh dekorierte Herbstmode. Ich kann es gar nicht erwarten, dass die Naschwaren in den Handel kommen. Da regen sich ja so viele auf, es sei viel zu früh. Ein Skandal, dass man schon im September mit dieser speziellen Ware konfrontiert wird. Wenn dann erst einmal Heiligabend da sei, könne man die Printen & Co. schon lange nicht mehr sehen.

Tja, einteilen heißt die Devise. Ich jedenfalls hab es satt, kurz vor dem Fest keine Süßigkeiten mehr zu bekommen. Haben Sie schon mal versucht, kurz vor dem vierten Advent einen Weihnachtsmann aus Ihrer bevorzugten Knusper-Knisper-Schokoladen-Keks-Mischung zu bekommen?

Weg. Alle ausverkauft.

Ich habe schon mal Freunde in anderen Städten alarmiert, und die sind dann für mich in Einkaufszentren gegangen, die sie freiwillig nie aufsuchen würden. Nur weil es ein Gerücht gab, genau diese leckeren Knuspel-Schoki-Männchen wären da noch vorrätig.

Da sind Freundschaften über hunderte, ach was, tausende Kilometer hinweg geschmiedet worden. Wir werden uns nie mehr aus den Augen verlieren, das schwöre ich Ihnen. Wir sind durch das Stahlbad einer solchen Beschaffungsmaßnahme gegangen, diese Verbindung reicht bis in die Ewigkeit.

An diesem lauen September-Sommerabend war ich überglücklich nach Hause getigert. Schwer hingen die Tüten mit Schokoladen-Anhängern und allen anderen Köstlichkeiten an meinen Armen, was meinen Kampf mit den zu Kampfverbänden zusammengeklumpten Mücken erschwerte.

Ich pustete schwer vor mich hin, als ich endlich ankam.

Die Schoko-Nikoläuse rettete ich sofort in den vor Außentemperaturkillenden-Anstrengung brummenden Kühlschrank. Die Marzipankugeln aß ich gleich auf.

Es war himmlisch.

Erst öffnete ich die Balkontür, um ein wenig Luft ins Zimmer zu lassen, dann eine Rotweinflasche. Melone und Schinken konnten warten, das Verschmelzen von Marzipan und Wein öffnete mir ganz andere Geschmackswelten.

Das Telefon klingelte.

»Hast du denn vielleicht heute Abend Zeit, auf einen Drink zu kommen?«

Conny.

Diesmal hatte sie unsere Funkstille nicht ausgehalten, wie ich triumphierend registrierte.

»Du, passt nicht so gut«, antwortete ich ihr wahrheitsgemäß. »Ich habe gerade einen Wein aufgemacht und schlemme.«

»Schade«, meinte Conny. »Claudi und Günni sind nämlich weg, und ich wollte ein bisschen mit dir ratschen.«

Aha, daher wehte der Wind. Ich sollte also nur ein bisschen den Ersatz geben, nachdem sich die beiden Nervtypen nach schlappen zweieinhalb Wochen endlich wieder verdünnisiert hatten. Mit einer Hand öffnete ich die unnachahmlich schmeckende Weihnachtsschokolade, während ich mit der anderen den Wein im Gedenken an Günni in meinem Glas kreisen ließ.

»Wie war's denn?«, fragte ich ein bisschen gönnerhaft.

»Nett, wirklich«, antwortete Conny. »Weißt du, es war eigentlich doch sehr nett. Irgendwie war es ganz schön, in Erinnerungen an unseren Monte-Carlo-Trip zu schwelgen. Er war ja kurz genug«, setzte sie noch boshaft hinzu.

»Du weißt doch, dass ich immer nur so wenig Zeit habe«, versuchte ich, sie zu beschwichtigen.

»Du hasst den Sommer«, gab Conny zurück. »Das ist der Grund.«

Um sie abzulenken, gab ich mich ganz besonders interessiert: »Was haben die beiden denn so erzählt?«

Conny biss an.

»Du glaubst es nicht, Claudi ...«

»Claudi?«, fragte ich dazwischen. »Nicht mehr Claudia?«

»Claudi passte besser. Aber weißt du, was sie mir erzählt hat?«

»Nein«, antwortete ich. Das konnte und mochte ich mir gar nicht vorstellen. Vielleicht noch so eine Klau-Schote wie die von dem Handtaschendieb in Nizza?

»Sie hat den Pierre verführt«, platzte Conny heraus.

Ich verschluckte mich an meinem Schluck Rotwein, den ich gerade genauso fachmännisch wie Günni in meinem Mund zerkauen wollte. Vielleicht war es eher falsch gewesen, dass ich dabei auch noch ein Stück Weihnachtsschokolade mit zermalmen wollte. Als mein Hustenanfall vorüber war, krächzte ich in den Hörer: »Den Schwimmlehrer?«

»Klar«, antwortete Conny jubelnd, »den süßen Muskelprotz. Und was sie mir nicht alles erzählt hat.«

Conny nutzte meine erzwungene Sprechpause gnadenlos aus. Ich erfuhr alles vom ersten Techtelmechtel von Claudi mit Pierre, der erst extrem zurückhaltend gewesen wäre, dann habe Claudi für viel Geld eine Yacht gechartert und habe ihn mit auf das Luxusboot geschleppt, und dann hätte sie sich an Deck umgezogen, so ganz verführerisch, und dann hätte Pierre ...

»Conny«, unterbrach ich sie nach einem letzten tiefen Räusper. »Conny, die hat gelogen.«

»Wieso denn?«, fragte Conny angesäuert. »Wieso glaubst du ihr denn nicht?«

»Weil das nie im Leben stimmt.«

»Wieso willst du das wissen?«, fragte Conny beleidigt und legte dann noch ein Geständnis ab, für dessen Kenntnis, ich wusste es, ich noch lange würde leiden müssen: »Ich bin nur sauer, dass ich das nicht geschafft habe. Du weißt doch, dass ich den wahnsinnig süß fand. Und ich muss schon sagen, ich fand das stark von Claudi, dass sie ihn verführt hat.«

Sollte ich nun, oder sollte ich nicht?

Manchmal kann ich nicht anders, dann muss die Wahrheit raus.

»Conny, die dämliche Schnalle hat sich bei dir nur dicke getan.«

»Wieso die dämliche Schnalle?«, fragte Conny pikiert. »Das sagst du nur, weil du sie gleich nicht leiden konntest. Meinen Respekt hat sie. Sie hat sich halt das genommen, was sie haben wollte.«

Es musste sein.

»Conny, die hat dir nur das erzählt, was sie gerne gehabt hätte, nie kriegen wird und von dem sie wusste, dass du es gerne bekommen hättest. Eine Nacht mit Pierre in Monte Carlo.«

»Wieso bist du dir da so sicher?«, wollte Conny, misstrauisch geworden, wissen.

»Weil Pierre schwul ist.«

Stille.

»Ich hab ihn am letzten Abend mit seinem Lover auf

dem Parkplatz gesehen. Den vernascht keine Frau. Weder Claudi noch du.«

Conny legte auf.

Und ich wusste, diesmal würde die Sendepause zwischen uns länger dauern. Conny würde sich schon deswegen weigern, mit mir zu reden, weil sie sich vor Ort zum Affen gemacht hatte. Und weil ich ihre ganzen Flirtattacken auf das hilflose Opfer ihrer heiß entflammten Begierde mitbekommen hatte. Und vor allem, weil ich wieder mal Recht behalten hatte mit meinem Misstrauen gegenüber unkalkulierbaren Sommerlaunen, jahreszeitlich bedingtes Hormonwallungen und meiner Abneigung gegenüber Sommer-Zufallsbekanntschaften.

Und am allerschlimmsten war, dass ich ihr meine Entdeckung über Pierres sexuelle Präferenzen verschwiegen hatte.

Ich beschloss, Frau Kröme aufzusuchen. Gleich morgen. Ich würde ihr berichten, was passiert war. Ich sehnte mich nach ihrer seelischen Betreuung im schützenden Raum der Bücherstube, und vielleicht würde sie mir in ihrer unnachahmlichen Weisheit auch noch einen Ratgeber empfehlen, den ich Conny anonym zuschicken konnte.

Bis dahin konnte ich ja noch eben testen, ob der neu gekaufte Knusper-Knisper-Weihnachtsmann genauso gut schmeckte wie im letzten Jahr.

»Rrrrrriiiiiinnnnnnggggggeeeeeddddiiiiiinnnnggggeeeeeddddiiiinnnnggg!!«

Oktober

Das Geburtstagsübel oder Vom Drama, falsch beschenkt zu werden

Seufzend schlug ich das Blatt vom 1. Oktober in meinem Timer um. Ich wusste, was jetzt kommen würde. Nahezu auf jedem vierten Blatt erwartete mich der Anblick eines roten Kringels um einen Namen. Der Oktober war ein von mir sehr gefürchteter Geburtstags-Marathon. Hier ballten sich die Ehrentage meines engsten Freundes- und Bekanntenkreises. Wie alt meine liebsten Vertrauten werden, weiß ich nicht. Wir haben eigentlich fast alle eine stillschweigende Übereinkunft, nicht wissen zu wollen, welche Zahl eigentlich auf dem Geburtstagskuchen der anderen stehen müsste. Uns reicht die Ahnung darüber, welches Entwicklungsstadium wir jeweils in unserem Leben erreicht haben.

Ich selbst wollte noch nie das Geburtstagsjahr meiner Gegenüber erfahren. Es ist doch sonst immer das gleiche Spiel. Ist jemand älter, als man angenommen hat, beginnen die Dissonanzen nach dem Motto: »Du glaubst nicht, wie alt sie wirklich ist. Dafür hat sie sich aber wirklich gut gehalten.« Jetzt zählt nicht mehr der persönliche Zauber, den jemand hat, jetzt wird in einem virtuellen Alterskatalog geblättert, und es müssen Vergleiche zu anderen Menschen gezogen werden. Außerdem schwingt in solchen Äußerungen immer das negative Gefühl mit, als habe das Geburtstagskind etwas anderes behauptet, als eben genau der Mensch zu sein, der es ist.

Wenn jemand gar jünger ist, als vermutet wurde, zerreißt es die Bekannten noch viel mehr. Dann heißt es sofort: »Die müsste aber mal was an sich machen lassen. Das ist ja schrecklich, dass die so viel älter wirkt.« Dabei war dies doch früher mal der Reiz der Gespräche, die man mit jemandem geführt hat, der klug und umsichtig argumentiert hatte und vielleicht einfach ein wenig strukturierter und vernünftiger ist als man selbst.

Ich will mich nicht mit solchen unausweichlichen Denkmustern belasten und nehme Frauen wie Männer so wahr, wie sie sich mir präsentieren. Dann habe ich mehr davon, als dass ich während unserer Treffen in meinen Vorurteilskästchen krame und mich mit fortwährenden Vergleichen zu anderen Menschen blockiere.

Außerdem haben wir schon einmal eine sehr nette Bekannte verloren, weil wir eben das alte Rumschnüffeln nicht sein lassen konnten.

Wir waren nämlich sehr gerne und sehr oft mit Reni zusammen, einer gestandenen Boutiquebesitzerin mit exquisitem Geschmack in Sachen Mode und vor allem einem großen Herzen in Sachen Rabatte für uns. Zwei unschlagbare Argumente, um sie eng an unseren Kreis zu binden. Sie war eine schlanke, sportive Erscheinung mit einem locker nach hinten geföhnten Locken-Kurzhaar-Schnitt, mal blond, mal roter Färbung, smart geschnittenen Hüft-Jeans, coolen Kreolen in den Ohrläppchen, sexy Tops und rattenscharfen, schwindelerregenden, ultrahohen High Heels. Sie litt zwar, wie ich fand, unter sicher schmerzhaften Verformungen ihrer Fußballen, was man an den sichtbaren

Rötungen der Haut erahnen konnte. Aber nie habe ich sie dabei ertappt, dass sie bei unseren Treffen auch nur einmal die Folterinstrumente von ihren Füßen gestreift hätte. Nicht einmal für Sekunden.

Vor einer ihrer jährlichen Einkaufsreisen nach Paris überredeten wir sie, uns mitzunehmen. Unglückseligerweise entschlossen wir uns, mit dem Auto zu reisen. Reni hatte einen super-großen Schlitten gemietet, da sie einige Kollektionsteile gleich als Muster mit in den überdimensionalen Kofferraum packen wollte. Bei der Einreise nach Deutschland wurden wir von der Tatsache überrascht, dass wir am Zoll kontrolliert wurden.

Man wollte unsere Ausweise sehen. Kein Problem. Hatten wir alle dabei. Tatzi saß zu diesem Zeitpunkt am Steuer – wir hatten uns abgewechselt – und nahm, nach erfolgter Sichtung unserer Klamotten-Ladung, die Papiere wieder entgegen. Sie verteilte sie nach kurzem Blick auf die Ausweise an die jeweilige Besitzerin und fuhr los.

»Boah«, ertönte da Connys Stimme aus dem hinteren Teil des Wagens, »du bist ja schon …«

Mein rechter Ellenbogen hatte Connys empfindliche Bauchpartie getroffen, noch ehe sie die, sie offenbar schockierende, Zahl aussprechen konnte.

»Was ist denn?«, fragte Tatzi konsterniert aus ihrer Fahrerin-Position.

Keiner antwortete. Ich riss Conny den Personalausweis aus der Hand, während sie noch hektisch nach Luft schnappte. Ein Blick auf das Dokument genügte, und mir war klar, Tatzi hatte sich beim Verteilen der Ausweise geirrt. Conny hatte Renis Karte bekommen.

Und anstatt gleich mal diskret den Irrtum aufzuklären

und nonchalant einen Kartentausch vorzunehmen, hatte sie sich in die Sphären der höheren Mathematik begeben und Renis Alter anhand des Geburtsdatums ausgerechnet. Allein dieser Akt wäre mir viel zu anstrengend gewesen.

Ich tippte Reni, die auf dem Beifahrersitz saß, leicht auf die Schulter und schob ihr das verdammte Ding entgegen, wie sonst Hehlerware den Besitzer wechselt. Verdeckt, sozusagen.

Renis Nacken und der Teil ihres Gesichtes, den ich sehen konnte, war purpurrot angelaufen.

Von diesem schrecklichen Moment an haben wir die vierstündige Fahrt nach Hause schweigend verbracht. Tatzi traute sich noch nicht einmal, nach unseren Musikwünschen zu fragen. Es war ätzend.

Reni hat sich danach nie wieder bei einem von uns gemeldet, und wir haben uns nicht getraut, bei ihr anzurufen. Seitdem reichen unsere Blicke, die töten könnten, aus, um Conny zum Verstummen zu bringen, wenn sie in unserer Gegenwart jemanden nach seinem Alter fragen will.

Tatzi hat allerdings in Sachen Altersangabe mittlerweile eine Art Phobie entwickelt. Die ging so weit, dass sie sich nicht zu einem Star-Astrologen traute, obwohl sie unbedingt erfahren wollte, was sich in ihrem Leben alles noch so abspielen würde. Das Dumme an der Sache war, dass sie die Koryphäe auf einer Party kennen gelernt hatte, und sie geschmeichelt zur Kenntnis genommen hatte, dass ihr der Frauentyp schöne Augen machte. Meine Einwände, dass dies bei ihm wohl ein taktisches Unterfangen war, mit dem er vor allem weibliche Klienten abgriff, ließ sie nicht gelten.

»Er machte mir unglaubliche Komplimente«, berichtete sie. »Das kann nicht gespielt sein.«

Bei meinen Freundinnen habe ich in solchen Momenten immer eine Art Beißhemmung. Bei jeder anderen Frau würde mir sicher ein Gegenargument einfallen, aber hier gab ich mich scheinbar geschlagen.

Das Ende vom Lied war bedauerlicherweise eine absurde Idee, die Tatzi mir nach tagelangem Überlegen präsentierte.

»Gehst du für mich hin?«, fragte sie mich beiläufig, als wir, in unserem leicht verwarzten Lieblingskino, die Endloswerbung über uns ergehen lassen mussten.

»Wohin?«, brüllte ich gegen die mit laut kreischender Rockmusik unterlegte Reklame einer Billigmoden-Kette an.

»Na zum Astrologen.«

Ich war schockgefrostet.

»Wie stellst du dir denn das vor?«, wollte ich wissen.

»Ich geb dir meine Daten. Mit Geburtsstunde inklusive und so, und dann lässt du dir mein Horoskop erstellen«, meinte sie beiläufig.

Jetzt war ich natürlich doch sehr gerührt, da sie bei solch einer Aktionsüberlegung ja in Kauf nehmen würde, dass ich ihre Daten – plus Altersangabe – erfahren würde, aber mir klar, Tatzi vertraute auf meine uneingeschränkte Diskretion.

Mir konnte sie auch vertrauen, im Gegensatz zu den Mitgliedern unseres weiteren Freundeskreises.

Blauäugig stimmte ich schließlich zu, nicht zuletzt deswegen, weil ich sonst, das wusste ich sehr genau, nicht in den ungestörten Genuss des gerade einsetzenden Filmes gekommen wäre.

Eine Woche später saß ich in der chromblitzenden Praxis des Astro-Gurus. Er sah tatsächlich verdammt gut aus. Seine schwarzen, lockigen Haare kontrastierten aufs Aufregendste mit seinen blauen Augen und den in klassischem Weiß gehaltenen Wänden.

Charmant lächelnd fragte er nach meinen Daten, und ich ratterte brav meine auswendig gelernten Zahlen aus Tatzis Leben runter. Neckisch blickte er von unten nach schräg oben und sagte mit unnachahmlich vibrierendem Timbre in der wohlklingenden Stimme: »Sie sehen aber viel jünger aus.«

Oh. Ich fühlte mich geschmeichelt.

Warum eigentlich? Fragte ich mich sofort selbst. Erst einmal hatte ich mir noch nicht einmal die Mühe gemacht nachzurechnen, wie alt Tatzi denn nun war, und ich ärgerte mich tierisch über mich selbst, dass ich so einem Schleimbeutel auf den Leim ging.

Wie surreal war das denn? Ich saß hier, obwohl ich mir aus solchen Vorhersagen und ähnlichem Hokuspokus überhaupt nichts mache, agierte wie ein halbkriminelles Element mit getürktem Lebenslauf und fühlte auch noch zu allem Überfluss, wie sich ein leises Kribbeln in meiner Magengegend breitmachte.

Ich war richtig gespannt auf meine Prognosen.

Äh, auf Tatzis Prognosen.

Der Astro-Mann malte auf seinen Papieren, legte ein Lineal kreuz und quer, zog mit einem Bleistift Linien, dass es nur so krachte, und wiegte sein wirklich nicht unhübsches Haupt bedenklich hin und her.

Mir wurde schwummerig.

War Tatzi unheilbar krank?

Mir brach der Schweiß aus.

»Und?«, wollte ich panisch wissen.

Ich merkte, wie sich bei mir multiple Persönlichkeiten meldeten. Auf der einen Seite Tatzi, auf der anderen ich. Außerdem noch die vielen Personen, die wir kennen. Würde ich solch eine schreckliche Eröffnung für mich behalten können, oder würde auch ich mich in ein schwatzhaftes Exemplar meines Geschlechts verwandeln und jedem, aber auch jedem, selbstverständlich unter dem Siegel der Verschwiegenheit, mitteilen, dass Tatzi unheilbar erkrankt war, und wir jetzt alle ganz besonders nett zu ihr sein müssten.

Der psychische Druck, der auf mir lastete, wurde immer unerträglicher.

»Ist sie, äh ..., ist sie, Ihre Prognose, eine schlechte?«, stotterte ich schließlich herum.

Der Beau guckte mich irritiert an.

»Wie kommen Sie denn darauf?«, fragte er mich, leicht konsterniert. Er zog dabei seine Stirn in Dackelfalten, was ich, als Hundeliebhaberin, recht sexy fand.

»Ja, weil Sie so viel rummalen. Und so lange«, setzte ich noch hinzu.

Da hatte ich aber einen kapitalen Fehler begangen. Denn nun fühlte sich der Astro-King verkannt. Damit ich seine Kunst auch richtig würdigte, schenkte er mir einen Einblick in seine, für mich Banausen, okkult anmutende Arbeitswelt. Geschlagene 15 Minuten erläuterte er mir die Galaxie der Sternenwelt, der Deutungsmöglichkeiten des Gestern, Heute und Morgen; die Zahlenkunst, die mathematische Vergleichswelt, die es, neben vielem anderen, überhaupt möglich machte, dass er Menschen Aussagen über sich selbst schenken könne.

Ich war beeindruckt. Mich traf der Hauch einer Ahnung. Eine Wissenschaft für sich also.

Förmlich eingeschüchtert schwieg ich, während der Meister sein Werk vollendete. Nach quälend gefühlten anderthalb Stunden – in Wahrheit waren es sieben Minuten, wie ich später rekapitulierte – straffte sich der Vollstrecker über Tatzis weiteren Lebensweg und verkündete: »Jetzt geht's los.«

Ich hing an seinen Lippen.

»Ihre Mutter hat Sie nie geliebt.«

Was? Meine Mutter hat …? Äh. Also, Tatzis Mutter hat …

Ich fiel aus allen Wolken. Immer hatte Tatzi uns lange Arien vorgeschwärmt, wie harmonisch ihre Kindheit gewesen sei. Und jetzt das. Der Kerl hatte doch einen an der Waffel. Ich hatte ja immer gesagt, den Besuch bei einem Astro-Menschen kann man sich sparen.

»Und Ihr Vater hat Sie immer enttäuscht«, fuhr der Fachmann fürs Übersinnliche fort, ohne mein Entsetzen zu spüren. Er überforderte meine Aufnahmekapazitäten. Ich erfuhr Details aus Tatzis Leben, die ich lieber nie hätte erfahren wollen. Dies war also der bereits vorhin von ihm angekündigte Teil seiner Analyse. Er konnte nicht nur in die Zukunft schauen, er erkannte auch aus seinen Berechnungen und Zick-Zack-Mustern auf seinen Papieren alles, was Tatzi seit der Stunde ihrer Geburt widerfahren war.

Wie schön wäre es gewesen, wenn Tatzi da gewesen wäre.

Ich hätte mir am liebsten die Ohren zugehalten. Genau das versuche ich immer zu vermeiden: Alles über einen anderen Menschen, den ich mag, zu wissen. Was aber das

Schlimmste an der ganzen sich zur Psycho-Kiste entwickelnden Beratungsnummer war, war die exakte Wiedergabe von Begebenheiten in Tatzis Leben, die sie mir selbst anvertraut hatte.

Dementsprechend musste ich annehmen, dass auch die anderen Enthüllungen der Wahrheit entsprachen. Vielleicht sollte ich ihn stoppen und sagen, so genau wollte ich es jetzt gar nicht wissen. So nach dem Motto: Ich kenne ja meine Vergangenheit, lassen Sie mal stecken.

Während ich noch überlegte, drang seine sonore Stimme wieder in mein Bewusstsein: »Und jetzt leiden Sie sehr.«

»Ich?«, fragte ich überrascht. »Wie meinen Sie denn das?«

»Sie brauchen sich nicht zu verstecken. Fürchten Sie sich nicht. Es ist ja keine Ihrer Freundinnen hier, vor denen Ihnen das vielleicht peinlich wäre.«

Wenn der wüsste, fuhr es mir durch den Kopf.

»Ich sage es Ihnen jetzt ganz drastisch. Ihre Ehe wird nicht mehr lange halten. Ihr Mann betrügt Sie.«

Warum hatte ich mich nur auf dieses falsche Spiel eingelassen? Der Film war grottoid gewesen. Ich hätte länger mit Tatzi über ihren blöden Vorschlag diskutieren müssen, um ihn dann abzulehnen. Ob ich deswegen den Anfang des Streifens verpasst hätte, wäre egal gewesen. Denn als der aus gewesen war, wusste ich schon nicht mehr, wie und vor allem warum, um Himmels willen er überhaupt angefangen hatte.

Tatzi hatte ja Biggi und mir schon zu Sommerbeginn schluchzend gestanden, dass Bernd von Frühlingsgefühlen heimgesucht wurde, aber wie sehr, war uns verborgen geblieben.

Und vor allem, wie sollte ich jetzt die desaströsen Prognosen von dem Astro-Louis Tatzi überbringen? Am Ende der Sitzung überreichte mir der smarte Schicksalsdeuter mein, beziehungsweise Tatzis, Horoskop und nannte eine Summe.

»Wie«, fragte ich, »muss ich die jetzt sofort bezahlen?«

Sein Lächeln wurde eine Spur weniger gewinnend, und er sagte: »Aber das habe ich Ihrer Freundin schon auf der Party gesagt.«

Toll. Tatzi hatte aber vergessen, mir diese Petitesse mitzuteilen, und vor allem war sie nicht auf die Idee gekommen, mir das Geld vielleicht in bar mitzugeben. »Ich habe aber so viel nicht dabei«, stotterte ich verlegen herum.

»Sie können auch mit EC-Karte bezahlen«, tröstete er mich, und sein Lächeln wurde wieder ein bisschen breiter.

Ja, wie denn? Fast hatte ich die Karte schon herausgezogen, als mir bewusst wurde, dass die mein und nicht Tatzis Name zierte.

»Habe ich leider nicht dabei«, stammelte ich.

»Ich nehme auch Kreditkarten«, versicherte er mir.

»Die ist im Auto«, behauptete ich.

Astro-King schüttelte den Kopf und machte: »Ts, ts, ts. Das ist aber gefährlich. Sie sollten ein bisschen vorsichtiger werden.«

Grundsätzlich stimmte ich ihm ja zu. Tatzi war wirklich viel zu sorglos mit ihrem Besitz. Pausenlos verlor sie ihr Handy, ihren Autoschlüssel …

Oh, stopp. Ich steckte in einer Psycho-Falle. Es ging ja eigentlich nicht um sie, und doch wieder um sie, eigentlich saß ich doch hier und war es aber eigentlich auch wieder nicht. Und er glaubte, er hätte jemanden auf der Party gesprochen, der in Wahrheit jemand anderes war als die Frau, die jetzt vor ihm saß, mit den Daten einer Frau, von der er aber nicht wusste, dass sie jetzt virtuell und übersinnlich bei ihm war.

So ein Durcheinander. Um so etwas zu vermeiden, hätte Tatzi nun wirklich ihr Alter einmal angeben können. Der Typ gerierte sich doch sowieso wie ein Arzt, und die stehen meines Wissens alle unter ihrer Schweigepflicht.

»Ich gehe dann mal schnell runter und hol die Karte«, sagte ich und griff nach meiner Tasche.

»Die können Sie ruhig hier lassen«, schlug er vor. »Sie kommen doch gleich wieder.«

»Nein, nein«, wehrte ich ab, »die hab ich immer bei mir. So eine Macke von mir. Auch wenn Sie die nicht in Ihrer Analyse erwähnt haben.«

Als sei der Teufel hinter mir her, jagte ich die unzähligen Treppenstufen runter. Der Aufzug wäre mir viel zu langsam gewesen. Draußen hastete ich über die Straße und versuchte mich zu orientieren. Ich war doch vorhin an einer Bank vorbeigefahren.

Mann, ich war völlig desorientiert. Vor meinem geistigen Auge sah ich Klein-Tatzi, die von ihrer kaltherzigen Mutter gepeinigt wurde, während ihr Vater sich vertschüsste. So ein Ekel. Dann wieder schob sich Bernds Bild vor das kalte Gebilde, und ich sah ihn knutschend mit einem Barbie-Verschnitt in seinem Auto. Bernd betrügt also Tatzi, und das schon sehr lange. Warum ich ihm eine blonde, langbeinige und vollbusige Geliebte zuordnete, weiß ich nicht. Aber klein, dunkelhaarig und eher kurzbeinig war Tatzi ja schon selbst.

Endlich hatte ich mich wieder so weit im Griff, dass ich

feststellte, mich unmittelbar vor einem Geldautomaten zu befinden. Mit den Scheinen in der Hand hastete ich zurück.

Ich nahm die Treppen rauf in den fünften Stock und klingelte Sturm. »Hier«, japste ich, »das Geld.«

»Das sehe ich«, sagte Mister Neunmalklug. »Aber Sie hätten doch kein Geld ziehen müssen. Ich hätte auch Ihre Kreditkarte belastet.«

Toll. Wie der geldsystemtechnisch ausgestattet war.

»Nein, nein«, wehrte ich ab. »So ist es mir lieber.«

Endlich hatte ich die Zeit, auf den Aufzug zu warten. Ich lehnte mich, immer noch schwer atmend, an die Wand und schaltete mein Handy wieder ein.

Pieps. Pieps. Pieps. Zehn Anrufe in Abwesenheit. Und alle von derselben Nummer. Tatzi.

Wie sag ich's meiner Freundin?

Ich genoss die Fahrt im gemächlich nach unten ruckelnden Aufzug. Hier konnte mich Tatzi nicht erreichen. Kein Empfang. Auf dem Weg zum Auto sah die Sache schon etwas anders aus. Gottergeben drückte ich den Gesprächs-Annahme-Knopf.

»Wie war's?«, fragte Tatzi ungeduldig. »Das hat aber lange gedauert.«

Langsam spürte ich eine gesunde Wut in mir aufsteigen.

»Das hat deshalb so lange gedauert, weil ich erst Geld ziehen musste, um deinen Psycho-Onkel zu bezahlen.«

»Das ist kein …«

»Egal«, unterbrach ich sie, schreckliche Kindheit hin oder her, »du hättest mir ja sagen können, dass man den gleich bezahlen muss. Wie soll ich das denn mit meiner Kreditkarte machen, wenn ich eigentlich du bin.«

»Das gebe ich dir sofort wieder«, versprach sie kleinlaut. »Kommst du jetzt zu mir?«

»Keine Zeit«, erwiderte ich kalt. »Aber ich faxe dir nachher dein Horoskop zu.« Ich drückte auf »aus« und fuhr erst einmal nach Hause. Bloß Zeit haben, um in Ruhe zu überlegen. Nach drei Stunden intensivem Hin-und-Her-Denkens, ich hatte mein Handy ausgeschaltet und den Stecker meines Telefons rausgezogen, holte ich tief Lust, reaktivierte meine Kommunikationsmittel und rief Tatzi an.

Bernd ging ran.

So ein Schuft.

»Du musst uns bald mal wieder besuchen«, meinte er, ehe er den Hörer an Tatzi weitergab.

»Ich werd nicht schlau aus den Gemälden vom Astrologen«, klagte sie als Erstes.

»Glaube ich dir gerne«, erwiderte ich. »Aber ich kann dir ja schon mal was erzählen. Also, du bist nicht unheilbar krank.«

»Das habe ich auch nicht vermutet«, gab sie zurück.

Undankbares Miststück.

»Und deine glückliche Kindheit hat dich stark gemacht«, fuhr ich fort. Ich fand, dass ich das ganz gut hinbekommen hatte, stark war Tatzi zwar wohl genau wegen des Gegenteils geworden. Aber immerhin, stark ist sie.

»Okay«, meinte sie. »Und sonst?«

Ich log mir viele muntere Dinge zusammen und redete mich zunehmend in einen Rausch hinein, gab ihr zu erwartendes hohes Alter an, so weit hatte sich der Astrologe ihres Vertrauens ja festgelegt.

»Und dann«, beendete ich meinen Bericht, »wirst du bald eine Sache beenden.«

»Welche?«, wollte Tatzi erwartungsgemäß wissen.

»Ja, komisch«, gab ich mich verwundert. »Es hat mit jemand Blondem, Langbeinigem zu tun.«

»Kenn ich nicht«, Tatzi klang enttäuscht. »Da fällt mir niemand ein.«

»Mir auch nicht«, sagte ich wahrheitsgemäß.

»Und das war alles? Dafür nimmt der so viel Geld?«

Jetzt befanden wir uns wieder auf sicherem Terrain. Vor allem ich. »Habe ich dir ja schon vorher gesagt. Das hättest du dir sparen können. Und vor allem mir ersparen können.«

Jetzt hatte ich Tatzi da, wo ich sie haben wollte. Sie bedankte sich noch einmal ganz dolle für meinen Freundschaftsdienst und betüddelte mich ordentlich, weil ich doch so viel Zeit verloren hatte, und dann der Stress mit dem Geld.

Mein Stichwort.

»Ach, Tatzi«, begann ich. »Hast du eigentlich getrennte Konten mit Bernd?«

»Wieso?«

»Ach«, sagte ich so beiläufig wie möglich. »Als ich letztens mit dir in deiner Bankfiliale war, ist mir an der Kasse ein blonder Angestellter aufgefallen, der dich bedient hat. Ich glaube, der hatte ziemlich lange Beine. Vielleicht ist das ja der versteckte Hinweis des Astrologen, dass du da etwas ändern solltest. Weißt Du«, fuhr ich fort, »die können einem ja nie etwas wirklich Konkretes sagen. Man muss Zeichen erkennen und zwischen den Zeilen lesen können.«

»Siehst du«, war Tatzis begeisterte Reaktion. »Jetzt habe ich dich bekehrt. Jetzt hast du's begriffen. Deshalb geht man zum Astrologen. So muss man damit umgehen.

Und ich danke dir für die Interpretation. Gleich morgen rede ich mit Bernd. Es ist wirklich viel gescheiter, wenn wir getrennte Konten machen. Ich habe selbst schon drüber nachgedacht. Immerhin führen wir beide unsere eigenen Geschäfte. Da darf niemals passieren, dass bei Auftragsturbulenzen ein Privatkonto gefährdet wird. Nicht, dass wir finanzielle Probleme hätten, aber man weiß ja nie.«

Puh, das war ja genial gelaufen. Ich klopfte mir selbst auf die Schulter. Wenigstens hatte ich dafür gesorgt, dass bei der von dem Astro-Fuzzi vorausgesagten Scheidung von Tatzi und Bernd ihre Kohle gerettet wurde.

Am nächsten Morgen fuhr ich in die Stadt. Nessi hatte übermorgen Geburtstag. Sie hatte uns zum Essen eingeladen, und ich musste mich sputen, um etwas Schönes für sie zu besorgen. Bei Nessi ist es eigentlich immer ganz einfach, sie zu beschenken.

Sie ist eine Fashionista. Auf gut Deutsch: ein Klamotten-Junkie. Neidlos musste ich anerkennen, dass sie für eine so gelagerte Sucht wirklich die richtige Figur hat. Zierlich, wie sie ist, passt ihr eine für uns Normalfigurierte nicht vorstellbare Größe, ich will mal schätzen, zwischen 34 und 36.

Dass es die überhaupt gibt, ist für den Großteil meiner Freundinnen ein Mysterium an und für sich.

Ich hatte gehört, dass eine Massen-Konfektionsware anbietende Klamotten-Kette eine Designer-Kollektion anbot. Natürlich zu gemäßigtem Preis. Ich konnte mir gut vorstellen, dass Nessi schier ausflippen würde, wenn ich mit einem Teil davon bei ihrer Geburtstagsparty aufkreuzte. Eigentlich vermeide ich ja einen gezielten Einkauf in einer dieser Filialen, weil die drangvolle Enge jedes Mal meinen Schweißpegel in die Höhe treibt.

Doch für Nessi wollte ich diese Strapaze heroisch auf mich nehmen, und so schob ich mich mit der Menge in den ersten Stock.

Hier war kaum ein Durchkommen. Schulter an Schulter mit anderen Menschen blieb ich stecken. Ich stieg auf die Zehenspitzen und entdeckte über den Köpfen der anderen das Label des angesagten skandinavischen Designer-Duos, die einige Teile exklusiv entworfen hatten.

Und zu denen wollten wir alle hin.

Alle?

Wäre ich dort gewesen, um für mich das eine oder andere Teilchen zu ergattern, ich hätte jetzt angesichts der Massen den Rückzug angetreten. Aber es war ja für Nessi, und mich hatte der Ehrgeiz gepackt, diejenige zu sein, die mit einem Knaller-Geschenk beeindruckte.

Man weiß ja, Beschenken hat viel mit der Befriedigung des eigenen Egos zu tun. Ich persönlich finde es sowieso immer viel anstrengender, selbst etwas zu bekommen. Da steht dann der Wohltäter immer mit so schrecklich erwartungsfrohen Augen vor einem, nach meinem Empfinden eher lauernd, ob meiner Reaktion. Ich werde nie vergessen, wie mir eine wirklich gute Freundin einmal ein abstoßend dunkel gefärbtes Tablett aus robustem Bast überreichte, das nun wirklich nicht zu meiner Einrichtung und vor allem zu mir persönlich passte.

Noch heute spüre ich die Anstrengung in mir, Freude zu heucheln, obwohl mir der Anblick des Teils die Sprache verschlagen hatte. Irgendwie beschlich mich der Verdacht, sie hatte es selbst geschenkt bekommen und wollte sich jetzt auf mehr oder weniger elegante Art und Weise von dem Monsterstück befreien.

Ich rüstete mich für den Nahkampf. Meine wie immer großformatige Handtasche fest vor meinen Busen geklemmt, drückte ich mein rechtes Knie entschlossen in das der vor mir eingequetschten Kundin. Ihren Versuch, mich mit einem entrüsteten »Aua« zu stoppen, ignorierte ich total. Ihr leichtes Schwanken nahm ich zum Anlass, mich seitlich drei Menschenreihen nach vorne zu schieben.

Geschafft. Ich hustete laut in das Ohr des nächsten menschlichen Hindernisses vor mir, was erwartungsgemäß dazu führte, dass es, angeekelt, seitwärts auswich.

Hier galten jetzt die Gesetze des Nahkampfs, ich konnte mich nicht mit gutem Benehmen aufhalten.

Wenn ich mich jetzt ganz langmachen würde, nach vorne gestreckt, würde ich das erste Teil zu fassen kriegen. Ich verankerte also meine Füße samt meinen Beinen im Geknäuel der Extremitäten derer, die ich schon kraftvoll überholt hatte, balancierte dementsprechend meinen Oberkörper aus und griff – ins Leere. Eine besser austrainierte Person rechts von mir hatte den Blazer weggerissen.

Also gut. Ich schaltete einen Gang höher. Meinen rechten Ellenbogen rammte ich der triumphierend grinsenden Gegnerin in die Seite, was mir einen Fünf-Millimeter-Vorteil verschaffte, und ich startete meinen nächsten Greifversuch.

Ich hatte das Terrain nicht sorgfältig genug gecheckt, denn plötzlich grapschten überfallartig unzählige Hände aus Richtung meiner linken ungedeckten Flanke nach dem letzten Trenchcoat und den üppig bedruckten T-Shirts.

Dennoch ließ ich mich nicht einschüchtern, klammerte mich entschlossen an den Kleiderständer, griff zu und plötzlich gaben meine Knie nach, und ich rutschte langsam, aber sicher auf den Fußboden.

Die Meute hatte sich geteilt, und ich war meines sicheren Haltes beraubt worden. Ich hatte instinktiv eine embryonale Schutzhaltung eingenommen, meine Beute sicher unter meinem gekrümmten Leib verborgen. Schwer atmend schaute ich vorsichtig nach oben.

Triumph. Die vielen Füße verschwanden aus meinem Gesichtsfeld. Ich hatte sie in die Flucht geschlagen.

Während ich versuchte, mich aufzurappeln, linste ich heimlich zu meiner Beute. Ich hob sie an und entdeckte – einen Kleiderbügel.

Leer.

Mein Blick wanderte nach oben zu den Kleiderständern – auch leer. Alles weggerissen. Die Sachen waren weg. Endlich stand ich wieder auf meinen zitternden Beinen. Ich schlich zu einer der Verkäuferinnen und fragte: »Kommen da noch mal neue Sachen?«

Mild lächelnd schaute sie mich an wie einen kleinen Depp aus der Vorstadt und meinte: »Natürlich nicht. Das sind einmalige Kollektionsverkäufe. Sie können froh sein, dass Sie überhaupt etwas bekommen haben.«

Ich schwieg beschämt.

»Wissen Sie«, setzte sie noch in einem Anflug von tiefem Mitleid ob meiner Beschränktheit hinzu, »die Leute haben heute Morgen schon ab 6:30 Uhr in langen Schlangen vor unserer Filiale auf die Öffnung um 9 Uhr gewartet.«

Jetzt war es 10 Uhr. Und ich war mir schon so clever vorgekommen, mich so früh in die Schlacht zu begeben. Ich schaute betrübt und gänzlich demoralisiert auf meinen Kleiderbügel. Er war ein Original. Immerhin hatten die Designer ihr Logo einstanzen lassen, also – ein Unikat.

Mir kam eine Idee. In gebückter Haltung suchte ich den Boden ab. Üblicherweise werden doch bei solch gefährlichen Chaos-Kauf-Aktionen immer Teile der Ware abgerissen. Mal sind es Knöpfe, mal eine Gürtelschnalle und manchmal … ja, da lag ein abgerissenes Etikett.

Verstohlen hob ich es vom Boden auf, steckte es in die Jackentasche und suchte den Ausgang. Ich hatte einen Mordsschiss, dass gleich die Sicherheitsschleuse an der Tür einen gellenden Pfeifton fabrizieren würde. Vielleicht war ja der Kleiderbügel gesichert.

Nichts geschah.

Ich stürmte in das nächstgelegene Kaufhaus und kaufte einen schwarzen Blazer. Also eher ein Blazerlein, ganz passend für Nessis Mini-Abmessungen. Zu Hause trennte ich das Etikett mit einer Rasierklinge ab und nähte mein geklautes Designerschildchen per Hand an. Dann hängte ich das gute Stück auf den wirklich schicken Bügel, wickelte eine Schleife drum und freute mich wie Bolle auf Nessis Ehrentag.

Stolzerhobenen Hauptes betrat ich zur angegebenen Zeit ihre Wohnung. Ich war mal wieder ein Viertelstündchen zu spät. Alle waren schon da, hielten ihre Gläser in den Händen und schauten wie üblich erwartungsvoll zu mir hin. Beziehungsweise auf mein Geschenk.

Machen wir uns nichts vor. Natürlich herrscht immer eine gewisse Rivalität zwischen den eingeladenen Gästen einer Geburtstagsparty. Wer würde den Vogel abschießen mit seinem Präsent?

Ich war mir ganz sicher, dass ich es dieses Mal war. Ich

hielt Nessi meine milde Gabe hin, schaffte es dabei, ihr Gesicht und das der anderen zu scannen – und bekam ein flaues Gefühl in der Magengegend.

Nessi freute sich eher verhalten, die anderen guckten pikiert.

Ich schaute mich verstohlen um. An der Schrankwand in Nessis Wohnzimmer hingen vier Original-Blazer des skandinavischen Designer-Duos, außerdem der Trench gleichen Ursprungs und eine diverse Auswahl an den üppig bedruckten T-Shirts, die ich nur noch von weitem erspäht hatte.

Schluck.

»Wie süß«, sagte jetzt Nessi. »Hast du auch wie die anderen schon ab 6 Uhr vor dem Laden auf die Öffnung gewartet?«

Jetzt half nur noch das volle Lügen-Programm.

»Ich habe«, behauptete ich dreist, »den Geschäftsführer bestochen und konnte deshalb außerhalb der Öffnungszeiten den einzigen Blazer dieses Typs für dich kaufen. Er ist ein Unikat. Niemand auf der Welt außer dir hat ihn bekommen.«

Die letzte Aussage, so tröstete ich mich, entsprach voll und ganz der Wahrheit. Ich hatte gewonnen.

Mein Geschenk wurde von allen – neidvoll – als der Knaller anerkannt. Bescheiden lächelnd nahm ich die Huldigungen im Laufe der langen Nacht entgegen. Und genauso beherrscht ließ ich mir von den Kampfszenen meiner Freundinnen berichten, die sie ausgefochten hatten, um für Nessi ein Designer-Stück zu ergattern.

Aus Angst, allzu wissend zu nicken und damit vielleicht doch durchscheinen zu lassen, dass mir die Tumultszenen nicht fremd waren, unterbrach ich die Schilderungen mit der Frage: »Was machen wir denn an Tatzis Geburtstag?«

Nach langem Hin und Her entschieden wir uns dieses Mal für ein Gemeinschaftsgeschenk: Eine Überraschungsparty. Finde ich selbst ganz toll, solange sie nicht für mich geplant ist. Ich kann mir nichts Schlimmeres vorstellen, als müde nach einem langen Tag nach Hause zu kommen, und in der Dunkelheit meiner Wohnung lauern schon aufgeregte Freundesscharen. Trotz panischer Angst vor solch einem Schreckmoment räume ich meine Wohnung immer schon tagelang vor dem gewissen Tag akribisch auf. Das wäre ja der GAU, wenn meine sämtlichen Lieben meine vier Wände inspizieren und rumliegende Dessous ausmachen würden.

Vielleicht sind es meine Vorsichtsmaßnahmen, die mich bisher auf übersinnlichem Weg davor geschützt haben, so überfallen zu werden. Ich gebe ja zu, so ganz innen drin bin ich dann doch immer ein wenig enttäuscht, dass ich ungeschoren davongekommen bin. Offensichtlich bin ich meinen Freunden wohl nicht der Mühe wert. Aber solche selbstzerfleischenden Dissonanzen behalte ich wohlweislich für mich.

Eine Woche später machte sich ein Trupp von uns auf, um alles für den großen Moment in unserem und in Tatzis Leben vorzubereiten. Wir kamen mit vier Autos, da wir bergeweise Essen und Trinken eingekauft hatten. In Tatzis gutsituiertem Leben wollten wir uns nicht kleinlich zeigen.

Wir fuhren also vor ihrem großbürgerlichen Anwesen vor. Ich stieg als Erste aus und beugte mich runter zum Blumentopf, links neben der Eingangstür. Ich schob meine Finger unter den Behälter, in die kleine Mulde, wo Tatzi und Bernd immer den Ersatzschlüssel versteckten. Ich popelte und popelte – nichts.

»Mach«, trieb mich Doro an, die schwerbeladen einen Kasten Bier, plus darauf befindlichem Kuchen, stemmte.

»Da ist nichts«, verkündete ich verblüfft.

»Wie«, fragte Sunny. »Lass mich mal.«

Wir fingerten synchron. Das Einzige, was Sunny schließlich, laut quietschend, in der Hand hielt, war ein Regenwurm.

Wir schauten uns ratlos an. Conny guckte ganz traurig.

»Dann können wir wohl nichts machen«, meinte sie.

»Wir können Bernd anrufen«, sagte ich. »Wir müssen ihn halt einweihen.«

Den Betrüger, setzte ich in Gedanken dazu.

Ich wählte seine Handy-Nummer.

»Kein Anschluss unter dieser Nummer.«

Toni pustete sich eine Haarsträhne aus der Stirn. Für einen Oktobernachmittag war es ganz schön heiß geworden.

»Vielleicht ist ja irgendwo ein Fenster offen«, schlug sie vor.

Toni ist Friseurmeisterin und überrascht uns immer mit so abenteuerlichen Ideen. Einige von uns haben ihre Fähigkeit zu unkonventionellem Denken schon mit avantgardistischen, wenig kleidsamen Frisurschnitten und neonfarbigen Haartönungen bezahlt.

Während die Mehrheit von uns entrüstet gegen das ungewollte Überprüfen von Tatzis Sicherheitsvorkehrungen war, schlug ich mich, wie so oft, auf die Seite eines einzelnen.

»Ist doch gar nicht so dumm«, befand ich. »Vielleicht haben sie ja die Terrassentür aufgelassen.«

Wir schlichen ums Haus und sahen nach.

Nein. Tatzi und Bernd hatten die Terrassentür vorschriftsmäßig verrammelt.

Allerdings … Ich schlängelte mich an den wunderbaren Koniferen vor Tatzis Gästeklo-Fenster vorbei und griff nach oben. Ja. Das Fenster war gekippt.

»Franzi, heb mich mal hoch«, kommandierte ich.

Nun war das eher nur so ein Begriff, das Heben. Franzi stemmte mich an meinem Hintern hoch, so weit und so gut sie konnte. Es war dann aber Conny, die beherzt zu Hilfe eilte und meinem Allerwertesten einen ordentlichen Schubs verpasste. Ich klammerte mich an den Fenstersims. Meine Fingernägel waren das Erste, was unter meiner Last nachgab. Mit einem Splittern waren sie in der Tiefe verschwunden. Ich war noch nicht mal in Reichweite des Fenstergriffes.

Plötzlich packte jemand meine Knöchel und stellte meine Füße auf festen Grund. Verblüfft und mit noch eingeknickten Knien schaute ich nach unten. Klein-Nessi hatte eine Trittleiter im großzügig geschnittenen Gartengrund entdeckt und angeschleppt.

»Toll«, lobten alle.

Ich schaute mir das Fenster an, griff beherzt nach innen, hebelte am Griff herum und hob schließlich das Fenster aus den Angeln.

Kaputt?

Egal, ich hievte meinen Body durch das nun offene Rechteck und landete mit angezogenen Knien auf der Toilette. Nur gut, dass der Deckel geschlossen war. Das hatte Tatzi zehn Jahre Erziehungsarbeit an ihrem Gatten Bernd gekostet. Das wusste ich. Ohne dass mir der Astro-Guru dabei auf die Sprünge geholfen hätte.

Ich humpelte anschließend mit schmerzenden Kniescheiben zur Eingangstür.

Keine so brillante Idee. Was von außen verschlossen ist, bleibt eben auch von innen verriegelt.

Ich hopste mehr, als dass ich ging, zur Terrassentür. Den Mechanismus kannte ich auswendig. Ich schob die Glastür nach rechts – und meine Mädels stürmten laut »Juchhu« schreiend ins Wohnzimmer. Ich glaube, wir kamen uns alle wieder vor wie kurz vorm Abi, als wir schrecklich erwachsen tun konnten und doch eigentlich – bis auf wenige Ausnahmen – immer noch Kichererbsen-Teenys waren.

Mit vereinten Kräften zauberten wir Party-Time-Ambiente, rückten die weiße Ledercouch in die Ecke, schoben den schweren Esstisch aus teuerstem Murano-Glas nach vorne, holten Tatzis Glas-Ensembles und Markengeschirr aus den fein bemalten Bauernschränken, die aus allen Nobelecken der Republik angekarrt worden waren.

Wir erwarteten Tatzi nicht vor 18 Uhr zurück, so weit waren wir in ihre Terminierung an ihrem Ehrentag eingeweiht.

Ich weiß nicht mehr, wer es war, aber ich glaube, es war Juli. Ihr fiel plötzlich ein, dass doch heute Nachmittag das Fußball-Schlagerspiel der Extraklasse übertragen wurde. Dazu muss ich sagen, dass wir alle ohne Ausnahme große Fußballfans geworden sind. Mit der sagenumwobenen WM im eigenen Land hatten wir uns bereitwilligst vom Virus der uneingeschränkten Begeisterung anstecken lassen. Was ganz wichtig ist, ist noch zu erwähnen, dass wir alle Panini-Sticker-Sammler geworden sind. Wir haben gekauft und dann getauscht wie die Wilden und haben viele neue

Bekannte gefunden, die genauso verrückt danach waren wie wir.

Nun wollten wir uns von diesem Fieber nicht so einfach verabschieden und haben uns die neuen Bundesliga-Alben zugelegt. Seitdem diskutieren wir häufig Flankenqualitäten rundgesichtiger Milch-Bubis und das Star-Potenzial manches im Ausland eingekauften Torjägers.

So bejubelten wir, angefeuert von einigen alkoholischen Getränken, auch Julis Hinweis. »Aber es ist doch so schön warm draußen«, gab Conny zu bedenken. »Ich finde, wir sollten lieber nach draußen gehen. Wer weiß, wie lange wir noch so schöne Temperaturen haben.«

Nun war es mir persönlich ja eigentlich schon wieder viel zu warm. Sommer-Erinnerungen ließen mich schaudern. Aber angesichts des bevorstehenden herrlichen Herbstes wollte ich mich nicht nickelig zeigen.

Juli und ich guckten uns an. Dann nickten wir gleichzeitig. So wurde ein Schuh draus. Tatzis überdimensionaler TV-Schirm steht auf einem Rollwagen, und so schoben wir kurzerhand das Monstrum ins Freie.

Johlend saßen wir dann im Kreis auf Tatzis Terrasse, knallten die Bierflaschen bei jedem guten Spielzug aneinander wie die Kerls und überhörten eine ganze Weile das Klingeln an der Tür. Wahrscheinlich war es der Lärm, den der Fernsehsprecher und wir gackernden Weiber gemeinsam verursachten. Jedenfalls verstummten wir – bis auf den Spiel-Kommentator – unisono, als zwei uniformierte Polizisten um das Hauseck herum auf uns zuschritten.

»Wer ist hier die Hausbesitzerin?«, fragte der Jüngere.

»Die ist nicht da«, antwortete Nessi, leider wahrheitsgemäß.

»Wer ist ins Haus eingebrochen?«, wollte der Ältere wissen.

Ich war ja schon froh, dass sie nicht mit gezückten Pistolen erschienen waren, wie es der amerikanische Super-Cop aus meiner TV-Lieblings-Serie sicher getan hätte.

»Also eingebrochen sind wir nicht«, behauptete ich.

»Doch«, widersprach die Staatsgewalt. »Jemand ist durch ein Fenster in dieses Haus eingestiegen.«

Wie kam der jetzt darauf? Alle meine Freundinnen starrten mich an. Wieso eigentlich? Wollten sie, dass ich mich jetzt stelle, oder erwarteten sie von mir, dass ich besser lügen konnte als sie selbst.

Wie immer dachte ich mir, Angriff ist die beste Verteidigung, und ich blökte einfach los: »Wer hat Sie denn gerufen?«

»Die Nachbarn«, antwortete der Jüngere.

»Und die haben das gesehen?«, wollte ich wissen.

»Die haben aus zwei Gründen angerufen«, klärte mich der Ältere auf. »Die haben einen Einbruch beobachtet und beklagen sich jetzt wegen des ruhestörenden Lärms.«

Während sie abwechselnd sprachen, hatte ich die beiden genau beobachtet. Ihre Blicke gingen immer zwischen mir, meinen Freundinnen und vor allem dem Fernseher hin und her.

Aha. Also auch Fußballfans.

»Ach, meine Herren Kommissare«, flötete ich, hoffentlich mit der schleimenden Anrede den wahren Stand ihrer Beförderungshierarchie weit überzeichnend. »Wir machen hier eine Überraschungsparty für unsere Freundin.«

»Und wo ist die?«, wollte der Ältere wissen. Ziemlich begriffsstutzig, der Gute.

»Natürlich noch nicht da«, sagte ich. »Die kommt erst später. Sonst wär's ja keine Überraschung. Aber bis dahin wollten wir uns das Spiel nicht entgehen lassen.«

»Und weil es so schön warm ist«, schaltete sich Nessi ein, »haben wir den Fernseher nach draußen geholt, um hier zu gucken.«

Wieder einmal fiel mir auf, dass Nessi doch starke Ähnlichkeit mit Eva Longoria, der pikanten Tante aus »Desperate Housewives« hat. Diese verführerische, überaus hübsche Art kam uns jetzt sehr zugute.

Der jüngere Polizist lächelte, sozusagen wider Willen. Flüsternd beugte er sich zu seinem Kollegen. Der hatte Eva-Nessi überhaupt nicht bemerkt. Gebannt schaute er auf das Spielgeschehen.

In diesem Moment fiel ein Tor.

»Jaaa«, brüllten beide wie aus einem Mund.

»Haben Sie Lust, ein bisschen mitzugucken?«, startete ich einen Versuch ins Blaue. Was konnte schon passieren? Entweder würden sie mich wegen Einbruchs verhaften, oder aber ihre menschliche Regung »Fußballbegeisterung« siegte, und sie würden sich uns anschließen.

Sie schlossen sich an. Der Ältere ging zum Streifenwagen, mit dem sie gekommen waren, zurück und gab kurz an die Zentrale durch, dass es weder einen Einbruch gegeben hätte, noch könnten sie ruhestörenden Lärm bestätigen. Außerdem sei jetzt sowieso Schichtende für beide, und sie würden sich jetzt hiermit ordnungsgemäß abmelden.

Wir räumten ihnen die besten Plätze vor der Glotze frei, spendierten ihnen das erste Bier und feierten die schönste Überraschungsparty, die ich je erlebt habe. Allerdings ohne das Geburtstagskind.

Der ältere Polizist entpuppte sich als Fußballfreak allerbester Güte, der Jüngere zeigte eine tiefe Begabung darin, drei Dinge auf einmal zu können. Er flirtete aufs Heftigste mit Eva-Nessi, entpuppte sich als granatenstarker Geschichtenerzähler und konnte die Kronenverschlüsse der Bierflaschen mit den Zähnen aufmachen.

Bombig.

Das Spiel war längst vorüber, als es uns allen auf der Terrasse zu kühl wurde und wir ins Wohnzimmer wechselten. Wir plünderten unser aufgebautes Büffet und testeten anschließend gründlich aus, wie viele Schnäpse man in welchem Zeitraum verdrücken und dennoch den Fußball-Tabellenstand lückenlos runterbeten kann.

Um Mitternacht wollten sich unsere Uniformierten verabschieden. Es wurde eine etwas längere Prozedur, denn jede von uns wollte sich mit einer herzlichen Umarmung und unzähligen Bussi-Bussis von unseren Überraschungsgästen trennen.

»Was ist denn hier los?«, zerstörte plötzlich Bernds Stimme unsere aufgeräumte Stimmung.

Tatzi stand fassungslos guckend neben ihm.

Na ja, dachte ich noch, wir haben hier ja keine Orgie gefeiert.

Nur die Ordnungshüter hatten es wirklich drauf. Geistesgegenwärtig löste sich der jüngere Polizist aus Eva-Nessis Armen und begann zu singen: »Happy Birthday to you …«

Erleichtert stimmten wir, zugegebenermaßen ein wenig grölend, ein. Nur bei der Stelle mit dem Namen kamen die beiden Cops, wie ich sie längst getauft hatte, ein bisschen ins Schlingern. Wir sprangen sofort ein und schauten Tatzi erwartungsvoll an.

Sie fing an zu heulen. Aber so richtig. Eine Art Heulkrampf, bei dem man nicht mehr darauf achtet, ob die Mascara korrekt an den Wimpern kleben bleibt, und vor allem dass die Nase keine Ähnlichkeit mit der Rudis, dem Red-Nose-Rentier, bekommt.

Betreten suchten und fanden unsere bezaubernden Party-Kumpel das Weite.

Ich sah Bernd an. Der zuckte nur mit den Schultern und ging nach oben.

»Was ist los?«, versuchte ich Tatzis Tränenbäche zu stoppen.

»Wir lassen uns scheiden«, quetschte sie unter herzzerreißenden Schluchzern hervor.

Schlagartig war ich wieder nüchtern. Die Prognose vom Astro-Doktor. Und ich hatte es gewusst.

Wir übten Soforthilfe. Wir flößten Tatzi diverse Alkoholitäten ein, achteten darauf, dass sie zwischen dem Schlucken auch mal atmete, und versuchten, Einzelheiten aus ihr herauszubringen. Das hieß, ich konnte meinen Wissensvorsprung über Tatzis Seelenleben gewinnbringend als Fragen einbringen.

»Hat er dich etwa betrogen?«, wollte ich entrüstet wissen.

»Jaha«, schluchzte Tatzi.

»Und das schon länger?«

»Jaha. Hick.« Tatzis Weinen ging in einen ablenkenden Schluckauf über. »Woher … hick … weißt du … hick … das?«

»Das war doch klar«, half mir Sunny überraschend aus der Patsche. »Ich habe den schon knutschend mit einer blonden Schlampe gesehen. Beine bis dahin.«

Sunnys Arm zeigte in eine Höhe, die Nessis Körpergröße weit überragte.

Ich erstarrte. Hatte ich das berühmte zweite Gesicht? Dies war meine Vision von Bernds Tussi gewesen.

»Waaharum … hick … hast du mir … hick … nichts davon erzäähhlt … hick?«, wollte Tatzi wissen.

Conny bewies mit ihrer Antwort wieder einmal, dass sie erheblich robuster veranlagt ist als wir.

»Du hättest ihr doch gar nicht geglaubt«, vermutete sie.

Es stellte sich heraus, dass Tatzi tatsächlich alle Alarmzeichen übersehen hatte. Oder besser, nicht hatte sehen wollen. Seine vielen Termine im schönen Italien, seine regelmäßigen Übernachtungen, natürlich aus beruflichen Gründen, komischerweise regelmäßig dienstags und freitags. Und vor allem Bernds neues Rasierwasser. Für uns der untrügliche Beweis, dass Gefahr in Verzug war. Bisher hatte nämlich Tatzi immer seine Duftnote bestimmt. Also eigentlich wir. Wir waren die wahren Bestimmer, weil wir regelmäßig und in unterschiedlicher Besetzung Tatzi bei ihren Weihnachtseinkäufen für die Familie begleiten mussten. Sie kann sich so schwer entscheiden, und so wurden wir auch regelmäßig vor dem Fest von ihren beiden Kindern angerufen, die uns ihre detaillierte Wunschliste in die Blöcke diktierten. So informiert, konnten wir Tatzi in die richtigen Shops und zu den gewünschten Präsenten lenken.

Im Moment war ich richtig froh, dass Tatzis Kinder in Internaten geparkt waren, wo man versuchte, ihren tief verborgenen Lernwillen herauszukitzeln.

»Wo wart ihr eigentlich?«, wollte ich schließlich wissen.

»In Venedig«, berichtete Tatzi schniefend. »Ich dachte, Bernd wollte mich zu meinem Geburtstag mit diesem Trip überraschen. Aber er wollte mir nur verklickern, dass es aus ist.«

Gut. Also ich meinte, es war gut, dass Tatzis Schluckauf vorbei war. Ansonsten, so ein Spacko. Uns hatte er die Überraschungsparty vermasselt und unserer Tatzi einen Schock verpasst. Sie würde doch nach dieser niederschmetternden Erfahrung nie wieder einen unbeschwerten Geburtstag erleben können.

Plötzlich nahm mich Tatzi in den Arm. »Du glaubst gar nicht, wie dankbar ich dir bin.«

Mir lief es eiskalt den Rücken runter. Ich kam mir eigentlich wie ein Judas vor. Immerhin hatte ich die Endlichkeit ihrer Ehe ja schon von dem Astro-Onkel erfahren und die schreckliche Wahrheit, genau wie Conny ihre Erkenntnis, für mich behalten.

»Wieso?«, wollte ich wissen.

»Weil du mir geraten hast, getrennte Konten einrichten zu lassen. Und das habe ich noch vor meiner Abreise getan.«

Alle jubelten. Wir hoben unsere Gläser, tranken sie auf ex leer und schmissen sie wie auf Kommando mit vollem Karacho an die Wände. Wir waren die Champions.

»Und du?«, wollte Sunny wissen.

Alle schauten mich liebevoll an.

»Ich?«

Mit meinem Konto war alles okay. Und meine Beziehung stimmte auch.

»Was meinst du?«, fragte ich vorsichtig nach.

»Wie willst du denn deinen Geburtstag feiern?«

Erleichtert atmete ich auf.

»Ich? Ich fahre weg. Vielleicht gönne ich mir meine immer gewünschte Schlösser-Tour an der Loire entlang«, kündigte ich an.

Enttäuschte Gesichter um mich herum machten mir kurzfristig ein extrem schlechtes Gewissen.

Aber ich war mir selbst am nächsten. In Wirklichkeit würde ich mich zu Hause einbunkern. Nicht ans Telefon gehen. Meinen Stapel Krimis neben mir aufbauen. Die gemütlichste Ecke in meinem Sofa als Kuschelmulde präparieren und mich meines Lebens erfreuen. Und in aller Ruhe darüber nachdenken, wie ich den schnuckeligen, jüngeren Polizisten überreden könnte, bei Eva-Nessis Geburtstagsparty als Überraschungsgast aufzukreuzen.

Entkleidet als sexy Gärtner wie Eva Longorias liebestoller Partner in »Desperate Housewives«.

November

◆ ◆ ◆ ◆ ◆ ◆ ◆ ◆ ◆ ◆ ◆

Sind Sie Single? Wie finden Sie eigentlich Einladungen zu Partys mit lauter schnuckeligen, süßen, langjährigen, langweiligen Pärchen?

Tatzi zitterte vor Wut.

»Eine Frechheit ist das«, wiederholte sie gerade zum dritten Mal. So kannte ich sie gar nicht. Ich schaute sie mir genauer an. Sie sah aus wie immer. Eingehüllt in einen todschicken schwarzen Mantel mit beigem Fellbesatz an Kragen, Ärmeln und den Mantelkanten, schwarze, blickdichte Strümpfe, angesagte Pumps mit dickem Blockabsatz, die schwarzen Haare korrekt zum locker fallenden Bob geföhnt. Wir saßen draußen in unserem Lieblingscafé gegenüber der Oper. Neben uns die intensiv wärmenden Heizstrahler. Einer meiner absoluten Favourite Places, an denen ich schon an den Vormittagen von Heiligabend oder Silvester mit ihr ein Gläschen Champagner geschnasselt habe, in edler Freude darüber, dass wir noch ein bisschen Zeit füreinander hatten.

Jetzt standen geschmackvoll geformte Tassen vor uns, gefüllt mit heißem, frisch aufgebrühtem Kaffee. Ich mümmelte an einem Stück Käsetorte, Tatzi hatte nur einmal von ihrem Tomaten-Mozzarella-Sandwich abgebissen.

»Was ist denn passiert?«, wollte ich wissen. Ich senkte bei dieser Frage meine Stimmlage ein paar Oktaven tiefer, um eine beruhigende Wirkung auf sie auszuüben.

»Das fragst du noch?«, presste sie hervor. »Batzi hat sie einfach nicht mehr alle.«

Ich muss vielleicht einmal dazu erklären, dass bei uns alle Freundinnen im näheren und weiteren Bekanntenkreis Namen haben, die auf i enden. Der Ursprung solch, wie ich finde, schrecklicher Verballhornung, ist Nessis Sucht, alles auf ihre Minimalmaße zu reduzieren. So zierlich wie sie ist, versucht sie, allem und jedem eine Verniedlichung angedeihen zu lassen. Menschen sind bei ihr Menschis. Und so ist Batzi eigentlich Barbara. Da wir schon eine Barbara Nr. 1 haben, die natürlich zu Babsi wurde, mussten wir uns halt bei Barbara Nr. 2 etwas anderes ausdenken.

Franzi ist Franziska, Kati eigentlich Kathrin, Conny in Wirklichkeit Constanze, Sebi heißt eigentlich Sebastian, Biggi ist Birgit, Toni war mal Antonia, Fredi wurde auf Frederika getauft, und Nessi hört eigentlich auf den schönen Namen Nesrin.

Warum Tatzi Tatzi heißt, weiß ich nicht mehr so genau. In ihrer Geburtsurkunde wurde Ellen eingetragen, wahrscheinlich verzerrte Nessi sie mangels weiterer Erfindungsgabe willkürlich zu Tatzi, da wir schon aus einer Ellen Nr. 1 Elli gemacht hatten.

Nur ich habe mir eine solche Verkleinerung meines Ichs verbeten. Deshalb muss ich nun auch damit leben, dass ich mal »Schatzi«, »Süßi«, »Liebeli« oder »Putzi«, gelegentlich auch »Schnuffi« bin.

Man kann nicht alles haben im Leben.

Während ich mich zu disziplinieren versuchte, nicht noch die Krümel auf meinem Teller abzulecken, tastete ich mich mit beiläufigen Nachfragen zu dem Grund für Tatzis Aufregung.

»Sie hat mich eingeladen«, rückte sie schließlich entrüstet raus.

»Das ist doch nett«, bewertete ich diese Aktion als hilfreich. Immerhin taten wir das derzeit alle reihum, um Tatzi in ihrem Trennungsdesaster zur Seite zu stehen. Unsere Samariterdienste waren natürlich immer getarnt als gemeinsame Shopping-Tour mit anschließendem Happi-Happi oder auch als spontaner Kinobesuch mit dem den wahren Grund verschleiernden Motto: »Ich trau mich nicht allein in den Thriller.«

Tatzi schüttelte mit entschiedener Gestik den Kopf.

»Nein, das ist überhaupt nicht nett«, befand sie. »Das war eine dieser ekligen Partys mit lauter verheirateten Pärchen.«

Auweia. Das war ja ein Volltreffer an Instinktlosigkeit. Wie konnte sich Batzi nur so weit vergessen? Spontan strich ich ihr tröstend über den schick verhüllten Arm und verlangte, Einzelheiten zu erfahren.

Tatzi ließ sich nicht lumpen und berichtete haarklein und in minutiösen Einzelschritten von dem Desaster.

Batzi hatte natürlich am Telefon nur gesagt, sie wolle mal wieder einen entspannten Abend mit ihren besten Freunden verbringen, ein bisschen Kochen und ansonsten über die guten alten Zeiten quatschen.

»Da hätte bei dir schon eine Alarmglocke klingeln müssen«, unterbrach ich Tatzis Bericht.

»Wieso?«, schnaubte sie. »Ich kann doch nicht ahnen, dass sie damit so einen Horrortrip meint.«

Doch, fand ich im Geiste, genau das hätte Tatzi ahnen müssen. Batzi war, ehrlich gesagt, für ihre langweiligen Pärchen-Abende gefürchtet. Manchmal schob sie sogar eine Runde Kartenspielen ein, was nicht etwa eine Strip-Poker-Sause umschreibt, sondern ganz sicher irgendein bitterhart langweiliges Austauschen von Spielkarten meint. Dazu servierte sie Sherry, was den Gruselfaktor ins Unendliche anhob.

»Ich hab sie noch gefragt, ob ich was mitbringen soll«, berichtete sie weiter. »Und was ich denn anziehen sollte.«

»Und was hat sie darauf gesagt?«, wollte ich wissen.

»Mitbringen sollte ich nichts. Sie würde ja kochen«, sagte Tatzi, »und anziehen sollte ich mein kleines Schwarzes.«

»Siehste«, triumphierte ich. »In dem Moment war klar, dass es ein Abend der gesellschaftlich korrekten Langeweile werden sollte.«

Tatzi schaute finster zu mir herüber.

»Ich bin halt nicht so clever wie du«, grummelte sie.

Das schmeichelte mir einerseits, andererseits nahm ich mir vor, nicht mehr so vorschnell etwas zu sagen. Immerhin stand tröstliches Miteinander auf dem Plan, da sollte man nicht mit seinem angeborenen Schutzpanzer aus Misstrauen punkten.

Ich gab meiner Miene einen harmlosen Anstrich und forderte Tatzi auf, weiterzuerzählen.

»Als ich ankam, waren natürlich alle schon da. Du weißt ja, die üblichen Verdächtigen. Und der Zahnarzt samt Gattin auch. Und weißt du, wer noch da war?«

Ich verneinte.

»Der Astrologe mit einer Freundin.«

Mist. Mein Adrenalinspiegel schoss in die Höhe. Hatte er vielleicht mit Tatzi intensiv geredet? War unser Spielchen aufgeflogen? Hatte er Tatzi darüber informiert, dass ich wichtige Informationen verschwiegen hatte?

»Das ist ja ein Ding«, gab ich schließlich von mir.

Tatzi hörte gar nicht hin. In Gedanken war sie weit weg. Sie berichtete von der Qual des Platziertwerdens. »Weißt du, wo sie mich hingesetzt hat?«, wollte sie von mir wissen.

Ja, das konnte ich mir gut vorstellen. Ich kannte ja Batzis Taktlosigkeit.

»Ans Kopfende?«, mutmaßte ich.

»Genau. Und du kannst dir ja wohl vorstellen, wie scheußlich das für mich war.«

Konnte ich gut. Mir vorstellen.

»Und dann?«, fragte ich, immer noch an der Tatsache knabbernd, dass sie den Guru getroffen hatte.

»Ich kam mir vor wie das letzte Rad am Wagen.«

»Du meinst wohl eher das Ersatzrad«, assistierte ich vorsichtig bei der Metaphersuche.

»Genau.«

»Weißt du, alle sahen so glücklich aus.« Tatzi schossen bei dieser Schilderung die Tränen in die Augen.

Bloß jetzt keinen Heulkrampf, hoffte ich aus tiefstem Herzen. Es war zwar ein bisschen egoistisch von mir, aber ich wollte noch oft, vor allem im Winter, hierherkommen und gemütlich draußen sitzen, ohne scheel angesehen zu werden.

»Aber das ist doch alles bloß fake«, versuchte ich sie vollmundig abzulenken.

»Wieso?«, fragte Tatzi interessiert. Gott sei Dank. Die Tränen blieben da, wo sie hergekommen waren und rollten nicht die Wangen runter.

»Du weißt doch ganz genau, dass solche Veranstaltungen, vor allem die bei Batzi, immer eine Art Schaulaufen sind«, versuchte ich, die Situation nachträglich zu analysieren. »Alle tun so, als wären sie wahnsinnig gut drauf. Vor allem die Pärchen, die sich ansonsten dauernd in den Haaren liegen. Das ist ein Spiel. Keiner will vor dem anderen zugeben, dass er Probleme hat. Und wir haben alle unsere Probleme.«

Den letzten Satz hätte ich mir besser schenken sollen, denn Tatzi guckte mich überrascht an.

»Wie, bei dir kriselt's auch?«

Nun ist es so, dass meine Freundinnen alle ein bisschen neidisch sind auf meinen Lebensabschnittsgefährten. Vor allem finden sie es eigentlich richtig gut, dass wir nicht zusammenleben. Am Anfang löste unser Lebens- und Liebesmodell einiges Befremden aus, aber als sie ihn dann nach und nach kennen lernten, mussten sie zugeben, dass er keine schlechte Wahl war. Vor allem stimmten sie schließlich widerwillig überein – man will ja doch immer ein Haar in der Suppe des anderen finden –, dass er offenbar das wichtigste Kriterium erfüllte: Er schien absolut treu zu sein.

Seitdem finden sie es sogar ganz besonders gut, dass wir nicht ständig zusammenglucken, denn so habe ich ausreichend Zeit, meinen Freundeskreis zu pflegen. Man kennt das ja bei anderen Konstellationen. Man ist gut Freund mit jemand, unternimmt viel zusammen, kann sich telefonischen Rat zu jeder Uhrzeit holen und darf sogar an einem verregneten Sonntagnachmittag davon ausgehen, dass die beste Freundin Zeit findet, sich zum hundertsten Mal mit einem »Schlaflos in Seattle« anzuschauen. Und dabei an der richtigen Stelle mitzuheulen.

Doch dann verliebt sie sich in einen Fremden. Und

plötzlich ist alles anders. Keine Zeit mehr für irgendeinen Schnickschnack. Kein offenes Ohr mehr für die Nöte der anderen. Sie ist aus dem Freundschaftsradius verschwunden. Ihr Kerl wünscht absolute Zweisamkeit. Dass dahinter häufig ein ungesund kleines Ego des Angebeteten steckt, darf man noch nicht einmal andeuten. Sonst ist es ganz vorbei mit dem früheren guten Verstehen. Häufig fühlen sich die neuen Partner gerade von engen Freundinnen bedroht. Sie fürchten sich vor spitzen Bemerkungen hinter ihrem Rücken etwa über die Sockenwahl des Neuzugangs, den blöden Tick, beim Trinken zu schlürfen oder das Unvermögen, die Pointe eines Witzes wirklich erst am Schluss zu verraten.

»Nein, bei mir kriselt's nicht«, sagte ich mit Nachdruck. »Zumindest nicht, dass es mir bewusst wäre«, fügte ich vorsichtshalber hinzu. Man kann ja nie wissen.

»Dass wir alle irgendwo Probleme haben, war nur so eine Sentenz.«

Tatzi nickte verständnislos. Mit Fremdwörtern hat sie's nicht so. Aber ich war schon froh, dass ich sie wieder in der Gesprächsspur hatte, und ich fuhr fort: »Wichtig ist bei allem nur, dass wir doch bei einer solchen Großveranstaltung wie etwa Batzis Dinnereinladung nicht im großen Kreis unsere schwachen Seiten zeigen. Da geht man mit voller Kriegsbemalung hin. Innerlich wie äußerlich. Aufgerüscht und bereit, sich bis zum Anschlag zu verstellen.«

»Aber mich haben die so mitleidig angeguckt. Als wäre ich krank«, erinnerte sich Tatzi schaudernd. »Ich bin doch nicht behindert, nur weil Bernd abgehauen ist. Das Schwein.«

Ja, genau da wollte ich Tatzi haben. Kämpferisch. Und

sauer auf den Verursacher ihres Schmerzes. Aber nicht wehleidig und jammernd.

Ich orderte kurzerhand zwei Prosecco auf Eis.

Eigentlich hasse ich dieses Getränk. Wenn schon was Prickelndes, dann Champagner. Aber mir schien bei diesem Thema nicht angesagt, mit dem teuren Muntermacher anzufangen. Wahrscheinlich würden wir noch Nachschub brauchen, und das würde mir einfach zu teuer werden.

»Wie steht's eigentlich bei euch?«, fragte ich angelegentlich.

Tatzi nahm einen tiefen Schluck.

»Krieg«, antwortete sie. »Vor allem, nachdem Bernd gemerkt hat, dass ich ein eigenes Konto eröffnet habe.«

Sie lächelte mit einem leicht grausamen Zug um den Mund.

»Er überlegt andauernd, warum ich das ausgerechnet jetzt gemacht habe. Ich bin dir ja so dankbar, Schatzi, dass du mir diesen Tipp gegeben hast. Zwar in ganz anderem Zusammenhang, aber Gold wert.«

Sie kam zu Batzis Pärchen-Abend zurück.

»Franzi war ja noch ganz nett«, fuhr sie fort. »Aber Lauri hat einen an der Waffel. Sie schwärmte die ganze Zeit davon, dass sie sich mit Albi jetzt ein Haus baut, so vom Feinsten mit Indoor-Swimmingpool, und der blöde Kerl grinste die ganze Zeit über wie ein Honigkuchenpferd. Und dann fragte sie mich plötzlich, wie das denn jetzt bei uns geregelt wird. Und ob ich ausziehen müsste …«

Auha, die Tränen zeigten sich wieder.

»Willst du noch einen?«, fragte ich hastig.

»Ich hab doch noch«, flüsterte sie, heftig schluckend.

»Trink aus«, befahl ich und winkte dem befrackten Kellner. Ach, ich liebe dieses Fleckchen gepflegte Gastronomie.

»Albi ist ein Idiot«, fasste ich schließlich zusammen. »Und Lauri hat den Takt eines Elefanten im Porzellanladen. Die Schnalle fühlt sich nur gut, weil sie seinen letzten Ausreißversuch gerade noch verhindern konnte. Seit ihrer Versöhnung hat sie fünf Kilo zugenommen und wirkt wie eine Matrone im Wachkoma. Aufleben tut sie nur, wenn sie einem anderen Menschen eine verpassen kann.«

Ganz so schlimm war es in Wahrheit nicht, aber jetzt galt es, Tatzi aufzubauen, da konnte ich keine Rücksicht auf Abwesende nehmen.

Ich legte noch einen nach.

»Außerdem war sie immer scharf auf Bernd, das hast du doch hoffentlich nicht vergessen«, erinnerte ich.

Tatzi nickte. »Das stimmt.«

Wir waren wieder auf absolut sicherem Terrain. Und nach und nach ergab es sich, dass wir uns nur noch mit Bernd, dem Schuft, beschäftigten. Das ist ja die ewig wiederkehrende Leier bei getrennten Paaren. Man redet mit den einzelnen Hinterbliebenen eines ehemals Ganzen immer wieder über den anderen. Manchmal möchte man während solch eines Diskurses über vergangene Jahre und Jahrzehnte schreien, weil immer wieder dieselben Dinge beschworen werden. Aber als solidarische Freundin hält man durch, bis zum nächsten Mal. Ich versuche nämlich, mir aus leidvoller Erfahrung den Anschein zu geben, als stünde ich über den Dingen. Ich gebe mich unparteiisch. Zu oft habe ich erlebt, dass sich das Paar wieder versöhnt und man selbst ganz schnell zum gemeinsamen Feindbild auserkoren wird.

Aber an diesem Tag, beschwingt durch meine zwei Prosecco auf Eis, vergaß ich alle meine guten Vorsätze und begann, genüsslich Bernd zu sezieren. Endlich konnte ich mal loswerden, wie sehr mich sein ewiges Macho-Gehabe gestört hatte, wie sehr mir auf den Keks gegangen war, dass er Tatzi immer so klein machte, dass er seinen Job viel höher einstufte als ihren, dass er es war, der die Kinder aufs Internat abgeschoben hatte, damit sich Tatzi ganz auf ihn konzentrieren konnte. Tatzi blühte vor meinen Augen auf. Mit rosigen Wangen nickte sie zustimmend. »Genau«, war das Wort, das sie immer wiederholte.

Ich fühlte mich gut.

Bis Tatzi völlig unerwartet sagte: »Du, der Astrologe hat mir gesagt, dass Bernd und ich wieder zusammenkommen werden.«

»Er hat was?« Ich verschluckte mich fast an meinem letzten Schluck Prosecco.

»Bevor ich ging, hat er noch kurz mit mir gesprochen«, berichtete Tatzi. »Er fragte mich nach meinen Daten.«

»Und?«, wollte ich wissen. »Welche hast du ihm gegeben?«

»Die von Juli«, antwortete sie. »Die weiß ich, weil ich für sie in einem Versandhaus Klamotten bestellt habe. Und da musste man seine Daten angeben, wenn man am Geburtstag einen Gutschein geschickt bekommen möchte.«

»Ja, und?«, fragte ich. »Wieso kommt er, mit dem Geburtsdatum von Juli, zu einer für dich glaubhaften Aussage über deine Ehe?«

»Das weiß ich auch nicht«, gestand Tatzi. »Aber ich fand's doch irgendwie tröstlich.«

Typisch. Da hatte ich mich ganz gegen meine Gewohnheit selbst entäußert, um Tatzis Trennungsschmerz zu lindern, und sie liebäugelt im selben Moment mit einer, wie ich fand, wenig prickelnden Zukunftsaussicht. Hatte sie denn gar keinen Funken Stolz? Wie konnte sie sich so darüber freuen? Der Typ hatte sie betrogen. Basta.

Entsetzt schaute ich sie an. »Und du würdest ihn wirklich wieder zurücknehmen? Trotz allem? Dich wieder anpassen bis zur Selbstentäußerung?«

Tatzi sah mich erschrocken an. Ich war wohl ziemlich heftig rübergekommen.

»Na ja, ich weiß nicht«, eierte sie rum. »Eigentlich nicht. Aber schau doch mal, wir sind schon so lange zusammen. Und haben zwei Kinder. Das gibt man nicht so einfach auf.«

»Hat er aber gemacht«, erinnerte ich sie bissig. »Und überhaupt, hallo, bilde dir ja nicht ein, dass ihr euch schon versöhnt habt. Du gibst dich gerade deinem Wunschdenken hin. Bisher ist dies nur eine vage Vermutung eines Astro-Gurus, der anscheinend am allerbesten Aussagen machen kann, wenn er mit falschen Daten gefüttert wird.«

Das saß. Leider so gut, dass Tatzi ansatzlos aufstand und ging.

Und mich auf der Rechnung sitzen ließ.

Wie gut, dass ich instinktiv nicht die teuersten Getränke geordert hatte. Brav wie ich bin, ließ ich aufgrund meiner Alkoholzufuhr mein Auto stehen und winkte ein Taxi herbei. Ich habe immer Pech, was die Qualität von Fahrern und den dazugehörigen Autos angeht. In diesem Fall fuhr ein sehr später Spät-Achtundsechziger eine Karre, die er zu seinem ganz privaten Wohnheim umfunktioniert hatte. Auf seinem Beifahrersitz lag eine Thermoskanne, eine angebissene Müslistange und etwas Undefinierbares, das ich mir nicht näher anschauen wollte. Daneben mehrere linksorientierte Zeitungen. Seine Haarpracht hatte der Zahn der Zeit auf herunterhängende Strähnen reduziert, der Oberkopf war kahl. Um den Hals der obligatorische Palästinenserschal, sein Parka war noch speckiger als der von Schimanski.

Mein Po war im Sitz eingeklemmt, offenbar fehlten die Sprungfedern. Dies hätte einem Optimisten einen Hauch von Sicherheit vermitteln können, ich dagegen, der vom Wechselspiel des Lebens angelernte Pessimist, tastete im Halbdämmer nach dem Verschluss des Sicherheitsgurtes.

»Ist kaputt«, kommentierte er von vorne meine Bemühungen.

»Ja, und was jetzt?«, fragte ich gereizt. Der Wechsel vom Ambiente meines exquisiten Lieblingscafés in die dunklen Abgründe einer Beförderungshölle strapazierte mein Nervenkostüm.

»Entweder Sie kommen nach vorne oder rutschen auf den anderen Platz«, zeigte er mir die Alternativen auf.

Nach vorne? No way.

Ich krabbelte also auf die andere Sitzhälfte und schloss den Gurt.

»Wohin denn?«

Ich nannte ihm meine Adresse.

»Wissen Sie, wie man da hinkommt?«, wollte er wissen.

»Nein«, antwortete ich. »Sonst würde ich ja nicht mit Ihnen fahren.«

»Das ist kein Argument«, sagte er.

Das war ja noch schöner. Gut, meine Argumentationskette war nicht ganz schlüssig, aber ein Zwang, mit dem

Fahrer diskutieren zu müssen, stand meines Wissens nicht im Beförderungskatalog der Taxi-Innung. Ich krabbelte aus dem Wagen und ließ die Tür extra laut zuknallen. Will heißen, ich versuchte, die Tür zuzuknallen. Ging aber nicht, da sie klemmte. Der Gurt hing draußen.

Ich stand anschließend eine halbe Stunde am Straßenrand und winkte vergeblich nach jedem vorbeifahrenden Taxi.

Alle waren besetzt.

Schließlich hielt ein, zumindest von außen, passables Exemplar vor mir, ein Ehepaar stieg aus, und ich warf mich hinein.

»Moment mal«, sagte der Fahrer. »Haben Sie bestellt?«

»Ja«, antwortete ich mutig.

»Auf Halleiner?«, fragte er misstrauisch nach.

»Ja«, antwortete ich, froh, dass er sich selbst ein Bein gestellt hatte. Von ihm ließ ich mich gar nicht erst fragen, ob ich denn wisse, wie man zu der, von mir angegebenen Adresse, kommt. Ich übernahm sofort das Kommando und dirigierte ihn hektisch durch die verstopften Straßen.

Kurz vor der Einmündung in meine Straße sagte der Fahrer: »Ich fahre schon seit 25 Jahren Taxi, aber so etwas ist mir noch nicht passiert.«

»Was denn?«, fragte ich ahnungsvoll.

»Sie haben mich hier herumkommandiert wie einen Anfänger. Haben mir aber eine Route vorgegeben, die jetzt vier Euro teurer ist als der Weg, den ich genommen hätte.«

Ich seufzte. Das war mir jetzt auch egal. Hauptsache, ich war endlich zu Hause. Ich glaubte ihm gerne, dass meine Wegbeschreibung umständlicher war, als seine gewesen wäre. Aber ich hatte keine Lust, ihm von meinem Erlebnis von vorhin zu berichten. Ich bin nun mal als Kind nicht bei den Pfadfindern gewesen. Wenn ich mit meinem Auto irgendwohin fahren muss, wo ich mich nicht auskenne, kann es schon mal vorkommen, dass ich umständlich erst zu einem Punkt in der Stadt fahre, der mir vertraut ist, um dann von dort aus zu starten.

Mich tröstet immer, dass dies ja niemand weiß.

Ich zahlte und stieg aus.

Nach diesem Tag wollte ich nur so schnell wie möglich ins Bett. Ich musste am nächsten Morgen zu einem Meeting in eine andere Stadt und hatte bekloppterweise den ersten Flieger gebucht. Das hieß, ich schaute kurz auf meine Uhr, ich würde jetzt nur noch wenige Stunden zum Essen, Packen und Schlafen haben, ehe ich mich auf den Weg zum Flughafen machen musste.

Es ist immer dasselbe Spiel. Bei der Buchung von Flügen denke ich jedes Mal, das schaffst du. Nimm den frühen Flieger, dann hast du vor Ort mehr Zeit. Wenn es dann so weit ist, fasse ich mich an den Kopf, warum ich mich solchen Torturen eigentlich aussetze.

Vielleicht bin ich doch ein Maso-Mäuschen, wie mir Tatzi einmal unterstellte, als ich ihr von meinen immer wiederkehrenden Fehlplanungen erzählte.

Tatzi.

Egal, ich würde jedenfalls nicht die Erste sein, die sich meldete. Aber, unkte meine zarte Seele, vielleicht wird sie sich gar nie mehr melden. Vor allen Dingen dann, wenn diese blöde »Happyend«-Prognose des verrückten Astro-Professors tatsächlich in Erfüllung ging.

Nach einem ganz kurzen Schläfchen weckte mich der Wecker um vier Uhr in der Früh. Ohne Kaffee, Semmelchen oder Ähnlichem fand ich mich im Auto meines Liebsten in der Tiefgarage wieder. Gut, dass er sein Fahrzeug bei mir gelassen hatte. Meins stand ja noch in der Stadtmitte. Ich öffnete das Tor, nahm die Auffahrt hinaus mit Schwung – und leitete gleich mal eine Vollbremsung ein. Vor der Ausfahrt stand ein Auto. Nicht irgendein Auto, sondern ein Exemplar dieser überdimensionalen Geländewagen, die heutzutage offensichtlich zum Haushalt jeder gut situierten Frau gehören, die schon mit den Ausmaßen eines Kleinstwagens überfordert wäre. Ich will jetzt wirklich nicht sexistisch klingen, aber es ist mir ein Rätsel, warum immer Mädels jedweden Alters hinter den getönten Scheiben auf der Fahrerseite auszumachen sind, wenn man sich kurz zuvor über die beknackte Fahrweise des Idioten vor sich aufgeregt hat.

Voller Wut bearbeitete ich meine Hupe. Dazu muss ich gestehen, dass ich immer noch nicht ganz genau weiß, wo sie sich eigentlich am Lenkrad befindet. Aber ich glaube, das ist nur ein Täuschungsmanöver vor mir selbst. Wenn ich unentschlossen bin, ob ich hupen soll oder nicht, haue ich so drauf, dass ich mich geräuschlos aus der vermeintlichen Gefahrenzone entfernen kann. Wenn ich das Warnsignal aber korrekterweise brauche, treffe ich exakt den Auslöskontakt.

Das ist Psychologie hoch drei.

Diesmal jedenfalls dröhnte mein Warnsignal durch die menschenleere Straße. Nichts tat sich. Und noch einmal, mit Schmackes. Mir war es egal, dass im gegenüberliegenden Haus gleich drei Fenster geöffnet wurden und menschliche Wesen, die voll aus dem Tiefschlaf gerissen schienen, mich mit den merkwürdigsten Bezeichnungen belegten.

Ich schaltete mein Radio ein.

Und noch einmal.

Jetzt trippelte doch tatsächlich ein blondes Wesen in High Heels aus der Haustür von gegenüber. Mit einer lässigen Handbewegung signalisierte sie ein »Sorry« und schickte doch gleich noch ein ganz reizendes Lächeln in meine Richtung. Tja, Pech gehabt, ich war kein Mann.

Ich öffnete meine Wagentür und brüllte: »Ja, geht's noch? Ich muss zum Flughafen. Wenn Sie sich jetzt nicht gleich hier vom Acker machen, rufe ich die Polizei. Jetzt aber mal avanti.«

Huch, da war die kleine Maus aber erschrocken. Sie schlüpfte gar zierlich in ihren Großraum-Schicki-Micki-Wagen und ließ den Motor absaufen. Ich betete still vor mich hin. Bitte, lass die dumme Schnalle die Betriebsanleitung gelesen haben. Bitte, lass sie überhaupt mal einen Führerschein gemacht haben. Und bitte, lass sie verschwinden.

Es ist so, meine Freundinnen und ich haben wirklich häufig Meinungsverschiedenheiten untereinander, siehe Tatzi, so ganz nebenbei. Aber was uns alle eint, ist eine tiefe Verachtung für Frauen, die auf Weibchen machen. So nach dem Motto: »Ach, du großer, starker Mann, komm, und hilf.« Alles, was mit den Wimpern klimpert und affektiert auf kleines Mädchen macht, fällt für uns aus unserem Wahrnehmungsraster.

Jetzt hatte ich sogar Mitleid mit dem Motor, der sich offenbar weigerte, von dem High-Heel-Törtchen auf Betriebstemperatur gebracht zu werden. Auf der anderen Seite, ich musste meinen Flieger erreichen.

Endlich. Sie setzte das Riesenauto stotternd in Bewegung. Egal, bloß weg aus meiner Ausfahrt. Jawoll, noch ein paar Zentimeter. Tock, tock, tock, der Motor war wieder aus.

Die blonde Maid versperrte mir mit ihrem Monster-Car das Einbiegen in die Einbahnstraße vor meiner Ausfahrt. Kurz entschlossen fuhr ich einfach nach rechts in die falsche Richtung – um diese Zeit würde mir hoffentlich niemand entgegenkommen – und atmete ein Mal tief durch.

Am Flughafen fuhr ich in die Tiefgarage, schnappte mein Köfferchen, zog mein Ticket aus dem Automaten, passierte die Sicherheitskontrolle – und trabte in die Lounge. Gedacht als eine abgeschirmte Oase des Wartens. Alleine der Begriff »Lounge« hat bei mir schon immer schwärmerischste Fantasien ausgelöst. Gut gekleidete Menschen mit perfekten Umgangsformen sitzen diskret in edlem Ambiente und warten entspannt auf den Abflugtermin. Sie blättern in Magazinen und Tageszeitungen, sprechen halblaut miteinander und genießen die Köstlichkeiten des reichlich gedeckten Büffets.

Mit solchen Schilderungen hatte Tatzi jedenfalls jahrelang bei mir heftigste Neidgefühle ausgelöst, als sie mit ihren zahlreichen Fluglinien-Gold- und Platin-Kärtchen vor meiner Nase rumwedelte. »Und in Hongkong hab ich mich in der Lounge massieren lassen. Göttlich, sage ich dir. Und anschließend noch ein halbes Stündchen im Ruheraum geschlafen.«

Toll. Ich kam mir immer vor wie die arme Verwandte, wenn ich auf meinen Flugtrips im Schnell-Imbiss am Gate pappige, aufgeweichte Brötchen mit Salami in der Klarsichtfolie und einen Pappbecher voll Kaffee gegen extrem viel Kohle eintauschte. Als ich endlich selbst ein solches

»Sesam-öffne-dich«-Utensil zugeschickt bekam, konnte ich mein Glück erst gar nicht fassen.

Doch wie so oft im Leben, musste ich lernen, dass Fantasie und Wirklichkeit häufig nicht deckungsgleich sind und dass Tatzi einen großen Hang zur Übertreibung hat.

Jetzt wollte ich erst mal frühstücken.

In den gepflegten Räumlichkeiten ging es zu wie in einem Großraumbüro. Ununterbrochen meldeten sich die unterschiedlichsten Klingeltöne unzähliger Handys. Das Schrillen eines alten Telefons oder Urwald-Vogelgezwitscher, bei dem man annehmen konnte, gleich böge King Kong um die Ecke. Und tatsächlich, der Handy-Man entpuppte sich als ein vierschrötiger Typ mit am Rücken zerknittertem Oberhemd plus darübergeschnallten Hosenträgern. Sein Jackett hatte er natürlich, aus Gründen der persönlichen Bequemlichkeit, ungeniert ausgezogen und über seine Stuhllehne gehängt.

An allen Tischen, in sämtlichen Sessel-Sitzgruppen, nichts frei. Es war ja nicht so, dass jedes Stühlchen von einem männlichen Reisenden belegt gewesen wäre, nein, die Herren hatten zum Teil ihre diversen Handgepäckstücke darauf abgelegt. Laptop-Taschen neben Kleidersäcken. Ihre Trolleys standen wie Kurzstreckenwaffen auf dem Boden, so dass man sich schon sehr geschickt anstellen musste, um überhaupt durch die Gänge zu gelangen.

Unter all den Anzugträgern eine Frau. Am letzten Tischchen vor der Eingangstür zum Servicebereich, also der Küchenregion. Wann immer eine der livrierten Hilfskräfte hinaus- oder hineinwollte, drückte er einen an der Wand angebrachten Knopf, und die Tür gab unter ächzendem Zischen den Weg frei.

Ich bat die Dame um Asyl.

»Aber gern«, sagte sie. »Geht's?«, und sie machte Anstalten, ihre Kaffeetasse noch ein bisschen mehr zu sich hinzurücken.

»Nein, nein, geht schon, vielen Dank«, stoppte ich ihre Bemühungen und wappnete mich derweil schon für den Hauptkraftakt. Meinen Gang zum Büffet. Horden von männlichen Reisenden hingen wie eine Traube davor. Ich versuchte, mich zum Kaffeeautomaten durchzuschieben.

»Nein. Sind Sie verrückt«, brüllte mir eine männliche Stimme ins Ohr.

»Moment mal«, antwortete ich empört. »Ich möchte …«

»Sie checken jetzt die Terminlage, und dann wird umgebucht. Ist das klar?«, forderte die Stimme in unveränderter Lautstärke. Ich drehte mich um. Der meinte gar nicht mich.

Hier telefonierte lediglich ein ganz Wichtiger mit einem Stecker am Ohr, was ihm eben bedauerlicherweise die Hände frei ließ. Er schob eine Tasse unter die Tülle des Automaten, drückte einen Knopf und stand mit beiden Händen in den Hosentaschen breitbeinig vor dem Automaten.

Ich stellte mich an.

Bedauerlicherweise schien er nicht allein zu reisen, denn als seine Tasse gefüllt war, schob er gleich eine ungefüllte nach.

Seufzend wandte ich mich dem Getränke-Ausschank zu. Die Multivitaminsaft-Sorte der Lounge ist eine meiner Favourites. Während ich zu Hause die Zufuhr von Obst und Säften aus Faulheit eher auf null gefahren habe, schlürfe ich diesen Saft sehr gerne, verbunden mit dem wunderbaren Gefühl, dass ich etwas Gutes für mich tue.

Ich stellte ein Glas unter die Düse und hielt mit dem Daumen den grünen Knopf gedrückt.

Pladder, pladder, pfff. Die Brühe undefinierbarer Farbe zeigte mir an, dass der Spender leer war. Als ich nach einem frischen Glas griff, dabei keinen Zentimeter meines Platzes aufgebend, schubste mich ein asiatisch aussehender Mann zur Seite und okkupierte mit seinem Glas die Orangensaft-Düse.

Wie konnte der geahnt haben, dass ich auch dorthin ausweichen wollte? Sein Glas lief voll, und ich wollte nun gerade das meinige hinstellen, als eine Servicekraft mich davon abhielt und sagte: »Der Automat ist jetzt erst mal außer Betrieb. Ich muss auffüllen.«

Hinter ihm der Bulle mit den Hosenträgern, der den Angestellten an den Haaren zur Ausübung seines Jobs hinter sich hergeschleift hatte. So kam es mir zumindest vor. Denn der Reisende sicherte sozusagen mit seinem breiten Kreuz den Ort des Geschehens – und wartete auf Vollzug.

Resigniert griff ich mir eine Flasche Mineralwasser und schenkte mir etwas ein.

Jetzt wenigstens noch etwas zu essen.

Die Brötchen und Croissants liegen immer auf einem erhöhten Tisch, ich drehte mich um – kein Brötchen, kein Croissant mehr da. Der Typ mit dem Stecker am Ohr schob sich gerade die letzte Hälfte einer knusprigen Backware hinter die Kiemen, in der anderen Hand einen dampfenden Kaffee und, trotz Kaumasse im Mund, ungeniert weiterpalavernd.

Auf der Obst-Etagere lag noch eine grüne Banane. Ich nahm sie mit zu meinem Platz. Vielleicht würde sie ja bei dem zu erwartenden Druckausgleich in der Flugzeugkabine einen Schnell-Reifungs-Kick kriegen.

Ah, am Nebentisch packte gerade ein recht nobel aussehender Fluggast drei Äpfel und zwei Mandarinen in sein Aktenköfferchen. Wie peinlich war das denn? Ich gebe ja zu, dass ich mir kurz vor Ostern alle auf der Theke so hübsch dekorierten Schoki-Osterhäschen unter den Nagel gerissen habe, aber ich fand das, was dieser Typ da machte, war angesichts der frühen Uhrzeit Mundraub uns gegenüber.

Ich machte mich auf meinem Stühlchen ganz schmal, denn nebenan hatte sich einer der Flug-Rambos breitgemacht. Er schien den Status-Grabenkrieg der hier anwesenden Aufschneider gewinnen zu wollen. Vor sich ein schickes Laptop, ultradünn, daneben ein multi-funktionaler Blackberry, in der Wand zwei Ladegeräte, die seine messeneuen Handys aufluden.

Der Typ plusterte ordentlich die Backen auf, als er mehrsprachig Aktiendeals durchzog – das dritte Klapp-Handy zwischen Schulter und Ohr geklemmt.

Schräg gegenüber machte ein grauhaariger Mann mit übergehängtem Kaschmirmantel per mobilem Telefon seine Sekretärin am anderen Ende der Leitung dermaßen zur Schnecke, dass wir anderen unwillkürlich die Hacken zusammenschlugen.

Was ich im Laufe der Zeit in dieser Lounge schon für Dinge aus dem Geschäftsleben lautstark sprechender Männer mitbekommen habe, hätte mich sicher, bei einem gewissen Hang zum Erpressen, reich werden lassen können. Neunzig Prozent der ungeniert preisgegebenen Details sind garantiert intern in den Unternehmen mit dem Siegel »Top Secret« verziert.

Ich trank mein Glas leer und machte mich auf den Weg zum Gate. Vor der Schranke zum Zubringer hatten sich viele Gockel schon in Position gebracht. Betont lässig schoben sie sich unauffällig, wie sie glaubten, immer mehr in die Nähe zum Durchgangskreuz. Kaum ertönte die Ansage, dass wir das Flugzeug besteigen konnten, machte es hörbar »klong«, als die erste Reihe Krawattenträger in den Body-Check überwechselte. Die Smarties pressten sich Schulter an Schulter näher an das Nadelöhr. Immer die Trolleys als Schiebe-und Druckwaffe im Anschlag.

Ich ließ mir Zeit und folgte der Meute.

Und wieder das alte Spiel. Keiner der starken Männer machte auch nur die Andeutung eines Versuches, einer Frau beim Hochheben ihres Gepäcks zu helfen. Ich finde es gar nicht so ohne, einen vollbepackten Trolley nach oben ins Gepäckfach zu wuchten. Da stehen echt kräftig anmutende Männer hinter einer Lady, die sich sichtbar zu viel zumutet. Dann wird höchstens noch eine Miene aufgesetzt, die vermittelt, wie schrecklich es doch ist, warten zu müssen, bis die gute Frau fertig ist, und man sich endlich weiter durch den engen Mittelgang zum eigenen Platz aufmachen kann. Dort angekommen, wird der gleiche Mann mit seinen eigenen Gepäckstücken so virtuos jonglieren, als habe er jahrelang als Kraft-Maxe im Zirkus gearbeitet.

Während des Fluges schaute ich in eine mitgebrachte Modezeitschrift. Jetzt hielt ich es für angebracht, endlich einmal nachzuschauen, was im Winter modisch angesagt ist.

Ich blätterte das Deckblatt um und sah in das großformatige Gesicht eines Models. Böse schaute sie mich an. Ich glaube, sie warb für ein Luxus-Label, das mir eigentlich mit dieser Werbung suggerieren wollte, dass ich genau ihren Mantel kaufen sollte. Von dem sah man aber nix, weil nur der Kragen gerade noch andeutungsweise abgebildet war.

Ich verstehe die Werbe-Fuzzis nicht. Gerade erst war ich in meiner Programmzeitschrift über eine Autowerbung gestolpert. Die hatte mich echt fasziniert. Allerdings, und das hätten die Marketingstrategen des Autokonzerns sicher gar nicht gerne gehört, faszinierte mich das Model, das im Vordergrund stand, überdimensional im Gegensatz zu dem Gefährt, das eigentlich angepriesen werden sollte. Ihre blonden Haare waren zu einer todschicken Banane frisiert. Ich habe mir lange die hochtoupierten Strähnen angeguckt und ganz zum Schluss dann den Kopf aus der Anzeige herausgeschnitten. Damit bin ich zu meinem Friseur gegangen und habe um das Hochfriemeln genau dieser Frisur gebeten.

Aber weiter im Text. Dieses besagte Model hatte einen supertollen, beigen, knielangen Mantel an, genau so einen, wie ich ihn immer gesucht habe, mit dreiviertellangen Ärmeln und einem lässigen Bindegürtel. Aus dem, von einem breiten Revers umrahmten, Ausschnitt schaute eine Schluppenbluse im Nude-Look hervor, und an den Ärmelenden sah man das lange Bündchen, und darüber, welch ein Anblick, hing leicht flockig der gebauschte Blusenärmel.

An ihren Beinen trug sie blickdichte, braune Strümpfe oder eine Strumpfhose, das konnte ich ja nicht so genau erkennen, und dazu Ankle-Boots mit raffiniertem Absatz.

Superschick. Und jetzt kommt's, braune Lederhandschuhe und in einer Hand eine ultra-angesagte Handtasche, die ich mir sofort gekauft hätte.

Ja, und was hatte ich jetzt von meiner Begeisterung für diese fantastische Anzeige? Nichts. Denn es ging ja um irgendein Wägelchen, das weiter weg von ihr im Hintergrund abgestellt war. Was das für ein Modell war, was es kostet, keine Ahnung. Ich hab's mir nicht gemerkt, hab ja kaum hingesehen. Ich wollte nur verzweifelt wissen, was das für Klamotten waren, die das eigentlich als Lockvogel eingesetzte Model anhatte.

Da kann man mal sehen, wie hochbezahlte Art-Direktoren doch danebenliegen können. Ich überlegte schon, mir die Anzeige rauszureißen und doch noch nachzusehen, welcher Autokonzern dahintersteckt, aber nur, um bei der dazugehörigen Konzernleitung um die lückenlose Angabe der Klamotten-Hersteller zu bitten.

Das ging aber eben auch nicht mehr, da ich ja schon den Kopf der Dame sozusagen abmontiert hatte, um mir genau diese Frisur zuzulegen.

Ich blätterte weiter. Diesmal eine Anzeige für Taschen. Und wieder schauten mich diesmal gleich drei Models an. Alle mit einem bitterbösen Blick. Meinen die Werbestrategen eigentlich alle, wir hätten den heimlichen Wunsch, verprügelt zu werden?

So guckten die nämlich. Mindestens sechs weitere Annoncen zierten Frauen mit dem bösen Blick. Auch so ein Kappes, dass man sich bei der Durchsicht einer Frauenzeitschrift immer erst durch den Wust von zum Teil doppelseitigen Anzeigen durchblättern muss, ehe man überhaupt die Inhaltsangabe erreicht.

Als ich bei der angekommen war, berührten die Räder meines Flugzeuges bereits den Boden des Zielortes.

Mit genau demselben Druckvermögen wie beim Einsteigen schob sich die männliche Geschäftsmeute aus dem Flieger, mittendrin eine taffe Business-Frau im cool geschnittenen Nadelstreifen-Hosenanzug und ich. Am Taxistand sehnte ich mich mal wieder nach London und der dort herrschenden britischen Gelassenheit im Umgang mit Taxen. Wenn man in Heathrow aus dem Flughafen tritt, erwarten einen schon Mitarbeiter des Taxengewerbes, fragen nach der Destination, schreiben sie auf einen Zettel, drücken diesen dem nächsten Taxifahrer in die Hand, und los geht's. Da wird nicht gehauen und gestochen, um als Erster in einen Wagen springen zu können. Wer das versucht, läuft Gefahr, dass er überhaupt gar nirgendwo mehr hinfahren kann.

Ich sah mich um. Obwohl geschätzte 300 Taxen auf die herausströmenden Fluggäste warteten, setzten einige der mit mir Angereisten zum Spurt an. Sie fingen die Taxler schon zwanzig Meter von dem vorgesehenen Einsteigepunkt ab, während einige Menschen mit Anstand sich brav vorne versammelt hatten. Ich war unter ihnen.

Meine gute Kinderstube brachte mir eine 15-minütige Verspätung bei meinem Meeting ein und wenig Beifall, als ich den Grund dafür erzählte. Ich glaube, man hielt mich für ein bisschen dämlich.

Die Gespräche liefen dann ganz gut ab, bei einem Lunch gingen sie sogar in nettes Palaver über, und ich fand mich am frühen Abend in meinem Hotel wieder.

Nach all dem, was so hinter mir lag, wollte ich auf jeden Fall am nächsten Morgen ausschlafen. So war der Plan, den ich auch gleich der Rezeptionistin anvertraute, die geschult lächelnd meinte, das würde schon in Ordnung gehen.

Nachdem ich, auf meinem Zimmer angekommen, noch geschätzte fünfmal mit ihr und zwei weiteren Kolleginnen telefoniert hatte, um unter anderem um Abschmink-Pads, ein paar Handtücher mehr und um ein funktionierendes Radio zu bitten, bestellte ich mir einen Snack aufs Zimmer.

Ich bin ja ein höflicher Mensch, also warte ich mit dem Bademäntelchen-Abschmink-Ritual immer, bis mich der letzte Mensch an dem Abend zu Gesicht bekommen hat, und da die Küche an dem Abend, wie ich schließlich erfuhr, ein klitzekleines bisschen überfordert war, saß ich geschlagene vierzig Minuten echt dumm rum.

Ich versuchte es mal mit fernsehen. Leider hatte ich mir die Fernbedienung nicht erklären lassen, und so landete ich immer wieder auf der Pay-TV-Seite. Und nun weiß man ja, dass dies nichts anderes heißt, als erotisch abtörnende Streifen anzugucken, und das gegen ordentlich Kohle, also zappte ich immer wieder panisch weg, damit ja nicht am nächsten Morgen meine Rechnung, die ja dankenswerter Weise von meinen Gesprächspartnern beglichen werden würde, mit dieser Spezifikation versehen war.

Nachdem endlich mein Snack samt kalt gewordener Pommes vor mir stand, hatte ich eigentlich keinen Hunger mehr, und außerdem musste ich ja den Servierwagen wieder auf den Flur schieben. Also kaute ich in Windeseile meine Kalorienzufuhr runter, bugsierte das sperrige Teil nach draußen und schaute auf die Uhr. Ein Uhr.

Ich ignorierte die Abschmink-Pads, um deren Vorhandensein ich vorhin so gefeilscht hatte, und sank in voller Bemalung ins Bett.

Am nächsten Morgen schrak ich aus den Kissen. Vor mir stand eine Frau in hellblauer Montur mit einem Staubsauger in der Hand.

»Oh. Oh, sorry, Madam«, quietschte sie entsetzt. »Sie haben kein ›Bitte, nicht stören‹-Schild an der Tür, oh, sorry.«

In meinem Halbdämmer schraubte sich ihre Stimme in die höchste Stufe eines Sopranistinnen-Vortrags. War es nicht so, dass bei irgendeinem Ton solcher Virtuosinnen Gläser zerspringen?

Ich tapste hinter ihr an die Tür, brachte das geforderte Schild an und versuchte, anschließend wieder einzuschlafen. Keine Chance.

Ich habe bei Hotelaufenthalten immer nur einen Wunsch, nämlich den, in Ruhe gelassen zu werden. Mich kann man am meisten glücklich machen, wenn alles geräuschlos läuft und ich niemanden sehe und mich niemand sieht.

Was leider an diesem Morgen auch nicht weiter funktionierte. Im Frühstücksraum, in den ich mich übermüdet gequält hatte, saß unübersehbar – Bernd.

Ich versuchte noch, die Biege nach rechts zu machen, aber er hatte mich schon gesehen. Eklig gut ausgeschlafen, sprang er an meine Seite und führte mich wahnsinnig galant an seinen Tisch. Und da saß ich nun und ahnte nicht, was auf mich zukam.

Erst erkundigte er sich artig nach dem Grund meines Daseins. In höchste Alarmbereitschaft versetzt, versuchte ich auf seinen Smalltalk-Ton einzugehen, gab ihm eine

Antwort auf seine Frage und berichtete so dies und das rund um meinen geschäftlichen Termin.

Höflich lächelte er bei meiner Schilderung einiger Histörchen und berichtete von einem Mega-Deal, den er heute abschließen wollte. Er wirkte richtig nett. Ich erinnerte mich plötzlich an viele angenehme Abende, die ich mit Tatzi und ihm verbracht hatte. Weihnachten, Ostern, Geburtstage, Grill-Sausen und gemeinsame »Tatort«-Fernsehsessions mit frühzeitig abgeschlossenen Wetten, wer der Täter sei.

Während ich in sentimentalen Rückblenden aus der Zeit unseres langen Kennens schwelgte, hatte sich sein Gesichtsausdruck geändert. Er hatte, wie man so schön sagt, zugemacht.

»Weißt du, warum ich dich an meinen Tisch geholt habe?«, fragte er mich in Oberlehrermanier.

Oh, oh. Jetzt kommt's, dachte ich noch kurz, und ich schüttelte einfach mein Haupt.

»Nein«, behauptete ich.

»Um dir mal zu sagen, was du für eine falsche Schlange bist«, polterte er los. Vor lauter Wut verfärbte sich sein Gesicht krebsrot.

Spiel auf Zeit, nahm ich mir vor.

»Wieso?«, begehrte ich Auskunft, und wäre es mir möglich gewesen, ich hätte doch glatt die Zeit zurückgedreht, um die Möglichkeit zu nutzen, auf mein Frühstück zu verzichten. Wäre ich doch nur auf meinem Zimmer geblieben.

»Wie kannst du es wagen«, hörte ich ihn da sagen, »meine Frau gegen mich aufzuhetzen?«

»Wann denn?«, fragte ich lahm.

Wie sich herausstellte, hatte ihn Tatzi gestern Abend angerufen, um ihm mitzuteilen, dass es einen Wasserrohrbruch im schönen, noch gemeinsamen, Haus gegeben hatte. Und dass sie Handwerker alarmieren musste, die nach Beseitigung des Übels eine saftige Rechnung hinterlassen hatten. Tatzi wollte natürlich lang und breit mit ihm darüber diskutieren, wer denn jetzt auf der Summe sitzen bleiben würde. Er hatte ihr geantwortet, sie solle ihn doch gefälligst mit dem Scheiß in Ruhe lassen, immerhin säße er gerade in einem wichtigen Meeting. Und im Übrigen wolle sie doch das Haus bei der Scheidung für sich beanspruchen, dann könne sie schon mal gleich mit der alleinigen Pflege ihres Anwesens beginnen.

Genau so kannte ich Bernd. Egoistisch, unverschämt und frauenfeindlich.

»Was habe ich denn mit eurem Wasserrohrbruch zu tun?«, fragte ich empört.

Bernds Augen wurden zu Schlitzen. Mit gefährlich leiser Stimme berichtete er mir, was Tatzi noch so gesagt hatte. Auf seine schnöde Abfuhr hatte sie nämlich einen draufgesetzt. Dummerweise den, dass ich am selben Tag genau darüber mit ihr gesprochen hätte. Dass er nämlich egoistisch, unverschämt und frauenfeindlich sei.

Schluck.

Kann Tatzi nicht einfach mal sagen, dass sie dies selbst denkt? Warum muss ich herhalten, um diejenige zu sein, die das ausspricht, was Tatzi sich nicht traut?

Hätte ich doch nur meinen Mund gehalten. Hätte ich mich doch bloß an meine eigenen guten Vorsätze gehalten, mich nie wieder auf dem unkomfortablen Platz zwischen zwei Menschen aufzuhalten. Vor allem, wenn diese zwei Menschen mal ein Ehepaar waren.

Jetzt half nur eins. Überraschungseffekt.

»Ihr werdet sowieso wieder zusammenkommen«, prophezeite ich. Irgendwie fehlte mir der Tusch.

Bernds Augenbrauen verrutschten nach oben.

»Wie kommst du denn darauf?«, wollte er, nach einer Schrecksekunde, wissen.

»Ich lese Kaffeesatz«, behauptete ich kühn und ließ bei meinen Worten den Rest des dazugehörigen Getränks, wie ich fand, sehr gekonnt in meiner Tasse kreisen. Hineinspähend setzte ich noch gönnerhaft hinzu: »Sie liebt dich … immer noch.«

Während ich aufstand, genoss ich den Blick auf Bernds vor Überraschung offen stehenden Mund, der ihm einen wohltuend blöden Anstrich verlieh, und setzte noch hinzu: »Ich weiß nicht, warum.«

Dezember

Der kollektive Count-down treibt mich in die Depression

Ächzend schob ich drei übereinandergestapelte Umzugskartons aus dem Weg. Irgendwie gab mir das nicht das Gefühl, ich sei einen Millimeter weiter vorangekommen. Zehn von den Dingern hatte ich schon vor die Tür meines Kellers geschleppt. Alle wurden von mir einzeln geöffnet. Es war viel drin, aber nicht das, was ich suchte.

Meine Weihnachtsutensilien. Schmucke Nussknacker in Garde-Uniform, die ich zwar nicht zum Schalezerstören gebrauchen kann, da keine Sorte in den Mund des bunten Holzteils passt. Aber sie sehen so schön aus. Meine Kunstgirlanden voller Lichterketten, mit goldenen Kugeln und rot-goldenen Weihnachtsstern-Blüten behangen. Meine Rauschgoldengel, denen zum Teil schon die Krönchen fehlen, einigen auch das Wachshändchen. Die rundgepolsterten Weihnachtsmänner aus Filz mit breit lachenden Keramikgesichtern.

Hohoho!

Dann natürlich die vielen klitzekleinen, herzallerliebsten Baumanhänger, handgedrechselt und feinstziseliert, auf diversen Weihnachtsmärkten zusammengekauft. Tischläufer aus rotem Samt, ach ja, mein Adventskalender aus dunkelviolettem Polyestergemisch, der mir jedes Mal beim Aufhängen vom Bücherregal flutscht, so dass ich sämtliche bereits in den aufgenähten Säckchen versteckte Geschenkpaketchen und Schnucki-Sweeties wieder vom Boden aufklauben muss. Mit einem Wort: Ich bin ein Christmas-Junkie im besonders schweren Fall.

Und jedes Jahr hocke ich wieder Anfang Dezember in meinem Keller und zanke mit mir selbst.

Mit strenger Stimme frage ich mich Jahr für Jahr: »Warum hast du die Kisten mit all deinem Krimskrams nicht besser beschriftet? (Beziehungsweise: überhaupt beschriftet.) Warum kaufst du dir nicht einmal neue Kartons? (Die von mir benutzten fallen nämlich schon auseinander.) Warum wickelst du nicht die Lichterketten vorschriftsmäßig auf, damit du sie nicht jedes Mal mühsamst auseinanderklamüsern musst? Ja, warum ersetzt du nicht einfach mal ein paar kaputte Lämpchen, damit die Kette sofort wieder einsatzbereit ist? Und, wieso bewahrst du eigentlich Scherben von zersprungenen Glaskugeln auf? Warum entmüllst du dich nicht mal? (Du kaufst dir doch sowieso jedes Jahr neues Kitschzeug dazu.)

Jetzt hatte ich schon zum fünften Mal den Deckel eines Kartons aufgemacht, in dem, ebenfalls zum fünften Mal, immer noch die Osterhäschen aufbewahrt wurden.

Mein netter Nachbar kam an meinem Kellerabteil vorbei.

»Kann man helfen?«, fragte er launig.

Er schrak zurück.

Ich hatte aufgeschaut, und was er sah, war eine Frau, die dem Irrsinn nahe zu sein schien, mit Spinnweben behängt wie eine Erscheinung aus einer Gruft und mit dreckigen Striemen auf Stirn und Wangen, als sei sie vor ihrem Ableben noch gefoltert worden.

»Ja«, antwortete ich, während ich meinen großen Plastik-Weihnachtsmann unter einem Wust von ausrangierter, alter Bettwäsche hervorzerrte. Ich glaubte, seines ungläubigen Blickes wegen, eine Erklärung zu schulden, und sagte: »Den kann man beleuchten. Der hat eine elektrische Schnur dran.«

»Ah ja«, erwiderte mein Nachbar zögernd, der mich sonst wohl nur als einen energischen Workaholic wahrgenommen hatte. Und jetzt stand zu seiner Überraschung ein kleines Mädchen vor ihm, das ganz offensichtlich noch an den Weihnachtsmann glaubte. Er überwand sein Entsetzen und half mir, das Chaos in meinem Keller zu ordnen. Der Gartentisch mit drei Beinen wurde von ihm fachmännisch zusammengeklappt und an die Wand gelehnt. Den vorher dort lagernden Ski wollte er freundlicherweise entsorgen – »Was wollen Sie mit einem Ski? Sie brauchen zwei« –, tat aber freundlicherweise so, als verstehe er meine Gefühle, als ich erwiderte, ich hätte so schöne Erinnerungen an dieses Teil, dass ich es doch lieber würde aufbewahren wollen.

Dass dieser Nachbar so sensibel verständnisvoll war, hätte ich mir nun wiederum nicht träumen lassen. Bei jedem weiteren sperrigen Fund in meinem Keller schaute er mich nur kurz an und wartete gespannt auf ein Nicken, was ja, kann entsorgt werden, hieß, oder ein entschiedenes Kopfschütteln, wenn die Trennung für mich nicht verkraftbar schien.

So blieb also meine alte, kaputte Waschmaschine unten, das mottenzerfressene, alte Nerzjäckchen, das ich mal auf einem Flohmarkt in Paris erstanden hatte, die vielen schwarzgerahmten Filmbilder, die ich wegen meiner starken Unverträglichkeit zu dunklen Gegenständen leider nicht mehr aufhängen kann, meine Moon-Boots, an denen der Dreck von fünf Winterurlauben klebte, das Fitness-Rudergerät, das ein ehemaliger Lebensabschnittsgefährte ums Verrecken nicht hatte abholen wollen, ein zwei Meter großer Teddybär in neongelb, den ich mal auf dem Rummelplatz gewonnen habe (war das ein schöner Abend gewesen) und die Originalverpackung meines Fernsehers, den ich allerdings schon längst entsorgen musste, da ich mir einen neuen zugelegt habe.

Endlich erreichten wir die letzte Ecke meines Kellerabteils. Und da waren sie gestapelt. Vier Kisten voller Seligkeit.

Gemeinsam schleppten wir die Kostbarkeiten nach oben, der Fahrstuhl war kaputt.

Keuchend verabschiedete sich mein Retter in der Not, ich hatte das Gefühl, er war meiner zu erwartenden Auspackorgie seelisch nicht mehr gewachsen.

Immerhin, der Keller sah jetzt tadellos, einfach tipptopp aus.

Ich kniete mich auf den Boden und holte behutsam meine Schätze heraus. In kürzester Zeit sah es bei mir wie in einem der wunderschönen Weihnachtsläden aus, die zu meiner Freude das ganze Jahr über Festtagsutensilien anbieten. Ich konnte mit meinem Sortiment gut mithalten.

Ich peilte schon mal alle Ecken an, in denen ich falsche Tannenzweige verteilen würde, behängt mit schwebenden Weihnachtsmännchen, Engelchen, übersät mit Glitzerstaub, Lokomotivchen aus Keramikguss, Trompete spielenden Bärchen mit lustigen Mini-Zipfelmützchen auf dem

Köpfchen, herzige Kobolde mit steinchenbeklebten Popöchen. Auf den Kopf hatte ich mir längst meinen mit rotem Filz beklebten Haarreifen gesteckt, auf dem zwei Rentier-Hörnchen lustig in die Höh ragten.

Und endlich, meine Weihnachts-CDs, mit amerikanischen Weisen – mein Herz klopfte nur bei ihrem Anblick im richtigen Takt. Während ich die erste Girlande über meinem Kaminsims anbrachte, klingelte mein Telefon.

Sebi.

»Kommst du morgen mit shoppen?«, fragte er mich.

Morgen war Samstag. Keine Chance.

»Aber ich hab nur morgen Zeit. Ich brauch noch ein richtig schönes Geschenk für Juli. Du musst mir helfen.«

»Warum ich?«

»Du siehst einfach immer Sachen, die schön sind. Ich nicht«, meinte er.

Ich fühlte mich geschmeichelt. Und so verabredeten wir uns für den nächsten Tag. Treffpunkt: Vor dem Riesenbaum am Weihnachtsmarkt.

Ich schaffte es noch, meine kleinen Keramik-Winter-Häuschen mit den winzig kleinen Lämpchen drinnen auf meinem Fenstersims anzuordnen, natürlich künstlerisch umrahmt von weißen Wattebäuschchen, die den Schnee darstellten. Die Kunstgirlanden hatte ich überall mit Paketband festgeklebt, da sie mir immer wieder heruntergerutscht waren. Auf meinem Esstisch purzelten kleine Weihnachtsmännchen zuhauf, und in der Küche lag mein Adventskranz mit einer Lichterkette, der mir schon seit vielen Jahren treu heimleuchtete. Meinen beleuchteten Plastikweihnachtsmann stellte ich in den Flur.

Weihnachten konnte kommen.

Am nächsten Morgen stand ich zur verabredeten Zeit am richtigen Ort. Um mich herum Menschenmassen, die sogar zu der recht frühen Stunde schon richtig gut drauf waren. Eine bunte Mischung unterschiedlicher Alkoholfahnen verriet mir den Grund ihrer Heiterkeit.

Ich versteh sowieso nicht, warum der Weihnachtsmarkt eigentlich Weihnachtsmarkt heißt. Viel eher ist er ein Ableger der jährlich wiederkehrenden Messe für Ess- und Trinkangebote aus aller Welt in Berlin. Der, bei der sich am letzten Tag die Menschis immer um die Reste prügeln, die sie gratis mit nach Hause nehmen können.

Bei den so genannten Weihnachtsmärkten reiht sich Stand für Stand mit Currywürsten, Fisch-Leckereien, Pommes mit rot-weißer Garnierung, Schmalzgebackenem an Ausschänke mit hochprozentigen Flüssigkeiten. Ganz versteckt dazwischen gelegentlich Holzbuden, in denen Wollmützen, Handtaschen und ausnahmsweise auch mal Baumschmuck angeboten werden.

»Ich hätte dich fast nicht gefunden.«

Sebi hatte sich zu mir durchgekämpft.

»Wollen wir was essen?«, fragte er mich sogleich.

»Ich denke, du suchst ein Geschenk«, meinte ich.

»Ja, aber das hat ja noch Zeit«, befand er und zog mich dabei in Richtung Kartoffelangebot mit Sour Cream. Ich esse das eigentlich sehr gerne, bin aber nun mal ein Typ Mensch, der erst einmal das Unangenehme erledigt, um sich dann anschließend entspannt den schönen Dingen des Lebens zuzuwenden. Sebi wollte mich bei Laune halten und verzichtete auf seine Zwischenmahlzeit, erstand aber als Ausgleich eine Tüte gebrannter Mandeln.

Die entpuppten sich aber als kalte Überreste des gestrigen Tages, und wir beglückwünschten uns dazu, dass unsere Plomben den Härtetest bestanden hatten.

»Was willst du ihr denn schenken?«, wollte ich wissen.

»Keinen Schimmer«, sagte er sofort. »Sie hat doch eigentlich alles.«

»Ja, und wie ist es mit Parfüm? Schmuck? Klamotten?«

Sebi überlegte kurz.

»Wenn du meinst«, sagte er.

Das konnte ja heiter werden.

Ich steuerte diverse Parfümerien an, bestäubte mich, und dann, mangels duftfreier Fläche, ihn mit unterschiedlichen Parfüms, bis wir benebelt aufgaben.

»Irgendwie riechen die alle gleich«, urteilte Sebi ratlos.

Anschließend steckte ich mir dutzende von Ringen auf, der Kauf eines Exemplars scheiterte an Sebis Unwissen über Julis Ringgröße.

Schließlich war ich es, die sich verweigerte.

»Ich gehe jetzt in keinen Klamottenladen mehr rein«, kündigte ich an. »Viel zu voll.«

Sebi nickte. Ihm hing der Magen schon in den Kniekehlen, was mir lautes Knurren desselben verraten hatte.

Wir entschieden uns gegen das Speisen an den von Menschentrauben zugestellten Ständen und erkämpften uns einen freien Tisch in einem zünftigen Wirtshaus. Unsere Wahl fiel auf Ente mit Rotkohl und Klößen, dazu ein Glas Rotwein. Ich fand unseren Einkaufs-Trip super.

Bis Sebi die verhängnisvolle Frage stellte: »Was machst du eigentlich an Silvester?«

Ich finde diese Frage zum Haareausreißen. Erst einmal liegt doch im Dezember das wunderschöne Weihnachtsfest vor jedem Menschen. Wer es nicht mag, kann sich doch wenigstens auf ein paar Tage Freizeit freuen. Aber anstatt sich darauf zu freuen, wird es überlagert von der Panik vor der berühmt-berüchtigten Null-Uhr-Frage.

»Weiß ich nicht«, antwortete ich wahrheitsgemäß. Ich hatte es schon fertiggebracht, diesen neuralgischen Termin einfach zu verschlafen. Mit ein paar Wachsstöpseln in den Ohren und einem wunderbaren Siegesgefühl darüber, mich dem kollektiven Feierwahn zur Jahreswende entzogen zu haben.

Aber da ich Sebi ja sehr nett finde, revanchierte ich mich mit einer Gegenfrage: »Und du?«

»Wir fliegen in die Sonne«, antwortete er stolz, »bloß weg von allem Tralala.«

Für mich sind solche Trips ein Graus. Ich bin der Meinung, der Wechsel vom kalten Zuhause in sommerliche Gefilde bringt nichts weiter als eine Erkältung, mit der die Reisenden zurückkehren und uns arme Depperl, die durchgehalten haben, anstecken.

Und dann vertrete ich die Meinung, dass Familien mit kleinen Kindern rund um die Festtage ein Ausreiseverbot bekommen sollten. Klar möchten die Kleinen ganz schnell wieder Sommer haben, wenn ihnen der Winter keinen Schnee zum Rodeln bietet und ihnen ordentlich langweilig wird. Aber so ein schnelles Erfüllen wie auch immer gearteter Wünsche finde ich pädagogisch unzulässig. Man muss lernen zu warten, bis sich etwas erfüllt. Und zum Erlernen solcher Fähigkeiten sind die Jahreszeiten da. Es dauert halt, bis man sich durch den Winter und einen möglicherweise kalten Frühling gekämpft hat, bis man mit für die putzigen Kleinen so schönem Sommerwetter belohnt wird.

Aber nein, wer es sich leisten kann, jettet mit den Rangen in südliche Gefilde und wundert sich dann, wenn der Begriff Disziplin, mit dem man sich durch unliebsame Lebenskonstellationen kämpft, für die bereits produzierten Nachkommen ein Fremdwort bleibt.

Ach, kam ich mir wieder schlau vor.

Aber Sebi war dem Lernalter schon lange entwachsen, und so schlug ich ihm vor: »Sag mal, wenn ihr euch doch so ein tolles Geschenk macht mit der Reise zu Silvester, dann schenk ihr doch zu Weihnachten den passenden Badeanzug dazu.«

Sebi strahlte.

»Tolle Idee«, lobte er. »Du bist halt die Beste dafür. Wo kriegen wir den denn jetzt?«

»Nicht wir«, klärte ich ihn auf. »Du ziehst los und kaufst ihr einen.«

»Nie im Himmel«, wehrte Sebi ab. »Ich hab keinen Schimmer, welchen und vor allem, wie solch ich denn wissen, welche Größe sie braucht?«

Sebi kann gucken wie ein Welpe. Das war auch das Erste, was mir Juli erzählt hatte, nachdem sie ihn kennen gelernte.

»Das geht dir ans Herz, glaub mir«, hatte sie geschwärmt.

Und nun berührte der große, kleine Junge meins.

Allerdings nicht so sehr, dass ich mich deswegen ins Kaufrausch-Gewimmel gestürzt hätte.

Mir kam eine Idee.

»Du«, begann ich, »ich hab da noch einen Badeanzug zu Hause, der würde Juli passen. Der ist noch nicht getragen, den könntest du ihr schenken.«

Es handelte sich um meinen Spontaneinkauf am Flughafen von Nizza. Schnell überlegte ich, ob ich den Plastik-Schutz-Zwickel aus dem zu kleinen Teil vorschnell entfernt hatte.

Nein, der musste noch drin sein.

Sebi war außer sich vor Freude. Ich hätte ihn gerettet, meinte er und orderte im Überschwang seiner Dankbarkeit die Rechnung. Hätte ich doch nur mehr verzehrt, dachte ich bei mir. Aber dass unser Geschenkekauf so bequem zu erledigen sein würde, konnte ja niemand ahnen.

Der Rest der Adventszeit verging wie im Flug. Ich lebte entrückt in meiner Balla-Walla-Jingle-Bells-Knusperwelt, ausgestattet mit allem, was blinkt und glitzert. Tag und Nacht dudelten meine X-Mas-CDs in voller Lautstärke. Geschenkekaufen war für mich überhaupt kein Thema. Immerhin fange ich schon im Januar an, Präsente fürs Fest zu horten. Das Negative an meinem vorbildlichen Geschenke-Kaufverhalten ist nur, dass ich die meisten davon so gut verstecke, dass ich sie dann zum Fest aller Feste nicht wiederfinde. Ein Teil von ihnen wird auch von mir häufig schon im Frühjahr oder Herbst verschenkt, einfach, weil ich es nicht mehr aushalte, die Freude des Beschenkten zu genießen.

Am Heiligen Abend saß dann mein armer Lebensabschnittsgefährte wie ein Fremdkörper in meiner knallbunt dekorierten Weihnachts-Trutzburg, die er als meine Wohnung kannte, und machte gute Miene zum bösen Spiel. Wir hatten es uns, wie ich fand, richtig schön gemütlich gemacht, als es ans Geschenke-Austauschen ging.

Ich war ein bisschen unsicher, ob er mein Präsent zu würdigen wusste. Immerhin brauchte man dafür eine gute

Portion Humor. Nach meinem Empfinden hat er die, und zwar reichlich.

Er war vor einiger Zeit so traurig gewesen, dass irgendein Idiot seinen Stern von seinem Autokühler geklaut hatte. Es war schon der dritte, aber er konnte den erneuten Verlust nicht locker wegstecken. Mir war in einem sensationell originellen Geschenkeladen eine Klobürste aufgefallen, deren Griffende ebendieses Zeichen seiner speziellen Automarke zierte.

Ich fand das lustig.

Und so hatte ich das Teil in Klarsichtfolie gewickelt, mit einer rot-goldenen Schleife verziert und ihm den oberen Teil in eine Nikolaus-Mütze gepackt.

Ich wartete.

»Ähh, das ist …«

Ich nickte begeistert.

»Eine Klobürste?«, fragte er vorsichtig.

»Hmhm«, bestätigte ich seinen Verdacht.

Nun beobachtete ich, wie es in seinen Synapsen arbeitete. Ich war mir ziemlich sicher, dass er mich viel zu sehr mag, als dass er Unmut zeigen würde. Und richtig, er lächelte.

»Auspacken?«, fragte er mich.

»Hmhm«, machte ich mit nickendem Kopf, was ihn veranlasste, das Raschelpapier zu lösen.

Und siehe da, als er den Stern, das Wahrzeichen seines geliebten Automobils, entdeckte, strahlte er wie ein Kind.

»Das ist originell«, befand er.

Ich atmete tief durch. Er hatte wieder einmal die richtige Antwort gegeben. Nicht, dass ich ihn ununterbrochen testen würde, aber ich finde, ein gelegentlicher Check von mir geschätzter Eigenschaften war nicht von Nachteil.

Ich musste mich schwer zurückhalten, um nicht zu fragen: »Und ich?«

Denn ich wurde lange auf die Folter gespannt. Erst aßen wir die von ihm gewünschten Würstchen mit Kartoffelsalat, eine Mahlzeit, die es traditionell immer bei ihm zu Hause gegeben hatte.

Sein Menüwunsch kam mir jedes Jahr wieder sehr entgegen. Dann öffnete er eine Flasche Wein, dann naschte er vom bunten Teller, den ich ihm und mir zusammengestellt hatte. Wobei er dann dabei auch noch registrierte, dass ich für dieses Jahr neue Teller gekauft hatte, der Weihnachtsmann auf seinem Schlitten, diverse Rentiere vorgespannt, eine Winterlandschaft mit viel Schnee im Hintergrund und ein kleines Häschen, das hinter den Büschen hervorlugte – und das alles so heftig coloriert, dass das Blechmaterial darunter nicht störend auffiel.

Vielleicht hatte ihn ja mein ungewöhnliches Geschenk doch ein bisschen verstört. Ich überlegte schon, ob ich ihn beziehungstechnisch danach fragen sollte, um dann die von Paartherapeuten so propagierte Aussprache durchzustehen, als er sagte: »Mein Geschenk ist nichts zum Auspacken.«

Ach, wie schade, fand ich insgeheim, aber mir war klar, dass ich jetzt auf sein Spielchen eingehen und meine Neugierde zeigen musste.

Er gab mir ein paar Hinweise, die ich natürlich nicht erraten konnte, bis er schließlich verriet:

»Ich lade dich in diesem Jahr zu einem exquisiten Silvesterball im angesagtesten Restaurant der Stadt ein. Alles schon gebucht«, setzte er stolz hinzu.

Aus der Nummer kam er nicht mehr heraus, das stand fest. Sozusagen wie in Granit gemeißelt.

»Schön«, sagte ich, und um noch ein bisschen Zeit zu gewinnen, ehe ich mich zähneknirschend mit dieser entsetzlichen Aussicht auseinandersetzen würde, fragte ich: »Was muss man denn da anziehen?«

Ich ahnte nicht, dass dies sein Stichwort war. »Das ist noch ein Teil meines Geschenkes. Ich möchte dir ein Ballkleid schenken. Das suchen wir aber ja wohl besser zusammen aus. Ich wollte dir nichts mitbringen, was vielleicht nicht ganz deinem Geschmack entspricht.«

Das war ja wohl richtig süß. Ich schmolz dahin. Mein Dank war echt. Wie goldig war das denn? In meiner Rührung legte ich zum dritten Mal meine Lieblings-Weihnachts-CD auf und sang im Überschwang der Gefühle gleich mal laut die Refrains mit.

Ich war selig, bis mir plötzlich mein Geschenk für Tommy, Tatzis achtjährigen Sohn, einfiel. Ein Game Boy. Seinen Wunsch hatte er mir bereits im Juni verraten, und ich war natürlich sofort losgezogen und hatte einen besorgt.

Es ist ja wohl immer so, dass man im Moment des persönlichen Glücks unwillkürlich an das denkt, was nicht ganz in Ordnung ist. Man kann auch sagen, dass man sich mit Fleiß immer die schönsten Momente der Zufriedenheit kaputtmacht, weil man sie nicht so gut ertragen kann.

Und da man perfiderweise nicht gerne alleine mit diesem Gefühl dasitzen will, holte ich meinen Liebsten auch gleich mal aus seiner zufriedenen Stimmung. Ich erzählte ihm von meinem Knatsch mit Tatzi im Besonderen und Bernd im Außergewöhnlichen.

Ich liebe es, wenn sich der Meinige so schön aufregt. So kam er richtig in Rage, als ich ihm von dem Moment berichtete, als Bernd mich beschimpft hatte. Als ich dann in meiner Erzählung bei dem Game Boy angekommen war, der schon seit einem halben Jahr in Weihnachtspapier eingepackt in meinem Schrank lag, seufzte er tief auf.

»Ruf Tatzi an«, riet er mir, weise, wie er halt manchmal ist. »Sie ist deine beste Freundin. Das hältst du gar nicht aus, im Krach mit ihr zu leben.«

Er hatte mal wieder Recht. Und war nicht Weihnachten das Fest der Versöhnung und der Liebe unter all den vielen Menschen? Menschis, würde Nessi sagen. Mir wurde ganz wehmütig ums Herz. So lange hatte ich die Mädels nicht mehr gesehen.

Ich griff zum Telefonhörer.

In diesem Moment klingelte der Apparat.

»Hallo«, meldete ich mich zögerlich.

»Ich bin's«, hörte ich Tatzis Stimme. »Ich wollte dir schöne Weihnachten wünschen und außerdem ...«

»Das gibt's doch gar nicht«, jubelte ich. »Ich wollte gerade *dich* anrufen.«

»Ach, geh, das glaub ich nicht«, wehrte Tatzi, allerdings lachend, meine Behauptung ab.

Ich bot meinen Lebensabschnittsgefährten als Zeuge auf, der auch gleich mit ihr sprach, ihr ein frohes Fest wünschte und dann den Hörer an mich zurückgab.

»Was machst du gerade?«, wollte ich wissen.

»Ich«, sagte sie und machte eine kleine Kunstpause, »packe gerade Bernds Geschenke aus.«

»Du tust was?« Ich glaubte, mich verhört zu haben.

»Ja«, schrie sie fast in den Hörer. »Wir haben uns versöhnt. Und weißt du was, du bist der gute Engel. Bernd hat mir erzählt, dass du dich mit ihm getroffen hast …«

Der log ja schon wieder. Ich hatte mich nicht mit ihm getroffen. Er hatte mich an seinen Frühstückstisch gezerrt und …

»… und dass du ihm gesagt hast, dass ich ihn noch liebe. Das war ja süß von dir. Dass du das für mich getan hast, vergesse ich dir nie. Er sagt, das hat ihn so gerührt, von dir zu hören, wie viel ich noch für ihn empfinde, dass er sofort zu mir gekommen ist, um mit mir zu reden. Und nun wollen wir danke sagen. Kommst du morgen zum Essen? So wie immer? Ach, ich bin ja so froh, dass zwischen uns beiden alles wieder in Ordnung ist.«

Mit dem letzten Satz meinte sie uns. Und ihre Einladung zum Mittagessen am ersten Weihnachtstag war schon eine Tradition. Natürlich hatte es mir viel ausgemacht, dass sie in diesem Jahr wegen unseres Zerwürfnisses ausgefallen wäre, und so sagte ich zu und legte auf.

Mein Lebensabschnittsgefährte verzog das Gesicht.

»Versöhnung?«, wollte er wissen.

Ich nickte.

Das Leben ist ja manchmal eine Achterbahn, aber so schnell hatte meine Außenwahrnehmung noch nie gewechselt. Von der bösen Hexe, die angeblich ein liebendes Paar auseinanderbrachte bis zum Engel, die ein getrenntes Paar wieder versöhnte.

Ich sah zu dem Meinigen hinüber. Hatte er sich wirklich über die Klobürste gefreut? Drohte mir nach Weihnachten die Eröffnung seiner wahren Gefühle? Dass er sich zutiefst veralbert gefühlt hatte und nur nicht an Weihnachten einen Krach provozieren wollte?

Ich drehte an meiner Spieluhr, auf deren Deckel ein Santa Claus in voller Montur winkte. Wenn die Melodie jetzt aufhörte, dachte ich plötzlich, ist er eigentlich sauer. Wenn sie durchspielt, ist alles okay? In diesem Moment glitt sie aus meiner Hand und zerbrach auf meinen italienischen Fliesen in tausend Stücke.

Auch eine Antwort.

Am nächsten Vormittag bestiegen wir mein Auto und fuhren gemeinsam zu Tatzis und Bernds Anwesen. Verschneite Auffahrt, mit Glühlämpchen erhellte Tannen neben dem Eingang, ein geschmückter Tannenkranz an der Tür.

Als wir die Glocke betätigten, riss Tommy, der achtjährige Filius, schon die schwere Panzerglas-Pforte auf.

Er fiel mir um den Hals und drückte mich ganz fest. Tommy und Tammy, seine zwölf Jahre alte Schwester, haben mich irgendwie als Lieblingstante adoptiert. Wahrscheinlich weil ich nie schimpfe, ihnen selten gute Ratschläge gebe und sie immer tröste.

»Gut, dass sie wieder zusammen sind«, flüsterte mir Tammy noch ins Ohr, ehe das frischversöhnte Paar um die Ecke kam. Aha, daher wehte der Wind. Offensichtlich hatten Tatzi und Bernd sogar den Kindern von meinem angeblichen Freundschaftsdienst erzählt, und ich war die Heldin der Stunde.

Beide drückten mich fest an sich. Bernd knuffte meinen Gefährten auf die männliche Tour auf die Brust, was bei diesem einen mittleren Hustenanfall auslöste. Unter lautem Getöse wurden wir ins festlich geschmückte Wohnzimmer gelotst, wo schon Conny, Toni, Biggi und Sunny, zum Teil mit männlichem Anhang, zusammenstanden.

Mit lautem Hallo wünschten wir uns gegenseitig Frohe Weihnachten, ehe wir vis-a-vis des üppigsten Weihnachtsbaumes, den man sich denken kann, in die Sitzgruppen verteilt wurden. Geschenkezeit.

Tammy freute sich echt über die Barbie, die ich, zugegebenermaßen im August, zu einem Special Price erstanden hatte, immerhin mit passendem Brokat-Abendkleid zum Wechseln und einer Batterie von abwaschbaren Schminkutensilien.

Tommy riss mein Päckchen ungeduldig auf – und machte: »Oh, ne.«

Ich schaute reichlich überrascht zu dem Berg seiner übrigen Präsente und sah – zwei Game Boys.

Ich fühlte mich unschuldig.

Ganz offensichtlich hatte er nicht nur mir bereits im Sommer seinen Weihnachtswunsch zugeflüstert.

»Gib ihn her«, forderte ich ihn auf. »Ich tausche ihn um. Was hättest du denn gerne stattdessen?«

»Das überlass ich dir«, antwortete er brav. »Du musst mir nichts schenken. Ich freu mich einfach nur, dass du hier bist.«

Lag es an Weihnachten, dass die gesamte Familie so mild gestimmt war? Tatzi klammerte sich ununterbrochen an Bernds Arm, als habe sie Angst, er könne sich wieder aus dem Staub machen. Und die Kinder zeigten solch perfekte Umgangsformen, dass man meinen konnte, sie seien im Internat vertauscht worden. Egal, wir schritten zum Esstisch, den unsere glücklichen Gastgeber auf XXL-Format vergrößert hatten. Natürlich gab es die obligatorische Tomatencremesuppe vorweg, ehe mit großem »Hoho« und »Haha« der Truthahn hereingetragen wurde.

»Bernd, bist du so nett?«, fragte Tatzi, errötend wie eine schüchterne Sechzehnjährige, während sie ihrem Neu-Immer-Noch-Gatten das Tranchierbesteck entgegenhielt.

Und Bernd war so nett. Er, der im letzten Jahr noch eine Sehnenscheidenentzündung vorgetäuscht hatte, um der lästigen Anstrengung zu entgehen, zerteilte den Vogel wie ein Drei-Sterne-Koch.

Mein Liebster und ich tauschten verstohlene Blicke aus und rollten beide mit den Augen. Was für ein Theater.

Ich drücke mich ja seit einigen Jahren davor, solch aufwendige Essen bei mir zu zelebrieren. Der Grund saß hier um den Tisch versammelt.

Alle, wie sie da waren, haben nämlich meinen antiken Esszimmertisch versemmelt. Aber so richtig. Ich hatte eine Ente, stundenlang unter großer Hitze dazu gebracht, richtig kross zu werden. Während dieses Aktes hatte ich allerdings vergessen, sie mit einer Flüssigkeit zu übergießen. Und so löste die immense Rauchentwicklung in meiner Küche Panikattacken bei mir aus. Der Qualm biss in meinen Augen, ich konnte nichts mehr sehen.

Und so, davon erzählen meine Freunde heute noch gerne und ausufernd ausführlich, trafen mich meine eintreffenden Gäste mit einer Taucherbrille vor den Augen an, als sie nacheinander zum Festmahl eintrudelten.

Tatzi war damals todesmutig mit in meine Küche gekommen, hatte Bier über den Vogel gegossen, was einen Mega-Schwall wabernder Luftmischung auf uns zutrieb, und damit den Schmackofatz gerettet.

Anschließend rührte sie noch freundlicherweise ein köstliches Sößchen an, da das Entenfleisch vermutlich alle erlittenen Qualen mit zäher Konsistenz rächen würde. Bei den Versuchen meiner lieben Gäste, genau diese Soße auf den Teller zu bringen – ich besaß natürlich keine Sauciere oder Ähnliches –, landete das fettige Gemisch auf meinem grüngetönten Holztisch.

Ich habe im Anschluss an unser Festmahl vier Monate lang alle Hausfrauentipps ausprobiert. Vom Bügeln eines Löschblattes auf den hässlichen Abdrücken bis zum Auftragen eines Spezialreinigers aus dem Drogeriemarkt.

Nix, der Tisch ist hin.

So geschädigt, schlug ich ein System vor, bei dem reihum jeder einmal als Gastgeber dran sein sollte. Ich hatte gleich angekündigt, dass ich auf jeden Fall mehrmals aussetzen wollte, wenn die Reihe an mir war, und die anderen hatten meinen Vorschlag schuldbewusst abgenickt.

Jetzt versuchte ich gerade selbst, keinen Flecken auf Tatzis kostbarer Leinendecke zu verursachen, als ich mir noch einmal Rotkohl auf den Teller schaufelte.

Fast wäre mir doch ein Malheur passiert, als ich ihre Stimme fragen hörte: »Und was macht ihr an Silvester?«

War es denn jetzt schon so weit? Ich hatte gehofft, bis zum Dessert von der unausweichlichen Nerv-Frage verschont zu bleiben.

Stolz verkündete mein Gefährte, womit er mich glücklich zu machen gedachte.

Tatzi hob die Augenbrauen und sah mich interessiert an. »Und«, fragte sie hinterlistig, »freust du dich?«

Natürlich kennt Tatzi meine Einstellung zu der Silvester-Null-Uhr-Qual. Aber ich konnte mir nicht vorstellen, dass sie mich jetzt bloßstellen würde, und so nickte ich heftig, denn ich hatte mir vorsorglich ein dickes Stück von einem Kartoffelkloß in den Mund gesteckt.

Sprechen? Leider unmöglich.

Mein Liebster sprang ein und schilderte anschaulich, was uns alles erwarten würde.

»Unn eee kffft mmm eei Klld«, fügte ich mit vollem Mund hinzu.

Ich wusste genau, wie ich meine lieben Freunde, vor allem die weiblichen, neidisch machen kann.

»Was?«, fragte Klein-Tommy, zu Recht entsetzt über meinen plötzlichen Mangel an Tischmanieren.

Mein Gefährte sah mich zärtlich an.

»Ich kaufe ihr das Ballkleid, ein Weihnachtsgeschenk«, übersetzte er mich.

»Nein, ist das aber süß …«

»Wie toll ist das denn …«

Der Tumult, der eingesetzt hatte, war unbeschreiblich. Mittendrin ein zufrieden grinsender Lebensabschnittsgefährte und mehrere ziemlich böse guckende Pendants meiner Freundinnen.

Das, so ahnten die, würden sie nie und nimmer toppen können.

Nachdem ich zugegebenermaßen einen gewissen Triumph verspürt hatte, während mein Rundum-spektakuläres-Silvester-Verwöhn-Paket aufgeregt diskutiert wurde, begann ich zeitgleich, mir nun doch ernsthaft Gedanken zu machen, wie denn der Silvesterabend für mich werden würde.

Zu oft hatte ich solche Abende in festlichem Ambiente eher durchlitten als genossen. Da saß man meistens an einem Tisch festgetackert, zusammengeteamt mit wildfremden Menschen, die den langen Abend dazu benutzten, sich in Szene zu setzen. Schließlich war extrem unwahrscheinlich, dass einer aufstehen und gehen würde. Zu teuer die bereits bezahlte Eintrittskarte, die natürlich den Verzehr eines mindestens Sechs-Gänge-Menüs beinhaltete. Bei jeder anderen Sause kann man sich noch vor dem Dessert verdrücken, hier wartete unerbittlich der Höhepunkt erst um genau null Uhr. Eine Schallgrenze des gesellschaftlichen Miteinanders, die ich nur äußerst selten durchbreche. Da muss schon vieles zusammenkommen, um ein solch langes Spachteln zu einem richtig schönen Abend werden zu lassen.

Wie oft habe ich an Silvester müde auf einem unbequemen Stuhl gehockt, mir ausführlichst mehr oder weniger aufregende Lebensläufe unbekannter Mitmenschen erzählen lassen, um dann kurz vor null Uhr in Hektik bei der Suche nach meinen verloren gegangenen Schuhen auszubrechen, die ich irgendwann im Laufe des langen Abends abgestreift hatte.

Ich fand es bestürzend, dass mir diese durch den reinen Zufall an meine Seite gesetzten Fremden um Gongschlag Mitternacht um den Hals fielen und anfingen, mir dicke Schmatzer auf die Wangen zu drücken. Was ist eigentlich dran an diesem angeblich so magischen Moment? Anschließend änderte sich nichts im Leben aller Anwesenden, außer vielleicht, dass am nächsten Morgen ein Riesenkater auf jeden wartete.

Und dann immer das Ausschenken der obligatorischen Mitternachtssuppe in den Hallen der Hotels oder Restaurants mit flotter Tanzkapellen-Musik-Untermalung. Ich kann dann nicht schon wieder essen. Und tanzen schon gar nicht, weil ich ja kaum mehr in meine plötzlich viel zu knapp bemessenen Abendschuhe passe.

Aber vielleicht würde ja in diesem Jahr alles ganz anders werden.

Am Tag aller Tage jedenfalls fand ich mich an der Seite meines »Mannes« (wir hatten abgemacht, dass er heute Abend der Einfachheit halber so von mir bezeichnet werden würde) wieder, als wir in das Foyer des Nobelrestaurants schritten. Hostessen hielten uns ihre Tabletts mit Champagnergläsern entgegen. Ihre Augen waren so verzweifelt bittend, dass wir beide unwillkürlich zugriffen, um ihnen somit die schwere Last zu erleichtern.

»Zu warm«, sagte mein »Mann«, und ich musste ihm zustimmen. Wahrscheinlich hatten die Grazien schon eine halbe Stunde oder länger auf uns Gäste gewartet.

Angelegentlich spazierten wir zu der aufgestellten Klapptafel, auf der in schönster Schreibschrift die Zusammensetzung der Tische mitgeteilt wurde. Also Tisch vier.

Wir wanderten weiter und studierten vor Ort die reihum aufgestellten Namensschildchen. Auf jeden Fall schon mal niemand, den wir kannten. Kein Augenarzt von ihm oder mir, kein Geschäftspartner, den wir lange nicht gesehen hatten.

Oha, man hatte uns auseinandergesetzt. Mit seiner Rückendeckung tauschte ich zwei Kärtchen aus, damit wir uns nicht über den Tisch anschreien mussten, um miteinander zu kommunizieren.

Dann nahmen wir Platz, ließen unsere Wassergläser füllen und harrten der Dinge, die da kommen sollten.

Und sie kamen.

Ein Ehepaar, sie wasserstoffblond, er grauhaarig; ein Pärchen, sie schwanger, er zu dick; ein erkennbar aufstiegsorientiertes Yuppie-Pärchen, sie boutiquengestylt, er mit gegelten, raspelkurz geschnittenen, schwarzen Haaren, und zwei Männer, die nicht gleich zu erkennen gaben, wie sie das Schicksal zusammen- und dann an diesen Ort geführt hatte.

Verheiratet, so entnahm ich ihren unterschiedlichen Namen, waren sie jedenfalls nicht. Das nicht schwangere Ehepaar übernahm gleich die Leader-Position.

»Wir sind schon zum dritten Mal hier«, verkündete der Grauhaarige, der mir nach dem dritten Aperitif anvertraute, dass er Hermann hieß.

»Wir nicht. Wir sind zum ersten Mal hier«, gab die schwangere Frau zu, obwohl sie niemand aufgefordert hatte, die Karten derart schonungslos auf den Tisch zu legen.

Um zu verhindern, dass auch wir mit solch einer Enthüllung aufwarten mussten, bewunderte mein »Mann« kurz entschlossen das Ambiente, lobte die Architektur des Raumes und fragte mich, was ich denn trinken wolle.

Rot oder weiß?

Dankbar schaute ich ostentativ in die Menükarte, und wir schlugen Zeit raus, in dem wir geschlagene zwanzig Minuten darüber diskutierten, welches Getränk denn zu welchem Gang passen würde.

Ich verabscheue solche sinnentleerten Unterhaltungen, aber ich lernte im Laufe des Abends, demütig zu akzeptieren, dass Rebsortenvergleiche als Gesprächsgrundlage ungleich besser geeignet sind als politische Präferenzen. Denn leider entpuppte sich der dicke Mann der schwangeren Frau als Lokalpolitiker der Partei, die weder mein »Gatte« noch ich wählen.

Aber man ist ja liberal gegenüber Andersdenkenden.

Die Servicekräfte brachten ein Amuse-Gueule, der berühmt-berüchtigte Gruß aus der Küche. Wie immer ein undefinierbares Scheibchen, vermutlich aus Gelee und gequirltem Thunfisch, umrahmt von grünen und roten Stängelchen Salat, umkringelt von Soßenspuren.

Ich hoffte schwer darauf, dass mein »Mann« sich meiner Portion annahm.

Tat er.

Den Inhalt der anschließenden Suppentasse löffelte ich selbst aus. Tomatencremesuppe mit einem Klacks Sahne obenauf. Tatzis Version hatte besser geschmeckt, fand ich. Und außerdem passte ihr Timing besser zum Anlass, der war ja schließlich Weihnachten gewesen. Und Rot ist die Farbe vom Outfit des Weihnachtsmanns.

Während ich noch so vor mich hin dachte, störte Hermann, der grauhaarige Platzhirsch des Silvesterabends, meine Überlegungen.

»Was haben Sie denn für gute Vorsätze für den Jahreswechsel?«, wollte er wissen.

Von mir.

»Tja, ich weiß nicht so recht«, gab ich zu. »Ich habe keine.«

»Aber das muss man doch«, meinte seine Frau. »Ich will abnehmen.«

Da war es, mein Lieblingsthema, das quälenderweise immer an Tischen diskutiert wird, an die man sich nur zu dem Zweck gesetzt hat, um möglichst lange und viel zu speisen.

»Ach ja«, gab ich ihr freundlicherweise das erhoffte Stichwort. »Wie viel denn?«

»Zehn Kilo«, gab sie zu Protokoll.

Als gut erzogener Mensch wusste ich, was ich jetzt zu sagen hatte.

»Das haben Sie doch gar nicht nötig«, meinte ich, obwohl, wenn ich sie mir so genau anguckte, konnte ihrem Vorhaben ein tieferer Sinn zugrunde liegen.

Aber ich hätte mir eher die Zunge abgebissen, als dass ich ihr zugestimmt hätte.

»Doch, ich …«

»Und ich werde mit dem Rauchen aufhören«, unterbrach sie ihr Gatte. Nun hatte ich seine Cohiba-Zigarren schon in einem teuer anmutenden Behältnis neben seinem Teller erspäht und mich in dem Moment von dem neugekauften Frischestatus meines Abendkleides verabschiedet. Der Geruch des Qualms, der mich wohl exakt vor dem Kaffee einhüllen würde, wäre mit konventionellen Mitteln niemals mehr aus dem Stoff zu entfernen.

Wir nickten alle beifällig zur Eröffnung seines Plans, und die schwangere Frau an unserem Tisch hüstelte diskret. Ob ihr das helfen würde, unbequalmt ins neue Jahr zu wechseln, stand noch in den Sternen.

»Ich werde mich im neuen Jahr noch mehr dafür einsetzen, Gutes für unsere Stadt und für unser Land zu tun«, verkündete ihr Ehemann, der Lokalpolitiker.

Scheinbar hoch interessiert, fragte mein »Mann« scheinheilig: »Wie denn?«

»Er kämpft für mehr Kindergartenplätze«, verriet seine schwangere Gattin mit aufgeregt roten Wangenbäckchen.

Boah, na toll. Noch so eins meiner Lieblingsthemen. Als Nächstes würden frühkindliche Wahrnehmungsmechanismen thematisiert werden, dann konfessionell inspirierte Kleinkinder-Erziehung und schließlich die Pisa-Studie.

Ich verabschiedete mich innerlich vom abendlichen Geschehen und probierte ein Stück Fisch. Zwei Gräten sortierte ich mit der Zunge aus, klemmte sie in meine linke Wangenwölbung und wartete ergeben auf einen unbeobachteten Moment, wo ich sie mir wieder herausholen konnte.

»Die kann man mitessen«, flüsterte mein Liebster, der im Gegensatz zu mir gerne und sehr schmackhaft kocht.

Der Kellner schenkte Weißwein nach. Mir war er ja zu süß, »lieblich«, wie mein Tischnachbar Hermann zufrieden geurteilt hatte. Mag ich gar nicht. Mein Weißweingeschmack ist von mir klar definiert: Eiskalt muss er sein – und er darf nicht nach Wein schmecken.

Nun gut, an diesem Abend half mir der für mich ungenießbare Wein verstärkt, die Wasservorräte zu dezimieren.

»Und die Stadt-Maut wird kommen.« Der dicke Mann der schwangeren Frau hielt Wahlkampfreden.

Ich schaute mich an unserem Tisch um. Mein »Mann« hatte sich wider besseres Wissen zum Sparringspartner des Jung-Politikers degradieren lassen, das männliche Paar hatte bis zu diesem Moment hartnäckig geschwiegen, das aufstiegsorientierte Pärchen war noch nicht zum Zuge gekommen, und Hermanns Gattin und die schwangere Frau befanden sich in einer angeregten Vier-Augen-Unterhaltung über Vor- und Nachteile von Wasser- und natürlicher Geburt.

Ich schaute in die Menükarte. Täubchenschenkel in Champagner-Sauce mit definiertem Gemüse und Kroketten à la mode.

Es war Zeit für mich, einen Gang auszulassen.

Ich entschuldigte mich, was nur meinen Liebsten und

das schwule Pärchen dazu veranlasste, sich höflich, andeutungsweise, von ihren Plätzen zu erheben. Ich ignorierte den fehlenden Benimm-Schliff der anderen Männer und machte mich auf zum Powder-Room.

Dort angekommen, steckte ich der netten Klofrau ein üppiges Trinkgeld zu und überraschte sie dann mit der Frage, ob ich mich mal kurz in ihren angrenzenden Sozialraum hocken dürfte.

Sie schaute erst auf das Geld, dann auf mich, beschloss, sich angesichts der Höhe des ersten nicht zu wundern, und gab den Weg frei. Zwischen Bergen von Ersatz-Toilettenpapier-Rollen, Haarspray-Dosen, Kleenex-Boxen für den gehobenen Gebrauch für die sich wieder aufrüschenden Damen, zog ich meinen Game Boy aus der Abendhandtasche.

Ich muss dazu sagen, dass ich Tommys Geschenk zwischen den Feiertagen noch nicht umgetauscht hatte. Unglücklicherweise hatte ich nämlich zu Hause angefangen, mich mit der Gebrauchsanleitung auseinanderzusetzen. Nie im Leben hatte ich erwartet, dass ich mich dem Sog dieses kleinen Teufelsspielzeugs nicht mehr entziehen konnte. Und so spielte ich »Mario Land« mit immer wachsenderer Begeisterung. Dieses Spiel war mir beim Kauf gleich mit auf den Weg gegeben worden.

»Das macht süchtig«, hatte der Verkäufer noch hinzugefügt. Eine Bemerkung, die ich zwar gehört, aber innerlich ignoriert hatte. Immerhin schien die Benutzung der Game Boys ja nicht auf dem Index des jugendgefährdenden Unterhaltungs-Spielzeugs zu stehen.

Mittlerweile musste ich den Tatsachen ins Gesicht gucken. Ja, ich war süchtig geworden. Registriert hatte ich die Tatsache, als ich begonnen hatte, mein Spielverhalten vor den Augen meines Lebensabschnittsgefährten zu verbergen.

Dennoch hatte er sich gewundert, als ich mich zwar verabschiedet hatte, um in der Stadt das Gerät umzutauschen, um dann aber mit ihm nach Hause zurückzukehren.

»Ich denke, du wolltest ihn umtauschen«, hatte er sich argwöhnisch erinnert.

Ich behauptete, nichts Adäquates gefunden zu haben.

In Wahrheit hatte ich mir nur den Kick des nächsten Levels besorgt. »Mario Land II«. Seitdem kämpfte ich mich durch das um viele Schwierigkeitsgrade verschärfte Programm, unfähig, längere Spielpausen als etwa zwei Stunden zu überstehen.

»Jetzt gibt's das Dessert«, sagte die Klofrau zu mir. Ihr Gesichtsausdruck verriet mir unmissverständlich, dass sie mich überhaupt nicht verstehen konnte. Sie hätte sich mit Sicherheit nichts von dem abendlichen Menü entgehen lassen. Schon gar nicht, um im Hinterstübchen der Toilettenanlage mit einem Game Boy zu spielen.

Ich schrak auf. Sooo lange war ich schon hier? Schnell verstaute ich meinen Schatz im Täschchen und hastete zurück an den Tisch.

Meinem »Mann« stand die Sorge um mich ins Gesicht geschrieben.

»Wo warst du?«, fragte er drängend. »Wir haben dich gesucht. Aber die Damen hier haben dich auf der Toilette nicht gefunden.«

Ja, wie denn auch, frohlockte ich.

»Mir war ein bisschen übel«, log ich gekonnt, wie ich fand. »Der Fisch, weißt du? Ich hab draußen ein bisschen frische Luft geschnappt.«

Ich ahnte zwar, dass jetzt alle an meinem Tisch unwillkürlich überlegten, ob ihnen auch blümerant war, und ob der Fisch nicht doch ein bisschen komisch geschmeckt hatte, aber das war mir egal.

In diesem Augenblick stellte eine Jungkellnerin, in eine Art Frack gekleidet, den Dessertteller vor mich.

»Variationen vom Sorbet Surprise, Mango-Törtchen und Mousse au Chocolat auf Brienner Art.«

Aha. Von meinem aufregenden Spiel hatte ich richtig Hunger bekommen. Ich haute rein.

»Schatz, meinst du, dass du das verträgst?«, fragte mich mein Lebensabschnittsgefährte besorgt.

»Wieso?«, wollte ich wissen.

Ich teilte seine Besorgnis um mich nicht. Ich fand die Nachspeise göttlich. Nur die Mangotörtchen schob ich beiseite.

»Na, wegen des Fischgangs, den du nicht vertragen hast.«

Oh je. Ich war aus der Rolle gefallen.

»Die frische Luft hat Wunder bewirkt«, behauptete ich dreist und versenkte meinen Löffel in der weißen Mousse. Hmmm, köstlich.

»Sie haben auch schon wieder ein bisschen mehr Farbe im Gesicht«, behauptete der eine Teil des männlichen Duos. Der erste Satz, den ich von diesem Teil des Tisches vernahm.

Ich lächelte ihm zu und begann, Konversation zu betreiben. Immerhin hatte er mir aus der Patsche geholfen. Er entpuppte sich als netter Galeriebesitzer, der mich eine halbe Stunde später zu seiner nächsten Vernissage einlud. So weit, so gut.

Wir hatten unseren Kaffee getrunken, dazu einen Digestif aus langstieligen, kunstvoll verdrehten Flaschen, Hermann fummelte umständlich ein Streichholz zum Anzünden seiner ersten Cohiba hervor, und die schwangere Frau griff ostentativ an ihren gerundeten Kugelbauch, als die Musik einsetzte.

Schmissig intonierte die im Programm angekündigte Showband einen Schlager aus der mittleren Hälfte des bereits abgelaufenen Jahrhunderts. Ich sah eine Chance, dem zu erwartenden Zigarrenrauch zu entgehen, und fragte meinen Liebsten: »Wollen wir tanzen?«

Was jetzt kam, hätte ich vorher bis ins Letzte durchdenken müssen. Er starrte mich an, als sähe er einen Bus auf sich zufahren, und formulierte: »Ähhh …«

Ich muss ihn da in Schutz nehmen. Er hat wirklich schon viel mit mir erlebt, aber was für ihn ausgeschlossen sein durfte, war anzunehmen, dass ich jemals diesen Wunsch äußern würde.

Er kennt meine Abneigung gegen überfüllte Tanzflächen, auf denen sich niemand mehr aufraffen muss, eine kompliziertere Umdrehung zu wagen, da kein Zentimeter Platz dafür vorhanden ist. Außerdem höre ich nicht gern die gefällig arrangierten Sounds, die aus ehemaligen Ohrwürmern einen musikalischen Einheitsbrei machen.

»Darf ich dann einspringen?«, hörte ich zu meinem Entsetzen Hermann fragen. »Darf ich bitten?«

Er stand schon hinter mir und versuchte, meinen Stuhl nach hinten zu schieben. Aus der Nummer kam ich nicht mehr raus. Also ergab ich mich in mein Schicksal und hoppelte auf der knallengen Tanzfläche zu Klängen eines uralten Neil-Diamond-Schmachtfetzens.

Hermann hatte sichtlich Spaß. Er umklammerte meine Hand wie ein Schraubstock und ließ seine Schultern kreisen. Das sah nach einem verdammt guten Rhythmusgefühl aus, seine Füße blieben dabei fest auf dem Boden, nur ab und zu stieg er auf die Zehenspitzen, um eine Art Rumba anzudeuten. Fest verkeilt im bunten Treiben, spürte ich plötzlich eine wuselige Unruhe um mich herum.

»Zehn – neun – acht …«

Oh, nein. Es war schon so weit. Ich versuchte, über die Köpfe der Menge meinen Lebenspartner auszumachen, den einzigen Menschen, den ich jetzt an meiner Seite haben wollte. Ganz weit hinten, am äußersten Rand der Tanzfläche, entdeckte ich ihn in den Armen von Hermanns Gattin. Er musste sie wohl aufgefordert haben, nachdem mich Hermann abgeschleppt hatte.

Warum war er auch nur ein so höflicher Mensch?

Jetzt hatten wir den Salat. Er hatte mich ebenfalls ausgemacht.

»… drei – zwei …«

Verzweifelt winkten wir einander zu. Ich kam mir wie eine Heldin auf der »Titanic« vor, die ihrem Geliebten ein letztes Mal zuwinkt, ehe das stolze Schiff, mit ihr darauf, für immer untergeht.

Tusch.

»Prost Neujahr!«

Hermann wirbelte mich in einer grotesken Steh-Pirouette herum, drückte mir einen Schmatzer auf die Nase, obwohl er eigentlich ganz woanders hingezielt hatte, und jubelte: »Ist das nicht immer wieder schön?«

Hunderte von der Decke herunterschwebende Luftballons nahmen mir die Sicht. Parallel verschossenes Konfetti klebte auf meinem Make-up, fremde Tänzer klopften mir auf die Schultern, und ein plötzlich aufgetauchter Conférencier brüllte auf der Bühne immer wieder ins Mikrofon, wie unvergleichlich doch dieser Moment sei, den wir glücklicherweise alle miteinander teilen durften.

Ich fand es eher furchtbar. Jetzt hätte ich wirklich gerne meinen Herzallerliebsten umarmt, ihm in aller Stille gesagt, wie schön es ist, dass es ihn gibt – und dann vielleicht noch ein halbes Stündchen Game Boy gespielt.

So nach vierzig Minuten trafen wir uns vor den großen Bottichen mit der Mitternachtssuppe wieder. Wir sahen uns frustriert an, schüttelten über uns selbst die Köpfe und beschlossen, uns zu verdrücken. Draußen bekamen wir noch die letzten Blitze des angekündigten Feuerwerks mit und zum Ausgleich dafür kein Taxi.

Fast eine Stunde zankten wir uns mit den anderen wartenden Gästen um die wenigen Exemplare, die vorfuhren, bis wir uns schließlich zu Fuß auf den Heimweg machten.

Gegen drei Uhr kamen wir bei mir an. Schlecht gelaunt, wollte ich mich gleich ins Bett verdrücken, aber er grinste mich an: »Guck mal, was ich hier habe?«

Aus der Seitentasche seines Smokings holte er einen Böller und einen bengalischen Lichterregen hervor. Die Dinger, die man aufrecht hinstellt, anzündet und die dann zischend Super-Licht-Effekte zaubern.

»Hab ich vorhin geklaut«, verriet er mir. Deshalb war er die ganze Zeit unseres langen, gemeinsamen Marsches über so guter Dinge gewesen.

»Komm«, meinte er. »Jetzt holen wir unser eigenes, kleines Silvesterfest nach.«

Wir traten auf den Balkon. Zuvor hatte er die kalt gestellte Flasche Champagner geöffnet, zwei Gläser gefüllt, und mit ihnen in der Hand traten wir hinaus.

Beide im Nobelrestaurant entwendeten Silvester-Knaller stellte er auf meinen gusseisernen Balkontisch, den nötigen Stand versprach die darauf liegende schwere Glasplatte zu geben.

Mit einem langen Streichholz aus meinem Kaminanzünder-Fundus entzündete er die Schnüre.

Wir gaben uns einen innigen Kuss, sahen uns tief in die Augen, wünschten uns ein wunderschönes, gemeinsames Jahr, als ein ungeheurer Knall uns aus unserer Zweisamkeit riss.

Meine Glasplatte war zerborsten. Hunderttausende zersplitterte Einzelteile lagen wie ein Teppich auf dem Boden.

Schuldbewusst wie ein kleiner Junge stand mein Herzensmann neben mir.

»Es tut mir so leid«, stammelte er. »Ich hätte es wissen müssen.«

Ich kann bei Kleinigkeiten ganz schön nickelig sein, aber in den Momenten größter Katastrophen bin ich ein echter Kumpel. Ich nahm ihn in den Arm und tröstete ihn.

Allerdings hielt ich den Moment für gekommen, was ganz Wichtiges ein für alle Mal zu klären.

»Versprichst du mir eins?«, fragte ich.

»Selbstverständlich besorg ich dir eine neue Glasplatte«, versprach er sofort.

»Ach, was«, wehrte ich großmütig ab. »Die ist doch völlig egal. Aber versprichst du mir, dass wir nie wieder auf eine Silvesterfeier gehen?«

»Versprochen«, beteuerte er ganz eifrig. »Ich hab mir

schon vorhin überlegt, zum nächsten Silvester entführe ich dich in die Karibik. Zu einem schönen Urlaub.«

Eins war klar. Entweder musste ich mich ändern oder ich ihn.

Ich entschloss mich für das Zweite.